CATALOGUE

DES

LIVRES ET DES MANUSCRITS,

LA PLUPART RELATIFS A

L'HISTOIRE DE FRANCE,

COMPOSANT LA BIBLIOTHÈQUE DU

BIBLIOPHILE JACOB,

laquelle sera vendue en totalité à l'amiable,

ou, à défaut d'acquéreur,

le Lundi 24 Février 1840, et jours suivans,

A SIX HEURES DE RELEVÉE,

MAISON SILVESTRE,

Rue des Bons-Enfans, 30,

Par le ministère de M⁰ COMMENDEUR, commissaire-priseur, rue Saint-Germain-des-Prés, 11.

PRIX : 5 FRANCS.

PARIS.

CHEZ TECHENER, LIBRAIRE,

PLACE DU LOUVRE, 12.

1839.

Les Tables des Auteurs, des Anonymes et des Matières, paraîtront prochainement.

PRIX : **3** FRANCS.

PARIS. — MAULDE ET RENOU, IMPRIMEURS,
rue Bailleul, 9 et 11.

J'ai toujours aimé les livres, comme l'atteste mon nom ; je les aime encore autant que je les aimais à une époque meilleure où j'en possédais de très beaux qui ont figuré en partie parmi ceux de M. de Pixérecourt ; je les aime toutefois avec discernement et intelligence, parce que je les connais un peu et que je m'en sers beaucoup ; oui, je les aime en véritable bibliophile, et pourtant voici que je dis adieu aux derniers qui me restent !

Editions de luxe, grands papiers, riches reliures, manuscrits à miniatures, je vous ai quittés autrefois. sans trop me plaindre du sort. Dans un naufrage, on jette d'abord à la mer les marchandises inutiles qui chargent le vaisseau ; mais il faut que le péril devienne urgent, pour qu'on se décide à sacrifier les provisions de bouche, l'eau et le biscuit. Mes livres de travail, ce sont ceux auxquels je dois renoncer aujourd'hui, et j'avoue que, sans eux, je me trouverai seul sur la terre, comme si la mort avait frappé et dispersé toutes mes affections.

Je ne suis pas le premier homme de lettres qui se voit forcé de vendre sa bibliothèque : de tous temps, les pauvres gens de lettres ont été victimes de la librairie, sinon des libraires ; de tous temps, ils se sont trompés ou plutôt ils ont été trompés dans leurs chétifs calculs d'in-

térèt. Diderot fut ruiné, après avoir donné au monde
l'Encyclopédie, mais Catherine II lui acheta sa bibliothèque et l'en nomma bibliothécaire, sans la lui enlever
de son vivant. La grande Catherine ne régnait plus, par
malheur, lorsqu'un écrivain célèbre, M. Charles Nodier,
vendit deux fois ses livres à la face du monde lettré. Il
les vendra peut-être une troisième fois, à moins que Catherine II ne ressuscite exprès pour l'en empêcher.
M. Charles Nodier n'a pas succombé au chagrin de perdre deux bibliothèques : le savant Codrus Urceus, au
XVIᵉ siècle, se laissa mourir de désespoir en assistant à
l'incendie de la sienne, et cependant Codrus Urceus n'a-
vait pas besoin de livres pour faire à lui seul un bon
dictionnaire de l'Académie française. Je tâcherai de sui-
vre l'exemple de M. Charles Nodier, le maître des bi-
bliophiles passés, présens et futurs.

La collection que j'avais conservée pour mes études,
et dont je vais me séparer avec des regrets que comprend-
dront toutes les personnes qui savent faire usage des
livres, est aussi complète qu'on peut la faire maintenant
dans la spécialité que j'avais choisie : je m'étais proposé
de réunir tout ce qui regarde l'histoire de France, à laquelle je me consacrais tout entier, et j'ose dire que l'on
n'a pas composé depuis long-temps une bibliothèque
plus considérable dans un genre presque exclusif. La
Bibl. hist. de la Fr. contient, il est vrai, près de 50,000 articles, mais ces 50,000 articles sont inclus dans les 8,000
articles du Catalogue de Secousse, parmi lesquels plus
de 2,000 tout-à-fait étrangers à l'histoire de France. Je
suis persuadé que, dans les 1950 articles qui forment ma
bibliothèque, on trouverait au moins la moitié des matières que passe en revue l'immense ouvrage du P. Lelong et de ses continuateurs.

Une pareille bibliothèque, dont le détail peut faire seul apprécier l'importance, méritait donc d'être inventoriée avec plus de soin qu'on n'est convenu d'en apporter à la rédaction d'un catalogue de vente : or, je me suis imposé à moi-même cet acte de patience et de dévouement ; en moins de cinq semaines, j'ai fait ce qu'un libraire aurait dû faire à ma place, si les libraires, tout absorbés par leur vente journalière, avaient le loisir de s'occuper de bibliographie raisonnée, au milieu de l'indifférence presque générale des amateurs de livres.

Je me console du prochain éparpillement de ces volumes, recueillis à force de temps et de recherches, en pensant qu'il en survivra un inventaire assez exact (sauf les fautes d'impression qui sont nombreuses), une espèce de sommaire de la *Bibliothèque historique de la France*, et je me propose d'y ajouter des tables d'auteurs, d'anonymes et de matières.

J'ai évité d'introduire une grave perturbation dans l'ordre bibliographique qui n'a subi que des modifications légères depuis que le fameux Gabriel Martin l'a fait adopter par toute l'Europe littéraire ; je me suis contenté de combiner cet ordre établi et vraiment logique, à part quelques erreurs, avec celui que le P. Lelong a créé dans la *Bibl. hist. de la France*, que j'ai eue sans cesse sous les yeux. Aussi, les divisions historiques sont-elles plus nombreuses dans mon Catalogue que dans l'excellente Table générale que M. Brunet a annexée à son chef-d'œuvre et au chef-d'œuvre de la Bibliographie moderne, le *Manuel du Libraire*.

Je me suis attaché à transcrire les titres entiers ou du moins abrégés avec une grande réserve, car quelquefois le sujet d'un livre ne se montre que dans la totalité du titre, ou bien la première partie de ce titre est susceptible de donner le change aux personnes qui ne connaissent pas le contenu de l'ouvrage; à citer les noms des libraires ou imprimeurs, car ces noms ne sont point indifférens à l'histoire du livre ni à celle de la librairie en général; à découvrir tous les anonymes que j'ai rencontrés sur mon chemin, car le Dictionnaire de Barbier est une de ces utiles compilations qui s'augmentent de toutes mains et qui ne sont jamais finies; à fixer le format des éditions, car l'ancien in-8 se confond sans cesse avec l'in-12 actuel ; à les ranger scrupuleusement dans la classe à laquelle ils paraissent le mieux appartenir, car la place d'un livre est ordonnée d'avance par le sujet dont il traite, quoique certains ouvrages procèdent à la fois de plusieurs classes, etc.

Je n'avais guère à m'occuper que de la valeur intrinsèque des livres, qui sont presque tous suffisans pour l'usage que j'en ai fait dans mes études : voilà pourquoi j'accorde plus d'attention à un bon ouvrage dans un exemplaire en mauvais état, qu'à un ouvrage médiocre et moins utile, que recommandent en vain ses mérites exceptionnels de condition et de reliure.

Les notes, qu'on ne jugera pas trop multipliées, je l'espère, en faveur du motif tout désintéressé qui les a dictées, ne sont donc que des observations bibliographiques et historiques, destinées à aider les investigations de l'historien et du bibliographe : j'ai, autant que possible, signalé les morceaux d'histoire cachés dans le corps des volumes, et je n'ai pas été arrêté par la crainte d'augmenter les frais d'impression. Je le répète, je n'ai jamais eu d'autre but, dans ces notes, que de faciliter la connaissance des sources de notre histoire. Ces notes même,

faites souvent à la hâte sur les épreuves, auraient pu
être plus longues et plus fréquentes, notamment pour
les manuscrits qui proviennent la plupart des Archives
de Joursanvault, et qui ont été achetés par pièces détachées, pour être coordonnés en recueils semblables à
ceux que M. A. Monteil avait formés méthodiquement
ou chronologiquement, recueils curieux qui ont fourni
de si bons et de si neufs documens à l'*Histoire des Français de divers états*.

Je ne veux pas que les mots *rares* et *précieux*, dont
je me sers à chaque page, soient la cause ou le prétexte
de quelque erreur d'achat de la part des amateurs qui,
par une préoccupation trop obstinée, admettent tous
les livres rares dans la catégorie des livres chers. Un
livre cher peut être fort commun, et un livre rare, au
contraire, peut ne valoir qu'un prix très modique.
Ainsi, à la vente de M. Boulard, plusieurs raretés uni-
ques ont été adjugées pour quelques sous aux bouqui-
nistes des quais. J'entends habituellement par livre *rare*,
celui qui n'apparaît que rarement dans les ventes, et
par livre *précieux*, celui dont nul autre ne pourrait
tenir lieu dans un travail spécial. Je me lave donc les
mains de la fausse interprétation qu'on donnerait à ces
mots qualificatifs qui ne doivent avoir de l'influence
qu'auprès des personnes instruites et éclairées.

Si j'avais eu à moi quelques journées de plus, je les
aurais remplies par une correction soignée des épreuves;
j'aurais atteint bien des anonymes que je ne fais qu'en-
trevoir en les poursuivant; j'aurais catalogué bien des
volumes que mes réclamations n'ont pas fait rentrer encore au logis : ces volumes, de même que tous ceux de
ma bibliothèque, ont été continuellement à la disposition
de mes amis; c'est ma bibliothèque qui a enfanté la

belle *Histoire de France* de Henri Martin ; c'est ma bibliothèque qui devait se résumer dans mon *Histoire du
XVI*e *siècle*, monument inachevé de ma carrière d'historien. Cette bibliothèque toute historique m'avait, en outre, ouvert les voies à d'autres grands travaux, qui
désormais demeurent à l'état de projets, et, sans doute,
ces projets s'évanouiront-ils eux-mêmes avant que les
livres soient sortis de mes mains. Qu'importent ces livres, qu'importent ces projets ? Qu'en restera-t-il ? Le
poète Villon répond gaîment la dessus :

> Mais où sont les neiges d'antan ?

PAUL L. JACOB,
BIBLIOPHILE.

CATALOGUE

DES

LIVRES ET DES MANUSCRITS

LA PLUPART RELATIFS A

L'HISTOIRE DE FRANCE,

Composant la Bibliothèque

DU BIBLIOPHILE *JACOB*.

THÉOLOGIE.

Écriture Sainte. — Vieux Sermonnaires. — Traités et Dissertations. — Incrédules. — Alcoran.

1. La Bible en françois. (Trad. de la paraphr. lat. de P. Comestor, par Guyart des Moulins.) *Lyon, P. Bailly*, 1531, 2 t. en 1 vol. in-fol., fig. goth. (manque le titre et plusieurs feuillets de la table du 1ᵉ tome, rétablis à la plume), v. br.

2. La Sainte Bible, contenant l'ancien et le nouveau Testament, trad. sur la Vulgate, par Le Maistre de Sacy. *Paris, J. Smith*, 1822, in-8, v. rac.

3. Histoire de la Passion de Jésus-Christ, composée en 1490 par le P. Olivier Maillard, publiée avec une notice sur l'auteur, par Gab. Peignot. *Paris, Crapelet*, 1828, in-8, gr. pap. vél., cart.

4. Sermones pulcherrimi variis Scripturarum doctrinis referti, de Sanctis ; editi a Jacobo de Voragine. *S. l.* 1528, pet. in-8, v. m.
Note de la main de Dulaure.

5. Sermones frat. Gabrielis Barelete, tam quadragesimales quam de Sanctis : noviter impressi. Et ubi prius
fuerunt interposita carmina Petrarche et Dantis in eorum vulgari modo per mag. Joh. Anthonii sunt ver-
bis latinis translata. *Lugduni, ab Steph. Gueyñard,*
1507, in-8, goth. v. n.

Avec la signature plusieurs fois répétée du libraire *Claude Che-
vallon,* qui publia l'édition suivante des mêmes Sermons.

6. Fructuosissimi atque amenissimi Sermones F. Gabrielis Barelete; summa curâ, tum Italia, tum Ger-
maniâ Galliâque, collatis ex exemplaribus ad unguem
repurgati (per Nic. Beraldum). *Parisiis, Cl. Cheval-
lon,* 1517, pet. in-8, goth. demi-rel.

Avec une note de Dulaure.

7. Divini eloquii preconis, frat. Oliverii Maillardi Sermones de Adventu, declamati Parisius in ecclesia St-
Johannis in Gravia. *Paris, J. Petit,* 1506. — Quadragesimale opus, declamatum Parisiorum urbe per frat.
Oliv. Maillardum ; Parisius sub eodem recollectum,
anno 1508. *Jehan Petit.* — Opus quadragesimale egre-
gium magistri Oliv. Maillardi : quod quidem in civitate
Nannetense fuit per eumdem publice declamatum ac
nu per Parisius impressum. *Id.,* 1506.— Alia quadra-
gesimalium sermonum recollectio facta sub eodem verbi
Dei preconem. *S. l., s. a.* — Sermones dominicales unà
cum aliquibus sermonibus. *Parisius, impressis Joh.
Petit,* 1521. 2 part. En tout 2 v. p. in-8, goth. m. j.

Recueil complet des Sermons burlesques d'Olivier Maillard, avec
une note de Dulaure. — Rare.

8. Sermones quadragesimales F. Michaelis Menoti, ab
ipso olim Parisiis declamati, nunc denuo et diligentiss.
castigati... *Parisüs, in edibus J. Petit,* 1530, pet. in-8,
goth., v. éc., fil., d. s. tr.

Ces sermons, ainsi que ceux de Maillard, sont très utiles pour étudier l'histoire des mœurs françaises pendant le quinzième siècle. Dulaure, qui les avait lus avec soin, en a tiré les pages les plus curieuses de son Hist. de Paris.

9. Sermon de frère Michel Menot sur la Madelaine, avec notice et notes, par Jehan Labouderie. *Paris, H. Fournier*, 1882, in-8, br.

Rare.

_____

10. Les Conseils de la Sagesse, ou le Recueil des maximes de Salomon, avec des réflex. (par Nic. Fouquet, prisonnier d'état à Pignerol ; publ. par le père Boutaut). *Paris, Comp. des libr*, 1714, 2 vol. v. br.

11. Le Pedagogue chrestien, par le P. Ph. d'Oultreman. *Mons, Fr. Waudre*, 1628, in-16, vél.

Cet ouvrage de piété morale contient beaucoup d'anecdotes historiques.

12. Traité des Superstitions qui regardent les sacremens, selon l'Ecrit. Sainte, les Conciles, etc., par J. B. Thiers. *Paris, Comp. des libr.*, 1741, 4 vol. in-12, v. m.

13. Traité historique du chef de St.-Jean-Baptiste, par Charles du Fresne, Sr. du Cange. *Paris, Cramoisy*, 1665, in-4, v. f.

14. Traité de la Clôture des religieuses, par J. B. Thiers. *Paris, Ant. Dezallier*, 1681, in-12, v. br.

15. Réflexions sur la Réponse de l'abbé de la Trappe, au *Traité des Études monastiques*, par dom J. Mabillon. *Paris, Ch. Robastel*, 1693, 2 vol. in-12, v. br.

16. De l'ancienne coutume de prier et d'adorer debout le jour du dimanche et de fête, et durant le temps de Pâque, ou abrégé histor. des cérémonies anc. et mod. (par J. Le Lorrain). *Liège, H. van Rhyn*, 1700, 2 vol. in-12, v. br.

17. Dissertation sur les Porches des églises, par J.-B. Thiers. *Orléans, Fr. Hotot*, 1679, in-12, v. br.

18. Factum pour J.-B. Thiers, curé de Champrond, défendeurs, contre le Chapitre de Chartres, demandeur, où il est traité de la vénération des porches des églises; des vains juremens, de la censure des livres... de l'origine du chappelet et des prières qui le composent... *S. l., s. a.* (1679). in-12, v. br.
Rare.

19. Traité des Cloches et de la sainteté de l'offrande du pain et du vin aux messes des morts, par J.-B. Thiers. *Paris, Ben. Morin*, 1781, in-12, v. m.

20. Dictionnaire critique des Reliques et des images miraculeuses, précédé d'un Essai sur le culte des images et des rel., suiv. du Traité des reliques de J. Calvin ; par J.-A.-S. Collin de Plancy. *Paris, Guien*, 1821-22, 3. vol. in-8, br.

21. La Quintessence de la doctrine catholique, par le cit. Godfroy. *Paris*, 1804, in-12, cart.
Très rare.

22. L'Alcoran de Mahomet, trad. de l'arabe par André Du Ryer, sieur de la Garde Malezair, augm. du disc. prélim. de la version angl. de l'Alcoran , par George Sale. *Amsterdam, Arkstée et Merkus*, 1790, 2 vol. in-12, cart. et fig. demi-rel.

JURISPRUDENCE.

DROIT FRANÇAIS.

Introduction. — Droit ancien et moderne, politique, ecclésiastique, criminel.

23. Origines du Droit français, cherchées dans les symboles et les formules du droit universel , par Michelet. *Paris, Hachette*, 1837, in-8. br.

24. Glossaire du Droit françois, contenant l'explication

des mots difficiles qui se trouvent dans les ordonnances de nos roys, dans les coustumes du royaume,
dans les anciens arrests et les anciens titres ; donné
ci-devant sous le nom d'*Indice des droits royaux et
seigneurianx*, par *Fr. Rageau*, corrigé et augmenté
de mots et de notes, par Eus. de Laurière. *Paris*,
Mich. Guignard, 1704, 2 tom. en 1 vol. in-4,
v. br.

2 5. La Bibliothèque ou Thrésor du Droict françois, recueill. par Laurent Bouchel. *Paris*, *J. Petit-Pas*,
1629, 3 vol. in-fol., v. br. (*aux armes.*)
« Excellente compilation qui est pleine d'Histoire de France,
« et qui contient, parmi une foule d'emprunts faits à Pasquier,
« à Fauchet et à Dutillet, des dissertations, des discours, des trai-
« tés, des pièces originales qui ne se trouvent plus ailleurs. » Voy.
dans ma Dissertation sur la *Bibl. hist. de la France* la liste des articles que cet ouvrage n'a pas cités et qui suffiraient pour faire rechercher le recueil de L. Bouchel; entre autres, le *Discours de la
dignité et précellence des fleurs de lys et des armes des rois de France;
le Traité auquel il est déclaré qu'elles estoient les machines et artil-
leries du temps passé*, par J. Rousseau, etc.

26. Recueil des Traitez de paix, de trève, de neutra-
lité, de suspension d'armes, de confédération, d'alliance, de commerce, de garantie et d'autres publics,
depuis la naissance de J.-C. jusqu'à présent, le tout
rédigé par ordre chronol. et accompag. de notes (par
Jac. Bernard). *Amsterdam, Henry Boom*, 1700, 4 vol.
in-fol., v. br

27. Traitez touchant les droits du roy très-chrestien
sur plus. estats et seign., posséd. par div. princes
voisins, et pour prouver qu'il tient à juste titre plus.
provinces contestées par les princes estrangers, par
P. Dupuy. *Paris, Aug. Courbé*, 1655, in-fol. v. br.

28 De la Souveraineté du Roy, et que sa majesté ne la

peut souzmettre à qui que ce soit n'y aliéner son domaine à perpétuité, par Jehan Savaron. *Paris, P. Mettayer*, 1620, pet. in-8, vél.

29. Cours public d'Histoire du Droit politique et constitutionnel, professé à la Sorbonne par J. L. E. Ortolan. *Paris, Fanjat*, 1831, in-8, br.

30. Du Conseil d'état, selon la Charte constitutionnelle, ou Notions sur la justice d'ordre politique et administratif, par J. B. Sirey. *Paris*, 1818, in-4. br.

31. Traitez des droits et libertez de l'Église gallicane (par P. Pithou, P. Dupuy, etc., augmenté par J. L. Brunet). (*Paris*), 1731. 2 vol. Preuves des libertez... (Recueil. par les mêmes), *l'an* 1731, *sur l'impr. à Paris, chez Séb. Cramoisy*, 1651. 3 part. en 1 vol. in-fol., v. m.

Cette dernière édition est non seulement la plus belle et la plus complète, mais on y trouve une réimpression du *Songe du Vergier, qui parle de la disputacion du clerc et du chevalier*, d'après l'édition de 1491 ; avec une dissertation bibliog. et histor.

32. Recueil des actes, titres et mémoires concernant les affaires du Clergé de France, augm. d'un grand nombre de pièces (par Le Merre, père et fils). *Paris, Guil. Desprez*, 1767-71. 12 vol. — Cahiers présentés et les remontrances et harangues faites aux rois et aux reines par le clergé de France, tant aux états-généraux qu'aux assemblées générales, et particulièrement du clergé. *Ibid., id.*, 1771. — Abrégé du Recueil des actes du clergé de France, ou Table raisonnée en forme de précis des matières contenues dans ce recueil, div. en 2 part. *Ibid., id.*, 1771. En tout 14 vol. in-4., v. m.

Ce recueil, si injustement dédaigné aujourd'hui, renferme bien des pièces qu'on ne trouve pas ailleurs et forme le complément indispensable des *Ordonnances des rois de France*.

33. Les Canons des conciles de Tolède, de Meaux, de Mayence, d'Oxfort et de Constance; advis et censures de la Faculté de Théologie; arrests du Parlement par lesquels la doctrine de déposer et tuer les roys et princes est condamnée... *S. l.*, 1615, pet. in-8., vél.

34. Lettres *ne repugnate vestro bono*, etc. (sur les immunités ecclésiastiques, par Dan. Bargeton), dernière édition, revue et augmentée de notes. *Londres (Paris)*, 1750, in-12, v. m.

Ce livre a été supprimé par arrêt du Conseil.

35. Mémoire pour les abbés, prieurs et religieux des abbayes de Saint-Vincent du Mans, de Saint-Martin de Sées, de Saint-Sulpice de Bourges, de Saint-Alire de Clermont et de Saint-Augustin de Limoges (par l'abbé Mey). *Paris, Lambert*, 1764. — Mémoires pour l'archevesque de Lyon, l'évesque d'Orléans, l'abbé Le Noir, l'abbé de Véry et l'abbé de Foy, nommés par le roi aux abbayes de Saint-Alire, etc. *Paris, Chardon*, 1764, 2 tom. en 1 vol. in-4, v. m.

Le Mémoire de l'abbé Mey contient un ample Traité des Élections, que l'abbé Goujet regardait comme un excellent travail histor.

36. Praxis rerum criminalium, elegantiss. iconibus ad materiam illustrata, authore Jodoco Damhouderio. *Antuerpie, ap. Joan. Bellerum*, 1556, pet. in-8, fig., vél.

Figures très curieuses, représentant les crimes et les supplices.

Recueils de loix, d'ordonnances, de coutumes, d'arrêts, etc.

37. Barbarorom leges antiquæ, cum notis et glossariis etc., collegit notis, et animadversionibus illustravit F. Paulus Canciani. *Venetiis*, 1781-92, 5 vol. in-fol. br.

38. Leges Francorum Salicæ et Ripuariorum, cum additionibus regum et imperatorum variis, etc.,

operâ J. Eccardi. *Francofurti et Lipsiæ*, 1720, in-fol., br. en cart.

39. Karoli Magni et Ludovici Pii christianiss. regum et imp. franc. Capitula, sive leges ecclesiasticæ et civiles ab Ansegiso abbate et Benedicto levita collecte libris septem ; adjectis etiam aliis eorumdem regum et Karoli Calvi Capitulis et Gloss. sign. rerum, etc. *Parisiis, Cl. Chappelet,* 1603, pet. in-8, v. f.

40. Assises et bons usages du royaume de Jerusalem, par Jean d'Ibelin ; ensemble les Coustumes de Beauvoisis, par Phil. de Beaumanoir, et autres anciennes Coustumes, avec notes, obser. et glossaire, par Gasp. Thaumas de la Thaumassière. *Bourges, Fr. Toubau,* 1690, 2 part. en 1 vol. in-fol., v. br.
Rare.

41. Les Etablissemens de Saint-Louis, suivant le texte original, et rendus dans le langage actuel avec des notes, par l'abbé de Saint-Martin. *Paris, Nyon,* 1786, in-8, portr., v. éc., fil.

42. Compilation chronologique, conten. un recueil abr. des ordonnances, édits, déclarations et lettres patentes des rois de France, par Guill. Blanchard. *Paris, vᵉ Moreau,* 1715, 2 tom. en 1 vol. in-fol. v. br.
Cette table fort bien faite est encore utile malgré la publication du Grand Recueil des Ordonnances.

43. Les Edicts et Ordonnances des rois de France, depuis Louis VI jusqu'à présent, avec vérific. modific., par Ant. Fontanon ; augm. par Gabr. Michel. *Paris,* 1611, 4 tom. en 3 vol. in-fol., v. f.
En tête de chaque vol. on voit un plan topogr. de Paris, tel qu'il était en 1611. Dans le 2ᵉ vol., p. 200 à 22?, sont les *pourtraicts des espèces d'or, argent et billon, ayant cours par l'edict du roy sur le faict et reiglement général de ses monnoyes, du mois de sept.* 1577. La plupart de ces empreintes ne se trouvent pas dans le Traité de Leblanc.

44. Ordonnances des rois de France de la troisième
race, recueill. par ordre chronol. avec des sommaires,
des observat. (des préfaces) et cinq tables, par de
Laurière, Secousse, de Villevaux, de Brequigny et
de Pastoret. *Paris, imp. roy.*, 1723-1824, 19 vol.
in-fol. y compr. la tabl. des 9 prem., v. m. *(aux
armes)*.

Ce recueil est indispensable dans une bibliothèque historique,
non seulement à cause des ordonnances qu'on y a rassemblées chronologiquement, mais encore à cause des préfaces qui ouvrent chaque
volume; ces préfaces, surtout celles de Secousse, sont d'admirables mémoires où les éditeurs approfondissent avec autant de savoir
que de sagacité la plupart des points difficiles de notre histoire.
Ainsi, aucun ouvrage ne nous fournit plus de détails sur les états-
généraux du quatorzième siècle, que la préface fort étendue que
Secousse a mise en tête du tom. V.

45. Coutumes générales d'Artois, avec des notes (histor.), par Adr. Maillart. 2ᵉ édit. *Paris, J. Debure*,
1739, in-fol., cart. et fig., v. m.

On trouve dans cet ouvrage les *Anciens usages d'Artois*, imprimés
d'après un manuscrit du treizième siècle.

46. Les Coustumes du bailliage de Troyes en Champagne, avec annotations, un bref recueil des évêques de Troyes, le premier livre des mémoires des
comtes de Champagne et Brie, par Pierre Pithou ;
sont ajoustez *Li droict et lis coustumes anciennes de
Champaigne*, les ordonnances des roys, etc. *Troyes,
P. du Ruau*, 1628, pet. in-4, vél.

47. Coustumes du pays et bailliage d'Auxerre, nouvel-
lement rédigées et mises par escript, avec le procès-
verbal, par les gens des trois estatz dudit bailliage.
Paris, G. Le Bret, 1539, pet. in-8, goth., v. f., d.
s. tr. *(Muller)*.

48. Commentaires sur les coustumes du pays de Lou-
dunois (précédés d'une Histoire de la ville et chas-

teau de Loudun), par Fr. Le Proust. *Saumur*, *Th.*
Portau, 1612, in-4., vél.

49. Statuta Delphinalia , hoc est libertates, statuta, et
decreta, quibus etiam forenses extrajudiciales causæ
dirimæ possint, ab illust. principibus Delphinis Vien-
nensibus concessa, etc. *Grationopoli*, *P. Charuys*,
1623, in-4., v. br.

50. Ordonnances du très-haut, très-puissant, très-ex-
cellent et victorieux prince Charles cinquième, publiées en la cour souveraine du Parlement de Dole.
Dole, 1562, in-fol., v. br.

51. Lettres patentes du roy pour l'institution et ouver-
ture des grands jours en la ville de Clermont en Auvergne pour cette présente année 1581. *Paris*, *Fr.*
Morel, 1581, pet. in-8, v. ant.

52. Traité de la Police de Paris, où l'on trouvera l'histoire de son établissement, les fonctions et les prérogatives de ses magistrats... On y a joint une description historique et topographique , avec recueil
des statuts et réglemens des six corps des marchands,
par de la Mare (continué par Le Cler du Brillet). *Pa-*
ris, Mic. Brunet, 1713-38, 4 vol. in-fol., plans, v. br.
Les huit plans de Paris à différentes époques sont très précieux,
malgré quelques erreurs graves. — A la fin de chaque vol. se trouvent des supplémens.

53. Ordonnance du Roy touchant la nourriture et en-
tretenement des pauvres des villes de ce royaume.
Paris, Fr. Morel, 1586.— Statuts pour les hospitaux
des pauvres enfermez. *Paris, M. Mettayer*, 1611. —
Arrests de la cour du Parlement touchant les pauvres. *Paris*, *F. Morel*, 1612. — Lettres patentes du
Roy, en forme de déclaration , pour la réformation
générale des hospitaux , hostels-Dieu , maladeries ,

ausmoneries, et autres lieux pitoyables de ce royaume: *Paris, Cl. Hulpeau*, 1613. — Jugement de la Chambre de la réformation générale des hospitaux, maladerics, etc., etc., pour l'exécution de ses lettres-patentes du 24 octobre 1612. *Paris, Cl. Hulpeau*, 1613. — Arrest de la cour du Parlement, pour le réglement des pauvres. *Paris, F. Morel et P. Mettayer*, 1618. — Réglement pour les pauvres enfermez, de Sainct-Germain, Scipion, Clamar, Bon-Port et autres. — Arrest de la cour de Parlement sur la police des pauvres, vagabonds et gens sans adveu, avec défenses à toutes personnes de mettre et tenir sur les ponts, passages et advenues de ceste ville de Paris, aucuns jeux de torniquets. *Paris, F. Morel et P. Mettayer*, 1620. — Arrest de la cour de Parlement, pour la subvention et nourriture des pauvres de la province de Normandie. *Rouen, M. le Mégissier*, 1618. Ensemble 9 pièces en 1 vol. pet. in-4., vél.

54. Les Ordonnances royaux sur le faict et juridiction de la prévosté des marchands et eschevinage de la ville de Paris. *Paris, P. Rocolet*, 1644, in-fol., fig., v. br.

55. Statuts et Ordonnances des maîtres selliers, lormiers, carrossiers de la ville, fauxbourgs et banlieue de Paris. *Paris, Vente*, 1770, in-12, v. m.

56. Code de la librairie et imprimerie de Paris, ou Conférence du réglement, arrêté au conseil d'état, le 8 février 1723, avec les anciennes ordonnances, édits, etc., depuis 1332. *Paris, aux dép. de la communauté*, 1744, in-12, v. br.

La librairie et l'imprimerie sont encore soumises à ce réglement de 1723, ou plutôt elles n'ont plus même de Code fixe qui les régisse.

57. Edit du roy pour le réglement des imprimeurs et

libraires de Paris, registré en parlement le 21 aoust
1686, avec les autoritez des anciennes ordonnances.
Paris, Denys Thierry. 1687 (deux feuilles mss.). —
Edit du roy pour le réglement des relieurs et do-
reurs de livres, enregistré en parlement le 7 sept.
1686, 2 pièces en 1 vol. in-4, demi-rel.

Plaidoyers. — Procès historiques.

58. **Ms.** Registre du conseil du Parlement et des
    playdoyries de novembre 1364 (règne de Charles V)
    au 12 novembre 1413, in-fol. de 740 pag., demi-rel.
    Avec bonnes et nombreuses additions en marge.

59. Plaidoyers et œuvres diverses de Patru, nouv. édit.,
    augmentée de plusieurs pièces trouvées dans les pa-
    piers de l'auteur, après sa mort. *Paris, Séb. Mabre-
    Cramoisy,* 1681, 2 part. en 1 pet. vol. in-8, v. br.
    Contient les harangues, les lettres, les *éclaircissemens sur l'his-
    toire de l'Astrée,* etc.

60. Arrest du Parlement de Paris, donné et rendu à la
    requeste du procureur-général du roy, contre Char-
    les II et autres complices et accusez, le 1 d'aoust
    1412, etc. *Paris, J. Villery,* 1634. — Recueil de plu-
    sieurs pièces des sieurs de Pybrac, Despeisses et de
    Bellièvre. *Paris, P. Blaize,* 1635, 2 pièces en 1 vol.,
    pet. in-8, v. m.
    Rare.

61. **Ms.** Recueil de pièces relatives au procès du chan-
    celier Poyet, 2 vol. in-fol., dos de mar.
    La plupart de ces pièces sont les procès-verbaux des enquêtes
    faites dans diverses provinces de France au sujet des malversations
    imputées au chancelier ; presque toutes sont des originaux avec si-
    gnatures. — La Bibliothèque du Roi n'a que les débats du procès,
    sans pièces originales.

62. Histoire du procès du chancelier Poyet, avec un
    chap. prélim. sur l'antiq. et la dign. de l'office de

chancelier, par l'historiographe sans gages et sans prétentions. *Londres (Paris)*, 1776, in-8, v. m.

63. Pièces du procès de Henri de Tallerand, comte de Chalais, décapité en 1626 (par de la Borde). *Londres, (Paris)*, 1781, portr. (2). — Lettre de Marion de Lorme aux auteurs du journal de Paris (par le même). *Ibid. (Paris)*, 1780, portr. (6), 2 part. en 1 vol. in-12, v. m.

64. Plaidoyers et responses concern. le privilége de la Fierte de S. Romain, par Guil. de Serisay, Jean de Monstruel et Denis Bouthiller..., ensemble les arrêts du grand Conseil. *Paris, Barth. Macé*, 1611, 3 part. en 1 vol. pet. in-8, vél.

65. Recueil des défenses de Fouquet (par Fouquet, Pélisson, le Vayer de Boutigny et autr.) *S. l. (à la sph.)* 165-67, 13 vol. — Conclusion des défenses, conten. son interrogat., le journal de ce qui s'est passé en son affaire depuis le jour de sa capture, ses remarq. sur le procédé qu'on a tenu contre luy, les avis de ses juges, etc. *S. l. (Holl., Elzev.)*, 1668. — Observations sur un ms. intit. *Traitté du Péculat* (par le Vayer de Boutigny). *S. l. (Holl., Elzev.)*, 1676. En tout 15 vol. bas. et. v. br.

C'est la première édition que le gouvernement de Hollande essaya d'arrêter, de peur de déplaire à Louis XIV et surtout à Colbert. Voy. à ce sujet les Négoc. de Jean de Witt et les lett. de Guy-Patin.

66. Recueil général des pièces contenues au procès (en impuissance) du marquis de Gesvres et de mademoiselle de Mascranny son épouse (par Begon). *Rotterdam, Renier Leers*, 1713, in-12, v. br.

67. Le même recueil, nouv. édit. augm. de diverses pièces. *Rotterdam, Reinier Leers*, 1714, 2 vol. in-12, v. m.

68. Pièces originales et procédures du procès de Damiens (recueill. et publ. par Le Breton). *Paris, G. Simon*, 1757, 4 vol. in-12, v. f., d. s. tr.

69. Les Iniquités découvertes, ou Recueil des pièces curieuses et rares qui ont paru lors du procès de Damiens (par Grosley et autres). *Londres (Paris)*, 1760. — L'Inoculation du bon sens (par Jean Soret). *Londres*, 1761, 2 part. en 1 vol. in-12, v. m.
Très rare.

70. Mémoire justificatif pour trois hommes condamnés à la roue (par le prés. Dupaty). *Paris, P. Denys Pierres*, 1786, portr. — Nouveau mémoire pour les mêmes, ou Réponse au réquisitoire du 11 août 1786. — Résumé du mémoire justificatif de Bradier, Simare et Lardoise, de leurs moyens de droit, de leurs différentes requêtes, etc. *S. l.*, 1787. — Eloge du président Dupaty (par Dyannyère). *Naples (Paris)*, 1789. — Etrennes à M. S..., ou Pensées d'un homme sur un ouvrage nouveau. *S. l.*, 1787, 5 part. en 1 vol. in-8., demi-rel.

71. Procès des ministres anglais accusés de haute trahison, et traduits devant le Parlement, précédé de considérations sur l'accusation et la mise en jugement des ministres de Charles X, par Paquis et Claudon. *Paris, Am. Costes*, 1830, in-8., br.

SCIENCES ET ARTS.

SCIENCES MÉTHAPHYSIQUES ET PHYSIQUES.

Introduction. — Philosophie. — Morale. — Utopies. — Politique. — Commerce. — Histoire naturelle. — Économie domestique. — Médecine.

72. Paradoxe sur l'incertitude, vanité et abus des Sciences, trad. en franç. du latin de Henry Corneille

Agrippa (par Louis de Mayerne Turquet), 1603, pet. in-12, v. br.

73. Traité historique et critique de l'Opinion, par Gilb. Ch. Le Gendre, marquis de Saint-Aubin, 3ᵉ édition. *Paris, Briasson*, 1741, 7 vol. in-12, v. gr.

74. Essai sur les erreurs populaires, ou Examen de plusieurs opinions reçues comme vrayes qui sont fausses ou douteuses, trad. de l'angl. de Th. Brown (par l'abbé Souchay). *Paris, Briasson*, 1738, 2 vol. in-12, v. m.

75. Cours de philosophie, par Cousin. Introduction à la Philosophie. *Paris, Pichon et Didier*, 1828, 13 liv. form. 1 vol. in-8, portr., br.

76. Les OEuvres morales et meslées de Plutarque, translatées de grec en franç. (par Jac. Amyot). *Lyon, Est. Michel*, 1579, in-fol., v. f., fil.

77. L'Horloge des princes, avec le très renommé livre de Marc-Aurèle, recueillis par don Ant. de Guevare, évêque de Guadix et Mondovedo, trad. en partie du castillan en franç., par H. de Herberay, seigneur des Essars. *Paris, Jac. Macé*, 1566, in-8, v. gr.

78. Beroalde. De la fœlicité (*sic*) humaine, trad. de latin en franç. par Calvy de la Fontaine. *Paris, Den. Janot*, 1543, pet. in-8, fig. v. fil.

79. Le Bréviaire de Jacq. Amyot (attrib. à M. L. Parele). *Paris, J.-A. Werdet*, 1829, in-16, br.

80. Les Après-disnées et propos de table contre l'excès au boire et au manger, pour vivre longuement, sainement et sainctement, par le P. Ant. de Balinghem. *Lille*, 1615, pet. in-8, vél. (manq. le titre et deux feuillets de la table des chap.)

81. Dissertation théologique sur les Loteries (par l'abbé Coudrette. *S l.*, 1742, in-12, demi-rel.—Essai sur le

Jeu, considéré sous le rapport de la morale et du droit naturel. *Lyon, Ayné*, 1835, in-8, br.

82. Le Pornographe, ou Idées d'un honnête homme sur un projet de réglement sur les Prostituées, propre à prévenir les malheurs qu'occasionne le *publicisme* des femmes, avec notes hist. et justif.; par Rétif de la Bretonne. *Londres, Jean Nourse*, 1776, 2 part. en 1 vol. in-12, v. m.

83. Les Gynographes, ou Idées de deux honnêtes femmes sur un projet de réglement proposé à toute l'Europe, pour mettre les femmes à leur place, et opérer le bonheur des deux sexes, avec notes hist. et just., suiv. des noms des femmes célèbres; par le même. *La Haye (Paris, Humblot)*, 1777, in-8, v. m.

84. L'Andrographe, ou Idées d'un honnête homme sur un projet de réglement proposé à toutes les nations pour opérer une réforme générale des mœurs, et par elle, le bonheur du genre humain, avec notes hist. et just.; recueill. par N. E. Rétif de la Bretonne, éditeur (auteur) de l'ouvrage. *La Haye, (Paris, Vᵉ Duchesne,)* 1782, 2 part. en 1 vol. in-8, demi-rel.

85. Le Mimographe, ou Idées d'une honnête femme sur la réforme du théâtre national; par le même *Amsterdam, Changuyon*, 1770, in-8, v. m.

86. Le Thesmographe, ou Idées d'un honnête homme sur un projet de réglem. proposé à toutes les nations, pour opérer une réforme générale des loix, avec notes hist. par le même. *La Haye (Paris, Maradan)*, 1789, 2 part. en 1 vol. in-8, v. m.
Rare

87. Les six Livres de la République, de Jean Bodin. *Genève, Est. Gamonet*, 1629, pet. in-8, vél.

88. Le Rozier des Guerres, composé par le feu roy
Loys, XI· du nom, pour le daulphin Charles, son fils,
mis en lumière sur un manuscrit trouvé au château de
Nerac, par le président d'Espagnet, et ensuite un
Traité de l'Institution du jeune prince, fait par ledit
président, *Paris, Nic. Buon.* 1626, in 12, demi-rel.
Rare.

89. Recueil des Testamens politiques du card. de Richelieu, du duc de Lorraine (par H. de Straatman), de
Colbert et de Louvois (par Sandras de Courtilz).
Amsterdam, Z. Chatelain, 1749, 4 vol. in-12, v. m. —
Testament polit. du card. Jules Albéroni, par mon-
signor A. M., trad. de l'ital. par le C. de R. B. M.
(compos. par Durey de Morsan, et publ. par Maubert
de Gouvest). *Lausanne, M. M. Bousquet*, 1754, in-12,
v. m.

90. Manuscrit trouvé aux Tuileries le 29 juillet 1830, et
publié par Noguès, compositeur typographe (avec une
préf. par P. Lacroix). *Paris, Levavasseur*, 1830, in-8,
br. — Cours de Législation gouvernementale, par
Gustave Albitte. *Paris, Levrault*, 1835, in-8, br.

91. Dictionnaire universel de Commerce, ouvr. posth.
de Jac. Savary des Bruslons, continué et publié par
Philemon-Louis Savary, son frère, 6· édit., consid.
augm. *Genève, Cramer*, 1750, 4 vol. in-fol., m. r.

92. Le Moyen de devenir riche, et la manière véritable
par laquelle tous les hommes de la France peuvent apprendre à multipl. et augment. leurs trésors et possessions, avec plusieurs autres excellens secrets (de la nature des eaux et fontaines, de l'alchimie, des métaux,
de l'or potable…, des terres d'argille, de l'art de la
terre, etc.); par Bernard Palissy, inventeur des rus-

figulines du roy. *Paris, Rob. Fouet*, 1636, 2 tom. en
1 vol. in-8, v. br.

Rare.

93. Réflexions politiques sur les finances et le commerce (par Dutot). *La Haye, frères Vaillant*, 1739, 2
vol. in-12, v. f.

Avec la signature de *Jamet*.

94. Essai sur les monnoies, ou Réflexions sur le rapport
entre l'argent et les denrées (par Dupré de Saint-
Maur), *Paris, J.-B. Coignard*, 1746, 2 part. en 1 vol.
in-4, v. m.

Avec envoi de l'auteur. — La seconde partie contient *Variations
arrivées dans le prix de diverses choses (en France), pendant le cours
des cinq derniers siècles.* Tableau très précieux pour l'histoire.

95. Recherches et considérations sur les finances de
France, depuis 1595 jusqu'à l'année 1721 (par de
Forbonnais). *Basle, Cramer*, 1758, 2 vol. in-4, v. m.

96. Universæ Naturæ theatrum, in quo rerum omnium
effectrices causæ et fines contemplantur... auctore Joh.
Bodino. *Francofurti, apud hær. A. Wecheli*, 1597,
in-8, vél.

Rare.

97. De Naturæ divinis characterismis, seu raris et
admirandis spectaculis, causis, indiciis, proprietati-
bus rerum... libri VII, auctore Corn. Gemma. *Autuerpiæ, ex offic. Christ. Plantini*, 1575, in-8,
fig. vél,

98. Les Merveilles des Indes-Orientales et Occidenta-
les, ou nouveau Traitté des pierres précieuses et perles,
conten. leur vraye nature, dureté, couleurs et vertus..., le titre de l'or et de l'argent, les raisons contre
les chercheurs de la Piérre philosophale et souffleurs
d'alquemie (*sic*), par Robert de Berquen (2e édit.
augm.) *Paris, Chr. Lambin*, 1669, pet. in-4, vél.

Cet ouvrage rare contient un chapitre relatif à Nicolas Flamel.

99. OEuvres complètes de Buffon (Discours, théorie de la terre, époq. de la nature, minéraux, animaux, homme). *Paris, Lecointe*, 1830, 25 vol. in-18, br.

100. Flore de Paris, genera et species, ou première applicat. faite du nouv. Système flo. al aux plantes vivantes (par Lefebure). *Paris, Casimir*, 1835, in-8, br. (avec les feuilles suppl.)

101. Introduction à l'étude des corps naturels tirés du règne minéral, par Bucquet. *Paris, Hérissant*, 1771. 2 vol. in-12, v. f., fil. — Abrégé de l'histoire des Insectes, par l'auteur du Cours d'histoire (de Baurieu). *Paris, C.-J. Panckoucke*, 1764, 2 vol. in-12, fig., v. m.

102. Mémoires pour servir à l'histoire des Insectes, par de Réaumur. *Amsterdam, Pierre Mortier*, 1737-48, 12 vol.-in 12, fig., br. (Les fig. des prem. vol. détachées).

103. Histoire naturelle des Abeilles (par Bazin). *Paris, Guérin*, 1744, 2 vol. in-12, fig., v. m. — Abrégé de l'Histoire des Insectes, pour servir de suite à l'Histoire des Abeilles (par le même). *Ibid., id.*, 1747, 4 vol. in-12, fig., v. m.

104 La nouvelle Maison Rustique, ou Economie rurale, prat. et génér. de tous les biens de la campagne, par Ligier, nouv. édit. considér. augm. (rédigée par de la Bretonnerie). *Paris, Samson*, 1790, 2 vol. in-4. fig. m. j.

105. Le Thrésor de santé, ou le Mesnage de la vie humaine, div. en 10 liv., lesquels traictent de toutes sortes de viandes et breuvages, ensemble de leur qualité et préparation ; par un des plus célèbres et fameux médecins de ce siècle. *Lyon, J. A. Huguetan*, 1607, in-8, vél. — Traitez nouveaux et curieux du

café, du thé et du chocolate, par Ph. Sylv. Dufour. *Lyon, Girin*, 1685, in-12, fig. v. br.

106. Apicii Coelii, de opsoniis et condimentis, sive arte coquinaria libri decem, cum annotationibus Mart. Lister et notis selectioribus. *Amstelodami, apud Jaussonio-Waesbergios*, 1709, pet. in-8, v. m.
Edition Variorum, peu commune.

107. Almanach des Gourmands, servant de guide dans les moyens de faire excellente chère, par un vieil amateur (Grimod de la Reynière). *Paris, Maradan* et *Jos. Chaumerot*, 1804-12, 8 vol., fig. br. (On a ajouté la grande carte gastronomique de la France, in-fol., dressée par Monin.)
Difficile à trouver complet.

108. Physiologie du goût, ou Méditations de gastronomie transcendante, par un professeur (Brillat de Savarin). *Paris, A. Sautelet*, 1828, 2 vol. in-8, dos de cuir de Russ.

109. Galeni, de Sanitate tuendâ libri sex, interp. Th. Linacro. *Coloniæ, in ædibus Eucharii*, 1526, pet. in-8, demi-rel. — Cl. Galeni, de morborum et symptomatum differentiis et causis libri sex, Guil. Copo interprete. *Lugduni, ap. God. et Mar. Beringos*, 1547, in-16, demi-rel.

110. Corporis humani partium per icones delineatarum explicatio (ex Vesalio). *Basileæ, ap. Frobenium*, 1581, pet. in-fol., fig., v. br.

111. Opera Ambrosii Parei, latinitate donata Jac. Guillemeau. *Parisiis, Jac. Du Puys*, 1582, in-fol., fig., v. br.
Les figures sont très curieuses; celles du dernier livre avaient déjà servi à l'ornement de la *Cosmographie* de Thevet.

112. Jo. Benedicti Sinibaldi Leonissani Geneanthropeiæ, sive de hominis generatione Decateuchon, ubi

ex ordine quæcunque ad humanæ generationis litur-
giam, ejudemque principia, organa, tempus, usum,
modum, occasionnem, voluptatem, etc., opus nimi-
rum philosophis, philiatris, philomusis apprime utile.
Romæ, de typ. Fr. Caballi, 1642, in-fol. , v. br.

Rare et beaucoup plus singulier que le *Tableau de l'Amour conjugal*, de Venette, quoique dédié à un cardinal.

113. Toutes les œuvres charitables de Philbert Guy-
bert, scavoir le médecin charitable...., la manière de
faire diverses confitures, le discours de la peste, la
manière d'embaumer les corps morts, etc. *Paris, le
Mercier*, 1670, in-8, vél. — L'art de conserver la
santé des princes, des religieuses, et les avantages de
la vie sobre, du seign. L. Cornaro. *Leide, Ar. Lan-
gerack*, 1724, in-12, v. br.

114. Lettres à Camille sur la physiologie, exposé des
phénomènes de la vie, par Isid. Bourdon. *Paris,
Werdet*, 1830, in-18, br. —La physiognomonie, ou
l'Art de connaître les hommes d'après les traits du
visage et les manifestations extérieures, selon les
système de Gall, Porta, Lavater, etc., par le même.
Ibid. id., 1830, in-18, fig , br.

115. Des Aliénés, considér. sur l'état des maisons qui
leur sont destinées, tant en France qu'en Angleterre,
sur le régime hygién. et moral; sur quelques questions de médecine légale, par G. Ferrus, *Paris,
mad. Huzard*, 1834, in-8, tabl. et plans, br.

SCIENCES OCCULTES.

*Introduction.—Alchimie.—Magie.—Chiromancie.
— Prophéties. — Illuminés.*

116. Histoire critique des Pratiques superstitieuses qui
ont séduit les peuples et embarrassé les savans, par
le P. Pierre Le Brun. *Paris, v.° Delaune*, 1732, 3

vol. in-12, fig., v. br.— Recueil de pièces pour servir de supplément à l'Hist. des pratiques... *Ibid. id.*, 1737, in-12, v. br.

Le quatrième vol., qui manque souvent, contient les *factums et arrêts du parlement de Paris contre les sorciers de Brie.*

117. L'Histoire des imaginations extravagantes de M. Oufle, servant de préservatif contre la lecture des livres qui traitent de la magie, du grimoire, des démoniaques, sorciers, loups-garoux..., etc., (par l'abbé Bordelon). *Paris, Duchesne,* 1754, 5 tom. en 2 vol. in-12, fig., v. gr.

Avec la gr. planch. du sabbat.

118. Dictionnaire mytho-hermétique, par don Ant. J. Pernety. *Paris, Bauche,* 1758, in-8, v. m.

119. Bibliothèque des philosophes chimiques, par J. M. D. R. (recueill. par Guil. Salmon ; augm. par Maugin de Richebourg, et annotée par l'abbé Lenglet du Fresnoy). *Paris, And. Cailleau,* 1741, 3 vol. pet. in-8, fig., v. br.

Rare.

120. Henrici Cornelii Agrippæ Opera, in duos tomos concinne digesta. *Lugduni, per Beringos fratres. S. a.,* 2 vol. in-8, fig., v. br. et vél.

Les lettres d'Agrippa ne sont pas indifférentes pour l'histoire de son temps.

121. Les OEuvres de Mr Jean Belot, curé de Milmont, professeur aux sciences divines et celestes, conten. la chiromance, physionomie, l'art de memoire de Raymond Lulle, traité des divinations, augures et songes, etc. *Liège, G. H. Streel,* 1704, in-12, fig., v. br.

122. Recueil de dissertations anciennes et nouvelles sur les apparitions, les visions et les songes, avec une préf. hist. et un catal. des auteurs qui ont écrit sur les esprits, les visions, etc., par l'abbé Lenglet du

Fresnoy. *Avignon (Paris, J. M. le Loup)*, 1752, 4 part.
en 2 vol. in-12, v. m.

123. De la Démonomanie des Sorciers, par J. Bodin.
4ᵉ éd. *Lyon, Ant. de Harsy*, 1598, in-8, m. br.

124. Histoire des spectres et discours des illusions et
impostures des diables, des magiciens infames, sorcières et empoisonneurs, des ensorcelez et démoniaques..., par Jean Wier (trad. de lat. en franc. par Jac.
Grevin); deux dialog. de Thom. Erastus, touchant le
pouvoir des sorciers. *S. l., pour Jaques Chouet*, 1579,
in-8, v. br.

125. Discours des spectres ou visions et apparitions
d'esprits, comme anges, démons et ames, se mons-
trans visibles aux hommes...., en 8 liv., par P. le
Loyer. 2ᵉ édit. augm. *Paris, Nic. Buon*, 1608, in-4,
vél.
Peu commun.

126. Disquisitionum magicarum libri sex, quibus conti-
netur accurata curiosarum artium et vanarum super-
stitionum confutatio, auct. Mart. del Rio. *Colon.
Agrippinæ, sumpt. P. Henningii*, 1633, in-4, v. n.

127. De spectris, lemoribus et magnis, atque insolitis
fragoribus, variisque præsagitionibus, etc, liber unus,
aut. Ludov. Lavatero. *Lugd. Batav. apud Jordanum
Luchtmans*, 1687, pet. in-12, fig., m. j.

128. Traité sur les apparitions des esprits et sur les
vampires ou les revenans de Hongrie, de Moravie,
etc., par le P. dom Aug. Calmet. Nouv. édit. augm.
Paris, Debure, 1751, 2 vol. in-12, v. m.

129. Lettres de M. de Saint-André, conseiller-médecin
ordinaire du roy, à quelques-uns de ses amis, au sujet de la magie, des maléfices et des sorciers. *Paris,
R. Marc Despilly*, 1725, in-12, v. f., fil. (*aux armes*).

130. Apologie par tous les grands hommes qui ont

esté accusez de magie, par Naudé. *Paris, Aug. Be-*
songne, 1669, pet. in-12, v. br.

131. Chiromantia, physiognomia, de faciebus signo-
rum, de judiciis ægritudinum, astrologia naturalis,
etc., auct. Jo Indagine. *S. l.*, 1591, pet. in-fol., fig.,
demi-rel.

132. Joannis ab Indagine introductiones apotelesmaticæ
in physiognomiam, complexiones hominum, etc, quibus accessit Guil. Grataroli opuscula et Pomp. Gau-
rici tractatus. *Augusta Trebocorum, sumpt. S. Paulli,*
1672, in-12., fig., demi-rel.

133. La Science curieuse ou Traité de la Chyromancie,
recueill. des plus graves auteurs, etc. *Paris, F. Clou-*
sier, 1667, in 4, vél.

134. La Philosophie des Images énigmatiques, où il est
traité des énigmes, hiéroglyphiques, oracles, prophé-
sies, sorts, divinations, loteries, talismans, songes,
centuries de Nostradamus, de la baguette...; par le P.
Fr. Menestrier. *Lyon, Jac. Lions,* 1694, in-12, fig., v. gr.

135. Prophéties de Michel Nostradamus, dont il y en
a 300 qui n'ont jamais été imprimées, nouv., édit,
d'après un exempl. trouvé dans la bibl. de Pascal, avec
la vie de l'auteur. *Paris, s. a.,* in-18, demi-rel.—La concordance des prophéties, de Nostradamus avec l'histoire, depuis Henri II jusqu'à Louis-le-Grand; la vie
et l'apologie de cet auteur, etc., par Guinaud. *Paris,*
J. Morel, 1693, in-12, portr., v. m.

136. Essai sur la secte des Illuminés (par le marq. de
Luchet). *Paris,* 1789.— Lettre du comte de Mirabeau
à M..... sur Cagliostro et Lavater. *Berlin, François de*
la Garde, 1786.— Mémoire authent. pour servir à
l'histoire du comte de Cagliostro. *Strasbourg,* 1786,
3 part. en 1 vol. in-8, m. éc.

137. Histoire des Francs-maçons, conten.les obligations
et statuts de la tr.s vénérable confraternité de la Ma-
çonnerie (par de la Tierce). *A l'Orient, chez G. de l'E-
toille, entre l'équerre et le compas, vis-à-vis le soleil cou-
chant*, 1745, 2 vol. in-12, v. m.

SCIENCES MATHÉMATIQUES.
Art Militaire.

138. La Géométrie pratique, par Allain Manesson Mallet. *Paris, Anisson*,, 1702, 4 tom. rel. en 2 vol., pet.
in-4, 500 fig., vél.

Cet ouvrage est très précieux pour la topographie et les antiquités
de la France, à cause de la quantité de vues qu'il contient, représentant des villes, châteaux, monumens, etc., aujourd'hui détruits,
et dont la plupart n'ont pas été gravés ailleurs.

139. Les Travaux de Mars, ou l'Art de la Guerre, en
trois parties, par Allain Manesson Mallet. *Paris, Denis Thierry*, 1685, 3 vol., pet. in-4, 400 fig. en
taille douce, v. br.

Curieux à cause des figures qui représentent des plans et des
vues de villes, de châteaux, ainsi que des costumes militaires, des
armes, etc.

140. Des entreprises et ruses de guerre, et des fautes
qui parfois surviennent ès progrez et exécution d'i-
celles, ou le vray pourtrait d'un parfait général d'armée, tiré de l'ital. de Bern. Roque, par le seigneur
de la Popellinière Lancelot du Voesin. *Paris, Nic.
Chesneau*, 1571, pet. in-4, v.f., d. s. tr. *(aux armes)*.

141. L'Arsenac de la milice françoise, par Jacques de
Fumée. *Paris, J. Corrozet*, 1607, pet. in-8, vél.

142. La Pyrotechnie de Hanzelet, Lorrain, où sont re-
presentez les plus rares et les plus appreuvez secrets
des machines et des feux artificiels pour assiéger et
défendre toutes places. *Pont-à-Mousson, Gasp. Bernard*, 1630, in-4, fig., vél.

143. Les fortifications du chev. Antoine de Ville, conten. la manière de fortifier toute sorte de places..., etc. *Paris, Comp. des lib. du Palais*, 1666, in-8, fig., v. br.

144. De l'attaque et de la défense des places, par M. de Vauban. *La Haye, P. de Hondt*, 1737, gr. in-4, fig., plans, v. m.

BEAUX-ARTS.

Introduction. — Devises et Anagrammes. — Peinture, Gravure, Architecture. — Équitation. — Jeux.

145. Traité historique et critique des principaux signes dont nous nous servons pour manifester nos pensées, par le P. Alphonse Costadau. *Lyon, v. B. Guillimin,* 1717, 4 vol. pet. in-12, fig., v. br.

Cet ouvrage traite de l'origine des langues, de la musique, de l'écriture, de l'imprimerie, du dessin, de la peinture, de la sulpture, etc.

146. De l'Art des Devises, par le P. Le Moyne, avec divers recueils de devises du mesme auteur. *Paris, Séb. Cramoisy*, 1666, in-4., fig., v. br.

147. Sancta familia seu chronicum 1690 anagrammatum super ly *Salvator, genitrix, Josephus* vel *Joseph*, concinne fabricatum et in tres libros divisum, auct. And de Solre. *Antuerpiæ, H. Dunwalt*, 1686, in-8., fig., v. gr.

Un des recueils les plus singuliers d'anagrammes.

148. Les Images, ou tableaux de platte peinture des deux Philostrates, mis en françois par Blaise de Vigenère, reveus sur l'original par un docte personnage, et représentez en taille-douce, avec des épigr. sur chacun d'iceux, par Art. Thomas, sieur d'Embry.

Paris, *Séb. Cramoisy*, 1637, gr. in-fol., fig. (65) de Jaspar Isac et J. Gautier, v. br.

Remarq. par les gravures, et bien complet.—Les notes offrent des détails curieux sur les arts au XVI_e siècle.

149. Histoire des Arts qui ont rapport au dessein (*sic*), en 3 livres, où il est traité de son origine, de son progrès, de sa chute et de son rétablissement, par P. Monier. *Paris, P. Geffart*, 1698, in-12, v. br.

150. Des Principes de l'architecture, de la sculpture, de la peinture et des autres arts qui en dépendent (par Félibien des Avaux). *Paris, J. B. Coigniard*, 1676, in-4., fig., v. br.

151. Cabinet des singularitez d'architecture, peinture et gravure, ou Introduction à la connaissance des plus beaux arts, figurés sous les tableaux, statues et estampes, par Florent le Comte. *Paris, Nic. Le Clerc*, 1699-1700, 3 vol. in-12, fig., v. br.

Contient différens catalog. de tableaux, de gravures, etc., avec la vie de quelques peintres et les monogrammes des graveurs.

152. Réflexions critiques sur la poésie et la peinture, par l'abbé Du Bos. 5e édit. corr. et augm. *Paris, P. J. Mariette*, 1746, 3 vol. in-12, v. br.

153. Recueil de quelques pièces concernant les arts (par Cochin), extraites de plusieurs *Mercures de France. Paris, Ant. Joubert*, 1757, in-12, v. éc. — Réflexions sur la peinture et la gravure, accompagnées d'une courte dissertation sur le commerce de la curiosité et les ventes en général, par C. Fr. Joullain. *Metz, Cl. Lamort*, 1786, in-12, m. m.

154. L'Ombre du grand Colbert, le Louvre et la Ville de Paris, dialogues. Réflexions sur quelques causes de l'état présent de la peinture en France, avec quelques lettres de l'auteur à ce sujet (par de La Font). *S. l. (Paris)*, 1752, in-12, v. m.

155. Dictionnaire des Graveurs anciens et modernes, depuis l'origine de la gravure, avec notice des principales estampes, suivi des Catalogues des œuvres de Jacques Jordans et de Corn. Vischer, et des estampes gravées d'après Rubens, par F. Basan. *Paris, de Lormel*, 1767, 3 parties en 2 vol., in-12, v. m.

156. Essai sur l'origine de la gravure en bois et en taille-douce, et sur la connaissance des estampes des XVe et XVIe siècles, où il est parlé de l'origine des cartes à jouer...; suivi de recherches sur l'origine du papier, sur les miniatures, sur les filigranes des papiers, etc. (par Jansen). *Paris, P. Schœll*, 1808, 2 vol. in-8., br. (manq. les fig.)

157. Catalogue général des Portraits formant la collection de S. A. R. monseigneur le duc d'Orléans au 1er mai 1829 (par M. Vatout). *Paris, Guyot et Scribe*, 1829-30, 4 vol. in-8., br.

Cette collection, déjà si nombreuse et si bien classée, s'est augmentée depuis de celle de M. Marron.

158. Traité des Statues (par Fr. Lemée). *Paris, Ant. Seneuze*, 1786, in-12, v. br.

A la fin, l'acte de *Donation* (de la statue de Louis XIV, sur la place des Victoires, à la ville de Paris), par le duc de la Feuillade.

159. Discours sur les Monumens publics de tous les âges et de tous les peuples, suiv. d'une descript. de monum. projetés à la gloire de Louis XVI; term. par quelques observations sur les principaux monumens de Paris, par l'abbé de Lubersac. *Paris, Impr. royale*, 1775, in-fol., fig. demi-rel.

160. Annales des bâtimens et des arts, de la littérature et de l'industrie, par une société d'artistes et de gens de lettres (dirigée par Alex. Lenoir). *Paris*, 1819, 4 vol., fig. et plans. — Annales françaises des arts, des sciences et des lettres, faisant suite aux Annales

des bâtimens, par les mêmes. Paris, 1819-22, 6 vol., fig. et plans. En tout 10 vol. demi-rel., le dernier br.

Ce recueil est rempli de bons morceaux d'archéologie et de biographie françaises, par Alex. Lenoir : il forme la suite naturelle du *Musée des monumens français*.

161. Considérations sociales sur l'Architectonique, par Vict. Considérant. *Paris*, 1834, in-8, fig., br.

162. La Pratique du cavalier, ou l'Exercice de monter à cheval, par René de Menou, seign. de Charnizay ; ensemble un traité des moyens d'empescher les duels. *Paris, G. Loyson*, 1650, pet. in-4, fig., vél.

163. La Maison des Jeux (par Ch. Sorel), dern. édit. augm. *Paris, Ant. de Sommaville*, 1657, 2 vol. pet. in-8, vél.

164. Le Jeu de l'Hombre comme on le joue à la cour et à Paris, avec les pretintailles. *Paris, veuve Cl. Barbin*, 1705, in-12, fig., v. br.

BELLES-LETTRES.

LINGUISTIQUE.

Introduction. — Dictionnaires.

165. Recherches curieuses sur la diversité des langues et des religions, par Ed. Brerewood, mises en françois par J. de la Montagne. *Paris*, 1640, in-8, v. f., fil.

166. Ambrosii Calepini dictionnarium (lat. hebr. græc. gall. ital. germ. hispan. atque angl.) à Joanne Passeratio ; edit. novissima revisa et aucta à Laur. Chiffletio et Ludov. de la Cerda. *Lugduni, sumpt. Fr. Anissoniorum et Joan. Posuel*, 1681, 2 vol. in-fol., v. f.

167. Glossarium ad scriptores mediæ et infimæ latini-

tatis, auct. Car. du Fresne, demino du Cange. *Lutetiæ Parisiorum, ap. Lud. Billaine*, 1678 , 3 vol. in-fol., fig., v. br.

Cette édition ne doit pas être dédaignée, puisqu'elle sert à compléter celle des Bénédictins , quand le Supplément de Carpentier manque : elle contient en effet l'*index seu nomenclator scriptorum*, les *indices* (46) *ad Glossarium* et *de imperatorum Constantinopolitanorum numismatibus dissertatio* , qui ne se trouvent pas dans l'édit. augmentée, en 6 vol.

168. Glossarium ad scriptores mediæ et infimæ latinitatis, auct. Car. du Fresne, domino du Cange, edit. nova locupletior et auctior , operâ monachorum Ordin. S. Benedicti è Congreg. S. Mauri. (D. D. Dantine, Carpentier, Guesnié, Nic. Toustain, Le Pelletier, etc.). 1733-36, 6 vol. in-fol., planch., vél. (non rogné.)

169. Dictionnaire étymologique de la langue françoise par Ménage, avec les Origines françoises de Caseneuve, les additions du P. Jacob et de Simon de Valhebert, le discours du P. Besnier et le vocabulaire hagiol. de l'abbé Chastelain; nouv. édit. avec les étymologies de Huet, Leduchat, etc., et le Trésor des recherches et antiquités gauloises et françoises, de Borel; le tout mis en ordre et augmenté par A. F. Jault. *Paris, Briasson*, 1750, 3 vol. in-fol. br.

Le *Trésor des recherches et antiq gauloises*, contient plusieurs longues notices relatives à l'histoire de France, entre autres des mémoires intéressans sur Nicolas Flamel, sur Jacques Cœur, etc.

170. Dictionnaire de la langue françoise ancienne et moderne, de Pierre Richelet, augmenté de plusieurs additions d'histoire, de critiques, etc. (par Pierre Aubert), et d'un nouvel abrégé de la vie des auteurs cités dans l'ouvrage (par Laur. Josse Le Clerc). *Lyon, Marcellin Duplain*, 1728, 3 vol. in-fol., v. br.

Le curieux Dict. biographique de H. J. Leclerc ne se trouve que dans cette édit. de Richelet.

171. Dictionnaire de l'Académie françoise, revu, corrigé et . augmenté par l'Académie elle-même (par
Sélis, Bourlet de Vauxcelles et Gence, avec un disc.
prélimin. de D. J. Garat). *Paris, J. J. Smitz*, 1798,
2 vol. in-4, m. rac.
     Cette édit. est la seule qui contienne à la fin du 2ᵉ vol. un *Sup-
plément des mots nouveaux en usage depuis la Révolution.*

172. Dictionnaire général et grammatical des dictionnaires français, extr. et complém. de tous les dictionnaires anciens et modernes, par Napoléon Landais
(et Charles Lemesle et autres). *Paris, A. Everat,*
1836, 2 vol. in-4, br.

173. Dictionnaire de Rimes, par P. Richelet, nouv.
édit., revue et augmentée par Berthelin. *Paris, libr.
assoc.*, 1781, in-8, v. éc. — Des Tropes ou des différens sens dans lesquels on peut prendre un même
mot dans une même langue, et de la constr. oratoire,
par du Marsais. *Paris, Aumont,* 1815, in-12, m. rac.

POÉSIE.

*Introduction. — Histoire de la Poésie. — Poètes
français. — Poètes étrangers.*

174. Histoire de la Poésie française, avec une défense
de la poésie, par l'abbé Massieu (publ. avec une préf.
par de Sacy). *Paris, Prault,* 1739, in-12, v. br.

175. Histoire littéraire des Troubadours, contenant
leurs vies, les extraits de leurs pièces, et plusieurs
particularités sur les mœurs, les usages et l'hist. du
12ᵉ et du 13ᵉ siècles (par l'abbé Millot, d'après les
mss. de Sainte-Palaye). *Paris, Durand,* 1774, 3 vol.
in-12, v. m.

176. Choix de Poésies originales des Troubadours,
contenant les preuves historiques de l'ancienneté de
la langue romane ; des recherches sur l'orig. et la for-

mat. de cette langue; la Grammaire; des dissert. sur
les troubadours, les cours d'amour, les monumens
de la langue romane jusqu'à ces poètes, les poésies de
60 troub., depuis 1090 jusques vers 1260, par Fr. J.
M. Raynouard. *Paris, Firmin Didot*, 1816-18, 3 vol.
La Grammaire romane, qui remplit presque tout le premier vol.,
est rare.

177. Les Poètes françois, depuis le XIIe siècle jusqu'à
Malherbe, avec notice histor. et littér. sur chaque
poète; par Auguis. *Paris, Crapelet*, 1824, 6 vol. in-8, br.

178. Poésies des XVe et XVIe siècles, publiées d'après
des édit. goth. et des mss.; par Franc. Michel et de
Monmerqué. *Paris, Sylvestre*, 1830-37, 13 pièces en
1 vol. gr. in-8, goth., br. (Ex. avant les n^{os}.)

Ce recueil contient : *L'art et science de rhétorique pour faire rimes
et ballades*, par H. de Croy. — *La Farce de la Pipée.* — *Le Cas-
teau d'Amours*, par P. Gringore. —*Le Débat de l'hiver et de l'été,
avec l'état présent de l'homme.* — *Le Débat du vieux et du jeune.* —
*Sermon nouveau et fort joyeux auquel est contenu tous les maux que
l'homme a en mariage.* — *Le vaquet des bonnes chambrières.* — *Sermon joyeux de M. Saint-Hareng* ; *Monologue des nouveaux sots de
la joyeuse bande.* — *La Réformation sur les dames de Paris, faite
par les Lyonnaises* ; *Réponse et Réplique des dames de Paris.* —
Déploration de Robin — *Le Songe doré de la Pucelle.* — *La complainte de la grosse cloche de Troyes en Champagne*, par Nic. Mauroy. — *Les Souhaits du Monde.* — *La Farce du meunier de qui le
diable emporte l'ame en enfer*, par N. de la Vigne. — *Moralité de
l'aveugle et du boiteux*, par le même.

179. Poésies de Marie de France, poète anglo-normand,
publ. d'après les mss. de France et d'Angleterre, avec
une notice, une trad. en regard du texte, notes, commentaires, observ. sur les usages et coutumes des
Franç. et des Angl. dans les 12e et 13e siècles; par B. de
Roquefort. *Paris, Chasseriau*, 1819, 2 vol. in-8, fig., br.

180. Complainte ou Elégie romane sur la mort d'Enguerrand de Créqui, évêque de Cambrai, publiée et annot. par Edward Le Glay. *Paris, Techener*, 1834, in-8, br. (tiré à 60 ex.)—La Complainte d'Outre-mer, et celle de Constantinople, par Rutebeuf, publ. avec une notice sur ce poète, par Ach. Jubinal. *Idid., id.*, 1834, in-8, br. (tiré à petit nombre.)

181. Li Fablel dou Dieu d'amours, extr. d'un ms. de la Bibl. du roi, avec des notes, par Ach. Jubinal. *Paris, Techener*, 1834, in-8, br. (tiré à petit nombre.)

182. Un Sermon en vers, publ. par Ach. Jubinal, *Paris, Techener*, 1834, in-8, br. — La Résurrection du Sauveur, fragm. d'un mystère inéd., publ. avec la trad. par Ach. Jubinal. *Idid., id.*, 1834, in-8, br. (tiré à petit nombre).

183. Sermons de Guichard de Beaulieu, 13ᵉ siècle, publ. d'après le manus. unique de la Bibl. du roi, par Ach. Jubinal. *Paris, Techener*, 1834, in-8. br. (n. 30 de 125 exempl.)

184. Des XXIII manières de Vilains, 13ᵉ s. (publ. et annot. par Franc. Michel et de Monmerqué). *Paris, Silvestre*, 1833, in-8, br. — De l'oustillement au Villain (publ. par les mêmes). *Ibid. id.*, 1833, in-8, br. (tiré à 100 exempl.) — Des XXIII manières de Vilains, accomp. d'une trad., par Ach. Jubinal, suiv. d'un comment., par Eloi Johanneau. *Paris, Silvestre*, 1834, in-8, pap. de Chine, br.

185. Poésies morales et historiques d'Eustache Deschamps, publ. pour la première fois, d'après le ms. de la Bibl. du roi, avec précis histor. et littér. sur l'auteur, par G. A. Crapelet. *Paris, Crapelet*, 1832, in-8, gr. pap. vél., fac-sim., cart.

3

Très importantes pour l'histoire de France, sous les règnes de Charles V et Charles VI; il est à regretter que l'éditeur n'ait publié que des extr. du poème intit. *le Mirouer du Mariage*, où sont narrés là plupart des événemens politiques du temps.

186. Poésies de J. Froissart, extr. des mss. de la Bibl. du roi et publ. pour la première fois par J. A. Buchon. *Paris, Verdière*, in-8, br.

187. La Complainte du nouveau Marié, avec le droit de chascun, lequel marié se complainct des extencilles qui luy fault avoir à son mesnage, et est en manière de chanson; avec la Loyauté des femmes (publ. par Franc. Michel). *S. l., s. a.*, in-16, goth. br. (réimpr. fac-sim., tirée à petit nombre.)

188. Le plaisant boutehors d'oysiveté (publ. par Fr. Michel). *Paris*, in-16, goth. br. (réimpr. fac-sim., tirée à très petit nombre.)

189. Les poésies de Guillaume (du Bois, dit) Cretin, *Paris, Urb. Coustelier*, 1723, pet. in-8, v. m.

Avec la sign. de *L. S. Auger.* — Parmi ces poésies, il y en a quelques unes qui regardent l'histoire, surtout les épîtres et *l'invective sur l'erreur pusillanime et lascheté des gens d'armes de France à la journée des Esperons.*

190. Epigrammes de Clément Marot, faictz à l'imit. de Martial, plus quelq. aultr. œuvres dudict Marot, non encores imprimées par cy devant. *Poitiers (J. et Eng. de Marnef)*, 1547, pet. in-8, cart.

Édition inconnue à Lenglet Dufresnoy et au dernier éditeur de Clém. Marot; conten. quelq. pièces qui n'ont jamais été recueillies, entre autres une *épistre de Margot.*

191. OEuvres de Clément Marot rev. sur plus. mss. et plus de quarante édit. et augm. de div. poésies, avec les ouvr. de Jean Marot, son père, ceux de Mich. Marot, son fils, et les pièces du different de Clément avec Fr. Sagon, accomp. d'une préf. hist.

et d'observat. crit. (par l'abbé Lenglet Dufresnoy,
sous le pseud. du chev. Gordon de Percel). *La Haye,
P. Gosse et J. Neaulme,* 1731, 6 vol. pet. in-12,
v. br.

. Lenglet Dufresnoy, dans sa préface histor., s'attache à prouver
que Cl. Marot a été l'amant heureux de Diane de Poitiers et de Marguerite de Navarre. On trouve dans cette édit. un glossaire des vieux
mots français.

192. OEuvres complètes de Clément Marot, nouv. édit.
augm. d'un essai sur la vie et les ouvr. de l'auteur,
de notes histor. et crit. (de Lenglet Dufresnoy, La-
harpe et autr.), et d'un gloss. (et d'une notice bibliog.
des éditions de Clém. Marot, par Paul Lacroix). *Paris,
Rapilly,* 1824-25, 3 vol. in-8, gr. pap. vél., portr., v.
ant., fil., fers, d. s., tr. (tiré à 25 exemp. sur ce pap.)

193. S'ensuyvent les ruisseaux de fontaine, œuvre contenant Épistres, Élégies, Chants divers, Epigrammes,
etc., par Charles Fontaine, Parisien. *Lyon, Th. Payan,*
1555, pet. in-8, v. rac., fil.

194. Oraison funèbre sur la mort de M. de Ronsard,
par J. D. Perron. *Paris, F. Morel,* 1586, pet. in-8,
v. br.

195. OEuvres choisies de Ronsard, avec notice, notes
et commentaires par C. A. Saint-Beuve. *Paris, A.
Sautelet,* 1828, in-8, br.

196. Les OEuvres du sieur de Saint-Amant, rev., corr.
et de beaucoup augm. *Orléans,* 1661, pet. in-12, vél

197. Poésies de Sarasin. *Caen, G. S. Trébutien,* 1824,
in-8, portr., dem. rel.

198. OEuvres choisies de Sénecé et de Sarrazin (avec
préfaces de Ch. Nodier). *Paris, N. Delangle,* 1825,
2 vol. in-16, br.

199. Diverses petites poésies du chevalier d'Aceilly. —
Madrigaux de La Sablière. — La Guirlande de Julie,

offerte à mademoiselle de Rambouillet, par de Montausier — Voyage de Chapelle et de Bachaumont
(avec des préf. de Ch. Nodier). *Paris, N. Delangle,*
1826, 4 vol. in-16, br.

200. Œuvres complètes de Boileau Despréaux, précédées des Œuvres de Malherbe, et suiv. des Œuvres
poétiques de J. B. Rousseau (avec des notices et
notes, par Amar). *Paris, Lefèvre,* 1835, gr. in-8,
br.

201. Poésies de Chaulieu, précéd. d'une notice, par
Lemontey. *Paris, Froment,* 1825, in-8, portr.,
demi-rel.

202 Poésies de Louis Racine. *Paris, Masson,* 1823,
in-8, fig., demi-rel.

203. Œuvres du cardinal de Bernis, collat. sur les
premières éditions (par N. Delangle). *Paris, N. Delangle,* 1725, in-8., portr., demi-rel.

204. Œuvres diverses de Grécourt, nouvelle édition,
aug. de Philotanus, etc. *A Navarre et se trouve en
France,* 1789, 4 vol. in-8, demi-rel.

205. Œuvres diverses de Dulard. *Amsterdam, Arkstée
et Merkus,* 1758, 2 vol. in-18, m. j. — Opuscules
poétiques et philololog., par Feutry. *La Haye (Paris,
Delalain),* 1771, in-8, v. m.

206. Poésies diverses de Bonnard (publ. avec une not.
hist. par Sautereau de Marsy). *Paris, Desenne,* 1791,
in-8, cart.
Rare.

207. Œuvres de Malfilâtre, nouv. édit. augm. de notes, et précéd. d'une notice, par M. L... (Paul Lacroix). *Paris, Jehenne,* 1825, in-8, gr. pap. vél., portr.,
v. ant., fil., fers, d. s. tr. (tiré à 25 ex. sur ce pap.)

208. OEuvres de Bernard. *Paris, Janet et Cotelle*, 1823, in-8, fig., demi-rel.

209. OEuvres complètes de Bertin, avec notes et variantes, précéd. d'une notice (par de Boissonade). *Paris, Roux-Dufort*, 1824, in-8, fig., demi-rel.

210. OEuvres complètes de Gilbert, publ. pour la prem. fois avec correct. de l'auteur et variantes ; accomp. de notes litt. et histor. (par Achaintre). *Paris, Dalibon*, 1823, in-8, fig., demi-rel.

211. OEuvres choises de Parny, précéd. d'une notice hist. (par Alfred Fayot). *Paris, Roux-Dufort*, 1826, portr. — OEuvres complètes de Parny, tome 2. *Bruxelles, Aug. Wahlen*, 1824, 2 vol. in-8, demi-rel.
Le second volume, conten. la *Guerre des Dieux*, etc., est rare.

212. OEuvres de Ponce Denis (Ecouchard) Lebrun, mises en ordre et publ. par L. Guiguené. *Paris, G. Warée*, 1811, 4 vol. in-8., portr., demi-rel.

213. OEuvres choisies d'Imbert. *Paris, Calixte Voland*, an V, 2 tom. en 1 vol. in-8, demi-rel.

214. OEuvres de J. Delille, avec notes de Parseval Grandmaison, de Feletz, de Choiseul-Gouffier, Aimé Martin, etc. *Paris, Firmin Didot*, 1837, gr. in-8, br.

215. L'Agriculture ou les Géorgiques françoises, poème (par Rosset). *Paris, Moutard*, 1777, pet. in-8, v. m. — Les Mois, poème en douze chants, par Roucher. *Paris, Quillau*, 1779, 4 vol. in-18, v. m.

216. Cours de morale et opuscule, en vers et en prose, par C. A. Demoustier. *Paris, Renouard*, 1804, in-8, portr., br.

217. La Gastronomie, poème par J. Berchoux, suiv. des poésies fugit. de l'auteur. *Paris, Giguet et Michaud*, 1805, in-18, fig. v. rac.

218. Les Amours épiques, poème en six chants, par F.

A. Parseval Grandmaison, 2ᵉ édit., précéd. d'un
disc. prélim., et suiv. de plus. morceaux trad. d'Homère, de Milton et de l'Arioste. *Paris, Dentu,* 1806,
in-8, demi-rel.

Avec la sign. de l'auteur.

219. Philippe-Auguste, poème héroïque en douze
chants, par F.-A. Parseval. *Paris, Baudouin,* 1826.
in-8, demi-rel.

220. Le Sacre, ode à Sa Majesté Charles X, par A. Bar-
thélemy. *Paris, Ant. Boucher,* 1825, in-4, cart.

Pièce de circonstance, par l'auteur de la *Némésis,* très rare ; l'édition a été tirée à petit nombre, n'ayant pas été faite pour le public.

221. OEuvres complètes de Casimir Delavigne (avec
des préf. et notic., par Duviquet, etc.). *Paris, Delloye et Lecou,* 1837, gr. in-8, br.

222. Poésies d'Hippolyte Tampucci, nouv. édit. *Paris,
Paulin,* 1833, in-8, vign. br. — Epître à M. le vicomte S. (Sosthènes) de la Rochefoucauld (satire sur
la réforme morale de l'Opéra, par Paul Lacroix). *S.
l. (Paris),* 1826, in-8, br. — Epître d'un jeune
homme qui a remporté le prix de vertu, à sa mère,
par P. Lacroix. Pièce qui a concouru (au prix de poésie de l'Acad. fr.), et qui n'a pas même été mention-
née. *Paris, Ponthieu,* 1826, in-8, br.

223. Noei borguignon de Gui Barôzai (par B. de la
Monnoye), 4ᵉ édition. *Ai Dioni, ché Abran Lyron de
Modène,* 1720, pet. in-8, v. f. (sans la musique).

224. Publ. Virgilii Maronis Opera. *Parisiis, P. Renouard,* 1830, in-8, br. — Quinti Horatii Flacci
Opera, et J. Phædri Fabulæ. *Ibid. id.,* 1830, 2 part.
en 1 vol. in-8, br.

225. Lucrèce, de la Nature des choses, trad. en vers
français, par J. B. S. de Pongerville, texte en re-

gard ; précéd. d'un disc. de notices , etc. *Paris , Don-dey-Dupré*, 1823 , 2 vol. in-8, fac-sim., br.

226. Les Nuits d'Young, suiv. des Tombeaux et des Méditations d'Hervey; traduc. de Le Tourneur. *Paris, Et. Ledoux*, 1824 , 2 vol. in-8, fig. br.

ART DRAMATIQUE.

Introduction. — Histoire du Théâtre en France.— Catalogue de pièces de théâtre. — Traités sur l'art dramatique et sur l'art du Comédien. — Mémoires dramatiques.

227. Histoire universelle des Théâtres de toutes les nations, depuis Thespis jusqu'à nos jours, par une société de gens de lettres (l'abbé Coupé , Testu, Desfontaines, et Le Fuel de Méricourt). *Paris, vᵉ Duchesne*, 1779-80, 11 vol. in-8., fig., m. j. (manq. les tomes 11 et 13).

La 2ᵉ part. du tom. 8, les tomes 9 et 10 sont remplis par l'hist. de la chevalerie au moyen âge, avec ses fêtes, son cérémonial, ses jeux, etc., ornée d'un grand nombre de fig. de costumes.

228. Recherches sur les Théâtres de France, depuis 1161 jusques à présent, par de Beauchamps. *Paris, Prault*, 1735, 3 vol. pet. in-8., v. f. *(aux armes)*.

229. Histoire du Théâtre françois depuis son origine jusqu'à présent (1721), avec la Vie des plus célèbres poètes dramatiques, des extraits exacts et un catalogue raisonné de leurs pièces , etc. (par les frères Parfaict). *Amsterdam, aux dép. de la comp.*, 1735-49, 15 vol. in-12, v. m.

230. Bibliothèque du Théâtre françois, depuis son origine, conten. un extrait de tous les ouvr. composés depuis les Mystères jusqu'aux pièces de P. Corneille (par Marsin et le duc de La Vallière). *Dresde,*

Mic. Groell (Paris), 1768, 3 vol. in-8., fig., v. éc.,
fil., d. s. tr.

231. Etudes sur les Mystères et sur divers mss. de
Gerson, y compris le texte franç. primitif de l'I-
mitation de Jésus-Christ, récemment découvert, par
Onésyme Le Roy. *Paris, L. Hachette*, 1837, in-8., br.

232. Dictionnaire portatif historiq. et littér. des Théâtres, conten. l'origine des différens théâtres de Paris, le nom de toutes les pièces, etc., par de Lé-
ris. *Paris, J.-B. Bauche*, 1763, in-8., v. m.

233. Les Muses françoises, première part. conten. un
tableau universel des théâtres de France, avec les
noms des auteurs et de toutes les pièces, depuis les
Mystères jusqu'en 1764 (par le chev. Duduit de
Meizière). *Paris, Duchesne*, 1764, in-8., br. (La
deuxième part. n'a pas paru). — Abrégé de l'histoire du Théâtre françois, depuis son origine jusqu'en
1763, par le chev. de Mouhy et d'Origny. *Paris,
Louis Jorry*, 1780-84, 3 vol. in-8., v. m. et br.
(manq. le tome 3; le 4e vol. est peu commun).

234. Anecdotes dramatiques, conten. toutes les pièces de théâtre qui ont été jouées depuis l'orig. des
spectacles en France, jusqu'à l'année 1775; tous les
ouvr. dram. imprim. ou conservés mss. dans quelques bibliothèques; un Recueil d'anecdotes; les noms
de tous les auteurs, etc. (par Clément et l'abbé de
La Porte). *Paris, veuve Duchesne*, 1778, 3 vol. pet.
in-8., m. m.

235. Histoire de l'ancien Théâtre italien, depuis son
origine en France jusqu'à sa suppression en 1697,
suivi des extr. des meilleures pièces italiennes,
par les auteurs de l'*Hist. du théâtre franç.* (les

frères Parfaict). *Paris, Lambert*, 1753, in-12, demi-rel.

---

236. Lettres de Desp. de B.... (Desprez de Boissy) sur les Spectacles, avec une hist. des ouvr. pour et contre les théâtres, 4e édit. augm. *Paris, Batard*, 1771, 2 vol. pet. in-8, v. m. fil.

---

237. Des Ballets anciens et modernes, selon les règles du théâtre (par le P. Menestrier). *Paris, René Guignard*, 1782, in-12, v. br.
Avec la sign. de *P. Milon*.

238. La Danse ancienne et moderne, ou Traité histor. de la danse, par de Cahusac. *La Haye, J. Neaulme*, 1754, 3 tom. en 1 vol. pet. in-12, v. m. fil.

239. De l'Art de la Comédie, par de Cailhava (d'Estandoux). *Faris, Ph.-D. Pierres*, 1786, 2 vol. in-8, v. rac. fil.

240. Théorie de l'Art du comédien, ou Manuel théât. par Aristippe. *Paris, Leroux*, 1826, in-8, demi-rel. — Cours de Déclamation, par Larive. *Paris, Delaunay*, 1804, in-8, demi-rel.
Avec la sign. de l'auteur.

---

241. Mémoires de Henri-Louis Lekain, publ. par son fils aîné, avec une corresp. inéd. de Voltaire, Garrick, Colardeau, etc. *Paris, Colnet*, 1801, in-8, m. rac.

242. Mémoires d'Hippolyte Clairon, et réflex. sur la déclam. théât., publ. par elle-même, 2e édit. augm. *Paris, F. Buisson*, an VII, in-8, portr., v. rac. fil. (*aux armes*).

243. Supplément au Roman comique, ou Mémoires pour servir à la vie de Jean Monnet, direct. de l'Opéra-

comique, écrits par lui-même. *Londres*, 1772. 2 tom.
en 1 vol. in-12, portr., v. m.

Contient *les Mystifications du S. P....* (Poinsinet), qui n'ont pas
été impr. séparément.

Théâtre Français. — Théâtre étranger.

244. Théâtre-Français au moyen âge, publ. d'après
les mss. de la Bibliothèque du Roi, par L. J. N.
Monmerqué et Franc. Michel. *Paris, H. Delloye*,
1839, gr. in-8, br.
245. Moralité nouvelle de la Prinse de Calais à 2 personnages. — Remonstrance à une compaygnie de
paroisse de venir voir jouer farces ou moralités. —
Farce joyeuse à trois personnages, un vendeur de
livres et deux femmes. — Farce joyeuse à deux personnages, ung gentilhomme, son page. (*Paris*), *Techener.* 1830, 4 pièces, pet. in-8, br. (tiré à 72 exempl.)
246. La Farce de la Pipée (publ. par Fr. Michel). *Paris, Crapelet*, 1832, in-8, br.
247. OEuvres de Jean Rotrou (publ. par Viollet Le-
duc). *Paris, Th. Desoer*, 1820, 5 vol. in-8, br.
248. OEuvres choisies de Quinault, précéd. d'une notice sur sa vie et ses ouvr. (par A. Crapelet). *Paris, Crapelet*, 1824, 2 vol. in-8, portr., br.

Contient le poème (ou descript. en vers) du château de Sceaux.

249. Le Théâtre de T. Corneille. *Amsterdam, Zach.
Chatelain*, 1740, 5 vol. pet. in-12, fig. et portr. de
B. Picart, v. f.
250. OEuvres complètes de Molière avec les notes de
tous les commentateurs (et celles de M. Taschereau).
Paris, Lheureux, 1823-24, 8 vol. in-8, portr., fac-
sim. demi-rel.

Cette édition, qui restera le modèle des édit. *Variorum* de nos classiques français, contient la *lettre sur l'Imposteur*, attribuée à Molière, avec la relat. de la *fête de Versailles en* 1668.

251. OEuvres de J. F. Regnard, avec des avertiss. (et une notice histor.) par Garnier, édit. augmentée de variantes. *Paris, A. Lequien*, 1720, 6 vol in-8, portr., demi-rel.

252. Les OEuvres de Pradon. *Paris, libr. assoc.*, 1744, 2 vol. in-12, m. j. — Théâtre de la Thuillerie, *Amsterdam, P. Marteau*, 1745. — Théâtre de La Font. *Paris*, 1746, 2 tom. en 1 vol. in-12, v. m. — Théâtre édifiant, ou Trag. tirées de l'Ecrit. sainte, par Duché (de Vancy). *Paris, Duchesne*, 1757, in-12, v. m. — Les OEuvres de théâtre de Bruyeis. *Paris, Briasson*, 1735, 3 vol. in-12, portr., m. m.—Les OEuvres de Palaprat. *Paris, Briasson*, 1735, in-12, v. gr.

253. OEuvres de théâtre de Philippe Poisson. *Paris, vᵉ Duchesne*, 1766, 2 vol. in-12, m. j. — Théâtre de De Launay. *Paris, vᵉ Duchesne*, 1756, in-12, v. m. — Théâtre de Mlle Barbier. *Paris, Briasson*, 1745, in-12, v. m. — OEuvres de théâtre de Guyot de Merville. *Paris, vᵉ Duchesne*, 1766, 3 vol. in-12, v. m. — OEuvres de théâtre, par de La Noue. *Paris, Duchesne*, 1765, in-12, portr., v. m.

254. Les OEuvres de La Fosse, édit. augm. de ses poésies. *Paris, libr. assoc.*, 1747, 2 vol. in-12, v. m. — Théâtre de Boursault. *Paris, vᵉ P. Ribou*, 1725, 3 vol. in-72, v. gr. — Théâtre de Noël le Breton, sieur de Hauteroche. *Paris, aux dép. de la comp.*, 1772, 3 vol. in-12, m. rac.

255. Théâtre de Fagan et autres œuvres du même auteur. *Paris, Duchesne*, 1760, 4 vol. in-12, m. j. —OEuvres de Nivelle de la Chaussée (publ. par Sablier).

Paris, Prault, 1762, 5 vol. in-18, v. m. (avec le supplément composé de pièces libres).

256. OEuvres choisies de Baron, Saurin, Ducerceau,
Fuzelier, d'Allainval et Romagnesi. (Biblioth. dram.
avec des notices et des exam. par Ch. Nodier, P. Le-
peintre, Lemazurier, etc.). *Paris, Dabo-Butschert*,
1825, 3 vol. in-8, portr., dem.-rel.

257. OEuvres dramatiques de Destouches, précéd. d'une
notice sur la vie et les ouv. de l'auteur (par de Seno-
nes). *Paris, L. Tenré*, 1820, 6 vol. in-8, fig. dem.-
rel.

258. OEuvres complètes de Crébillon, précéd. de son
éloge par d'Alembert (publ. par Taschereau). *Paris,
Lheureux*, 1324, 2 vol. in-8, dem.-rel.

259. OEuvres de Rivière Dufresny. *Paris, Barrois*, 1789,
4 vol. in-12, v. gr. (*Bozérian*).
Contient le *Parallèle d'Homère et de Rabelais.*

260. La Femme docteur, ou la Théologie en quenouille
(par le père Bougerant). *La Haye, Adr. Moetjens*,
1731, pet. in-8, v. br.

261. OEuvres d'Autreau. *Paris, Briasson*, 1749, 4 vol.
in-12. v. gr. — OEuvres de Desmahis, prem. édit.
compl., publ. d'après ses mss. par de Tresséol. *Paris,
Cussac*, 1783, 2 vol. in-12, v. m.

262. Pièces de théâtre en vers et en prose (par le prés.
Hesnault). *s. l.* (*Paris*) 1770, in-8, v. m.
Le drame de *François II* est un véritable morceau d'histoire, et
les notes offrent des particularités curieuses, entre autres l'extrait
d'une lettre de Jeanne d'Albert, reine de Navarre.

263. OEuvres de théâtre de Boissy. *Paris, V⁰ Duchesne*,
1773, 8 tom. en 4 vol. in-12, m. rac.

264. OEuvres complètes de De Belloy (avec notices et
dissert., par Gaillard). *Paris, Cussac*, 1787, 6 vol.
in-8, portr. et fig., demi-rel.

Contient *Mémoire histor. sur Eustache de Saint-Pierre et sur plusieurs événemeus du siège de Calais; lettre histor. sur Gaston de Foix, duc de Nemours; éloges du chevalier Bayard,* et *notes historiques* sur la trag. de *Gaston et Bayard; Mém. histor. sur la maison de Coucy; Mém. hist. sur le chatelain de Coucy et la dame de Fayel; Rech. hist. sur Pierre le Cruel et Henri de Transtamare.*

265. OEuvres de L. J. B. de Maisonneuve, publ. par Chéron. *Paris, Trouvé,* 1824, in-8, portr., br.—OEuvres de Luce de Lancival, précéd. d'une notice par Collin de Plancy. *Paris, Brissot-Thivars,* 1826, 2 vol. in-8, portr., br. — OEuvres dramatiq. de Guibert, publ. par sa veuve, sur les mss. et d'après les correct. de l'auteur. *Paris, A. A. Renouard,* 1825, in-8, portr., br.

266. Théâtre de Bret. *Paris, Le Clerc,* 1778, 2 tom. en 1 vol. in-8, v. m. — Théâtre de Rochon de Chabannes, suiv. de pièces fugit. *Paris, v^e Duchesne,* 1786, 2 vol. in-8, demi-rel. — Théâtre de Cailhava. *Paris, v_e Duchesne,* 1781, vol. in-8, demi-rel.

267. OEuvres de Falbaire de Quincey. *Paris, v^e Duchesne,* 1787. — Les Jammabos, ou les Moines japonois (les jésuites), trag. dédiée aux mânes de Henri IV et suiv. de remar. hist. (par le même). *Londres (Paris),* 2 vol. in-8, portr., demi-rel.

268. OEuvres dramatiq. de Sedaine. *Paris, v^e Duchesne,* 1776, 4 vol. in-8, v. m.—OEuvres de Pesselier. *Paris, v^e Duchesne,* 1773, in-8, v. m.

269. Théâtre choisi de Favart. *Paris, Léop. Colin,* 1809, 3 vol. in-8, portr., demi-rel.

270. Théâtre de Société, ou Recueil de différ. pièces, tant en vers qu'en prose, qui peuvent se jouer sur un théât. de soc. (par Collé). *La Haye, (Paris, F. Gueffier),* 1768, 2 vol. in-8, v. m.

271. OEuvres de Vadé, ou Rec. des opéras-com., parad. et pièces fugit. de cet auteur. *Paris, Ve Duchesne,* 1788, 4 vol. in-8, musiq., dem.-rel.

272. Opuscules dramatiques, ou Nouv. amusem. de campagne, par de Sacy. *Paris, Demonville,* 1778, 2 vol. in-8, dem.-rel.

273. OEuvres choisies de P. Laujon. *Paris, Léop. Colin,* 1811, 4 vol. in-8, dem.-rel.

Utile pour l'histoire des petits appartemens de Versailles.

274. OEuvres choisies de Marsollier, précéd. d'une notice sur sa vie et ses écr., par la comtesse d'Hautpoul. *Paris, A. Aubrée,* 1825, 3 vol. in-8, dem.-rel.

275. OEuvres de Colin-d'Harleville, enrichies d'une notice sur sa vie, par Andrieux. *Paris, Janet et Cotelle,* 1821, 4 vol. in-8, portr., dem.-rel.

276. OEuvres de J. F. Ducis, mises en ordre par Auger. *Paris, Nepveu,* 1826.—OEuvres posthumes du même, précéd. d'une notice sur sa vie et ses ouvr., par Campenon. *Ibid., id.,* 1826, 4 vol. in-8, portr., br.

277. Théâtre choisi de Fabre d'Eglantine, avec une notice par L. Thiessé, et les notes de Geoffroy et de La Harpe. *Paris, Dabo-Butscher,* 1825, in-8, port. et fac-sim., br.

278. Théâtre républicain, posth. et inédit de L. B. Picard, publ. par Ch. Lemesle (avec des notices par P. Lacroix). *Paris, Béchet,* 1832, in-8, br.

Contient : *le Passé, le Présent et l'Avenir, le Siége de Toulon,* etc.

279. Recueil de pièces de théâtre, in-8, dem.-rel.

Contient : Bélisaire, trag. en 5 actes, par E. Jouy, *Paris, Ponthieu,* 1825, fig. — Marie Stuart, trag. en 5 actes, par P. Le Brun, *Paris, Barba,* 1820. — Frédégonde et Brunéhaut, trag. en 5 actes, par Népomucène L. Lemercier, *Paris, J. N. Barba,* 1821. — Agamemnon, trag. de Nép. L. Lemercier, *Paris,* 1818. — Othello ou le More de Venise, trag., par Ducis. *Paris, Maradan,* an II. — Abufar ou la Famille arabe, trag. en 4 act., par Ducis. *Paris, Barba,* 1810.

— La Nièce Supposée, coméd. en 3 actes et en vers, par Planard. *Paris, Vente*, 1823. — L'Enthousiaste, com. en 3 actes et en vers, par J. Léonard. *Paris, Barba*, 1827.

280. Recueil de pièces de théâtres, in-8, dem.-rel.

Contient : Françoise de Rimini, trag. en 5 actes, par Constant Berrier. *Paris, Delaforest*, 1827, fig. — Rienzi, tribun de Rome, trag. en 5 actes, par Gustave Dronineau. *Paris, Barba*, 1826. — Jeanne d'Arc, trag. en 5 actes, par A. Soumet, *ibid., id.*, 1825, fig.— Les Vépres Siciliennes, trag. en 5 actes, par Cas. Delavigne. *Ibid, id.*, 1820. — Thomas Morus ou le divorce d'Henri VIII, trag. en 5 actes, par X. V. Drap-Arnaud. *Paris, Martinet*, 1827. — La Prison de Pompéia, trag. en 1 acte, par P. Lacroix. *Paris, Barba*, 1827. — L'Homme habile, ou Tout pour parvenir, com. en 5 actes et en vers, par d'Epagny. *Paris, Peytieux*, 1827. — Lambert Simnel ou le Manequin politique, com. en 5 actes et en pr., par Picard et Empis. *Paris, Ambr. Dupont*, 1827.

281. Kinge Johan, a play in two parts, by John Bale, edit. by J. Payne Collier. *London , printed for the Camden society*, 1838, pet. in-4, rel. angl.. d. s. tr.

282. Chefs-d'œuvre de Shakspeare (Othello, Hamlet, Macbeth, Richard III, Roméo et Juliette, et le Marchand de Venise), trad. avec le texte angl. en regard par MM. Nisard, Lebas, Fouinet, Menechet, Ph. Chasles, avec des imitat. en vers franç. des premiers poètes contemp. et des notices crit. et hist., par O'Sullivan. *Paris, Belin-Mandar*, 1836-37, 2 vol. in-8, br.

283. OEuvres (dramat.) de David Garrick. *Paris*, 1784, 2 vol. in-8, portr., m. rac.

ROMANS.

Introduction. — Vieux Romans français en vers et en prose, la plupart relatifs à l'Histoire de France. — Collection de Romans.

284. Traité de l'origine des Romans, par Huet, augm.

d'une lettre touchant Honoré d'Urfé, auteur de l'As-
trée. *Paris, J. Mariette*, 1711, in-12, dem.-rel.

285. De l'usage des Romans, où l'on fait voir leur utilité et leurs différens caractères, avec une bibl. des
romans, accomp. de remarq. crit. sur leur choix et
leurs édit., par le chev. Gordon de Percel (l'abbé Lenglet Dufresnoy). *Amsterdam, v.º de Poilras, à la Vérité sans fard*, 1734, 2 vol. in-12, m. gr.

A la fin du premier vol. se trouve l'*Eloge historique* (satire) de
J. B. Rousseau. — La Bibliogr. spéciale des Romans, qui remplit le
second vol., est la seule de ce genre que nous possédions.

286. Dissertation sur le roman de Roncevaux (avec
beauc. d'extr. de l'original en vers), par H. Monin.
Paris, Impr. Roy. 1832, in-8, br.

287. Lai d'Ignaurès, en vers du XIIᵉ siècle, par Renaut,
suiv. des lais de Melion et du Trot, en vers, du
XIIIᵉ siècle, publ. pour la première fois par L. J. N.
Monmerqué et Franc. Michel. *Paris, Silvestre*, 1832,
in-8, gr. pap. vél., fac-sim., br. (nº 43 de 150 exemplaires).

288. Roman de Mahomet, en vers, du XIIIᵉ siècle, par
Alex. du Pont, et Livre de la loi au Sarrazin, en
prose, du XIVᵉ siècle, par Raymond-Lulle, publ. pour
la première fois et accomp. de notes, par Reinaud et
Francisque Michel. *Paris, Sylvestre*, 1831, in-8, gr.
pap. vél., fac-simile, br. (nº 43 de 200 exempl.)

289. Lai d'Havelok le Danois, XIIIᵉ siècle, publ. avec notes et dissert., par Franc. Michel. *Paris, Silvestre*,
1833, in-8, gr. pap. vél., br. (nº 91 de 100 exempl.).

290. Roman du comte de Poitiers, publ. pour la prem.
fois d'après le ms. de l'Arsenal, par Franc. Michel.
Paris, Silvestre, 1831, in-8, gr. pap. vél., fac-sim.
br. (nº 43 de 125 exempl.).

291. L'Histoire du châtelain de Coucy et de la dame de Fayel, publ. d'après le ms. de la Bibl. du roi, et mise en français, par S. A. Crapelet. *Paris, Crapelet,* 1829, in-8, gr. pap. vél., fac-sim., cart.

292. Gesta Caroli magni ad Carcassonam et Narbonam, et de ædificatione monasterii Crassensis, edita ex codice Laurentiano et observationibus criticis-philologicis illustrata, a Seb. Ciampi. *Florentiæ, ex typ. Magherii,* 1823, in-8, br.

C'est le fameux roman de Philopemena.

293. S'ensuit li Romans de Robert le Diable, nouvell. imprimé à Paris (édit. fac-sim.) *S. l., s. a. Paris, Plassan,* 1837, pet. in-4, fig. goth., br. (ex. d'épr.)

294. Histoire de très noble et chevalereux prince Gerard, comte de Nevers et de Rethel, et de la très vertueuse et sage princesse Euriant de Savoie sa mye; ouvr. enrichi de notes crit. et hist. publ. par S. Gueullette). *Paris, Séb. Ravenel,* 1727.—Mémoires secrets et intrigues de la cour de France sous Charles VII, conten. plus. anecdotes curieuses, par Mad. de Lussan (ou plutôt Baudot de Juilly). *Amsterdam, J. Fer. Bernard,* 1741, 2 tom. En tout 3 tom. en 1 vol. pet. in-8, m. br.

295. L'Histoire et plaisante cronicque du petit Jean de Saintré, de la jeune dame des belles cousines, sans autre nom nommer (par Ant. de la Sale); avecques deux autres petites histoires de messire Floridan et de la belle Ellinde, et l'extr. des Cronicques de Flandres; ouvr. enrich. de notes crit., hist. et cronol., d'une préface sur l'orig. de la chevalerie, etc. (par Sim. Gueullette). *Paris, P. J. Bienvenu,* 1724, 3 vol. pet. in-12, v. br.

296. Agnès de Castro, nouv. portugaise par Mlle.... (J.

B. de Brillac). *Amsterdam, P. Savouret*, 1688, pet. in-12, cart.

Rare.

297. Le Masque de fer, ou les Avantures admirables du père et du fils (par le chev. de Mouhy). *La Haye, P. de Hondt*, 1750, 3 part. en 1 vol. pet. in-8, fig., v. m.

Première édition, rare. Voy. la Dissert. sur *l'Homme au masque de Fer*, par P. L. Jacob, bibl

298. Jehan le Chroniqueur. Chroniques, légendes et trad. popul. du Soissonnais, par Jules Brisez. *Paris, Dumont*, 1835, in-8, br.

___

299. Romans historiques du Bibliophile P. L. Jacob : — La Danse macabre, histoire du temps de Charles VII. *Paris, E. Renduel*, 1832, in-8. — Les Francs-Taupins, hist. du temps de Charles VII. *Ibid., id.*, 1834, 3 vol. in-8. — Le Roi des Ribauds, hist. du temps de Louis XII. *Ibid., id.*, 1831, 2 vol. in-8. — Les deux Fous, hist. du temps de François Ier. *Ibid., Delloye et Lecou*, 1837, 2 vol. in-8. — Pignerol, hist. du temps de Louis XIV. *Ibid., E. Renduel*, 1835, 2 vol. in-8. — La Folle d'Orléans, hist. du temps de Louis XIV. *Ibid., id.*, 1836, 2 vol. — La Chambre des Poisons, hist. du temps de Louis XIV. *Ibid., V. Magen*, 1839, 2 vol. in-8. En tout 14 vol. in-8, br.

300. Romans de mœurs du Bibliophile Jacob : — La Marquise de Chatillard, hist. du XVIIIe siècle. *Paris, Dupont*, 1839, 2 vol. in-8. — Un Divorce, hist. du temps de l'Empire. *Ibid., E. Renduel*, 1832, 1 vol. in-8. —Vertu et Tempérament, hist. du temps de la Restauration. *Ibid., id.*, 1833, 2 vol. in-8. — Amante et Mère. *Paris, Dumont*, 1839, 2 vol. in-8. — De Près et de Loin, roman conjugal. *Ibid., id.*, 1837, 2 vol. in-8. En tout 9 vol. in-8, br.

301. Contes et nouvelles histor. du Bibliophile Jacob :
— Les Soirées de Walter Scott, à Paris. *Paris, E.
Renduel*, 1829-30, 2 vol. in-8, fig. — Le Bon vieux
temps, suite des Soirées de Walter Scott. *Paris, Delloye et Lecou*, 1837, 2 vol. in-8. — Quand j'étais
jeune, souvenirs d'un vieux. *Ibid., E. Renduel* 1833,
2 vol. in-8. En tout 6 vol. in-8, br.

Contes et Nouvelles. — Facéties. — Dissertations singulières. — Satires.

302. Contes et nouvelles de Bocace, mis en beau langage et accommodé au goût de ce temps. *La Haye,
P. Gosse et J. Neaulme*, 1777, 2 vol. pet. in-12, v. gr.
L'ancienne traduc. d'Ant. le Maçon a été mutilée par la main qui
l'a voulu rajeunir.

303. Les Cent Nouvelles (du roi Louis XI). Suivent les
Cent Nouvelles conten. les cent histoires nouveaux qui sont moult plaisans à raeconter en toutes
bonnes compagnies, par manière de joyeuseté. *La
Haye, P. Gosse et J. Neaulme*, 1733, 2 vol., pet.
in-12, v. éc.
Dans cette édition, on a reproduit le texte original, sans aucune
suppression et sans aucun changement.

304. L'Heptameron, ou Histoires des amans fortunez;
des nouvelles de très illustre et très excellente princesse Marguerite de Valois, royne de Navarre, remis
en son vray ordre par Claude Gruget. *Paris, Jac. Bessin*, 1615, pet. in-12. v. m.
Rare. — Dans cette édition, l'admirable langue, dont se sert Marguerite de Navarre, n'est pas encore rajeunie et gâtée par les éditeurs.

305. Les Contes et discours d'Eutrapel, par le feu sei-
neur de la Herissaye (Noël du Fail). *Rennes, Noel
Glamet*, 1603, in-8, v. br.
Edition recherchée.

306. Discours d'aucuns propos rustiques, facécieux et

— de singulière récréation, ou les Ruses et finesses de Ragot, capitaine des gueux, etc., par Léon Ladulfi (Noël du Fail). *S. l., s. a.*, 1732, pet. in-12, v. m.

307. Les neuf Matinées du seigneur de Cholières, rev: et aug. par l'autheur. *Paris, J. Richer*, 1586, pet. in-12, v. br.

308. Les Après-dinées du seigneur de Cholières. *Paris, J. Richer*, 1588, pet. in-12, demi-rel.

309. Serées de Guill. Bouchet, sieur de Brocourt, rev. et augm. par l'autheur, presque de moitié, *Rouen, Louis Loudet,* 1634-35, 3 tom. en 1 vol. in-8, vél. (Manque le titre du 1er vol. et le dernier feuill. du 3e).

Contient beaucoup d'anecdotes historiques relatives à la France.

310. Les Avantures de d'Assoucy (mém. écrits par lui-même). *Paris, Cl. Audinet*, 1677, 2 tom. en 1 vol., pet. in-12, v. br.

Peu commun.

311. Les Tours de maître Gonin (par l'abbé Bordelon). *Amsterdam, L. Renard*, 1713, 2 tom. en 1 vol. in-12., v. br.

312. La plaisante et joyeuse Histoyre du grand géant Gargantua, prochainement reveue et de beaucoup augm. par l'auth. mesme (Francois Rabelais). *Valence, Cl. La Ville*, 1547.—Le second livre de Pantagruel, roy des Dipsodes, restitué à son naturel, avec ses faicts et prouesses espouventables, compos. par Francois Rabelais, doct. en médecine et calloyer des isles d'Hyères. Plus les merveilleuses Navigations du disciple de Pantagruel, dict Panurge. *Ibid., id.*, 1547. —Tiers livre des faictz et dictz héroïques du noble Pantagruel... L'auth. supplie les lecteurs bénévoles soy reserver à rire au 78e livre. *Ibid., id.*, 1547. En tout 3 tom. en 1 vol. in-16, fig., mar. r., fil., d. s. tr.

Cette édit. rare est regardée comme une des plus curieuses, parce qu'elle contient, outre *les Navigations de Panurge*, qui ne se trouvent dans aucune autre édition de Rabelais, onze chap. du quatrième livre, imprimés pour la première fois et assez différens de ceux des édit. suiv. Le P. Niceron a peut-être exagéré la valeur de ce volume ; mais en revanche, Delaulnaye, un des derniers éditeurs de Rabelais, en a parlé avec tant de dédain, qu'on peut assurer qu'il ne le possédait pas.

313. Les Bigarrures et Touches du seigneur des Accords, (Tabourot), avec les Apophtegmes du sieur Gaulart, et les Escraïgnes dijonnoises (par du Buisson, baron de Grannas), dern. édit. augm. *Paris, Arnould Cotinet et Et. Maucroy*, 1662, 3 part. en 1 vol. in-12, fig., v. br.

La meilleure édition.

314. Le Moyen de parvenir, conten. la raison de tout ce qui a été, est et sera (par Béroalde de Verville). *Nulle part*, 100070039 (1739), 2 vol. pet. in-12, v. f. et m. (les 2 vol. ne sont pas de la même impression).

315. Les Joyeusetez, facecies et folastres imaginacions de Caresme Prenant, Gautier Garguille, Guillot Gorju, Roger Bontemps, Turlupin, Tabarin, Arlequin, Moulinet, etc. *Paris, Techener*, 1831, in-16, goth. cart.

316. Bibliothèque des Petits-Maîtres, ou Mémoires pour servir à l'hist. du bon ton et de l'extrêmement bonne compagnie (par Gaudet). *Au Palais-Royal, chez la petite Lolo, march. de galanteries, à la Frivolité*, 1762.— Les Pensées facécieuses, et les bons mots du fameux Bruscambille, comédien original. *Cologne*, 1741, (manq. le titre). 2 tom. en 1 vol. in-12, demi-rel.

317. Histoire du roi de Bohême et de ses sept châteaux, par Ch. Nodier. *Paris, Delangle*, 1830, in-8, fig. de Tony et Alfred Johannot, cart.

318. L'Introduction au Traité de la Conformité des Merveilles anciennes avec les modernes, ou Traité préparatif à l'Apologie pour Hérodote. L'argument est pris de l'*Apologie pour Hérodote,* compos. en latin par Henry Estienne; et est icy continuée par luy·mesme. *S. l.,* 1566, in-8, v. br.

Contrefaçon de l'édition originale, et contenant, comme celle-ci, le chap. 21, sans suppression. — Beaucoup d'anecdotes pour l'hist. des mœurs au seizième siècle.

319. L'Eloge de l'Yvresse, par Sallengre, nouv. édit. augm. *La Haye, Adr. Moetjens,* 1715, in-12, fig., v. br.

320. Le Chef-d'œuvre d'un Inconnu, poëme heureus. découvert et mis au jour, avec des remarq. savantes et recherchées, par le docteur Chrisost Matanasius (de Saint-Hyacinthe), 7ᵉ édit., rev. corrig., augm. et diminuée. *La Haye, P. Husson,* 1741, 2 vol. in-12, fig., v. m.

321. Mémoires de l'Académie des sciences, inscript. et belles-lettres, beaux-arts, etc., nouvell. établie à Troyes, en Champagne (par Grosley). *Troyes, chez le libraire de l'Académie. (Paris Duchesne),* 1756, 2 tom. en 1 vol. in-12, fig., v. m.

322. Réflexions sur les grands hommes qui sont morts en plaisantant, par Deslandes, édit. augm. de pièces curieuses. *Amsterdam,* 1776, in-12, v. rac.

323. Dictionnaire néologique à l'usage des beaux esprits du siècle, avec l'éloge hist. de Pantalon Phœbus, par un avocat de province (l'abbé Desfontaines). *S. l.,* 717, in-12, v. br.

Epistolaires. — Dialogues.

324. Les Epistres dorées et Discours salutaires de don

Anthoine de Guevare, evesque de Mondonedo, trad.
d'espag. en franç., par le seign. de Guterry; ensemble la Révolte que les Espagnols firent contre leur
jeune prince, l'an 1520..., trad. d'italien. *Lyon, B.*
Rigaud, 1588, in-8, vél.

325. Essai de traduction de quelques Epîtres et autres
poésies latines de Michel de l'Hôpital, avec des
éclaircissemens sur sa vie, et des recherches sur le
XVIᵉ siècle (par de Mayer). *Paris, Moutard*, 1778,
2 vol. in-8, rel. en 1 vol., portr., v. m.

326. Epistres françoises des personnages illustres et
doctes, à Joseph Juste de la Scala (Scaliger), mises
en lumière, par Jacques de Rèves. *Harderwick, Th.*
Henry, 1624, pet. in-8, vél.

327. Lettres de madame de Sévigné, de sa famille et
de ses amis (avec des notices et des notes, par de
Monmerqué. *Paris, J. J. Blaise*, 1818, 12 vol., portr.
— Mémoires de Coulanges, suiv. de lett. inéd. de
madame de Sévigné et autr. person. du même siècle,
publ. par le même. *Ibid., id.*, 1820. En tout 13 vol.
in-12, demi-rel.

328. Lettres de la duchesse de la Vallière, morte reli-
gieuse-carmélite, avec un abrégé de sa vie pénitente
(par l'abbé Lequeux). *Liége (Paris, Ant. Boudet)*,
1747, in-12, m. j.

329. Lettres choisies de Fléchier, avec une Relation
des fanatiques du Vivarez. *Lyon, Bruyset*, 1735,
2 vol. in-12, bas.
La Relation des fanatiques du Vivarais ne se trouve dans aucune
collection de Mémoires.

330. Lettres de la marquise du Deffand à Horace Walpole, écrites dans les années 1766 à 1780; auxquelles
sont jointes des lettres de la même à Voltaire; nouv.

édit. augm. des extraits des lettres d'Horace Walpole
(avec une notice par A. Taschereau). *Paris, Ponthieu,*
1824, 4 vol. in-8, portr. br.

331. Lettres de madame la marquise de Pompadour,
depuis 1753 jusqu'à 1762 (par le marquis de Barbé-
Marbois). *Londres, G. Owen,* 1764, 4 t. en 2 vol. in-12,
v. m. — Lettres originales de madame la comtesse
Dubarry, avec celles des princes, seigneurs, ministres, etc., accomp. de quantité de notes (par Theveneau de Morande). *Londres,* 1779, in-12, demi-rel.

332. Correspondance littér., philos. et crit. de Grimm
et Diderot, depuis 1753 jusqu'en 1790, nouv. édit.
avec des notes, et où se trouvent rétablies pour la
prem. fois les phrases supprimées par la Censure impér. (publ. par A. Taschereau). *Paris, Furne,* 1829. —
Corresp. inédite de Grimm et de Diderot, et Recueil
de lettres, poésies, morceaux et fragmens retranchés
par la Censure imp. *Ibid., id.,* 1829. En tout 15 vol.
in-8, br.

333. Mémoires pour servir à l'Hist. de madame de Maintenon, et à celle du siècle passé (par de la Beaumelle).
Amsterdam, aux dépens de l'auteur, 1755, 7 vol., portr.
(et portr. ajouté). — Lettres de madame de Maintenon (publ. par le même). *Amsterdam, aux dépens de
l'éditeur,* 1756, 8 vol. En tout 15 vol. in-12, v. br.
Avec la sign. de *la Beaumelle* derrière le second portrait.

334. Conversations de madame la marquise de Mainte-
non, publ. avec une notice, par de Monmerqué. —
Conversat. inédites de la même, publ. par le même.
— Proverbes inédits de la même, publ. par le même.
Paris, J. Blaise, 1828-29, 3 vol. in-18, br.

335. Hexameron rustique, ou les six Journées passées à la campagne entre des personnes stu-

dieuses, par La Mothe le Vayer. *Amsterdam, P. Mortier (à la sph.*), 1698, pet. in-12, fig. v. br.

336. Cincq Dialogues faits à l'imitation des anciens, par
Oratius Tubero (de la Mothe le Vayer). *Francfort, J.
Savius*, 1716, 2 vol. pet. in-12, v. f.

337. Les Entretiens d'Ariste et d'Eugène (par le père
Bouhours). *Paris, v^e Delaulne*, 1737, in-12, v. m., fil.
Contient l'entretien des *Devises*, qui est un traité complet sur cette
matière.

PHILOLOGIE.

*Critique. — Mélanges et Journaux littéraires. —
Bons Mots, Ana, Esprits.*

338. Jugemens des Savans sur les principaux ouvrages des auteurs, par Adrien Baillet (avec les
Enfans célèbres, les Auteurs dépaisés et les Satyres
personnelles, par le même), rev. corrig. et augm.
par de La Monnoye. *Paris, Ch. Moette*, 1722, 7 vol.
in-4, portr., v. br.

339. Lycée, ou Cours de Littérature ancienne et moderne, par J. P. La Harpe, avec notes des comment.
Paris, Didier, 1834, 2 vol. gr. in-8, br.

340. La Bibliothèque françoise de C. Sorel. 2e édit.
augm. *Paris, comp. des libr.* 1667, in-12, v. f. (avec la
signat de *Du Bouchet*). — La Biblioth. choisie de Colomiés, nouv. édit., avec les notes de Bourdelot, de
la Monnoye et autres. *Paris. Théod Le Gras*, 1731,
in-12, v. m.

341. Orationes, prelectiones, præfationes et quædam
mythice historiæ Philip. Beroaldi ; item plusculæ
Angeli Politiani ; Hermolai Barbari, atque una Jaso-
nis Maini Oratio ; quibus addenda sunt varia ejusdem
Ph. Beroaldi opuscula, ut de terræ motu, etc. *Parisiis,*

Denis Roce (1506), 3 part. en 1 vol. pet. in-4, demi-rel.

342. Observationum selectarum ad rem litterariam spectantium tom. I et II (auctorib. Jac. Thomasio, Stanlio, Buddeo, etc.). *Halæ Magdeb.*, 1700, 2 vol. pet. in-8, v. m.

343. Mélange critique de Littérature, recueill. par Le Clerc. *Amsterdam, P. Brunel*, 1707, in-12, v. br.

Ce volume, acheté à la vente des livres de M. l'abbé de Lamenais, porte la signature de cet illustre écrivain et mérite une attention spéciale par la suppression de plusieurs feuillets retranchés à dessein dans l'article du Concile de Trente.

344. Mélanges de Littérature tirez des lettres manuscrites de Chapelain (publ. par F. Denis Camusat). *S. l., s. a.* (*Paris, Briasson*). 1726.—Les plaidoyers d'Antoine Arnauld, avocat en parlement, contre les Jésuites, et de Chevalier pour les chanoines de Reims, avec la relat. de ce qui s'est passé au rétablissem. des Jésuites en 1604, etc. *S. l.*, 1716, 2 tom. en 1 vol. in-12, v. br.

On trouve dans les *Mélanges* de Chapelain le *Mémoire de quelques gens de lettres vivans en 1662, dressé par ordre de Colbert.*

345. Mémoires littéraires, par S. D. L. R. G. (Themiseul de St.-Hyacinthe.) *La Haye, Ch. le Vier*, 1716, 2 part. en 1 vol. in-12, fig., v. br.

Contient des *remarques sur la personne et les ouvrages de Jean Marot.*

346. Variétés ou divers écrits, par D* S* H* (Themiseul de St.-Hyacinthe). *Amsterdam, Ch. le Sieur*, 1744, in-12, v. m.

Contient des lettres sur le roman de la Rose, sur Notre-Dame de Liesse, etc.

347. Variétés sérieuses et amusantes, par Sablier, nouv. édit. augm. *Amsterdam* (*Paris, Musier*), 1769, 4 vol. in-12, demi-rel.

Ce recueil, outre des historiettes et des réflexions historiques ou

littéraires qui concernent l'histoire de France, contient une *Hist.
abrég. de la réunion des provinces à la couronne*, et une dissert. sur
Charles-Quint.

348. Mélanges tirés d'une petite bibliothèque, ou Variétés littéraires et philosophiques, par Charles Nodier.
Paris, Crapelet, 1829, in-8, br.

349. Mémoires pour servir à l'histoire des sciences et
des beaux-arts, ou Journal de Trévoux (depuis 1701
jusqu'en 1762 par les PP. Catrou, Rouillé, Tourne-
mine, Germon, du Cerceau, Brumoy, Charlevoix, Ber-
thier, etc.; depuis 1762 jusqu'en oct. 1766, par l'abbé
Guyot, Mercier, abbé de St.-Léger, etc.) *Trévoux,
impr. de S. A. R.*, et *Paris, Chaubert, Briasson, F. Didot*, etc., 1701-66, 858 part. en 296 vol. pet. in-12,
v. br. et m. 8 vol. br. (Manq. les vol. de janv. et
fév. 1706, avril et juill. 1766.)

Difficile à trouver aussi complet. — Ce journal, qui est encore le
chef-d'œuvre de l'analyse et de la critique littéraires, sert à appuyer
tous les jugemens émis dans la *Bibl. hist. de la France*. Il contient, en outre, beaucoup de Mém. sur les antiquités de la
France, sur des points d'histoire, ainsi que des notices biogr. que
les derniers éditeurs de l'ouvrage du P. Lelong ont eu la négligence
de ne pas indiquer.

350. Bibliothèque choisie, par Jean Le Clerc, 2e édit.
avec tabl. des mat. *Amsterdam, H. Schelte* et *Wets-
tein*, 1712-18, 28 vol. pet. in-12, v. f., fil., d. s. tr.

351. L'Europe savante (par de St-Hyacinthe, Le Cou-
rayer, de Burigny, de Pouilly, etc.). *La Haye, de Rogissart*, 1718-20, 12 vol. in-12, v. br.

352. Nouvelles littéraires, du 1er décembre 1723 au 1er
mars 1724 (par le P. Desmolets et l'abbé Goujet). *Paris, veuve Le Febvre* et *Mesnier*, 1723-24, in-8, v. f.

Complet : rare.

353. Bibliothèque françoise, ou Histoire littéraire de la

France (par Camusat, Du Sauzet, Goujet et Granet). *Amsterdam, H. Du Sauzet*, 1735-39, 28 vol. in-12, v. gr.

Ce journal de critique et d'analyse contient des notices biogr. et des mémoires relatifs à l'hist. de France, non mentionnés dans la *Bibl. hist. de la Fr.*

354. Observations sur les écrits modernes (par les abbés Desfontaines et Granet, Mairault, d'Estrées, Fréron, etc.). *Paris, Chaubert*, 1735 et suiv., 33 vol. in-12, v. f. (*aux armes*).

Le 23ᵉ volume contient à la fin les 72 pages du tom. XXXIV, qui n'a pas été achevé.

355. Jugemens sur quelques ouvrages nouveaux (par l'abbé Desfontaines, de Mairault, Fréron et d'Estrées). *Avignon, P. Girou (Paris)*, 1744, 11 vol., in-12, v. f. (*aux armes*).

356. Les cinq Années littéraires, ou Nouvelles littéraires etc., des années 1748 à 1752, par Clément. *La Haye, Ant. de Groot*, 1744, 4 tom. rel. en 2 vol., pet. in-8, vél. v.

357. Les Soirées littéraires, ou Mélange de traductions des plus beaux morceaux de l'antiquité, de pièces tombées dans l'oubli, etc. (par Coupé). *Paris, Honnert*, 1795-99, 16 vol. in-8, m. m.—Spicilège littéraire ancien et moderne, par le même. *Ibid., Impr. des Sciences et Arts*, 1801, 2 vol. in-8, br. — Variétés littéraires, historiques, etc. (par le même). *Paris*, nᵒˢ 1 à 21, 23 et 25, br.

358. Analectabiblion, ou Extraits critiques de div. livres rares, oubliés ou peu connus, tirés du cabinet du marquis D. R.... (du Roure.) *Paris, Techener*, 1836, 2 vol. in-8, br.

Excellent ouvrage de critique et de bibliogr.

———

359. Ana, ou Collection de bons mots, contes, pensées

détachées, traits d'histoire et anecdotes des hommes célèbres, depuis la naissance des lettres jusqu'à nos jours. (Publ. par Ch. G. T. Garnier et Beaucousin.) *Paris, Visse*, 1789-91, 10 tom. en 5 vol. in-8, cart.

360. Menagiana, ou les Bons mots et remarq. crit. histor. moral. et d'érudit. de Ménage, recueill. par ses amis (A Galland, Goulley, l'abbé Faydit), nouv. édit. augm. (par de La Monnoye.) *Amsterdam, E. Van Harrevelt*, 1762, 4 vol. pet. in-12, v. m.

361. Huetiana, ou Pensées diverses de Huet (publ. par l'abbé d'Olivet). *Paris, J. Estienne*, 1722, in-12, v. br. —Saint-Evremonia, ou Recueil de div. pièces curieuses avec des pensées judicieuses.... de St.-Evremont (par Cotolendi). *Rouen, (Paris, A. de Billy)*, 1710, in-12, v. br.

Le *Saint-Evremonia* contient la *traduction d'une lettre italienne, écrite par un Sicilien, contenant une (descrip.) critique de Paris.*

362. Perroniana sive Excerpta ex cardin. Perronii, per FF. PP. (les frères Pithou). *Genevæ, ap. Petr. Columesium*, 1669. — Thuana sive Excerpta ex ore Jac. Aug. Thuani, per FF. PP. (les mêmes) (*à la sph.*) 1669. — Prima Scaligerana nusquam antehac edita, cum præfatione T. Fabri. *Utrajecti, apud P. Elzev.*, 1670, 3 part. en 1 vol. in-12, v. br.

Avec la signature et des notes *du duc de Valentinois.*

363. Perroniana et Thuana, ou Pensées judicieuses, bons mots, etc., du cardin. du Perron et du prés. de Thou (remis par ord. alphab.). *Cologne*, 1694, pet. in 12, fig., v. br. — Scaligeriana, edit. secunda auctior. *Hagæ Comitum, ex typogr. Adri. Ulacq*, 1669, pet. in 12, v. br. —Longueruana, ou Recueil de pensées, de discours et de convers. de l'abbé Louis du Four de Longuerue (par l'abbé Guijon; publ. par

Desmarestz). *Berlin*, 1754, 2 part. en 1 vol. in 12,
v. m.

Très utile pour l'hist. de France.

364. Naudæana et Patiniana, ou Singular. remar. prises
des conversat. de Naudé et Patin (par Lancelot). *Paris*, *T.* et *P. L. Delaulne*, 1701, in-12, v. br.—Ducatiana, ou Remarques de Le Duchat sur divers sujets
d'histoire et de littérat. recueill. dans ses mss. par F.
(Formey). *Amsterdam*, *P. Humbert*, 1738, 2 tom.
en 1 vol. in-12, m. br.

Contient des additions aux Menagiana, Perroniana, Thuana, et des
remarq. sur d'autres *Ana*, sur la *chronique du Petit Jean de Saintré*,
sur les *Mém. de la reine Marguerite*, sur les *Aventures de Pomponius*, sur l'*Hist. de France* de Daniel, sur l'*Aisnée fille de Fortune*, sur quelques proverbes français, etc.

365. Mélange critique de Littérature, recueil. des conversations d'Ancillon, avec un discours sur sa vie et
ses dernières heures (publ. par Dav. Ancillon, son
fils.) *Basle, Eman*, 1698, 2 tom. en 1 vol., pet. in-12,
portr., v., f.— Remarq., ou Réflex. critiq., moral. et
histor. sur les plus belles et les plus agréables pensées
des auteurs anciens et modernes (par l'abbé Bordelon). *Amsterdam, H. Desbordes*, 1661 (*à la sph.*), pet.
in-12, v. br.

366. Mélanges d'histoire et de littérature, recueill. par
de Vigneul-Marville (Bonaventure d'Argonne), nouv.
édit. augm. (par l'abbé Tallemand, Gueudeville et
l'abbé Bauier). *Paris, Cl. Prudhomme*, 1713, 3 vol.
in-12, v. br.

367. Le Je ne sais quoi, par Cartier de Saint-Philip
(suiv. d'une lett. de Van Effen à l'aut. de la *Bibl.
franç.*). *Utrecht, J. Broedelet*, 1730, 2 vol. in-12, v.,
f. — Nouveau Porte-feuille historique et littéraire,

ouvr. posth. de Brusen de la Martinière. *Amsterdam,*
Mortier, 1745, in-12, v. m.

Contenant beaucoup d'anecdotes historiques importantes; on remarque dans ce Portefeuille des *portraits* empruntés au ms. original
de Bussy-Rabutin et tout différens de ceux des Mém. imprimés.

368. L'Esprit d'Henri IV, ou Anecdotes, traits sublimes,
repart. ingénieuses et quelq. lettres de ce prince (recueill. par Prault.) *Paris, Prault,* 1770, pet. in-8,
portr.; v. m.

369. Arnoldiana, ou Sophie Arnould et ses contemporains, précéd. d'une notice sur sa vie, par l'auteur du
Bievriana (Alberic Deville). *Paris, Gérard,* 1813,
in-12, portr., br.

POLYGRAPHES.

Français. — Étrangers.

370. Les OEuvres de Guillaume du Vair, évesque et
comte de Lizieux, garde-des-sceaux de France, dern.
édit. augm. *Paris, Seb. Cramoisy,* 1641, in-f. v. br.

Contient : *Discours de la négotiation de MM. de Bouillon et de
Saney en Angleterre, l'an* 1596 ; les harangues funèbres et historiques, etc.

371. OEuvres diverses de P. Bayle (avec une notice historique et des notes par des Maizeaux). *La Haye, P.
Husson,* etc, 4 vol. in-f°., 1727-31, v. br.

Contient les *Nouvelles de la Républ. des lettres, la France toute
catholique sous Louis XIV, la correspondance hist. et litter.,* etc.

372. Pauli Colomesii Opera théol., crit. et histor., edita
J. Al. Fabricio. *Hamburgi, sumtu Chr. Liebezeit,* 1709,
pet. in-4, v. br.

Contient *Gallis orientalis, Biblioth. choisie, Mélanges histor.,* etc.

373. Les OEuvres de M. de Voiture, 6ᵉ édit. (publ. par
E. Martin de Pinchesne). *Paris, Aug. Courbé,* 1660.
— Nouv. OEuvres de M. de Voiture, *Rouen (Paris,*

A. Courbé), 1660, 3 part. en 1 vol. pet. in-8, portr., v. br.

374. Les OEuvres diverses de Cirano Bergerac. *Amsterdam, Daniel Pain*, 1699, 2 tom. en 1 vol. in-8, fig., vél.
Contient la lettre *contre les Frondeurs*.

375. OEuvres de Scarron, 2 vol. — Roman comique (avec les suites d'Offray et de Preshac), 3 vol. — Nouvelles tragi-comiques, 2 vol. — Virgile travesti, en vers burlesques, avec la suite (par J. Tellier d'Orville), 3 vol. — Dernières OEuvres de Scarron, 3 vol. *Paris, David*, 1752, en tout 12 vol. pet. in-12, v. m.

376. OEuvres du comte Hamilton, précéd. d'une notice par J. B. J. Champagnac. *Paris, Salmon*, 1825, 2 vol. in-8, portr., demi-rel.
Cette édition est la seule qui contienne une suite des Quatre Facardins et de Zeneyde. — Les Mémoires du chev. de Grammont, qu'on classe à tort parmi les romans, sont très utiles pour l'histoire des mœurs de la régence d'Anne d'Autriche.

377. OEuvres choisies de Ch. Perrault, avec ses Mémoires et des Recher sur les contes des fées, par Collin de Plancy. *Paris, Brissot-Thivars*, 1826, in-8, portr., v. chocolat, fil., fers.
Les Mémoires de Perrault, qui renferment tant de détails précieux sur les arts et les lettres du siècle de Louis XIV, n'avaient pas été réimprimés depuis la première édition, publiée par l'architecte Patte.

378. OEuvres diverses de Vergier. *Amsterdam, Lucas*, 1731, 4 tom. en 2 vol. in-12, v. f., fil.
Beaucoup de pièces utiles pour l'histoire de la Régence.

379. OEuvres de Fontenelle, précéd. d'une notice (et publ. par J. B. J. Champagnac). *Paris, Salmon*, 1825, 5 vol. in-8, br.
Contient les *Éloges des Académiciens*, l'*Histoire du Théâtre-Français*, la *Vie de Corneille*, etc.

380. OEuvres complètes de l'abbé Voisenou (publ. par

les soins de la comtesse de Turpin). *Paris, Moutard,*
1781, 5 vol. in-8, portr., v. gr.

Contient de curieuses *Anecdotes littér., hist. et crit. sur les auteurs les plus connus,* et *Fragmens sur l'hist., la guerre et le commerce,* pendant le règne de Louis XIV.

381. Œuvres complètes de Marivaux, précéd. d'une notice hist., de jugem. littér., et de notes, par Duviquet. *Paris, Hautecœur et Gayet,* 1825, 8 vol. in-8, portr. et fac-sim., br.

382. Œuvres de Moncrif, nouv. édit. augm. de l'Hist. des Chats. *Paris, Maradan,* 1791, 2 vol. in-8, portr. et fig., v. rac. fil.

383. Œuvres complètes de madame de Grafigny. *Paris, Lelong,* 1821, in-8, fig. demi-rel.

384. Œuvres choisies de Colardeau. *Paris, Janet et Cotelle,* 1825, in-8, fig. demi-rel.

385. Œuvres du marquis de Saint-Marc. *Paris, impr. de Monsieur,* 1781, 3 vol. in-8, fig. br.

Contenant des Réflex. sur l'opéra et sur le drame histor.

386. Œuvres complètes de Montesquieu, avec des notes de Dupin, Crevier, Voltaire, Mably, Servan, etc. *Paris, Lefèvre,* 1835, gr. in-8, br.

Contient l'*Esprit des Lois,* l'*Ébauche de l'éloge hist. du maréchal de Berwick,* les lettres, etc.

387. Recueil des œuvres de Mad. de Bocage. *Lyon, Périsse,* 1762, 3 vol. pet. in-8, fig. demi-rel.

388. Œuvres choisies d'Alexis Piron, précéd. d'une notice sur sa vie. *Paris, Hautecœur et Gayet,* 1823, 2 vol. in-8, portr., demi-rel.

389. Œuvres choisies de Dorat, précédées d'une notice biogr. et littér. par Després. *Paris, Janet et Cotelle,* 1827, in-8, fig., br.

390. Œuvres du marquis de Pompignan. *Paris, Nyon,* 1784, 4 vol. in-8, demi-rel.

391. OEuvres complètes de J.-J. Rousseau, avec notes histor. (par Petitain et de Musset-Pathay). *Paris, Furne*, 1836, 4 vol. gr. in-8, br.

392. OEuvres complètes de Voltaire, avec des notes (de Renouard, Clogenson, Beuchot, etc.), et une notice histor. sur sa vie. *Paris, Furne*, 1836-38, 13 vol. , gr. in-8, br.

393. OEuvres de d'Arnaud (Baculard). *Paris, Lejay*, 178.., 8 vol. gr. in-8, fig., demi-rel.—Euphémie, ou le Triomphe de la religion, drame, par le même. *Ibid. id.*, 1768, gr. in-8, m. j.

394. OEuvres complètes de Chevrier. *Londres, chez l'eternel Jean Nourse, l'an de la Vérité* 1774 , 3 vol. in-12, m. rac.

Cette édition contient le *Colporteur*, l'*Almanach des gens d'esprit*, la *Vie du père Norbert*, etc.

395. OEuvres diverses de Borde. *Lyon, Faucheux*, 1783, 4 tom. en 2 vol. in-8, dem.-rel. — Nouveaux Mélanges sur différens sujets, conten. des essais philos. et littér. et des contes (par Dubois-Fontanelle). *Bouillon, Soc. typog.*, 1761, 3 tom. en 1 vol. in-8, demi-rel.

396. OEuvres de Mancini-Nivernois. *Paris, Didot*,1796, 8 tom. en 4 vol. in-8, demi-rel.

Contient *Quelques vies des troubadours, tirées des mss. de Sainte-Palaye ; Sur la négociation de Loménie en Angleterre, en* 1595, *tirée des mss. du Roi, n° 37; Essai sur la vie de J.-J. Barthelemy.*

397. OEuvres complètes de Chamfort, recueil. et publ. avec une notice histor., par P.-R. Auquis. *Paris, Chaumont*, 1824, 5 vol. in-8, br.

Contient *Caractères et Anecdotes, Tableaux historiques de la Révolution française*, les *Éloges* littér, etc.

398. OEuvres complètes de Beaumarchais, précéd.

d'une notice, par Saint-Marc Girardin. *Paris, Furne,* 1835, gr. in-8, br.

399. OEuvres complètes de (Poullain) Saint-Foix. *Paris, veuve Dvchesne,* 1778, 6 vol. in-8, fig., dem.-rel.

Cette édition contient les *Essais Historiques sur Paris,* les *Guerres entre la France et l'Angleterre,* le *Recueil de tout ce qu'on a écrit sur le Prisonnier masqué,* l'*Histoire de l'ordre du Saint-Esprit,* etc.

400. OEuvres de A. M. Le Mierre, précéd. d'une notice sur sa vie et ses ouvr. par René Perrin. *Paris, Maugeret,* 1810, 3 vol. in-8, demi-rel.

401. OEuvres complètes de Boufflers, nouv. édit. augm. de pièces non recueillies. *Paris, Furne,* 1827, 2 vol. in-8, portr., br.

402. OEuvres complètes et inédites de G. Legouvé (mises en ordre et précéd. d'une notice par Bouilly). *Paris, L. Janet,* 1827, 4 vol. in 8, fig., br.

403. OEuvres de M. J. Chénier, précéd. d'une notice par Arnault. *Paris, Guillaume,* 1826, 5 vol. in-8, portr. fac-sim., br. — OEuvres posthumes du même, précéd. d'une notice par M. Daunou. *Paris, Guillaume,* 1824-25, 3 vol. in-8, br.

404. OEuvres complètes de Millevoye (recueillies par Ch. Nodier, avec une notice hist. par J. Dumas). *Paris, Ladvocat,* 1822, 4 vol. in-8, portr., demi-rel.

405. OEuvres choisies d'Ant. P. Augustin de Piis. *Paris, Brasseur,* 1810, 4 vol. in-8, portr., demi-rel.

406. OEuvres complètes d'Arnault. *La Haye, J. B. Wallez,* 1817-18, 3 vol. gr. in-8, demi-rel.

407. OEuvres complètes de P. L. Courier, nouv. édit. augm. de morc. inéd., précéd. d'un Essai sur sa vie, par Arm. Carrel. *Paris, Firm. Didot,* 1837, gr. in-8, portr., br.

Les *Pamphlets* de Paul-Louis sont à l'histoire de la Restauration.

ce que sont à l'histoire de la Fronde les *Mazarinades*. Les lettres donnent bien des particularités sur les guerres d'Italie pendant la Révolution.

408. OEuvres de Charles Nodier. *Paris, Eug. Renduel,* 1832 34, 8 vol. in-8, tom. 1 à 6, 8 et 10, br. — Suppl. aux OEuvres : Dernier Chap. de mon Roman. *Ibid., id.,* 1832, in-8, br.

409. OEuvres complètes de Machiavelli (trad de l'ital. par Giraudet), avec notice biogr., par A. C. Buchon. *Paris, A. Desrez,* 1837, 2 vol. gr. in-8, br.

Contient les *Morceaux historiques* qui concernent principalement la France ; les *Légations* à la cour de France et autres missions diplomatiques ; la Correspondance politique, etc.

410. OEuvres complètes de W. Robertson (trad. par Suard, l'abbé Morellet et Besset de la Chapelle), avec une notice par A. C. Buchon. *Paris, Aug. Desrez,* 1837, 2 vol. gr. in-8, br.

Contient l'*Histoire de Charles-Quint,* avec des notes hist.

411. OEuvres de Walter Scott, trad. par Albert Montémont, nouv. édit. corrigée d'après la dern. publ. à Édimbourg. *Paris, Ménard,* 1836-37, 30 vol. in-8, br.

Contient *la Démonologie* et l'*Hist. d'Ecosse.*

HISTOIRE.

GÉOGRAPHIE.

Introduction. — Atlas. — Dictionnaire. — Cosmographies, etc.

412. Méthode pour étudier l'Histoire, avec un catal. des princip. historiens, par l'abbé Lenglet du Fresnoy, nouv. édit., rev. et considér. augm , par Drouet. *Paris, Debure,* 1762, 15 vol. in-12, v. m. et br.

Le Catal. hist. remplissant 6 volumes est le plus complet qui existe ; celui de Meusel, publié en Allemagne, serait seul plus étendu, s'il était achevé.

413. Bibliothèque universelle des Historiens, conten.
leur vie, l'abrégé, la chronol., la géogr. et la crit. de
leurs histoires, etc. (par Ellies Du Pin). *Paris*, *P.*
Giffart, 1707, 2 vol. in-8, cart., v. m.
Avec la sign. de *Marin*.

414. Studi storici, di Francesco Rossi. *Milano, Pirotta*,
1835, gr. in-8, br.

415. Atlas de géographie, par Mercator et Hondius
(trad. du lat. par de la Popelinière). *Amsterdam*, 158..,
in-4, obl. (*sans titre*), vél.

416. Atlas historique, ou Nouv. introd. à l'hist., à la
chronol. et à la géogr., représent. dans de nouv.
cart., par C... (Châtelain), avec des dissert., par
Gueudeville. *Amsterdam, Fr. L'Honoré*, 1705, gr.
in-fol., cart. et fig., v. m.
La France est comprise en six cartes ou tableaux, avec dissert.

417. Atlas de géographic ancienne et moderne, par
Guill. de L'Isle et autres. 1723-1804, 28 cart. in-fol.
max. parch.

418. Le grand Dictionnaire géographique, histor. et
crit., par Bruzen de la Martinière; nouv. édit., corrig.
et augm. (par Courtepée, Reuss., etc.) *Paris, libr. as-*
soc., 1768, 6 vol. in-fol., demi-rel.
Dernière édition, la plus estimée.

419. Plantz, pourtraictz et descriptions de plusieurs
villes et forteresses, tant de l'Europe, Asie et Afrique,
que des Indes et terres neuves; leurs fondations, antiquitez et manières de vivre.... par Ant. du Pinet.
Lyon, Jean d'Ogeroles, 1564, in-fol. plans et fig., dos
de c. de Russie.
Très rare.

420. Le Théâtre des principales villes du Monde (en allemand, par George Braun, Simon Van den Noevel

et Franç. Hogenberg). 1572, 4 tom. en 2 vol. in-fol., fig. color., demi-rel.

Omis dans la *Bibl. hist. de la Fr.* Cet exemplaire d'un livre rare est incomplet de quinze ou vingt planches, mais il est curieux, parce qu'elles sont du premier tirage et avec le coloriage du temps. On y voit beaucoup de costumes.

421. La Cosmographie universelle de tout le Monde, en laquelle, suivant les auteurs les plus dignes de foy, sont au vray descriptes toutes les parties habitables et non habitables de la terre et de la mer..., l'origine des noms ou appellations tant modernes qu'anciennes, et description de plusieurs villes, citez et isles, avec leurs plantz et pourtraictz, et surtout de la France... etc.; auteur en partie Munster, mais beaucoup plus augm. et enrichie par Franç. de Belleforest, Comingeois, tant de ses recherches comme de l'aide de plusieurs mémoires envoyez de diverses villes de France. *Paris, Nic. Chesneau*, 1575, 2 tom. en 3 vol. in-fol., plans, cart. et fig., v. br.

Rare. — Ouvrage très précieux à cause des plans topographiques et des mémoires qu'il renferme. Le premier volume, consacré entièrement à la France, est si plein de bonnes choses, que le savant André Duchesne n'a pas dédaigné de le réimprimer presque textuellement, mais fort abrégé, sous son nom, dans les *Antiquitez des villes de France.*

422. La Cosmographie universelle d'André Thevet, cosmographe du roy ; illustrée de diverses figures des choses plus remarquables veues par l'auteur et incogneues de nos anciens et modernes. *Paris, P. Lhuillier*, 1575, 2 vol., cart. et fig. vél.

Singulier, à cause des fables et des extravagances qu'on lui reproche. Les gravures sur bois sont très remarquables. La Description de la France comprend les 14e et 15e livres.

423. L'Estat, Description et Gouvernement des royaumes et républiques du Monde, tant anciennes que modernes, compris en 24 liv. conten. divers ré-

glemens, ordonnances, loix, coustumes, offices, etc.,
par Gabriel Chappuys. *Paris, P. Cavellat*, 1585, in-
fol., v. f., fil. *(aux armes)*.

Avec envoi de l'auteur aux *PP. Capucins du Marets.*

424. Le Théâtre de l'Univers ou l'Abrégé du Monde,
contenant les déscript. particul. de tous les estats,
empires, monarchies, républiques, etc. (par Chateau-
nières de Grenaille). *Paris, Ant. Robinot*, 1646, 3 vol.,
pet. in-8., fig. v. br. fil.

Rare. — Omis dans la *Bibl. hist. de la Fr.*, quoique la moitié du
second volume et le second tout entier regardent la France.

425. Description générale du Monde avec tous ses empires, royaumes, estats et républiques, où sont déduits
et traitez par ordre leurs noms, assiettes, confins,
mœurs, etc., compos. premièrement par Pierre Davity, seigneur de Montmartin, nouv. édit. revue, corrigée et aug. tant pour les descript. géogr. que pour
l'histoire, par Jean-Baptiste de Rocoles. *Troyes,*
(Paris, Den. Bechet), 1660, 6 tom. en 5 vol. in-fol.
v. br.

Cette Cosmographie est toute différente de la suivante, quoique
l'une et l'autre portent le nom de Davity; mais cet auteur n'en a
fourni, pour ainsi dire, que le canevas en 1 vol. in-4°, et les éditeurs
l'ont tellement changé successivement, qu'il n'y est rien resté de
l'ouvrage primitif. Dans cette édition la plus étendue et la moins
commune, le 4ᵉ vol. est occupé tout entier par la descript. de la
France.

426. Nouveau Théâtre du Monde, conten. les estats, les
empires, royaumes et principautez, représentez par
l'ordre et véritable descrip. des pays, mœurs des
peuples, forces, richesses, gouvernemens, religions..;
illustré de l'institution de toutes les religions et l'origine de tous les ordres militaires et de chevalerie,
par D. T. V. (Davity), avec un nouveau supplément
conten. l'estat présent de la France depuis la régence

de la très-auguste Anne d'Autriche...etc. *Paris, libr. et impr. assoc.* 1661, 2 vol. in-fol. m. j. fil.

<small>Le supplément de cette édit. contient les traités de Munster, de Vervins et des Pyrénées, avec beaucoup de pièces utiles.</small>

427. Le nouveau Théâtre du Monde, ou l'Abrégé des états et des empires de l'Univers, où se voit le gouvernement de tous les états du monde, la descript. et les antiquitez des villes... etc , par le P. Boussingault. *Paris, Est. Loyson,* 1677, 4 vol. pet. in-12, m. m.

428. Nouvelle Géographie universelle, descript. histor. indust. et commerc. des quatre parties du monde, par William Guthrie, trad. de l'angl. par Fr. Noel. *Paris, H. Langlois,* 1802, 6 tom. en 9 vol. in-8, tabl. cart. (sans atlas).

GÉOGRAPHIE DE LA FRANCE.

Atlas. — Dictionnaires. — Descriptions. — Guides. — Voyages, etc.

429. Atlas françois, ou Description générale de tout le roy. de France, conten. non seulement une descript. géograph., avec les cartes de chacune province, mais aussi généalog. des illustres familles, et histor., etc. (par Guill. et J. Blaeu). *Amsterdam, H. et Th. Boom,* 1700, 2 vol. gr. in-fol., vél., cordé.

<small>Omis dans la *Bibl. hist. de la Fr.*</small>

430. Atlas historique de la France ancienne et moderne, conten. tous les lieux illustrés par les événemens les plus mémor. de notre histoire, les conquêtes, les pertes et les succès de la nation ; ses alliances et ses traités, les batailles, les siéges, les conciles, etc., depuis Pharamond jusqu'à Louis XV, par Rizzi Zannoni. *Paris, Desnos,* 1765, in-4, 35 cart. color., demi-rel.

431. Carte de France, divisée en 31 gouvern. milit. et en ses prov., dressée par Cassini de Thury. *Paris, Crépi*, 1778, pet. in-fol., demi-rel.

432. Recueil de cartes, vues et plans des provinces, villes et châteaux de France, grav. à différ. époq., par Châtillon, Israël Sylvestre, de Fer, etc. ; plus de 190 planch. avec texte, en 1 vol. in-fol., demi-rel.

433. Dictionnaire universel de la France ancienne et moderne, géogr., étymol., topogr., hist., noms de villes, rivières, villages, paroisses, etc. (par Cl. Marin Saugrain, avec une introd., par l'abbé des Thuileries). *Paris, Saugrain*, 1726, 3 vol. in-fol., v. br.
Nécessaire pour compléter le *Dict. des Gaules.*

434. Dictionnaire géograph., hist. et polit. des Gaules et de la France, par l'abbé Expilly. *Paris, Desaint et Saillant*, 1762-68, 5 vol. in-fol., v. m. (manq. le 6ᵉ vol.)
Cette compilation, où sont rassemblés tant de précieux mémoires de géographie, de statistique, de généalogie et d'histoire, n'a jamais été terminée. L'article de Paris est un ouvrage entier qui remplit plus de 200 pag. in-fol.

435. Dictionnaire hydrographique de la France, ou Nomenclature des fleuves, rivières, ruisseaux et canaux.., etc., par Moithey. *Paris, l'auteur*, 1787, in-8, demi-rel. (manq. la carte).

436. Descriptio fluminum Galliæ, qua Francia est, Papirii Massonii operâ. *Parisiis, J. Quesnel*, 1618, pet. in-8, vél.

437. Les Rivières de France qui se jettent dans la mer Océane et dans la mer Méditerranée, par Coulon. *Paris, Fr. Clousier*, 1644, 2 vol. pet. in-8, demi-rel.
Rare.

438. Dissertation sur l'ancienne jonction de l'Angleterre à la France, par Desmarest. *Amiens*, 1753, in-12, pl. et cart., demi-rel.

439. Description conten. toutes les singularités des plus célèbres villes et places remarquables du royaume de France, corrig. et augm. de l'estat des cartes des provinces (par Fr. Des-Rues). *Rouen, J. Petit*, 1611, pet. in-8, fig., m. br.
Rare.

_____

440. Les Antiquités et recherches des villes, chasteaux et places plus remarquables de France, œuvre enrichie des fondations, situations et singularités des villes, places, etc. (par Fr. de Belleforest, abrég. et corrig.) par André du Chesne, rev. et augm. par François du Chesne, son fils. *Paris, Michel Robin*, 1668, 2 vol. in-12, v. br.
Dernière édition.

441. Description histor. et géogr. de la France ancienne et moderne (par l'abbé de Longuerue). *S. l., s. a. (Paris*, 1722), 2 part. en 1 vol. in-fol., cart. de d'Anville, v. br.
Exemp. avec les cartons corrigés par l'abbé de Fleury, qui a fait l'*avertissement*.

442. Introduction à la Description de la France et au droit public de ce royaume, compr. l'état de la maison du roi, ses titres, son cérémonial, etc., le gouvernement ecclés., civil et milit. par Piganiol de la Force, *Paris, G. Desprez*, 1752, 2 vol. — Nouvelle description de la France, des villes, maisons royales, châteaux et monumens, par le même, 3ᵉ édit. *Paris, Théod. Legras*, 1753-54, 13 vol., cart. et fig. En tout 15 vol. in-12, v. m.

443. Description des principaux lieux de France, conten.

des détails descriptifs et histor. sur les provinces, villes, bourgs, monastères châteaux, etc. (descript. de la Provence, de l'état d'Avignon et comté Venaissin ; de la princip. d'Orange ; du Languedoc ; du Roussillon ; du comté de Foix ; de l'Auvergne ; du Poitou ; du Limousin ; de la Marche ; du Rouergue ; de la Guyenne ; de la Gascogne ; du Béarn ; de la Saintonge ; de l'Aunis ; du Bourbonnais ; du Forez et du Lyonnois), par J. A. Dulaure, *Paris, Lejay,* 1789, 6 vol. in-18, cart., m. rac.

Peu commun.

444. Nouvelles Recherches sur la France, ou Recueil de mémoires histor. sur quelq. provinces, villes et bourgs du royaume (par Hérissant, Béziers, de Guibal, Guibal, Gentil de Tillancourt, etc). *Paris, Hérissant,* 1766, 2 vol. in-12, v. m.

545. Le Guide fidèle des étrangers dans le voyage de France, conten. la descript. de toutes les villes, chasteaux, maisons de plaisance., etc., par de St-Maurice. *Paris, Est. Loyson,* 1672, in-12, v. br. — Nouveau Voyage de France géogr. histor. et curieux (par Dumas). *Paris, Saugrain,* 1720, in-12, cart. et fig., v. br.

446. Le Conducteur Français, conten. les routes desservies par les voit. publ., par L. Denis. *Paris, Ribou,* 1776-78, 5 vol. in-8, cart. color., v. m.

447. La Géographie, ou Descript. générale du royaume de France, divis. en ses généralités, conten. toutes les provinces, villes, bourgs, villages, etc., par Dumoulin. *Paris, Leclerc,* 1764-67, 5 vol. in-8, cart. et plans, v. m.

448. Les Délices de la France, ou Descript. des provinces et villes capit. d'icelle, et la descript. des chas-

teaux, etc. *Amsterdam, P. Mortier*, 1699, 2 tom. en 1 vol. pet. in-12, v. br. (Manq. les fig.).—Le Voyage de France, avec un mémoire des reliques du Trésor de St.-Denys; (Par Cl. de Varennes) corrig. et augm. par D. V. (du Verdier.) *Paris, Nic. Le Gras*, 1687, in-12, v. br.

449. Voyage du tour de la France, par Henry de Rouvière, apothicaire de Sa Majesté. *Paris, Et. Ganeau*, 1713, in-12, v. m.

450. Voyage en Savoie et dans le midi de la France en 1804 et 1805 (par M. de La Bedoyère.). *Paris, Giguet et Michaud*, 1807, in-8, v. rac. fil.

451. Voyage bibliographique, archéologique et pittoresque en France, par Th. Frognall Dibdin, trad. de l'angl. par Théod. Licquet et Crapelet. *Paris, Crapelet*, 1825, 4 vol. in-8, fig., br.

452. Géographie parisienne en forme de dict. conten. l'explicat. de Paris, ou de son plan, mis en carte géogr. du roy. de France, pour servir d'introduct. à la géogr. génér., méthode nouvelle et facile pour apprendre d'une manière pratique et locale toutes les princip. parties du royaume et de Paris.., par Teisserenc. *Paris, v⁰ Robinot*, 1754, v. m. — Etat de la France et descript. de Paris en 1815 (en chronogrammes); par....... ancien profess. d'hist. et bibliothécaire. *Paris, Eberhart*, 1820, in-12, br.

Ces deux ouvrages sont des chefs-d'œuvre de bizarrerie et de ridicule.

Voyages en Europe, en Asie et en Afrique.

453. Les Délices des Pays-Bas, conten. une descrip. génér. des 17 Provinces, nouv. édit. augm. (par Chrys-

tin et F. Foppens). *Bruxelles, F. Foppens,* 1711, 3
vol. in-12, fig. de J. Harrwyn, v. br.

454. Les Délices de la Hollande, conten. une descript.
exacte du pays, des mœurs et coûtumes des habitans (par Parival). *La Haye, van Dole,* 1710, 2 vol.
in-12, fig., v. br. — Les Délices de Leide, conten.
une descript. de son antiq., de ses agrandiss., de son
académie, etc. (tiré des ouvr. lat. et flam. de S. van
Leuwen et J. Orler, par Vander Aa). *Leide, P. Vander
Aa,* 1712, in-12, fig., v. br. — Le Guide, ou Nouv.
descrip. d'Amsterdam, son origine, ses agrandiss., son
état actuel, son commerce, etc., avec une descript. de
sa maison de ville (par J. Wagenaar). *Amsterdam, Co-
vens et Mortier,* 1753, in-12, fig., demi-rel.

A la suite des *Délices de Leyde,* se trouve un très curieux catal.
des livres et des estampes du fonds de Vander Aa.

455. Journal (franç. et ital.) du voyage de Montaigne
en Italie, par la Suisse et l'Allemagne, en 1580 et
1581, avec des notes par de Querlon. *Rome (Paris,
Lejay),* 1774, 2 vol. in.12. portr., v. m.

456. Etat ancien et moderne des duchés de Florence,
Modène, Mantoue et Parme, avec l'Hist. anecdote des
intrigues des cours et la relat. de la ville de Bologne
(par Casimir Freschot). *Utrecht, G. van Poolsum,*
1711, in-12, fig., v. br.

457. Nouveau Voyage d'Italie (par Max. Misson), 4ᵉ édit.
La Haye, H. van Bulderen, 1727, 3 vol., fig. — Remarq. sur divers endroits d'Italie, par Addisson, pour
servir de supp. au Voy. de Misson. *Paris, Denis Hor-
themels,* 1722, fig. En tout 4 vol. in-12, v. br.

458. Lettres sur l'Italie, par Dupaty. *Paris, Boiste,* 1824,
in-8, demi-rel.

459. L'Italie telle qu'elle est : la Société italienne, par

P. L. Jacob, bibliophile (extr. de la *Revue de Paris*),
1839, gr. in-8, br. (tiré à part à 20 exemp.)

460. Résumé géogr. de la Péninsule ibérique, cont.
l'Espagne et le Portugal, par le col. Bory de St.-Vin-
cent. *Paris, Amb. Dupont*, 1826, in-18, cart. br. (sans
tit.) — Description de Valence, ou Tableau de cette
province, de ses productions, etc., par Chr. Auguste Fischer, trad. par Ch. Fr. Cramer. *Paris, Hen-
richs*, 1804, in-8, br.

461. P. Gyllii, de Constantinopoleos Topographiâ, lib.
IV. *Lugduni Batavorum, ex offic. Elzev.*, 1632, in-16,
v. f., fil. (*aux armes*). — Helvetiorum respublica; diversorum autorum (Josiæ Simleri, Fr. Guillimanni,
Henr. Glareani, Dan. Heremitæ, etc.). *Lug. Bat. ex
offic. Elzev.*, 1627, in-16, v. f., fil. (*aux armes*).

462. Etat du royaume de Danemark tel qu'il étoit en
1692 (par de Molesworth), trad. de l'angl. *Amsterdam, A. Braakman*, 1695, pet. in-12, cart. vél.

Voy. sur cet ouvr. qui fit tant de bruit à son apparition, la *Méth.
pour étud. l'hist.*, t. IV, p. 22.

463. Relations de Guill. de Rusbruk, Bernard le Sage,
et Sœvulf, publ. en entier pour la première fois d'a-
près les mss. de Cambridge, de Leyde et de Londres;
par Franc. Michel et Thomas Wright. *Paris, Bourgogne Martinet*, 1839, in-4, br.

464. Journal des voyages de Monconys, publ. par le
sieur de Liergues, son fils. *Lyon, Horace Boissat*,
1665, 3 vol. in-4, fig., v. br.

Les secrets et les recettes de tout genre que Monconys avait recueillis dans ses voyages. font de son Journal une espèce de phar-
macopée fort singulière.

465. Voyage dans la Basse et la Haute Egypte, pendant
les campagnes du général Bonaparte, par Vivant De-
non. *Paris, F. Didot*, 1803, 3 vol. in-12, v. rac.

CHRONOLOGIE.

466. La Bibliothèque historiale de Nicolas Vignier, conten. la disposition et concordance des temps, des histoires et des historiographes, ensemble l'estat des principales monarchies (le 4ᵉ vol. contient Addit. et Correct. tirées des mss de l'aut., avec sa Vie par Guill. Colletet). *Paris, Ab. L'Angelier* et vᵉ *Jean Camusat*, 1588-1650, 4 vol., in-fol., dem.-rel.

Aucun ouvrage ne peut tenir lieu de celui-ci, qui est encore aujourd'hui un chef-d'œuvre de science historique. — Le 4ᵉ volume manque presque toujours, ayant été publié plus de cinquante ans après les premiers.

467. Inventaire de l'Histoire journalière, conten. par ans, mois et jours l'eslite des choses remarq. advenues depuis la créat. du monde jusques à présent, et principal. de ce qui touche les affaires de France ; faict par T. G. P. (Thomas, Galiot, prêtre). *Paris, J. Rezé,* 1599, pet. in-8, vél.

468. Opus chronographicum orbis universi a mundi exordio ad annum 1611, cont. histor. icones et clog. summ. pontif. imperat. regum ac virorum illustr. auctoribus P. Opmeero et Laur. Beyerlinck. *Autuerpiæ, Hier. Verdussii,* 1611, 2 tom. en 1 vol. in-fol., fig. v., j. fil.

469. Tablettes chronologiques de l'Histoire univers. sacrée et prophane, ecclés. et civile, depuis la créat. du monde jusqu'à l'an 1762, par l'abbé Lenglet Dufresnoy ; nouv. édit. corr. et aug. (par Barbeau de la Bruère). *Paris, Debure,* 1763, 2 vol. pet. in-8, v. m.

470. L'Art de vérifier les dates des faits historiques, des inscriptions, des chroniques et autres anciens monumens avant l'ère chrétienne, par un religieux de la congrég. de St-Maur (dom Clément) ; impr. pour la

première fois et mis en ordre par M. de St-Allais. *Paris*, *Moreau*, 1819, 5 vol. in-8. — L'Art de vérifier les dates, depuis la naissance de J.-C., par un religieux de la congrég. de St-Maur (le même); réimpr. avec des correct. et contin. jusqu'à nos jours, par le même. *Paris, Valade*, 1818, 18 vol. in-8. En tout 23 vol., demi-rel. uniforme.

471. Tableau chronolog. de l'Histoire moderne, depuis la prise de Constantinople par les Turcs jusqu'à la Révol. franç., 1453-1789, par Michelet. *Paris, L. Colas*, 1826, in-8, br.

HISTOIRE UNIVERSELLE.

Ancienne. — *Moderne.*

472. Liber Chronicarum cum figuris et ymaginibus ab initio mundi (auct. Hartman Schedel). (*Nuremberg, Ant. Koberger*), 1493, gr. in-fol. goth., fig. de Mich. Wolgemut et de Wilh. Pleydenwurff, v. m.

Bel exemp. d'un livre précieux à cause du grand nombre de figures sur bois qui l'enrichissent et dont les principales sont de la main de Wolgemut, maître d'Albert Durer. On prétend même que celui-ci a travaillé aux belles gravures du Jugement dernier, et de la Danse macabre.

473. La Mer des Histoires, auquel est contenu, tant du vieil Testamment que du nouveau, toutes les histoires, actes et faictz dignes de mémoire, puis la création du monde jusques en l'an 1543, etc. (trad. du lat. par Vinc. Commin). *Paris, N. Couteau*, 1543, 2 tom. en 1 vol,, in-fol., goth. fig. v. f.

Exemp. très bien conservé.

474. L'Histoire universelle du monde, conten. l'entière descript. et situat. des quatre parties de la terre.. Ensemble l'origine et particulières mœurs, loix, coustumes, religion et cérémonies de toutes les nations, par

Fr. de Belle-Forest. *Paris, Gerv. Mallot*, 1577, in-4, vél.

Avec la sign. de *Du Bouchet*. — La Descript. histor. de la France occupe près du quart de ce volume rare.

475. Le grand Théâtre historique, ou nouvelle Histoire universelle, tant sacrée que profane, depuis la créat. du monde jusqu'au 18ᵉ siècle...... (par Gueudeville). *Leyde, P. Vander Aa*, 1703, 5 tom. en 3 vol. in-fol, fig. (plus de 500) de Romain de Hooge, v. br.

476. Histoire des neuf livres de Hérodote d'Alicarnasse, prince et premier des historiographes grecs, intitulez du nom des Muses ; plus, un recueil de George Gemiste dict Plethon, des choses avenues depuis la journée de Mantinée, trad. du grec en franç. par P. Saliat, *Paris, Cl. Micard*, 1580, in-16, m. j.

477. Histoire ancienne de Rollin, avec notes et éclairc. sur les scienc., les arts, l'industr. et le comm., par Emile Bérès. *Paris, A. Desrez*, 1836-37, 3 v. gr. in-8, atlas, par L. Vivien, et album antiq., par Alb. Lenoir, br.

478. Histoire de la décadence et de la chute de l'Empire romain, par Ed. Gibbon (trad. de l'angl. par Septchênes, de Meunier et Cantwel ; rev. par madame Guizot), avec une notice par A. C. Buchon. *Paris, A. Desrez*, 1837, 2 vol. gr. in-8, br.

479. OEuvres de C. C. Tacite, trad. par C. L. F. Panckoucke. *Paris, Panckoucke*, 1830-38, 7 vol. in-8, gr. pap., fig. br.

480. L'Europe au moyen-âge, trad. de l'angl., de Henry Hallam, par A. Borghers et P. Dudouit, 2ᵉ édit. *Paris*, 1837, 4 vol. in-8, br.

481. Histoire du gouvernement féodal, par Barginet (de Grenoble). *Paris, Raymond,* 1825, in-12, br.

482. La prima parte della Cronica universale de suoi tempi, di Matteo Villani. *Fiorenza, appresso Lorenzo Torrentino,* 1564, in-8, v. br.

483. Les Chroniques de Jean Froissard, qui traitent des merveilleuses emprises, nobles aventures et faits d'armes adveuus en son temps en France, Angleterre, Bretaigne, etc., avec notes, éclairciss., tables et glossaires, par A. C. Buchon (d'après les mss. de Dacier). *Paris, A. Desrez,* 1825, 3 vol. gr. in-8, br.

484. La Toison d'or, compos. par rev. père en Dieu Guillaume, évêque de Tournay, etc., auquel sont cont. les hautx, vertueux et magnanimes faictz tant des très chrestiennes maisons de France, Bourgougne et Flandre, que d'autres roys et princes de l'Ancien et Nouveau Testament. *Paris, F. Regnault,* 1516, 2 vol., goth., in-fol., fig., v. f.
Bel exemp.

485. Pauli Jovii, historiarum sui temporis, cum indice plenissimo. *Lutetiæ Parisior., M. Vascosani,* 1558, 2 vol. in-fol., mar. r., d. s. tr.

486. Histoire de Paolo Jovio, Cosmois, évesque de Nocera, sur les choses faictes et avenues de son temps en toutes les parties du monde, trad. de latin en françois, par Denis Sauvage, seigneur du Parc-Champenois. *Paris, J. Ruelle,* 1570, 2 tom. en 1 vol. in-fol., m. j., rel. anc.
C'est la seule traduction que nous ayons de l'hist. de Paul Jove.

487. Histoire de M. de Thou, des choses arrivées de son temps, mises en françoys par P. Du Ryer. *Paris, Aug. Courbé,* 1659, 3 vol. in-fol., v. br.

488. Histoire universelle de Jacq. Aug. de Thou, depuis

1543 jusqu'en 1607, trad. sur l'édit. lat. de Londres,
(par l'abbé Prévost, l'abb. Desfontaines, l'abb. Le Mascrier, Adam Le Beau, etc., avec une préface par Geor-
geon). *Londres* (*Paris*), 1734, 16 vol. in-4, portr.,
v. m.

489. Histoire universelle du sieur d'Aubigné, depuis
1550 jusqu'en 1585, dédiée à la postérité. *Maillé*, *J.
Moussat*, 1616-18, 2 tom. en 1 vol. in-fol. peau de tr. ·

Avec la signature de *Zamet*. — Rare, l'édition ayant été brûlée
par la main du bourreau, après la publication du troisième volume.

490. Chronologie septennaire de l'Histoire de la Paix
entre les roys de France et d'Espagne, conten. les
choses les plus mémorables advenues en France, Espagne, Allemagne, Italie, Angleterre..., depuis l'an
1598 jusque à la fin de 1604 (par Palma Cayet). *Paris,
J. Richer*, 1605, in-8, vél.

La *Chronologie septennaire* n'a pas été réimprimée avec la *Novennaire* dans les collect. de Mémoires.

491. Le Mercure francois, ou suite de l'Histoire de la
Paix commencée l'an 1605, pour suitte du *Septennaire*
du doct. Cayer, jusqu'à l'an 1644 (par J. Richer jusqu'en 1635 et contin. par Théop. Renaudot). *Paris,
J. Richer* et *J. Esnault*, 1611-48, 25 vol. pet. in-8,
fig., plans et cart. cuir de Russie (les 5 derniers vol.
v. br., vél. et m.)

Le 19e vol. contient les pag. 925-1040.

492. Abrégé de l'Histoire de ce Siècle de fer, conten.
les misères et calamités des derniers temps, avec leurs
causes et prétextes depuis le commencement de ce
siècle, jusques à l'année 1664, par I. N. de Parival.
Bruxelles, Fr. Vivien, 1663-66, 3 vol. in-8, v. br.

Rare.

493. Histoire du Siècle courant, depuis l'an 1600 jusqu'à présent, avec un Catal. des historiens, par le sieur

de Ch. (Chassan). *Paris, Ch. Coignard*, 1687, in-12, v. br.

494. Mémoires pour servir à l'Histoire universelle de l'Europe, depuis 1600 jusqu'en 1716, par le père d'Avrigny, nouv. édit. corrig. et augm. (par le père Griffet). *Paris, Guérin*, 1757, 5 vol. in-12, v. éc.

495. Mercure de Vittorio Siri, conten. l'hist. génér. de l'Europe, depuis 1640 jusqu'en 1655, trad. de l'ital. par Réquier. *Paris, Didot*, 1756, 3 vol., in-4, v. m., fil.
Cette traduction n'a malheureusement pas été continuée.

496. Annales politiques de Charles Irénée Castel, abbé de Saint-Pierre, nouv. édit. *Londres*, 1758, 2 vol. in-12, v. éc.

HISTOIRE DES RELIGIONS.

Introduction. — Église chrétienne. — Saints. — Papes — Conciles. — Ordres religieux. — Hérésies.

497. Histoire générale des cérémonies, mœurs et coutumes religieuses de tous les peuples du monde; représ. en 243 fig., par B. Picart, avec des explications par les abbés Banier et Le Mascrier. *Paris, Rollin*, 1741, 7 vol. in-fol., v. rac., fil., d. s. tr.
Très bel exemp. provenant de la Bibl. du duc de la Vallière. Il contient la totalité des figures de l'édition d'Amsterdam et de plus les figures faites pour l'édition de Paris.

———

498. Recueil de l'histoire de l'Église, depuis le baptême de J. C. jusqu'à ce temps, par Nic. Vignier, de Bar-sur-Seine (et Jean Vignier). *Leyden, Christ. de Raphelengien* (1599), in-fol., v. br.

499 Liber preclarissimi religiosi patr. Jacobi de Voragine, de Vitis Sanctorum (*Legenda aurea*) *Venetiis, per Anton. de Strata de Cremona, Marcum Catanellum*

Schalvicolas socios , summâ cum diligentiâ impressum,
anno 1480, in-4, goth., v. br. (manq. la table finale,
qui est remplacée à la plume au commencem.)

500 Les Vies des Saints, compos. sur ce qui nous est
resté de plus authentique et de plus assuré dans leur
hist. , avec l'Hist. de leur culte et l'hist. des autres
fêtes mobiles , la topographie et la chronolog. des
Saints, etc., (par A Baillet). *Paris, v^e Rolland,* 1724,
4 vol. in-fol., v. gr.

501. Légende de Théophile , texte grec publ. pour la
prem. fois par Louis de Sinner. *Paris, Ed. Pannier,*
1838, in-8, br. (tiré à 25 exempl.)

502 Historia persecutionis Vandalicæ, in duas partes
distincta ; operâ et studio Th. Ruinart. *Parisiis, Car.*
Robustel, 1689, in-8, v. br.

503. Tableau des Catacombes de Rome, où l'on donne
la descrip. de ces cimetières sacrés, avec l'indic. des
princip. monum. d'antiq. qu'on en a retirés , par
Raoul Rochette (avec des not. crit. de l'édit. belge).
Bruxelles, Sociét. nation., 1837, in-16, fig., br.

504. Chronologie histor. des Papes, des conciles généraux et des conciles des Gaules et de la France, par
L. de Malastrie. *Paris, P. H. Krabbe,* 1836, gr. in-8,
portr., br.

505. Scriptores duo anglici cœtani ac conterranei ,
de Vitis Pontificum romanorum, videlicet Rob. Barns
et Johan. Baleus , quos usque ad Paulum Quintum
continuavit Joh. Mart. Lydius. *Lugduni Batav.,*
excud., Abr. A. Marsse, 1615, 2 part. en 1 vol. pet.
in-8, v. j.

506. Les Vies, mœurs et actions des Papes de Rome,
ensemble les schismes et hérésies, les conciles, etc.,
compos. en latin par Barth. Platine, avec la contin.

d'Onuphre, Cicarella, etc., trad. et contin. jusques à Innocent X, par Coulon. *Paris, Gerv. Clouzier*, 1651, 2 part. en 1 vol. in-4, v. m., fil.

507. Histoire générale des Papes jusqu'à Paul V, par André Duchesne, 2ᵉ édit. *Paris, Villery et Alliot*, 1645, in-fol., m. m. (manq. le titre).

508. Historia summorum Pontificum a Martino V ad Innocentium XI, per eorum numismata, ab anno 1417 ad ann. 1678, a Claudio du Molinet. *Lutetiæ, Lud. Billaine*, 1679, in-fol., fig., v. br.

509. Histoire des Papes, depuis saint Pierre jusqu'à Benoît XIII (par de Bruys). *La Haye, H. Scheurler*, 1732-34, 5 vol. in-4, v. m., fil.

510. Histoire de la papesse Jeanne, tirée de la dissert. latine de Spanheim. (par Jacq. Lenfant). Nouv. édit. augm. *La Haye, Scheurler*, 1738, 2 vol. in-12, fig., v. m.

511. La Vie de César Borgia, appelé depuis le duc de Valentinois, descrite par Thomas Thomasi (Gregorio Leti), trad. de l'ital. *Monte Chiaro, J. B. Vero (Holl., Elzev.)*, 1671, pet. in-12, v. br.
Rare. — Bon pour l'hist. de France, ainsi que l'ouvr. suivant.

512. La Vie du pape Alexandre VI et de son fils César Borgia, conten. les guerres de Charles VIII et Louis XII et les princip. négociat. et révol. arriv. en Italie depuis 1492 jusqu'en 1506, avec les pièces origin. par Alex. Gordon, trad. de l'angl. (par Lenglet Dufresnoy?). *Amsterdam, P. Mortier*, 1732, 2 vol. in-12, fig., v. br.

513. Histoire du pape Alexandre VI et de César Borgia, par E. M. Masse. *Paris, J. Lefebvre*, 1830, in-8, br.

514. La Vie du pape Clément XIV (Ganganelli) (par

Caracciolli). *Paris, v*. *Desaint*, 1776, in-12, portr.
v. f.

515. Maintenue et défense des Princes souverains et
Eglises chrestiennes, contre les attentats, usurpa-
tions et excommunications des Papes de Rome (par
Denis Godefroy). *S. l. (Genève, P. de Saint-André)*.
1592, pet. in-8, vél.

516. Histoire du Concile de Pise et de ce qui s'est passé
de plus mémorable depuis, jusqu'au Concile de Constance; par Jacq. Lenfant. *Amsterdam, P. Humbert*,
1724, 2 vol. in-4, fig. de B. Picart, v. fil.

517. Histoire de la Guerre des Hussites et du Concile
de Basle, par Jacq. Lenfant. *Amsterdam, P. Humbert*,
1731, 2 vol. in-4, vign., v. br. (manq. les portr.).

518. Histoire du Concile de Constance, par Jacques
Lenfant. *Amsterdam, P. Humbert*, 1744, 2 tom. en 1
vol. in-4, fig. de B. Picart, v. br.

519. Histoire du Concile de Trente, de fra Paolo de
Sarpi, trad. par Amelot de la Houssaye, avec des rem.
hist., polit. et morales. *Amsterdam, J. Blaeu*, 1713,
in-4, v. br.

520. Histoire des Ordres religieux et militaires, ainsi
que des congrégations séculières de l'un et de l'autre
sexe, jusqu'à présent, conten. leur origine, leur fondation, leurs progrès, etc.; par le P. Hélyot. *Paris,
Louis*, 1792, 8 vol. in-4, fig. (812), demi-rel.

521. Ordres monastiques, histoire extr. de tous les auteurs qui ont conservé à la postérité ce qu'il y a de
plus curieux dans chaque ordre, par l'abbé Musson.
Berlin, 1751, 7 tom. rel. en 4 vol. in-12, v. m.

522. Annales Ordinis Sancti Benedicti, occidentalium

— monachorum patriarchæ ; auctore Joh. Mabillon. *Lucæ*, *L. Venturini*, 1739-45, 6 vol. in-fol., fig. vél.

523. Histoire de l'origine et du progrès des Revenus ecclesiastiques, par Jérôme Acosta. *Utrecht, Laur., Boxtel*, 1697, in-12, v. br. — Dissertation sur l'hémine de vin et sur la livre de pain de S. Benoit et des autr. anc. religieux (par Lancelot). *Paris, Ch. Savreux*, 1767, pet. in-12, v. br.

524. Véritable origine des Biens ecclésiast., fragm. hist. et curieux, conten. les différentes voies par lesquelles le clergé séculier et régulier s'est enrichi, avec notes, par Rozet. *Paris, Desenne*, 1790, in-8, m. m.

525. Histoire de l'Inquisition et son origine (par l'abbé Marsollier). *Cologne, P. Marteau* (*à la sph.*) 1733, in-12, v. br.

626. Histoire des Flagellans, où l'on fait voir le bon et mauvais usage des flagellations parmi les chrestiens, trad. du lat. de l'abbé Boileau ; 2e édit. corrig. (par l'abbé Granet). *Amsterdam, H. du Sauzet*, 1732, in-12, m.br. — Critique de l'Hist. des Flagellans, et justification de la discipline volontaire, par J. B. Thiers. *Paris, J. de Nully*, 1703, in-12, v. br.

527. Histoire des Anabaptistes, conten. leur doctrine, les troubles qu'ils ont causés, et enfin tout ce qui s'est passé de plus considérable à leur égard depuis 1521 jusques à présent (par le père Catrou). *Amsterdam, Jac. Desbordes*, 1699, in-12, fig., v. gr.

528. Histoire ecclésiastique des Eglises réformées, recueill. en quelques valées de Piedmont et circonvoisines, autrefois appelées Eglises vaudoises, comm. dès 1160 et finis. en 1643, par P. Gilles. *Genève, J. de Tournes*, 1644, pet. in-4, vél.

529. Histoire générale des Eglises évangéliques des vallées de Piémont ou Vaudoises, divis. en 2 liv. par J. Leger. *Paris, J. Le Carpentier*, 1669, in-fol., fig. et cart., v. br.

Rare. — Le premier livre contient des extraits de la *Noble Leiçon* et d'autres anciens écrits en langue vaudoise.

530. L'Estat de l'Eglise, avec le discours du temps depuis les apostres jusques à présent, édit. augm. (par Jean Crespin). *S. l. (Genève)*, 1564, pet. in-8, fig., cart.

531. Histoire des Martyrs persécutez et mis à mort pour la vérité de l'Evangile, depuis le temps des apostres jusques à présent, comprinse en 12 liv. (par Crespin) dern. édit. augm. de grand nombre d'histoires (et contin. jusq. règne de Henri IV, par Simon Goulart). *Genève, P. Aubert*, 1619, 2 vol. in-fol., v. m. fil.

Rare. — Cette histoire est très utile pour connaître les persécutions et les progrès de la Réforme en France pendant le 16e siècle. La moitié du second vol. est rempli par le récit des suites de la Saint-Barthélemy.

532. Jo. Sleidani, de Statu religionis et reipublicæ, Carolo quinto Cæsare, Commentarii, additus est liber XXVI. — Jo. Sleidani, de Quatuor summis Imperiis, lib. tres. *S.l. (Genèv.), Conr. Badius*, 1559, in-16, régl. vél. — Histoire de la Réformation, par W. Meiners. *Paris, Raymond*, 1825, in-12, br.

L'édit. de Conrad Badius est un modèle de typographie en miniature.

533. Histoire de l'Estat de la religion et république sous l'empereur Charles Cinquième, par Jean Sleidan, avec trois liv. des Quatre Empires, par le même (traduit. du lat. par Robert le Prévost). *Strasbourg*, 1558, pet. in-8, v. br.

Cette jolie édition à deux colonnes est la seule qui ne soit point châtrée.

534. Histoire de la Réformation, ou Mémoires de Jean Sleidan sur l'Etat de la religion et de la république sous l'empire de Charles-Quint, trad. du lat. en franç. par Pier. Franç. le Courrayer, avec des notes. *La Haye, Fr. Staatman*, 1767, 3 v. in-4, v. m.

535. Histoire de la naissance, progrez et décadence de l'Hérésie de ce siècle, div. en 8 liv., par Florimond de Ræmond, *Rouen, Et. Vereul*, 1622, in-4, vél. (manq. 2 pag. de la table.)

HISTOIRE ECCLÉSIASTIQUE DE LA FRANCE.

I. *Saints et saintes. — Reliques, images miraculeuses. — Cardinaux français. — Archevêques, évêques.*

536. La Vie des Saints de Bretagne et des personnes d'une éminente piété de cette province, avec addit. à l'hist. de Bretagne, par dom Gui-Alexis Lobineau. *Rennes, Comp. des impr.*, 1725, in-fol., fig., demi-rel.

537. La Vie de Saint-Martin, évêque de Tours, avec l'Hist. de la fondat. de son église, par dom Gervaise. *Tours, J. Barthe*, in-4, v. m., d. s. tr.

538. Apologie de la mission de S. Maur, apostre des Bénédictins en France, par dom Th. Ruinart. *Paris, P. de Bats,* 1702, in-8, fig., v. br.

539. Histoire de sainte Reine d'Alise et de l'abbaye de Flavigny, par André Jos. Ansart. *Paris, Vve Herissant,* 1783, in-12, br.

540. La Cruauté et tyrannie exercée en la personne du très valeureux capitaine le comte de la Richardière, lequel a esté martyrisé par les infidelles Turcs en la ville de Constantinople, le 19 septembre 1620, pour n'avoir voulu renier la foi chrestienne. *Troyes, J. Jacquard,* 1620, pet. in-8., v. ant.
Omis dans la *Bibl. hist. de la Fr.*

541. Eloge historique, ou Vie abrégée de Sainte-Frémiot de Chantal, fondatr. de l'ordre de la Visitation de Ste-Marie, où l'on a réuni tout ce qu'en ont dit les mss, et les mém. de la première maison d'Annecy. *Paris, Vve Simon*, 1768, in-12, portr., v. m.

542. Histoire de Nostre-Dame de Boulogne, div. en 3 liv., par Ant. Le Roy. *Paris, Cl. Audinet*, 1681, in-8, fig., v. br.

543. Histoire de l'Image miraculeuse de Notre-Dame de Liesse, par Villette. *Laon, J. Calvet*, 1769, pet. in-8, fig., vél.

544. Ms. Recueil de titres originaux (1342 à 1674), concernant l'église de Notre-Dame de Liesse, en 1 vol. in-fol., dos de mar.

545. Dissertation sur la sainte Larme de Vendôme, par J. B. Thiers, avec la réponse à la lettre du P. Mabillon. *Amsterdam*, 1751, 2 tom. en 1 vol. in-12, v. gr.

546. Traité de l'origine des Cardinaux du Saint-Siège et particul. des François, avec deux traités des légats à latere et une relation de leurs réceptions (en France) depuis Louis XII jusqu'à Charles IX (par Guil. du Peyrat). *Cologne, P. ab Egmont (Holl. Elzev.)* 1665, pet. in-12, v. br.

547. Histoire de tous les Cardinaux françois de naissance ou qui ont esté promeus au cardinalat (jusqu'en 1832), etc., compr. leurs légations, ambassades et voyages... justif. par tiltres et chartes du Trésor de S. M., arrests, etc., par Franç. Duchesne (d'apr. les mss. de son père). *Paris*, 1660, 2 tom. en 1 vol. in-fol., fig., v. br.
Le tom. des preuves est bien curieux.

548. Gallia purpurata, quâ cum summorum pontificum, tum omnium Galliæ cardinalium res præclaræ gestæ

continentur; epitome conciliorum Galliæ, etc., operâ
Petri Frizon. *Lut. Parisior*, *ap. Sim. Le Moine*, 1638,
in-fol., portr., v. br.

549. Gallia Christiana, in quâ regni Franciæ ditionum
que vicinarum diœceses et in eis præsules describun-
tur, curâ Cl. Roberti. *Lut. Parisior*, *sumpt. Seb. Cramoisy*, 1626, in-fol., cart., v. br.

La notice alphabétique des abbayes de France ne se trouve pas
dans les édit. suivantes plus étendues et plus soignées.

550. Gallia Christiana, in provincias distributa, in quâ
series et historia archiepiscoporum, episcoporum et
abbatum, ab origine ecclesiarum deducitur, operâ
monachorum congreg. S. Mauri, ordinis S. Bened.
(D. D. de Ste. Marthe, Thiroux, Hodin, Duclou, Brice,
Du Plessis, Taschereau, Leveau, etc.) *Parisiis, typis
regiis*, 1715-1785, 13 vol., portr. et cart., v. m. (*aux
armes.*)

Bel exempl.; rel. uniforme et de même hauteur.

551. Recueil hist. chronol. et topogr. des Archevêchez,
evêchez, abbayes et prieurez de France, tant d'hommes que de filles, de nomination et collation royale...,
le tout distrib. par diocèse, par ordre alphabét. par
dom Beaunier. *Paris, A. X. R. Musnier*, 1726, 2 vol.
in-4. v. m.

552. Table générale de l'état des archevêchés, éveschés,
abbayes et prieurés, de nomination et collation royale,
avec la taxe en cour de Rome, le revenu, le nom des
titulaires... *Paris, Ant. Boudet*, 1713, gr. in-8, v. m.

553. Chronologia historica successionis hierarchicæ
illustris archiantistium Lugdunensis archiepiscopa-
tûs, Galliarum primatûs... etc., aut. Jacobo Severtio.
Lugduni, ex typ. Sim. Rigaud, 1628, 2 tom. en 1 vol.
in-fol. v. br.

554. Ms. Registres originaux des Décisions du conseil des Archevêques de Paris (1748 à 1789), 4 vol. in-fol., v. br.

Les délibérations du Conseil portent les signatures autographes des archevêques et des membres du chapitre métropolitain.

555. Ms. Registres de l'administration temporelle de l'archevêché de Paris pendant le dix-septième siècle, et notamment de 1748 à 1789, 3 vol. in-fol., v. br.

Avec plusieurs liasses de titres concernant les propriétés de l'Archevêché.

556. Mémoires secrets sur M. l'Archevêque de Paris, ou Adresse au corps épiscopal de l'Église de France et à Sa Sainteté, pour demander la déposition de ce prélat, par l'abbé Paganel; 2e édit. rev. corr. et augm. de toutes les parties et de tous les chapitres que M. de Quélen avait fait supprimer dans la première. *Paris, Eug. Renduel*, 1833, in-8, br.

Cette édition a été entièrement supprimée et détruite, avant la mise en vente, de même que la première, par les soins de M. de Quélen.

557. Abrégé de la vie des Evesques de Coutances, depuis St. Ereptiole... (par Rouault). *Paris, Barois*, 1742, pet. in-8, v. m.

558. Les Vies des Évêques du Mans, restit. et corrig. avec plus. belles remarques, par dom Jean Bondonnet. *Paris, Ed. Martin*, 1651, in-4, vél.

Les testamens de plusieurs évêques offrent de curieux inventaires de meubles, que M. Monteil ne cite pas dans son *Hist. des Français de div. états.*

559. Histoire des Evêques du Mans et de ce qui s'est passé de plus mémor. dans le diocèse (par Ant. le Corvaisier de Bourdeilles). *Paris, Séb. Cramoisy*, 1648, in-4, v. br.

560. Chronologie des Evêques de Clermont et des princip. événem. de l'hist. ecclés. de l'Auvergne

— (par M. Gonod). *Clermont-Ferrand, Thibaut Landriot,* 1833, in-4, br.

561. Histoire de l'Eglise et des Evêques-princes de Strasbourg, depuis la fondat. de l'évêché jusqu'à nos jours, par l'abbé Grandidier. *Strasbourg, Fr.Levrault,* 1777, 2 vol. in-4, demi-rel.

562. Histoire des Evesques de l'église de Metz, par le P. Meurisse. *Metz, J. Antoine,* 1634, in-fol., fig., v. br. fil.

II. *Eglises des provinces et des villes. — Abbayes de l'ordre St.-Benoît et autres. — Couvens. — Chanoines. — Religieuses.*

563. Le Nombre des ecclésiastiques de France, celuy des religieux et des religieuses, le temps de leur establissement, ce dont ils subsistent et à quoy ils servent (par N. Froumenteau ?). *S. l.,* s. a. (vers 1581), pet. in-8, vél.

Rare.

___

564. L'Histoire de l'Eglise métropolitaine de Reims, premièr. escrite en latin par Floard (*sic*), trad. en franç. par Nic. Chesneau. *Reims, J. de Foigny,* 1581, in-4, vél.

L'ouvr. de Nic. Chesneau est plutôt une imitation qu'une traduction : on y trouve quelques bonnes additions.

565. Calendrier historique et chron. de l'Eglise de Paris, conten. l'origine des paroisses, abbayes, etc., par Le Febvre. *Paris, Hérissant,* 1747, in-12, v. m. (avec la sign. de *Sauvigny*).— Description des Curiosités des églises de Paris et des environs, par le même. *Paris, Gueffier,* 1759, in-12, v. m.

566. Historia Ecclesiæ Parisiensis, auctore Gerardo Du-

bois (et Bart. de la Ripe). *Parisiis, Fr. Muguet,* 1690-1710, 2 vol. in-fol. v. br.

Le second volume, publié après la mort de l'auteur, est rare.

567. La Monarchie des Solipses (Jésuites), trad. de l'orig. latin de Melch. Inchofer de la compagnie de Jésus, avec des remarq. (par Restaut). *Amsterdam, Herm. Uytwere,* 1754. — Chronologie hist. des Curés de Saint-Benoît depuis 1181 jusqu'en 1752, avec quelques anecd. qui concern. la paroisse (par J. Bruté). *Paris, G. Desprez,* 1752, portr. 2 tom. en 1 vol., m.

568. Annales de l'Eglise cathédrale de Noyon, jadis dite de Vermand...; le tout parsemé des plus rares recherches tant des vies des évêques qu'autres monumens... par Jacques Le Vasseur. *Paris, R. Sara,* 1633, in-4, vél.

569. Histoire de l'Eglise de Meaux, avec des notes ou dissert. et les pièces justificatives, par dom Toussaint Du Plessis. *Paris, J. M. Gandouin,* 1731, 2 vol. in-4, v. br.

570. Parthenie, ou Histoire de la très auguste et très dévote Eglise de Chartres, dédiée par les vieux druides en l'honneur de la vierge qui enfanteroit ; avec ce qui s'est passé de plus mémorable au fait de la seigneurie de l'église, ville et pays chartrain, par Sébas. Rouillard. *Paris, Rolin Thiery,* 1609, 2 part. en 1 vol. pet. in-8, fig. v. f. fil.

Bel exempl.

571. Histoire du diocèse de Bayeux, prem. part. conten. l'histoire des saints, évêques, des doyens et des hommes illustres du diocèse, par Hermant. *Caen, P. Doublet,* 1705, in-4, v. br.

La seconde partie n'a pas été publiée.

572. Histoire de l'Eglise cathédrale de Rouen (par dom

de la Pommeraye). *Rouen , imprim. de l'archeveché*, 1686, in-4, m. m.

573. Antiquités historiques de l'Eglise royale Saint-Aignan d'Orléans, avec un recueil de pièces (par R. Hubert). *Orléans, Gilles Hotot*, 1661, in-4, fig., vél.

574. Sancta et metropolitana Ecclesia Turonensis, operâ Joannis Maan. *Aug. Turonum, in ædibus authoris*, 1667, in-fol., dem.-rel.

575. Histoire ecclésiastique de la ville de Montpellier, conten. l'origine de son Eglise , la suite de ses évêques, etc., par Ch. Degrefeuille. *Montpellier, Rigaud*, 1739, gr. in-fol., v. gr. *(aux armes)*.

576. Recueil de diverses pièces concernant l'affaire du chapitre de l'Eglise cathéd. de Béziers, en Languedoc, in-4, v. m.

577. Histoire de l'Eglise de Lyon, depuis son établiss. jusqu'à nos jours, par Poullin de Lumina. *Lyon, J. L. Berthoud*, 1770, in-4, m. m.

578. Histoire de l'Eglise d'Autun (par l'abbé Gagnard). *Autun, P. Dejussieu*, 1774, in-8, v. m.

579. Histoire de la sainte Eglise de Vienne, depuis l'an 62 de J.-C., compos. sur des pièces authent. et origin., par de Maupertuy. *Lyon, J. Certe*, 1708, in-4, m. m.

580. Les Antiquités de l'Eglise de Valence, par Jean de Catellan. *Valence, J. Gilibert*, 1724, in-4, m. br.

581. Recherches des saintes Antiquités de la Vosge , par Jean Ruyr. *Espinal*, 1625, fig., in-4, vél. (Sans titre, feuillets raccommodés.)

Très rare, cette première édition ayant été supprimée entièrement à cause des fautes qui la défiguraient, comme on l'apprend d'un distique chronologique cité dans la *Bibl. hist. de la Fr.*, t. I, p. 272. Le premier vers de ce distique est ici différent pour exprimer l'année 1625 : FaCta rVYr VosagIs InsIgnIa pandIs aVorVM.

582. Monasterii regalis S. Martini de Campis paris. Historia, lib. sex partita, per Martinum Marrier. *Parisiis, Seb. Cramoisy*, 1637, in-4, fig., v. m. *(aux armes)*. Rare.

583. Histoire de l'abbaye royale de Saint-Germain-des-Prez, conten. la vie des abbez, hommes illustres, les privilèges, etc., avec la descript. de l'église, des tombeaux et de ce qu'elle contient de plus remarq., le tout justifié par des titres authentiques, par dom Jacq. Bouillart. *Paris, Grégoire Dupuis*, 1724, in-fol., fig. et plans, v. m.

584. Histoire de l'abbaye de Saint-Denys, en France, conten. les antiquitez, les fondat., privilèges, etc., par frère Jacques Doublet. *Paris, J. de Heuqueville*, in-4, vél. v.

L'histoire de Félibien ne remplace pas tout-à-fait celle-ci qui est beaucoup plus détaillée, mais moins exacte.

585. Histoire de l'abbaye royale de Saint-Denys, en France, conten. la vie des abbez, les hommes illustres, les privilèges..., avec la description de l'église et de ce qu'elle contient de remarquable, le tout justifié par des titres authent., par dom Michel Félibien. *Paris, Fr. Léonard*, 1706, in-fol., fig. et plans, v. rac.

586. Histoire de l'abbaye royale de Saint-Ouen de Rouen, par un bénédictin de la congr. de Saint-Maur (dom de la Pommeraye). *Rouen, Rich. Lallemand*, 1662, in-fol., fig., v. br.

587. L'auguste Basilique de l'abbaye royale de Saint-Arnoul de Mets, par André Valladier. *Paris, P. Chevalier*, 1615, in-4, vél.

588. Histoire de l'abbaye royale et de la ville de Tournus, avec des preuves, par le P. Pierre François

7

Chifflet. *Dijon*, *V· Chavance*, 1664, in-4, v. f. fil.
(*aux armes*).

589. Histoire de l'abbaye de Saint-Polycarpe, depuis sa
fondation jusqu'à sa destruction (par dom Labat),
1779, in-12, v. m.

590. L'Histoire de Saint-Sernin ou l'incomparable trésor
de son église abbatiale de Tolose, par Raymond
Daydé. *Tolose*, *Arn. Colomiez*, 1661, pet. in-8, vél.
— Antiennes et oraisons à l'usage de ceux qui visitent
les sacrées reliques de l'église abbatiale de Saint-Sernin (par Passaron). *Toulouse*, *Guillemette*, 1762,
in-12, fig., demi-rel.

591. Dissertation sur l'Etablissement de l'Abbaye de
Saint-Claude, ses chroniques, ses légendes, ses chartes, etc.; par Christin. *S. l.*, 1772, in-8, v. m.

592. Compendiosum abbatiæ Longipontis suessionensis
Chronicon (cum chartis), collectore F. Ant. Muldrag.
Parisiis, J. Bessin, 1652, pet. in-8, vél.

_____

593. Histoire du Monastère et couvent des pères Célestins de Paris, conten. ses antiquités et privil., etc.,
avec le testament de Louys, duc d'Orléans; par le P.
Louis Beurrier. *Paris*, *v· Chevalier*, 1634, in-4, fig.,
cart.

Le testament de Louis, duc d'Orléans, si curieux à cause des fondations pieuses qu'il contient, ne se trouve que là.

594. V. P. F. Nicolai de Le Ville, prioris Celestinorum
heverlensium, Heverlea celestina. *Lovanii, typ. Cyp.
Coenestenii*, 1661, in-12, fig., vél.

Avec la signat. d'*Anquetil Duperron*.

595. Histoires des Saincts, papes, cardinaux, patriar-
ches, archevesques, évesques, docteurs de toutes
facultés de l'Université de Paris, et autres hommes
illustres qui furent supérieurs ou religieux du couvent

St-Jacques, à Paris; par Fr. Ant. Mallet. *Paris, J. Bran-chu,* 1634, pet. in-8, vél.

596. Traicté de l'antiquité, vénération et privilèges de la Saincte-Chappelle du Palais royal de Paris, par Séb. Rouillard. *Paris, Th. de la Ruelle,* 1606. —Très humble Remonstrance au Roy, sur ce qui s'est passé en la réforme des Cordeliers de sa ville de Paris. 1622.—De l'Université de Paris, et qu'elle est plus ecclésiastique que séculière ; par Ant. Loysel. *Paris, A. L'Angelier,* 1587, 3 pièces en 1 vol. pet. in-8.

597. Histoire de la Sainte-Chapelle royale du Palais, par Sauveur Jérôme Morand. *Paris, Clousier,* 1790, in-4, fig., br.

598. Histoire civile, relig. et litt. de l'abbaye de la Trappe, suiv. de chartes et autres pièces inédites, par L. D. B. (Louis Dubois.) *Paris, Raynal,* 1824, in-8, br.

599. Ms. Recueil de chartes et titres originaux (52) concernant l'abbaye de Morienval, près Compiègne, en 1 vol. in-fol. dos de mar.

Avec une liasse de pièces relatives à la même abbaye.

600. Ms. Dénombrement et acte d'hommage au roi des propriétés de l'abbaye royale de Maubuisson, près Pontoise, en 1681 ; vél. in-4, de 110 pag.

601. Histoire de l'abbaye royale de Notre-Dame de Soissons, de l'ordre de Saint-Benoît, avec preuves et titres, par un bénédictin de la congrég. de Saint-Maur (Fr. Michel Germain). *Paris, L. Billaine.,* 1775, in-4, v. br. (*aux armes*).

602. Histoire de la congrégation des filles de l'Enfance de notre Seigneur Jésus-Christ, établie à Toulouse en 1662 et supprimée par ordre de la cour en 1686.

Amsterdam, *Fr. Girardi*, 1734, 2 vol. in-12, v. m. dent.

603. Mémoires histor. et chronol. sur l'abbaye de Port-Royal des Champs. (par l'abbé Guilbert.) *Utrecht*, 1756-58, 8 vol. in-12, v. br.

604. Histoire de l'abbaye de Port-Royal : 1re part., hist. des Religieuses ; 2e part., hist. des Religieux (par l'abbé Gér. Besoigne). *Cologne, aux dép. de la compagnie*, 1752, 6 vol, in-12, v. f., fil.

III. *Cérémonial. — Chapelle du roi. — Schismes. — Hérésies : Templiers , albigeois, calvinistes, jansénistes.*

605. Voyages liturgiques de France, ou recherches faites en diverses villes du royaume par le sieur de Moléon (Le Brun des Marettes), concern. plus. partic. touchant les rits et les usages des églises. *Paris, Flor. Delaulne*, 1718, in-8 , fig., v. br.

606. Histoire du Privilége de saint Romain, en vertu duquel le chapitre de la cathédrale de Rouen délivrait anciennement un meurtrier, tous les ans, le jour de l'Ascension, par A. Floquet. *Rouen, Frère*, 1833, 2 vol. in-8, fig., br.

607. Explication des cérémonies de la Fête-Dieu d'Aix en Provence (par Gregoire). *Aix, Esprit David*, 1777, in-12, fig. et musiq., br. —L'Esprit du cérémonial d'Aix en la célébration de la Fête-Dieu , par Pierre-Joseph (Haitze), 3e édit. *Aix, ve de J. David*, 1758, in-12, br.

Cette petite pièce est très rare.

608. Histoire ecclésiastique de la Cour, ou les Antiquités et recherches de la Chapelle et oratoire du roy de France, depuis Clovis jusques à nostre temps, par

Guill. du Peyrat. *Paris, Henry Sara*, 1645, in-fol.,
v. f.

609. Histoire ecclésiastique de la Cour de France, où
l'on trouve tout ce qui concerne l'hist. de la Chapelle
et des principaux officiers ecclés. de nos rois, par
l'abbé Oroux. *Paris, Impr. roy.*, 1776, 2 vol. in-4,
dem.-rel

610. Le grand Aulmosnier de France, par Séb. Rouil-
liard. *Paris, Dav. Douceur*, 1607, pet. in-8, m. br.

611. Histoire des Démêlés du pape Boniface VIII avec
Philippe-le-Bel, par Adrien Baillet. *Paris, Fr. Barois*,
1718, in-12, m. br.
    A la fin sont quelques pièces qui manquent à la grande collection
publiée par Dupuy.

612. Traittez concern. l'histoire de France, savoir la
Condamnation des Templiers avec quelq. actes, l'Histoire du Schisme, les papes tenant le siège en Avignon, et quelq. procès criminels; par P. Dupuy. *Paris, v*e* Math. du Puis*, 1654, in-4, portr., v. br. fil.

613. Histoire de la Condamnation des Templiers, celle
du Schisme des Papes et quelques procès criminels,
par P. Dupuy; édit. nouv. augmentée de plus. pièces
curieuses (par Godefroy). *Brusselles, Fr. Foppens*,
1713, 2 vol. in-12, portr. v. br.

614. Histoire des Vaudois (et des Albigeois), div. en 3
liv. par Jean Paul Perrin. *Genève, P. et J. Chouet*,
1619, 2 part. en 1 vol. pet. in-8, vél.
    Rare. — Le troisième livre contient de nombreux extraits de la
doctrine des Vaudois, en langue vaudoise.

615. Conciles de Tholose, Besiers, et Narbonne, ensemble les ordonnances du comte Raimond contre
les Albigeois, et l'instrument d'accord entre ledit

Raimond et Sainct-Loys, trad. du lat. par Arn. Sorbin. *Paris, G. Chaudière*, 1560, pet. in-8, cart.

616. Histoire de l'exécution de Cabrières et de Mérin-
dol, et d'autres lieux de Provence (par Louis Aubery
du Maurier). *Paris, Cramoisy*. 1645, in-4, v. br.
Rare.

617. Histoire des persécutions et martyrs de l'Eglise de
Paris, depuis 1551 jusques au temps du roy Charles IX,
par A. Zamariel (Ant. de Chandieu). *Lyon*, 1563, in-8,
m. m. (sans titre).

618. Crudelitas Guisiaca ii oppido Vasseio commissa,
calendis martiis, 1562. *S. l.*, pet. in-4, vél.
Pièce rare.

619. Discours sur le saccagement des Eglises catholiques par les Hérétiques anciens, et nouveaux Calvi-
nistes, en l'an 1562, par F. Claude de Sainctes. *Paris,
Cl. Frémy*, 1563, pet. in-8, vél.

620. Dialogus quo multa exponuntur quæ Lutheranis
et Hugonotis Gallis acciderunt (auct. Nic. Barnaud).
Oragniæ, excud. Ad. de Monte, 1573, pet. in-12, v. f.
C'est la première édit. et la première partie du fameux *dialogue
de Philadelphe*. Voy. le *Dict. des Anonymes* où sont rectifiées les
fautes de la *Bibl. hist. de la Fr.* au sujet de ce livre.

621. Advertissement des Catholiques anglois aux François catholiques, du danger où ils sont de perdre leur
religion, etc. *S. l.*, 1587.—Response des vrays Cathol.
françois à l'Advertissement des Cathol. angl., pour
l'exclusion du roy de Navarre de la Couronne de
France. *S. l.*, 1588.—Réplique pour le Cathol. angl.,
contre le Cathol. associé des huguenots. 1587. —
Justification pour le Cathol. noble chevalier anglois,
le sieur Guillaume Stanlay et autres capitaines, sur la
rendition de la ville de Deventer à l'obeyssance de
S. M. catholique, etc. *Paris, Didier-Millot*, 1588. —

Remonstrance très docte envoyée aux Cathol. franç.,
par un Cathol. angl. *Paris, Anth. Du Breuil,* 1589.
Ensemble, 5 pièces en 1 vol. pet. in-8, v. f.

Pièces rares qui ne sont pas toutes citées dans la *Bibl. hist. de
la France.* Le *Cathol. anglais* était le ligueur Louis d'Orléans.

622. Response à un Ligueur, masqué du nom de Catho-
liqueanglois, par un vray Cathol. bon françois. *S. l.,*
1587. — Responce d'un gentilhomme cathol. françois (Ph. du Plessis Mornay), aux calomnies d'un certain prétendu Anglois, 1587. — Réplique, par le Cathol. anglois. 1588. — Réplique faicte (par Pierre de Belloy) à la Responce de ceux de la Ligue et à l'Examen
de leur discours sur la loi salique, 1587. — Conférence chrestienne de quatre docteurs théologiens et
trois fameux advocats sur le faict de la Ligue. 1586.
4 pièces en 1 vol. in-8, vél.

623. De justa Henrici tertii abdicatione et Francorum
regno, libri IV; auct. Joan. Boucher. *Parisiis, ap. N.
Nivellium,* 1589. — Responsio ad præcipua capita Apo-
logiæ, quæ falso Catholica inscribitur, pro successione
Henrici Navarreni in Francorum regnum, auct. Franc.
Romulo. *Juxta exemplar Romæ editum,* 1588, 2 part.
en 1 vol. pet. in-8, vél.

624. Histoire des Diables de Loudun, ou de la Posses-
sion des Ursulines et de la condamnation d'Urbain
Grandier (par Aubin). *Amsterdam, aux dép. de la
Comp.,* 1716, in-12, fig. v., gr.

Cette édition contient, à la fin, des vers qui manquent dans la première, sortie des presses elzeviriennes.

625. Histoire du Fanatisme de nostre temps (troubles
des Cévennes), par Brueys. *Montpellier, J. Martel,*
1709-13, 4 tom. en 2 vol. pet. in-12, v. br.

626. Histoire des Troubles des Cévennes et de la Guerre
des Camisards, tiré de manusc. secrets et authent.,

par l'auteur du *Patriote françois et impartial* (Court).
*Villefranche,P. Chrétien,*1740, 3 vol. in-12, cart., br.

627. Histoire de l'Edit de Nantes , conten. les choses
les plus remarq. qui se sont passées en France avant
et après la publication jusqu'à l'Edit de Révocation en
octob. 1685 (avec un immense recueil de pièces , par
E. Benoît). *Delft, Ad. Beman,* 1693-95 , 3 tom. en
5 vol. in-4, v. br.

628. Eclaircissemens histor. sur les causes de la Révocation de l'Edit de Nantes et sur l'état des protestans
en France... (par Rulhière). *Paris*, 1788, 2 vol. in-8,
demi-rel.

629. Description du pays de Jansenie, où il est traitté
des singularitez qui s'y trouvent, des coutumes,
mœurs et religion de ses habitans, par Louys Fontaines de St. Marcel (le P. Zacharie). *Bourg-Fontaine,
A. Arnauld (Paris),* 1688. — Histoire de Jansenie, par
le P. Moyse du Bourg. *Bordeaux,* 1691. — La Secrette
politique des Jansenistes et l'estat présent de Sorbonne
de Paris (par le P. Deschamps). *Troyes, Ch. Romain,*
1667, 3 part. en 1 vol. pet. in-12, v. f.

630. Relation d'un voyage d'Aleth, conten. des Mémoires pour servir à l'hist. de la vie de Nicolas Pavillon,
évêque d'Aleth, par Lancelot. *En France, Théophile,
imprimeur de la vérité.* — Suite des Mémoires... avec
la relation de la mort de Francois Etienne de Caulet,
évêque de Pamiers (par le même), 1733, 2 tom. en
1 vol. in-12, v. br.

631. Les deux Harangues des habitans de Sarcelles à
l'archev. de Paris (de Vintimille) et Philotanus (par
Grécourt et Jouin). *Aix, J. B. Girard,* 1731. — 3e Harangue... au sujet des miracles (par Jouin). *Ibid., id.,*
1732. — 4e Harangue... au sujet de l'ordonn. de l'ar-

chev. contre les miracles (par le même). *Ibid., id.*, 1736.
— 5ᵉ Harangue... pour le remercier de ce qu'il leur a
rendu leur ancien curé (par le même). *Ibid., id.*, 1740.
— Compliment inespéré des Sarcellois à M. de Vent...
au sujet de leur pélerinage à St-Médard. *S. l. s. a.*
— 1ʳᵉ Harangue à l'archev. de Sens au sujet de son
mandement (par le même). *Ibid., id.*, 1740. — Harangue à Monseign. Christ. de Beaumont du Repaire,
archev. de Paris (par le même). *Ibid., id.*, 1754. En tout
8 pièc. en un vol. in-12, fig., v. m.

Édit. originales rares, surtout la dernière.

632. La Vérité des Miracles opérés à l'intercession de
M. de Pâris et autres appellans, démontrée contre
l'archevêque de Sens (par Carré de Montgeron). *S. l.*,
1737-41, 2. vol. in-4, fig., v. br.

Le second vol. est rare.

HISTOIRE DE FRANCE.

*Introduction. — Diplomatique. — Traités sur la
manière d'écrire et de lire l'histoire. — Catalogues historiques. — Collections d'histoires, de
mémoires et de chroniques.*

633. Lettres sur l'histoire de France, pour servir d'introduction à l'étude de cette hist., par Augustin
Thierry, 2ᵉ édit., augm. *Paris, Sautelet*, 1828, in-8,
br.

C'est de cet admirable livre que sont sorties toutes les histoires de
France publiées depuis.

634. De Re Diplomaticâ libri VI; accedunt commentarii de antiquis regum Francorum palatiis (auct.
dom Germain), veterum scripturarum varia speci-
mina, etc., et Supplementum, operâ dom Joan. Mabillon. *Lutetiæ Parisiorum, sumtib. Lud. Billaine,*

1681 et 1704, 2 vol. grand in-fol., planch., fac-sim.,
v. br.

635. De Veteribus regum Francorum diplomatibus et
arte secernendi antiquâ diplomata vera à falsis ; auct.
P. Barth. Germon. *Parisiis*, *ap. Cl. Rigaud*, 1706,
in-12, v. f.

636. De Veteribus hæreticis ecclesiasticorum codicum
corruptoribus; auct. Barth. Germon. *Parisiis, Lecointe
et Montalant*, 1713, in-8, v. br.

637. Histoire des Contestations sur la Diplomatique, avec
l'anal. de cet ouvr., compos. par dom J. Mabillon
(par l'abbé Raguet ou le P. Lallemand). *Paris, Flor.
Delaulne*, 1708, in-12. v. br.
Avec une note manuscrite de Chardon de la Rochette.

638. Table chronologique des diplômes, chartes, titres
et actes imprimés concernant l'histoire de France
(jusqu'en 1179), par de Brequigny et Mouchet. *Paris,
Impr roy*, 1769-83, 3 vol. in-fol., br.

639. Catalogue analytique des Archives du baron de
Joursanvault, conten. une préc. collection de mss.,
chartes et documens originaux, au nombre de plus de
quatre-vingt mille, concern. l'hist. de France (par M.
de Gaulle). *Paris, J. Techener*, 1838, 2 vol. in-8, fig.,
br.

640. L'Histoire des Histoires, avec l'Idée de l'histoire
accomplie, plus le Dessein de l'hist. nouvelle des François (par de la Popelinière). *Paris, Marc Orry*, 1599,
2 part. en 1 vol. pet. in-8, gr. pap., vél., d. s. tr.

641. L'Histoire justifiée contre les romans, par l'abbé
Lenglet Du Fresnoy. *Amsterdam, aux dép. de la Comp.*
1735, in-12, v. rac.
A la fin de cet ouvrage se trouve la fameuse épitre de François Ier,
*traitant de son parlement de France en Italie et de sa prise devant
Pavie.*

642. Traité des différentes sortes de preuves qui servent à établir la vérité de l'Histoire, par le père Griffet, nouv. édit. aug. *Rouen, v^e Besongne*, 1775, in-12, m. m.

Cette édit. contient trois chapitres de plus que les précédentes. C'est dans cet ouvrage que le père Griffet discute l'anecdote du comte de Moret et celle du Masque de Fer.

643. Traité de Matériaux manuscrits de divers genres d'histoire, par Amans-Alexis Monteil, nouv. édit. augm. de la Manière de considérer ce traité et de s'en servir. *Paris, Duverger*, 1836, 2 vol. in-8, br.

Avec la sign. de l'auteur.

644. Lettres (2) à M. Guizot sur ses Rapports ministérels et sur l'emploi des cent vingt mille francs votés par les Chambres pour la publication des Monumens inédits de l'histoire de France ; par P. L. Jacob, bibliophile. (*Paris*, 1838) in-8, exempl. d'épreuve. — 3e Lettre, extr. du journal *le Commerce*, 2 pièces en 1 vol. in-8, demi-rel

L'auteur de ces lettres, beaucoup trop injustes, eut le bon esprit de s'arrêter à temps dans une polémique qui affligeait tous les amis des études historiques, et il supprima de son propre mouvement la réimpression commencée des deux premières de ces lettres hypercritiques.

———

645. Bibliothèque des autheurs qui ont escript l'histoire et topographie de la France, div. en 2 part. selon l'ordre des temps (par André Duchesne). *Paris, Seb. Cramoisy*, 1618, pet. in-8, v. n. fil.

646. Bibliothèque historique de la France, par le P. Jacq. Lelong, nouv. édit. considér. augm. par Fevret de Fontette (et Barbeau de la Bruère, Hérissant et autres). *Paris, Hérissant*, 1767-78, 5 vol. in-fol., m. br. (avec le plan autogr. d'une nouvelle édit., présenté au Comité histor. des chartes et inscript. par M. Paul Lacroix).

647. Dissertations (deux) sur la Bibl. hist. de la France (Critique de l'édit., donnée par Fevret de Fontette, et conseils pour une nouvelle édit.), par Paul L. Jacob, bibliophile. *Paris, Techener*, 1838, 2 pièces in-8, pap. vél., br. (avant les 50 exempl. numérotés).

648. Catalogue des livres de Lancelot. *Paris, G. Martin*, 1741, in-8, mar. r. d. s. tr. (Prix).

Divisé par formats et sans table d'auteurs, renferm. 6,000 articles dont plus de la moitié concerne l'histoire de France.

649. Catalogue des livres de la bibliothèque de Secousse, (avec une préf. histor., par son frère). *Paris, Barrois*, 1755, in-8, v. br. (Prix.)

Immense collection, qui comprend environ 9,000 articles, la plupart relatifs à l'hist. de France. Le détail des ouvrages compris dans cette collection a formé les 50,000 numéros de la *Bibl. hist. de la France.*

650. Annalium et historiæ Francorum, ab anno 708 ad ann. 990, scriptores coætanei XII, nunc primum in lucem editi ex bibl. P. Pithoei. *Parisiis*, 1588, in-8, vél.

Chargé de notes mss. pour l'intelligence du texte.

651. Recueil des Historiens des Gaules et de la France, par D. D. Bouquet, J. B. et Ch. Haudiquier, Housseau, Precieux, Poirier, Clément, Brial, etc.) *Paris, libr. assoc. et Impr. roy.*, 1738-1822, 15 vol. cart. et fig., tom. I à IX, v. gr.; tom. XI, v. m.; tom. XIV, XV, XVI, XVII, XVIII, br.

Les préfaces de chaque volume sont d'excellens morceaux historiques : celle du 11ᵉ, par dom Poirier, est peut-être ce que nous avons de meilleur sur le commencement de la 3ᵉ race. Je regrette de ne pouvoir donner un sommaire des principaux historiens compris dans cette collection ; j'en ai préparé un index raisonné qui ne formera pas moins d'un volume.

652. Collection des Mémoires relatifs à l'histoire de France depuis la fondation de la monarchie française jusqu'au XIIIᵉ siècle, avec une introduction, des sup-

plémens, des notices et des notes, par Guizot. *Paris,*
Brière 1823-27, 30 vol. in-8, br.

Contient: Grégoire de Tours; Chronique de Fredegaire; Vie de
Dagobert Ier, Vie de Saint-Leger, Vie de Pepin-le-Vieux; Eginhard,
Thegan, Nithard, Ermold-le-Noir, Frodoard, Abbon; Vie de Bouchard, comte de Melun; Vie de Louis-le-Gros, par Suger; Rigord;
Guillaume-le-Breton, La Philippide, poème; Guillaume de Nangis;
Histoire des Albigeois, par P. de Vaulx-Cernay; Guibert de Nogent; Vie de Saint-Bernard (Croisades); Guillaume de Tyr, Ber-
nard-le-Trésorier, Albert d'Aix, Raymon d'Agiles, Jacques de Vi-
try; Hist. de la première Croisade, par Robert-le-Moine; Hist. de
Tancrède, par Raoul de Caen; Hist. des Croisades, par Foulcher
de Chartres; Hist. de la Croisade de Louis VII, par Odon de
Deuil; Orderic Vital, Hist. de Normandie; Hist. des Normands,
par Guillaume de Jumièges, et Hist. de Guillaume-le-Conquérant,
par Guillaume de Poitiers.

653. Collection complète des Mémoires relat. à l'Hist.
de France, depuis Philippe-Auguste, jusqu'au commenc. du XVIIe siècle, avec des notices sur chaque
auteur et des observ. sur chaque ouvr., par Petitot
(et Monmerqué), avec table génér. des matières (par
Delbare). *Paris, Foucault,* 1824-26, 52 vol. in-8., br.

Contient : Mémoires de Geof. Ville-Hardouin; de Joinville
(avec les dissert. de Du Cange); de Bertrand du Guesclin, des Faits
et bonnes mœurs de Charles V, par Christ. de Pisan; de P. de
Fenin; de Boucicaut; de la Pucelle, d'Artus III, comte de Richemont,
de Florent d'Illiers (par Godefroy); d'Olivier de la Marche; de
Jacq. du Clercq; de Phil. Comines; de Jean de Troyes; de
Guill. de Villeneuve; de Louis de la Tremoille (par J. Bouchet);
du chev. Bayard; de Robert de la Marck, seign. de Fleurange;
de Louise de Savoie; de Martin du Bellay; de Guill. du Bellay;
de Blaise de Montluc; de Gaspard de Saulx-Tavannes; de Fr. Sce-
peaux de Vieilleville (par Carloix); de Fr. de Boyvin, baron de Villars; de Fr. de Rabutin; de Bert. de Salignac, seign. de la Mo-
the-Fénélon; de Gasp. de Coligny; de la Chastre; de Guil. de
Rochechouart; de Jean de Mergey; de Michel de Castelnau; d'A-
chile Gamon; de Jean Philippi; de Fr. de la Noue; du duc de

Bouillon; de Guill. de Saulx-Tavannes; de Phil. Hurault de Cheverny ; de Phil. Hurault, abbé de Pont-le-Roy ; de Marguerite de Valois; de Jacq.-Aug. de Thou (trad. du lat.); de Math. Merle : de Jean Choisnin; de Palma-Cayet (chronique novennaire); de Jacq. Pape ; de Villeroy ; du duc d'Angoulème; de P. de l'Estoile et de Fontenay-Mareuil.

Cette édit. se distingue de celle MM. de Michaud et Poujoulat, par les introductions histor. de Petitot et par les notices littéraires de MM. Monmerqué, Villenave, etc.

654. Choix de Chroniques et Mémoires sur l'histoire de France, avec notic. biograp., par A. C. Buchon. Pierre de la Place, Commentaires de l'Estat de la Religion et République ; Regnier de la Planche, Histoire de l'Estat de la France, Livre des Marchands; Théodore Agrippa d'Aubigné, Mémoires; François de Rabutin, Commentaires des dern. Guerres en la Gaule-Belgique. *Paris, A. Desrez,* 1836, gr. in-8, br.

De ces différens ouvrages, celui de Fr. Rabutin est le seul qui soit réimprimé dans les Collect. Les anciennes éditions de P. de la Place et de Regnier de la Planche, sont rares.

655. Collection des Mémoires relat. à l'hist. de France, depuis l'avènement de Henri IV jusqu'en 1763, avec notices sur chaque auteur et des observations sur chaque ouvr., par Petitot (et Monmerqué), avec table génér., des matières (par Delbare). *Paris, Foucault,* 1820-29, 78 vol. (et le tom. 21 *bis*), br.

Contient : Mémoires de Sully, du cardinal de Richelieu, du prés. Jeannin, du maréchal d'Estrées, de Pontchartrain, de Henri, duc de Rohan, de Bassompierre, du duc d'Orléans, de Pontis, d'Arnauld d'Andilly, de l'abbé Arnauld, de la duchesse de Nemours, du comte de Brienne, de madame de Motteville, de mademoiselle de Montpensier, du card. de Retz, de Guy Joly, de Cl. Joly, de Conrart, de Berthod, de Montglat, de la Châtre, de la Rochefoucauld, de Gourville, de Pierre Lenet, de Montrésor et de Fontrailles, du duc de Guise (par Saint-Yon), du maréch. de Gramont, du maréchal du Plessis-Choiseul, de M***, de La Porte, d'Omer Talon, de l'abbé de Choisy, du chev. Temple, de madame de la Fayette, de la Fare, du maréchal de Berwick, de madame de Caylus, de Torcy, du maréchal de Villars, de Noailles, par l'abbé Millot, de Forbin, de Duguay-Trouin, de Duclos et de madame de Staal.

Cette collect. est beaucoup plus correcte et plus soignée que celle de MM. Michaud et Poujoulat, mais cette dernière contient plusieurs Mémoires inédits assez importans qui manquent à l'autre.

Histoire des Gaules et de l'origine des Français.

656. Géographie ancienne, historique et comparée des Gaules cisalpine et transalpine, suiv. de l'Analyse géogr. des itinéraires anciens, par le baron Walckenaer. *Paris, P. Dufart,* 1839, 3 vol. in-8, avec atlas de 9 cart., br.

657. La Religion des Gaulois, tirée des plus pures sources de l'antiquité, par dom *** (Martin). *Paris, Saugrain,* 1726, 2 vol. in-4, fig., v. f.
Bel exemplaire.

658. Les Illustrations de Gaule et Singularitez de Troye, par maistre Jean Le Maire de Belges, avec la Couronne Margaritique et autr. œuvres de luy ; le tout fidèlement restitué, par Ant. du Moulin. *Lyon, J. de Tournes,* 1549, in-fol., vél.
Rare.— Cette édit. des OEuvres de J. Le Maire contient le *Traité de la différence des schismes et des conciles de l'Eglise, la Légende des Vénitiens* et autres pièces compos. à l'occasion des différens de Louis XII, avec le pape Jules II.

659. Antiquité de la nation et de la langue des Celtes, autrement appelés Gaulois, par dom P. Pezron. *Paris, J. Boudot,* 1703, in-12, v., f.

660. Histoire des Gaules et Conquêtes des Gaulois en Italie, Grèce et Asie, etc., par Ant. de Lestang. *Bourdeaux, S. Millanges,* 1618, in-4, demi-rel.

661. Histoire critique de la Gaule narbonnoise, qui

comprenait la Savoye, le Dauphiné, la Provence, le Languedoc, le Roussillon et le Comté de Foix, avec des dissertations (par de Mandajors). *Paris, G. Dupuis*, 1733, in-12, v. m.

662. Histoire générale des Goths, trad. du lat. de Jornandès (par J.-B. Drouët, Sr. de Maupertuis). *Paris, V⁶ Cl. Barbin*, 1703, in-12, v. br.

663. Agathyas, de Bello Gotthorum, et aliis peregrinis historiis, per Christophorum graeco in latinum traductus. *Romæ, J. Mazochium*, 1516, pet. in-fol. vél.
Rare. Omis par tous les bibliographes.

664. De Monarchiâ Gallorum Campi Auræi, ac triplici imperio, videlicet Romano, Gallico, Germanico, unâ cum Gestis heroumac omnium imperatorum; authore Symph. Campegio. *Lugduni, Treschel*, 1537, pet. in-fol. vél.
Rare.

665. Discours histor. touchant l'estat général des Gaules, et principalement des provinces de Dauphiné et Provence, tant sous la république et empire Romain, qu'en après sous les François et Bourguignons, par Aymar du Périer. *Lyon, B. Ancelin*, 1610. — Floridorum Liber singularis, unde plæraque minus obvia de Francorum ortu, ac Delphinatûs provinciâ, novis inscrip. additis, odorari liceat; aut. Steph. Claverio. *Parisiis, A. Vitraeum*, 1621, 2 part. en 1 vol. pet. in-8, v. br.

666. Abrégé fidelle de la vraye généalogie et origine des François, par Claude Dupré, sieur de Vaux-Plaisant. *Lyon, Thib. Ancelin*. 1601. — Apologie contre un livre intitulé *Catacrèse du droit romain*. *Impr. à Lyon*, 1601. — Les Rois de France, par Charles de Flavigny.

(*Genève*) *J. Choüet,* 1593.—3 tom. en 1 vol. pet. in-8. v. br.

667. Histoire critique de l'Établissement de la Monarchie françoise dans les Gaules, par J. B. du Bos, nouv. édit. augm. *Paris, Didot,* 1742, 2 vol. in-4, cart.. v. m.

668. Mémoires pour servir à l'histoire des Gaules et de la France, par Gibert. *Paris, B. Brunet,* 1744, in-12, v. m.

669. Dissertation historique et critique pour servir à l'histoire des premiers temps de la Monarchie françoise (par Damiens de Gomicourt). *Colmar, Ch. Fontaine,* 1768, in-12, demi-rel.

PRÉLIMINAIRES DE L'HISTOIRE DE FRANCE.

I. *Mélanges.* — *Traités.* — *Dissertations, etc.*

670. Jani Cæcilii Frey, admiranda Galliarum compendio indicata. *Parisiis, Fr. Targa,* 1628, pet. in-8, vél.

671. Gallia, sive de Francorum regis dominiis et opibus Commentarius (per Joan. de Laet). *Lugduni Batavorum, ex offic. Elzevir,* 1629, in-24, vél.

Cette excellente description abrégée, géogr., histor. et polit. de la France n'a pas été réimprimée ni traduite en français.

672. Johannis Limnæi Notitiæ regni Franciæ. *Argentorati, typis Fred. Spoor,* 1655, 2 vol. pet. in-4, vél.

Rare. — C'est encore une description géographique, historique et politique de la France, appuyée sur les meilleures autorités et rédigée avec un judicieux esprit de critique. Il n'existe pas en français un ouvrage de ce genre aussi satisfaisant ni aussi complet : d'où vient qu'il est presque inconnu ?

673. Recueil des roys de France, leurs couronne et maison, ensemble le rang des grands de France par Jean du Tillet, sieur de la Bussière; plus, une chronique abbrégée par J. du Tillet, évesque de Meaux,

8

(contin. depuis 1554 jusqu'à maintenant par L. S. D.
F. D. G.) En cette dern. édit. ont esté adjoutez les
Mém. dudit sieur, sur les priviléges de l'Eglise gallicane et plusieurs autres de la cour de Parlement (et le
Recueil des traictez d'entre les roys de France et d'Angleterre). *Paris, Jamet et P. Mettayer*, 1602, 3 part.
en 1 vol. in-4, v. j. fil.

Édition la plus complète.

674. Les œuvres de Claude Fauchet, rev. et corrig. en
ceste dern. edit., suppléées et augm. sur la copie, mémoires et papiers de l'autheur, etc. *Paris, David Le
Clerc*, 1610, pet. in-4, v. br.

Cette édit. est la seule qui contienne, outre les *Antiquités gauloises et françoises*, les *Origines des dignitez et magistrats de France;
des chevaliers, armoiries et héraux; Meslange de l'ordonnance, armes
et instrumens dont les François ont usé en leurs guerres; le Traicté
des libertez de l'Eglise gallicane* et le *Recueil de l'origine de la langue
et poésie françoise, ryme et romans.*

675. Les OEuvres d'Estienne Pasquier, conten. ses
Recherches de la France, son plaidoyé pour le duc
de Lorraine...; ses lettres, ses œuvres meslées et les
lettres de Nicolas Pasquier. *Amsterdam, aux dép. de
la Comp.*, 1723, 2 vol. in-fol. gr. pap. v. m.

Bel exemplaire. — Les lettres de Pasquier sont peut-être encore
plus importantes pour notre histoire que ses *Recherches* qui sont
plus connues.

676. Meslanges historiques et Recueils de diverses matières paradoxalles et néantmoins vrayes, par Pierre
de Saint-Julien de Balleure. *Lyon, B. Rigaud*, 1589,
pet. in-8. v. gr.

Ce curieux recueil renferme vingt-cinq articles regardant l'his.
de France. Voy. la *Bibl. histor. de la France.*

677. Desseins de professions nobles et publiques, conten. plus. traités divers et rares, avec l'Hist. de la
maison de Bourbon (par Marillac), propos. en forme

de leçons patern. par Ant. de Laval à son fils, 2ᵉ édit.
rev. et augm. *Paris, vᵉ Ab. L'Angelier*, 1612, in-4.,
portr. dem.-rel.

Rare. — Contient, outre l'Histoire de la Mais. de Bourbon, que
M. Buchon a seul réimprimée, le *Discours de la bat. de Marignan, écrit
par François Iᵉʳ, le Procès intanté contre M. de Bourbon, par Loyse
de Savoye ; Si le Marquisat de Saluces et le Comté de Saint-Pol re-
lèvent de la couronne de France; de la Chambre des Comptes, trésoriers-
généraux des finances,* etc. _____

678. Mémoires historiques et critiques sur divers points
de l'histoire de France, par Eudes de Mezeray (pub.
par Camusat). *Amsterdam, J.-F. Bernard*, 1732, 2
tom. en 1 vol. in-12, v. br.

Le Mémoire intit. *Judicium Francorum*, qui se trouve dans le
tom. 2, et qui n'est pas de Mezeray, a fait condamner l'ouvrage au
feu par divers parlemens de France.

679. Dissertations sur l'histoire ecclésiast. et civ. de
Paris, suiv. d'éclaircissemens sur l'hist. de France,
par l'abbé Lebeuf. *Paris, Lambert et Durand*, 1739, 3
vol. in-12, dem.-rel.

Les éditeurs des collect. de mémoires ont eu le tort de négliger
les notes et les extraits importans qui accompagnent la *vie de Charles V*, par Christine de Pisan, dans le troisième volume de ces Dissertations.

680. Recueil de divers Ecrits pour servir d'éclaircissemens à l'histoire de France, par l'abbé Lebeuf. *Paris*,
J. Barroy, 1738, 2 vol. in-12, fig., v. m.

681. Variétés histor., phys. et littér., ou Recherches
d'un savant, conten. plus. pièces curieuses et intéressantes (par Boucher d'Argis). *Paris, Nyon*, 1752,
6 part. en 3 vol. in-12, dem.-rel.

Peu commun. — Cet excellent recueil de dissertations est presque
tout entier relatif à l'histoire de France, et les dissertations qui le
composent ne sont pas inférieures à celles de l'abbé Lebeuf. Elles
n'ont pas été toutes citées dans la *Bibl. hist. de la Fr.*

682. Mélanges historiques et critiques, relat. à l'hist.

de France (par Damiens de Gomicourt). *Amsterdam,
Arkstée et Merkus (Paris, de Hansy),* 1768, 2 vol. in-12,
v. éc., fil.

Ce recueil, qui fut supprimé par arrêt du Parlement, contient
*Dissert. pour servir à l'hist. des premiers temps de la monarchie; sur
les maires du Palais; sur Ursin; Hist. de la surprise d'Amiens, par
les Espagnols; Mém. de M. de Colbert envoyé à Louis XIV,* etc.

683. Dissertations sur quelq. points curieux de l'hist.
de France et de l'hist. littér., par P. L. Jacob, bibliophile. *Paris, Techener,* 1838, 7 liv. in-8, pap. vél.
br. (avant les 50 exempl. numérotés).

Contient : 1° *Sur la mort tragique de la comtesse de Chataubriant ;
2° Evocation d'un fait ténébreux de la Révol. française; 3° Sur la
Bibl. histor. de la France, par le P. Lelong ; 4° sur une nouv. édit.
de la Bibl. hist. de la Fr.; 5° Sur les deux procès criminels du marquis de Sade; 6° Concordance de l'état sanitaire de Louis XIV avec
les événemens de son règne; 7° Sur les manuscrits relat. à l'hist. de
Fr. et à la littér. franç., conserv. dans la Bibliot. d'Italie.*

II. *Mœurs et usages des Français. — Modes et Costumes. — Antiquités.*

684. Coutumes gauloises, ou Origines curieuses et peu
connues de la plupart de nos usages, par mad. de
Renneville. *Paris,* 1825, in-12, fig., br.

685. Dictionnaire historique des mœurs, usages et
coutumes des Français, conten. aussi les établiss.,
fondat., époq., anecdotes, prog. dans les sciences et
les arts (par La Chesnaye des Bois). *Paris, Vincent,*
1767, 3 vol. pet. in-8, m. éc.

686. Usages et mœurs des Français, ouvrage où l'on
traite de l'origine de la nation, de l'établiss. de la monarchie et de son gouvern., par Poullin de Lumina.
Lyon, J. Berthoud, 1769, 2 tom. en 1 vol. in-12, v. m.

687. Histoire de la Vie privée des François, depuis l'origine de la nation jusqu'à nos jours, par Le Grand

d'Aussy. *Paris, P. D. Pierres,* 1782, 3 vol. in-8, v. éc., fil.

Le Grand d'Aussy n'a malheureusement pas publié la suite de cet ouvrage qui ne traite que de la nourriture des Français; il se proposait d'y ajouter l'histoire des costumes, meubles, usages, etc. Ce projet, que J. B. de Roquefort avait repris après lui, n'a pas eu de suite, et il faut recourir au vol. que Contant d'Orville a incorporé dans les *Mélanges tirés d'une grande biblioth.* Ce volume, rédigé sur les notes de Le Grand d'Aussy et de Sainte-Palaye, est un abrégé complet de l'Histoire des mœurs françaises.

688. Histoire de la Vie privée des Français, ou Tableaux des mœurs, caractères, coutumes et usages de nos ancêtres, rédigé d'après les meilleures autorités (par J. B. de Roquefort?). *Paris, Saintin,* 1817, in-12, fig., m. rac.

689. Histoire des Français des divers états, aux cinq derniers siècles, par Amans-Alexis Monteil, XIVᵉ, XVᵉ et XVIᵉ siècles. *Paris, Janet et Cotelle,* 1828-33, 6 vol. in-8, br.

Les notes remplies de citations et d'extraits, sont bien plus précieuses et plus utiles que l'ouvrage même.

690. Tableau de mœurs au Xᵉ siècle, où la cour et les lois de Howel-le-Bon, roi d'Aberfraw de 907 à 948, suivi de cinq pièces de la langue franç. aux XIᵉ et XIIIᵉ siècles, et term. par une notice hist. sur la lang. angl., depuis son orig. (par Gabr. Peignot). *Paris, Crapelet,* 1832, in-8, gr. pap. vél., cart.

691. Proverbes et dictons populaires, avec les Dits du Mercier et des Marchands et les Crieries de Paris aux XIIIᵉ et XIVᵉ siècles, publ. d'après les mss. de la Bibl. du Roi, par Crapelet. *Paris, Crapelet,* 1831, in-8, gr. pap. vél., fac.-sim., cart.

692. Tristan le voyageur, ou la France au XIVᵉ siècle, par de Marchangy. *Paris, M. Maurice,* 1825, 6 vol. in-8, br.

693. Recherches (de mœurs) sur les couvens au XVIe siècle, par P. L. Jacob, bibliophile. (*Paris, Fournier,* 1829), in-8, pap. vél. br., (tiré à part à 5 exempl).

694. Histoire amoureuse des Gaules, par Bussy-Rabutin (avec une notice par Amédée Pichot). *Paris, Mame et Delaunay-Vallée,* 1829, 3 vol. in-8, br.

Réimpression de l'édition de 1754, en 5 vol. pet. in-12, qui comprennent, outre l'ouvrage de Bussy-Rabutin, *les Amours des dames illustres de notre siècle* et *la France galante,* auxquels G. Saudras de Courtilz a eu beaucoup de part. Cette réimpression est curieuse à cause des *expurgata* et des interpollations de l'éditeur.

695. Mémoire pour servir à l'histoire de la Société polie en France, par P. L. Rœderer. *Paris, Firmin Didot,* 1835, in-8, br.

On lit sur le titre : *Cet ouvrage ne sera pas mis en vente;* et en effet, l'auteur, qui fut enlevé à ses amis peu de temps après l'impression de son livre, n'a pas même eu le temps de le leur distribuer. Nous n'avons pas de plus fidèle et de plus gracieux tableau des mœurs de la haute société pendant le 17e siècle.

696. Epitome sur l'état civil de la France, contenant l'origine, les lois, les usages, etc., par Percheron de la Galezière. *Paris, Knapen,* 1779, 2 vol. in-12, m. m.

697. Le Mode françois, ou Discours sur les principaux usages de la nation française (par Sobry). *Londres,* 1786, in-8, v. éc., fil.

Rare, l'édition entière ayant été supprimée avec tant de soins que les exempl. se vendaient jusqu'à 4 louis. Voy. le *Dict. des Anon.*

698. Singularités historiques, ou Tableau critique des mœurs, des usages et des événemens de différens siècles, conten. ce que l'histoire de la Capitale offre de plus piquant et de plus singulier; par J. A. D... (Dulaure). *Londres (Paris, Lejay),* 1788, pet. in-12, v. m.

— Le Voyageur à Paris, tableau pittoresque et moral de cette capitale (par de la Mesangère). *Paris, Chaigneau,* 1797, 3 part. en 2 vol. in-18, cart.

L'ouvrage de la Mésangère traite particulièrement de tout ce qui concerne la mode.

699. La France ancienne et moderne, par A... Carel. *Paris, Delaunay*, 1820, 2 vol. in-8, br.

700. Changemens survenus dans les mœurs des habitans de Limoges, depuis une cinquantaine d'années; 2ᵉ édit. augm. des changemens survenus depuis 1808 jusqu'à 1817, par J. J. Juge. *Limoges, Bargeas*, 1817, in-8, br.

701. Paris, ou le livre des Cent et un (par la plup. des gens de lettres contempor.). *Paris, Ladvocat*, 1831, 11 vol. in-8, br.

702. Histoire des Modes françaises, ou Révolution du costume en France, conten. tout ce qui concerne la tête des Français, avec des recher. sur l'usage des cheveux artific. chez les anciens (par Molé). *Amsterdam (Paris, Costard)*, 1773, v. m. — Essais hist. sur les Modes et la toilette de France, par le chevalier de C..... (Villiers). *Paris, Lecointe et Durey*, 1834, 2 vol. in-18, fig., cart.

703. Journal des Dames et des Modes (par de la Mésangère), du 1ᵉʳ juillet 1798 à la fin de 1811. *Paris*, 1798-1811, 54 vol. in-8, fig. color., cart.

Quoique les deux volumes de l'année 1798 soient tomés 3 et 4, par le relieur, ils ne doivent être précédés d'aucun autre.

704. Antiquités nationales, ou Recueil de monumens pour servir à l'hist. gén. et partic. de l'Empire françois, etc., par Aubin-Louis Millin. *Paris, Drouhin*, 1790, an VII, 5 vol. in-4, fig., br.

Les notices qui accompagnent les gravures, sont de bonnes dissertations sur tous les monumens que la Révolution a fait disparaître, et sur bien des points d'histoire que ces monumens touchent à la fois.

704 *bis*. Monumens français inédits, avec l'explicat., par N. X. Willemin. *Paris*, 1806-37, 52 livr. gr. in-fol., fig., color.

Complet.

705. Musée des Monumens français, ou Descript. histor. et chronol. des statues, bas-reliefs et tombeaux des hommes et des femmes célèbres, pour servir à l'hist. de France et à celle de l'art ; augm. d'une dissertation sur les costumes de chaque siècle, par Alex. Lenoir. *Paris, Guilleminet,* 1800-06, 5 vol., fig. et plans. — Histoire de la peinture sur verre, ou Descrip. des vitraux anciens et modernes, pour servir à l'hist. de l'art relat. à la France, par le même. *Ibid., id,* 1803, fig. — Suite du Musée des Monumens français, par le même. *Paris, Nepveu,* 1821, 2 vol., fig. et pl. En tout 8 vol. in-8., demi-rel.

Collection complète.

706. Mémoires de la Commission des Antiquités du départ. de la Côte-d'Or (par Boudot, Lavirotte, Bourée, Vallot, etc.). *Dijon, v⁴ Bignot,* 1834-35, in-8, br.

Histoires générales, plans, sommaires et abrégés de l'Histoire de France.

707. Les grandes Chroniques de France, selon qu'elles sont conservées en l'église de Saint-Denis en France (rev. sur les mss. de la Bibl. du Roi et de la Bibl. Sainte-Geneviève), publ. avec des notes par Paulin Paris. *Paris, Techener,* 1836-39, 6 vol. pet. in-8, cart.

M. Paris, dans cette édit. terminée par une notice bibliog. des mss. qu'il a consultés, a voulu reproduire les *Chron. de Saint-Denis* telles qu'elles ont été présentées à Charles V, et par conséquent, il n'a pas admis les continuations depuis le règne de ce prince, comme dans les anciennes édit. d'Ant. Verard et d'Eustace.

708. Les Annales et Chroniques de France, depuis la destruction de Troyes, jusques au temps du roy Loys unziesme, jadis compos. par feu maistre Nicole Gilles..., impr. nouvell. sur la correction du seign. Denis Sauvage de Fontenailles et additionnées jusques

à cest an 1557. *Paris, J. Ruelle*, 1558, pet. in-fol., fig., v. br.

Cette histoire, qui eut tant de réputation autrefois, n'est qu'un abrégé des Grandes Chroniques de Saint-Denis.

Avec la sign. de *Bautru*.

709. Le Mirouer historial et Recueil des Histoires de France, extr. de plus. et divers volumes tant latin que françoys, conten. les faictz et gestes des très chrestiens roys de France, depuis l'exidion de Troye la grand jusques en l'an mil cinq cent et seize. (*Paris, Galliot du Pré*, 1516), pet. in-fol., goth., cart (manq. le titre).

Omis dans la *Bibl. hist. de la Fr.*

710. Habes, candide lector, R. patris Roberti Gaguini, quas de Francorum gestis scripsit Annales, necnon Huberti (*sic*) Velleii consertum aggerem, etc. *Parisiis, Per Joh. Cornillau pro P. Viard*, 1521, pet. in-4, m. j., fil. (*aux armes*).

Cette édition des Annales de Gaguin est la seule qui contient le Supplément de Humbert Vellay ; l'ancienne traduction françaisede ce supplément a été publiée pour la prem. fois à la suite des *Chroniques* de Jean d'Auton.

711. Les Faictz et gestes des Françoys, comp. par frère Robert Gaguin, et depuis transl. de latin en vulgaire franç., par Pierre Desrey (avec une continuat. jusqu'en 1538, par le traducteur). *Impr. à Paris, l'an mil cinq cent XXXVI (sic)*, in-4, goth., v. br. (manq. le titre; les premiers feuillets endommagés).

L'Addition en brief des choses vertueusement faites au royaulme de France, par le très chrestien roy Loys douziesme depuis le décès de Robert Gaguin, occupe les 26 derniers feuillets : elle est curieuse.

712. Pauli Æmilii Veronensis historici clarissimi, de Rebus gestis Francorum, libri decem ; adjectum est de regibus item Francorum Chronicon. (auct. Joan.

Tillio). *Parisiis, ex offic. Mich. Vascosani*, 1539, in-fol., v. br., rel. anc.

Edit. la plus estimée.

713. L'Histoire des Faictz, gestes et conquestes des roys, princes, seigneurs et peuple de France, descripte en X livres, et composée premièrem. en latin, par Paul Æmile, et depuis mise en franç., par Jean Regnart, seign. de la Mictière. *Paris, Fréd. Morel*, 1581, in-fol., v. br., fil. (*aux armes*).

714. Chronicon de regibus Francorum a Pharamundo usque apud Henricum II (auct. J. Tillio). *Parisiis, apud A. Parvum*, 1548. — Arnoldi Ferroni, de Rebus gestis Gallorum, libri quatuor. *Parisiis, apud Parvum*, 1549, 2 tom. en 1 vol., pet. in-8, vél.

715. La Chronique des roys de France, et des cas mémorables advenuz, depuis Pharamond jusques au roy Henry second du nom, selon l'ordre des temps (trad. du lat. de Jean Du Tillet, et beaucoup augm.). *Rouen, Mart. le Mégissier*, 1551, pet. in-8, vél.

716. Roberti Cœnalis, episcopi arboricensis, Gallica Historia, in duos dissecta tomos, quorum prior ad anthropologiam Gallici principatûs, posterior ad soli chorographiam pertinet. *Parisiis, apud Galeorum à Prato*, 1557, in-fol., v. m.

Rare. Ce curieux ouvrage n'ayant pas eu d'autre édition.

717. La Biographie et Prosographie des Roys de France: où leurs vies sont brièvement descrittes et narrées en beaux, graves et élégans vers françois, etc. (par Antoine du Verdier de Vauprivas). *Paris, L. Cavellat*, 1583, petit in-8, fig., vél.

718. Histoire abrégée de tous les Rois de France, Angleterre et Ecosse, etc., par David Chambre, Escossais. *Paris, Coloumbel*, 1579. — Recherches des sin-

gularitez concernant l'Escosse, par le même. *Ibid.*, *id.*, 1579. — De la légitime succession des femmes aux possessions de leurs parens, par le même. *Ibid.*, *id.*, 1579, 3 part. en un vol. pet. in-8, v. br.

Rare.

719. Les grandes Annales et Histoire généralle de France, dès la venue des Francs en Gaule jusques au règne du roy Henry III, conten. la conqueste d'iceux François, la suitte des familles du sang royal et l'ordre de l'estat françois, les généalogies des roys..., l'establiss. des officiers de la couronne et tout ce qui conc. le gouvernem. de la monarchie de France, soit pour la paix, soit pour la guerre, par F. Belle-Forest. *Paris, Gabr. Buon,* 1579, 2 vol. in-fol., fig., demi-rel.

Cette histoire est, à mon avis, très utile et très curieuse, surtout pour les XVe et XVIe siècles, malgré le peu de cas qu'on en a fait, et les exemplaires en sont rares, parce qu'ils allaient tous chez l'épicier avant qu'on eût senti le prix de nos vieux chroniqueurs et historiens.

720. Les Rois de France (jusqu'à Hugues Capet), par Charles (Cothier) de Flavigny, sieur de Juilly. *Paris, M. Sonius,* 1594, pet. in-8, v. br.

721. Histoire générale des Roys de France, conten. les choses memorables advenues tant au royaume de France qu'es provinces estrangères, durant douze cens ans (jusqu'à la fin du règne de Charles VII), par Bernard de Girard, seigneur de Haillan ; et depuis contin. des escripts de plusieurs autheurs, tant de Paul Emile, Philippes de Commines, Arnaud le Ferron, le sieur du Bellay, qu'autres jusqu'à présent. *Paris, Cl. Sonnius,* 1627, 2 vol. in-fol., peau de truie.

Le second vol. n'est qu'une compilation presque textuelle de différens historiens.

722. Inventaire général de l'histoire de France, depuis Pharamond jusqués à présent, par Jean de Serres,

rev., corrig. et augm. de ce qui s'est passé durant ces
dernières années (par Jean Montlyard et Théod. Godefroy). *Paris*, *Cl. Marette*, 1647, 1 tom. en 2 vol.,
fig., peau de truie.

723. Inventaire des erreurs, fables et déguisemens remarquables en l'Inventaire de l'Hist. de Fr. de Jean
Serres, par Scip. Dupleix. *Paris*, *L. Sonnius*, 1625,
pet. in-8, vél.

724. Mémoires des Gaules, depuis le déluge jusques à
l'establissement de la monarchie françoise, avec l'estat
de l'Eglise et de l'Empire depuis la naissance de Jésus-
Christ, par Scipion Dupleix, 4ᵉ édit. *Paris*, *Cl. Sonnius*, 1634. — Histoire générale de France, avec l'estat de l'Eglise et de l'Empire, par le même, 4ᵉ édit.
Ibid, id., 1634, 3 tom. — Hist. de Henry III, roy de
France et de Pologne, par le même. *Ibid.*, *id.*, 1636.
— Hist. de Louis le Juste, XIIIᵉ du nom, roy de France
et de Navarre, par le même. *Ibid. id.*, 1637, portr., le
tout 6 tom. en 5 vol., v. f., fil.
Bel exemplaire bien complet.

725. Histoire et recueil des gestes et règnes des roys de
France, leur couronnement et sépulture, les noms
des roynes et de leurs enfans, avec un inventaire des
papes, histor., illust. personn., etc.; ensemble les événem. et choses remarq. advenus en chacun siècle jusqu'à présent, par Pierre Aubert. *Paris*, *Chastelain*,
1622, in-4, demi-rel. (manque le titre).
Très rare.

726. Florus Gallicus sive rerum a veteribus Gallis bello
gestarum Epithome, auth. Petr. Berthault. *Parisiis*,
Joh. Libert, 1640, 2 tom. en 1 vol. pet. in-12, v. f., fil.

727. Eloges historiques des rois de France, depuis Pharamond jusqu'au roi Louis XIV, avec l'hist. des chan-

celiers etc., et le *Meslange curieux de plus. pièces rares et anciennes*, tirées du Thrésor des Chartes et de la
Bibli. du roi, des Reg. du Parlement, et de la Chambre
des Comptes , etc., par le P. Phil. Labbe , tom. II de
l'Alliance chronologique. *Paris, Gasp. Meturas*, 1651,
in-4, vél.

Très rare. — Le *Mélange curieux* est un des plus utiles recueils
que le père Labbe ait publiés ; il est fort peu connu, et je ne crois
pas qu'on en ait jamais réimprimé une seule pièce.

728. Histoire de France depuis Faramond jusqu'au
règne de Louis le Juste , enrich. de plus. belles et
rares antiq. et de la vie des reynes, par Fr. de Mezeray, nouv. éd., augm. de l'Origine des François. *Paris, Den. Thierry*, 1685, 3 vol. in-fol., fig., v. br.

Cette édit. est infiniment moins recherchée que celle de 1643;
mais aussi elle est infiniment plus complète et meilleure.

729. Histoire de France avant Clovis , l'orig. des François et leurs establiss. dans les Gaules , par le Sr de
Mezeray. *Amsterdam, Ant. Schelte*, 1696, in-12, v. br.
— Abregé chronol. de l'hist. de France , par Fr. de
Mezeray, nouv. édit. augm. de quelq. pièces originales
et de la vie des reines. *Amsterdam, H. Schelte*, 1701,
6 vol. in-12, fig., v. br. —Abrégé chronol. de l'hist.
de France sous les règnes de Louis XIII et Louis XIV,
pour servir de suite à celui de Mezeray (par de Limiers).
Amsterdam, Dav. Mortier, 1735, 2 vol. in-12, v. br.

730. Histoire de l'origine et des progrez de la Monarchie françoise suivant l'ordre des temps , par Guil.
Marcel. *Paris , D. Thierry*, 1686 , 4 vol., pet. in-8,
fig., v. br.

Rare. Exemplaire portant la signature de Fr. *Regnard*. — Cette
excellente histoire, qui a fourni au prés. Hénault l'idée et le modèle
de son *Abrégé chronologique*, est encore d'une grande utilité, puisque *tous les faits historiques y sont prouvez par les titres authentiques et par les auteurs contemporains*. Le prem. vol. conten. l'his-

toire et la géographie des Gaules est estimé , même après les ouvrages des Bénédictins et celui de M. Amédée Thierry, qui l'emporte sur tous.

731. Nouvelle Histoire de France, depuis le commencement de la monarchie jusques à la mort de Louis XIII (suiv. des Jugem. sur les ouvrages des historiens contemporains, du Traité sur les mœurs et les coutumes, de la Généalogie de la Maison royale, etc.), par Louis Le Gendre. *Paris , Cl. Robustel*, 1719, 7 vol. in-12, v. br.

Le Catalogue critique, destiné à juger les historiens, est encore le seul que nous possédions pour connaître les sources de l'histoire de France. Le *Traité sur les mœurs et les coutumes* est fort utile, puisque Le Grand d'Aussy, dans ses trois vol. de la *Vie privée des François*, ne s'est occupé que de leurs alimens à toutes les époques.

732. Histoire de France, depuis l'établissement de la Monarchie françoise dans les Gaules , par le P. Daniel ; nouv. édit. augm. de notes, de dissert. crit. et hist., et de l'Histoire de Louis XIII (par le P. Griffet) et d'un Journal du règne de Louis XIV. *Paris, libr. assoc..* 1755, 17 vol. in-4, cart., plans et vig., v. m.

Cette édition, qu'aucune autre ne peut remplacer, contient, outre les savantes dissertations du père Griffet, qui sont cataloguées dans la *Bibl. hist. de la France*, la suite du chap. Ier du *Testament politique du cardin. de Richelieu*, intitulée : *Succincte narration de toutes les grandes actions du Roi jusqu'à la paix*, tirée des *mss.* de la Bibl. du roi; plusieurs pièces importantes de Guron, du maréchal de Schomberg, du marquis d'Effiat et du card. de Richelieu ; et le recueil des principaux traités de paix du règne de Louis XIV.

733. Annales de la Monarchie françoise, depuis son établissement jusques à présent, conten. les événem. les plus remarq. sous les 3 races; l'hist. généal. de la Maison de France, les médaill. authent., etc., par de Li-

miers. *Amsterdam, L'Honoré*, 1724, 3 part. en 1 vol.
gr. in.fol., fig., v. br.

La 3ᵉ partie, toute composée de fig., offre une collect. curieuse
de vues de monumens de Paris et de châteaux de France, de plans
topograph., etc.

734. Abrégé méthodique de l'histoire de France, par
l'abbé (Finé) de Brianville. *Paris, Saugrain*, 1726,
in-12, fig., demi-rel.

Comment a-t-on pu préférer à cet excellent abrégé celui de Le
Ragois ?

735. Histoire de France (par le P. Chalon). *Paris, J.
Mariette*, 1720, 3 vol. in-12, v. éc., fil.

C'est encore là un de ces bons livres qu'on ne connaît pas même
de nom. Le président Hénaut, qui l'a copié souvent, le connaissait
bien.

736. Plan de l'histoire générale et particulière de la Monarchie françoise, par l'abbé Lenglet Dufresnoy. *Paris, vᵉ Gandouin*, 1753, 3 vol. in-12, demi-rel.

Cet ouvrage, curieux et peu commun, contient la réimpression de
la Sainteté du roy Louys dict Clovis, par J. Savaron, et de plusieurs
pièces rares.

737. Tablettes historiques et Anecdotes des rois de
France, depuis Pharamond jusqu'à Louis XV, par D.
D. R. A. (Dreux du Radier). *Londres (Paris, vᵉ Du-
chesne)*, 1766, 3 vol. in-12, m. m. et demi-rel.

Il ne manque à cet ouvrage, pour être fort utile, que l'indication
des sources.

738. Abrégé de l'histoire de France, par ordre alphab.,
par Coutan. *Paris, Couturier*, 1775, in-8, cart. —
Dictionnaire abrég. de la France monarchique, ou la
France telle qu'elle était en janvier 1789, par P. A.
Guéroult. *Paris, Fuchs*, 1802, in-8, demi-rel.

739. Histoire de France avant Clovis, par Laureau,
Paris, Nyon, 1789, 2 vol. in-12, fig., v. m. — Histoire
de France, depuis l'établissement de la monarchie jus-

qu'au règne de Louis XIV (de Charles IX), par Velly,
Villaret et Garnier, *Paris, Saillant et Nyon*, 1769-86,
30 vol. in-12, v. m.

740. Nouvel Abrégé chronol. de l'histoire de France,
cont. les événem. de notre hist. depuis Clovis jusqu'à
Louis XIV, nos loix, nos mœurs, etc., nouv. édit. corrig. et augm. (par le présid. Hénault. *Paris, Prault*,
1775, 3 vol. — Contin. jusqu'à la paix de 1783, par
A. E. Nic. des Odoards-Fantin. *Paris, Briand*, 1788,
2 vol. En tout 5 vol., pet. in-8, v. m., fil.

741. Histoire de France, par Michelet. *Paris, L. Hachette*, 1833, 3 vol. in-8, br.

742. Histoire de France, depuis les temps les plus reculés jusqu'en juillet 1830 (en 1789), par les principaux historiens et d'après les plans de MM. Guizot,
Aug. Thierry, et de Barante (par Henry Martin,
avec une préface de M. Paul Lacroix). *Paris, Mame*,
1834-37, 15 vol. in-8, fig. br.

Cette première édition est absolument différente de la seconde.

743. Histoire de France depuis les temps les plus reculés jusqu'en 1789, par Henri Martin, nouv. édit. en-
tièrem. rev. et augm. d'un nouv. travail sur les Origines nationales. *Paris, Furne*, 1838-39, 5 vol. in-8,
por r. et fig., br.

Il n'a paru encore que ces 5 vol. de cette seconde édit. qui
est à vrai dire, un ouvrage nouveau, le plus consciencieux et le plus
complet qu'on ait entrepris sur notre histoire générale. Je m'estime
heureux d'avoir pu donner à l'auteur quelques conseils dont il a pro-
fité, mais qui ne constituent pas une collaboration réelle à ce beau
livre, comme celle qu'on m'attribuait lors de la première édition.

Généalogies et histoires particulières des rois de France.

744. Genealogiæ Franciæ plenior Assertio, vindiciarum

hispanicarum, novorum luminum, lampadum histori-
ricarum et commentorum libellis à Joan. Jac. Chiffletio inscriptis, ab eoque in francici nominis injuriam
editis, omni modo eversio, auct. Dav. Blondello. *Ams-
telædami, ex typogr. Joan. Blaeu*, 1654, 2 vol., in-
fol., portr. par Nanteuil, v. f., fil.

A la fin de cet exempl., on trouve *Barrum Campano-francicum*,
par le même auteur, *Amst. Blaeu*, 1652. — Ce recueil, dans lequel
Blondel réfute les ouvrages de Chifflet, intitulés : *Lotharingia mas-
culina, Alsatia vindicata, Stemma Austriacum, de Ampulla remensi
Disquisitio*, etc., est rare, l'édition entière ayant été détruite dans
l'incendie de la librairie de Blaeu.

745. Antiquités de la Maison de France et des Maisons
Mérovingienne et Carlienne, et de la diversité des
opinions sur les maisons d'Autriche, de Lorraine, etc.,
par Gilbert Charles Le Gendre. *Paris, Briasson*, 1739,
in-4, v. m.

746. La véritable Origine de la seconde et troisième li-
gnées de la Maison de France, justifiée par plus. chroniq. et histoires anciennes, épistres des souverains
pontifes, vies des saincts, chartes, titres, etc., par du
Bouchet. *Paris, v^e Math. du Puis*, 1646, 2 part. en
1 vol. in-fol., v. br.

Parmi les preuves, se trouvent le poëme d'Abbon sur le siége de
Paris par les Normands, et d'autres pièces importantes.

747. Histoire de la vérit. Origine de la 3e race des rois
de France, par le duc d'Epernon (Goth, marq. de
Rouillac), publ. avec des remarq. par de Prade.
Paris, S. Cramoisy, 1679, in-12, v. br.

748. Stephani Forcatuli, de origine Valesiorum, Franciæ regum, liber I. Quod feminæ illustres regnis gu-
bernandis ac legibus ferendis commodissimæ ubique
fuerint, liber alius; tertioque alio libro ampliores
gratias Henrico III Francorum et Poloniæ regi agens

9

autor, salubria quædam Gallis detegit. *Parisiis , ap. Gul. Chaudière*, 1579, pet. in-8, v. m.

749. Les Galanteries des rois de France (par Vannel), *Cologne, P. Marteau, s. d.* 3 tom. en 2 vol., in-12, fig., v. m.

---

750. L'Histoire des neuf Rois Charles de France : contenant la fortune, vertu, et heur fatal des roys, qui, sous ce nom de Charles, ont mis à fin choses merveilleuses, par Fr. Belle-Forest. *Paris, P. L'Huillier*, 1568, in-fol. v. br.

751. La Minorité de saint Louis, avec l'Histoire de Louis XI et de Henri II, par Varillas. *La Haye, Adr. Moetjens*, 1685, 2 part. en 1 vol. in-12, v. br.

Peu commun. — Varillas, après ce coup d'essai qui fut heureux, étendit ces trois abrégés historiques, de manière à former des histoires complètes de chaque règne ; celle de saint Louis est restée manuscrite.

752. Francisci Belcarii Peguilionis, metensis episcopi, Historia Gallica, hoc est rerum in Gallia sub regibus Ludov. XI, Carol. VIII, Ludov. XII, Franc. I, Henric. II, Franc. II et Carol. IX, sub indè gestarum Commentarii, in XXX libros divisi ; accessit Oratio ejusdem de victoriâ Druidensi. (edente Phil. Dinet). *Lugduni, sumptibus Cl. Du Four*, 1647, in-fol., portr., v. n., fil. (*aux armes*).

Excellent, quoique très peu connue.

753. Histoire de France soubs les règnes de Francois I, Henry II, Franç. II, Charles IX, Henry III, Henry IV, Louys XIII, par Pierre Matthieu. *Paris, vefve. Nicol. Buon*, 1631, 2 vol. in-fol., vél., cordé.

Rare. — M. Victor Hugo, pénétré d'admiration pour l'historien Mathieu qui souvent n'est pas inférieur en éloquence à Bossuet lui-même, avait formé le projet de le remettre en lumière et peut-être en vogue par une nouvelle édition précédée d'une notice biog. et littér.

754. De Tribus Dagobertis Francorum regibus, Dia-
triba Godofredi Henschenii. *Antuerpiæ, ex typ. J.
Meursii*, 1655, pet. in-4, vél.

755. Histoire de Philippe-Auguste, par Capefigue.
Paris, Dufey, 1829, 4 vol. in-8, br, — Hist. constitutionnelle et administrative de la France depuis la
mort de Philippe-Auguste, par le même, *Paris, Dufey
et Vezard*, 1831, tom. 1 et 2, in-8, br.

756. Histoire de Saint-Louis, par Jehan, sire de Joinville; les Annales de son règne, par Guil. de Nangis;
sa Vie et ses miracles, par le Confesseur de la reine
Marguerite; le tout publ. d'après les mss. de la Bibl.
du Roy et accomp. d'un gloss. (par l'abbé Sallier,
Melot et Capperonnier). *Paris, impr. Royale*, 1761,
in-fol., cart., v. m.

Les *Annales* et la *Vie et les Miracles de Saint-Louis* n'ont pas été
réimprim. dans les collect. de Mém.

757. Ms. Journal de la Vie et du règne de St Louis, IXe
du nom, composé par Aubery (augm. par Péan), avec
une préface et des notes par le comte de Boulainvilliers, 2 vol. in-4, v. br.

Voyez, au sujet de ce *Journal* inédit, la *Bibl. hist. de la Fr.*,
n° 16877.

758. Coup-d'œil philosophique sur le règne de Saint
Louis, par Manuel. *Damiette (Paris)*, 1786, in-8, br.

759. Histoire de Charles VI et des choses mémor. advenues durant 42 années de son règne, depuis 1380
jusques à 1422, par Jean Juvenal des Ursins; augm.
en cette édit. de plus. Mémoires, Journaux (Mém.
de Pierre Fenin; extr. du Journ. d'un Bourgeois de
Paris, etc.), observations historiques et annotations
conten. traitez, contracts, testamens, etc., par Denis
Godefroy. *Paris, Impr. roy.*, 1653, in-fol., v. br., fil.

Exempl. chargé de notes histor. et crit. de la main de Lévèque de la Ravallière, qui semb'e avoir préparé un ouvrage sur le régne de Charles VI.

760. Histoire de Charles VI, roy de France, escrite par les ordres et sur les mém. de Guy Monceaux et Phil. de Villette, abbez de Saint-Denys, par un autheur contemporain, religieux de leur abbaye, trad. du latin par J. Le Laboureur, illustrée de plus. commentaires et augm. de l'Hist. de Jean Le Fèvre, seigneur de Saint-Remy. *Paris, L. Billaine*, 1663, 2 vol. in-fol., fig., v. br.

Malheureusement Le Laboureur n'a jamais publié les commentaires qui devaient accompagner cette Histoire; on n'y trouve qu'une introduction, fort importante il est vrai, dans laquelle on remarque l'inventaire original des livres de Jean, duc de Berry. La traduction, qui n'est souvent qu'une imitation, a un cachet de simplicité et de franchise que la langue ne saurait atteindre aujourd'hui.

761. Histoire de Charles VII, par J. Chartier, Jacques le Bouvier, dit Berry, Mathieu de Coucy, et autres autheurs du temps; qui contient les choses mémor. depuis 1422 jusques en 1461, enrichie de titres, mémoires, traittez, etc., par Denys Godefroy. *Paris, Impr. roy.*, 1661, in-fol., beaux portraits, v. br.

Les chroniques de J. Chartier et de Berry n'ont pas été réimprimées dans les Collect. Les notices sur Dunois, Jacques Cœur, Jean Bureau, etc., par l'éditeur, sont parfaites; on n'en a inséré qu'une seule sous le titre de *Mém. de Florent d'Illiers*, dans la Collect. Petitot.

762. Histoire de Louys XI et des choses mémor. advenues en l'Europe durant 22 années de son règne, enrich. de plus. observat., divis. en onze liv. (par P. Mathieu). *Paris, P. Metayer*, 1610, in-fol., v. éc.

763. Histoire de Louis XI, par Duclos. *Paris, Guerin*, 1745, et *La Haye, J. Neaulne*, 1746, 4 vol. in-12, portr., v. gr.

Cette Histoire a été copiée sur celle de l'abbé Le Grand, qui est restée manuscrite à la Bibl. du Roi : c'est aussi dans les portefeuilles de cet historien que Duclos a puisé les pièces justificatives de son 4ᵉ vol., pièces excellentes qui manquent la plupart à la grande édition des Mém. de Ph. de Commines, publiée par Lenglet Dufresnoy.

764. Histoire de Louis XI, par Varillas. *La Haye, Jac. van Ellinckhuysen*, 1689, 2 vol. in-12, v. br.

Les ouvrages de Varillas ont été beaucoup trop décriés, en réaction du succès qu'ils ont eu dans leur nouveauté. Varillas commit de graves erreurs, parce qu'il écrivait de mémoire ; mais il avait prodigieusement lu, et souvent il emprunte à des manuscrits du temps, surtout à des correspondances secrètes, les faits les plus curieux, qu'on a injustement taxés de fausseté. Ainsi, je me suis assuré qu'il connaissait l'immense collect. de Béthune.

765. Histoire de Charles VIII, par Guill. de Jaligny, André de La Vigne (J. de Saint-Gelais) et autr. histor. de ce temps-là ; où sont descrites les choses les plus mémor. depuis 1483 jusqu'en 1498, enrich. de plus. mém., observat., contrats, traitez, etc., le tout recueill. par D. Godefroy. *Paris, Imp. roy*, 1634, in-fol., v. br.

Aucun de ces historiens n'a été réimprimé, malgré le petit nombre des mémoires particul. sous le règne de Charles VIII.

766. Histoire de Louys XII, roy de France, Père du peuple, et des choses mémorables advenues en son règne depuis 1498 jusqu'à l'an 1515, par Cl. de Seyssel, Jean d'Auton et autr., mise en lumière par Théod. Godefroy. *Paris, Abr. Pacard*, 1615, in-4, vél.

Les ouvrages historiques de Cl. de Seyssel n'ont pas été réimprimés depuis cette édition, quoiqu'il concernent une époque assez pauvre en documens originaux.

767. Histoire de Louis XII, père du Peuple, et de plusieurs choses mém. advenues en France et en Italie jusqu'en 1510, par Jean de Sainct-Gelais, seigneur de Monlieu, tirée de la Bibl. du Roy et mise en lumière (avec d'autres pièces), par Th. Godefroy. *Paris, Abrah. Pacard*, 1622, in-4, v. br.

Malgré l'indication de ce titre, le mss. de Saint-Gelais ne se trouvé pas à la Bibl. du Roi, mais dans celle de Vienne, ce qui, sans doute, a empêché de publier une nouvelle édition plus complète et plus fidèle de cette intéressante chronique.

768. Histoire de Louis XII (par l'abbé J. Tailhé). *Milan,* (*Paris, A. M. Lottin*), 1755, 3 vol. pet. in-8, portr., v. m.

Assez bonne histoire, dont l'auteur a eu souvent recours aux mss. de la Bibl. du Roi ; il est le premier historien qui se soit servi de la chronique d'Humbert Vellai, de celle de Jacques Gohorry, de la partie inédite des chroniq. de Jean d'Auton, et du procès-verbal du divorce de Louis XII.

769. Histoire de Louis XII, par Varillas. *Paris, Cl. Barbin,* 1688, 3 vol. in-4, vign., v. br.

Cette histoire ne contient pas d'autre pièce originale que l'*Appointement fait avec les Suisses devant Dijon l'an* 1513, *le* 13 *sept.*

770. Histoire de François Ier, par Varillas. *La Haye, Arnout,* 1686, 3 vol. in-12, v. br.

C'est dans cette histoire que parut pour la première fois l'anecdote tragique de la comtesse de Chateaubriant, que le breton Hevin n'a pas réfutée complètement.

771. Histoire de François Ier, par Gaillard. *Paris, Foucault,* 1819, 5 vol. in-8. br.

772. Thomæ Cormerii, Rerum gestarum Henrici II, regis Galliæ, libri quinque. *Parisiis, apud Sed. Nivellium,* 1584, pet. in-4, vél.

773. Histoire et règne de Henri II, par l'abbé Lambert. *Paris, J. B. Bauche,* 1755, 2 vol. in-12, v. m.

774. Histoire conten. un abrégé de la vie, mœurs et vertus du roy Charles IX, où sont contenues plusieurs choses merveilleuses advenues durant son règne, à bon droit dit le Règne des Merveilles ; par A. Sorbin, dit Sainte-Foix. *Paris, G. Chaudière,* 1574, pet. in-8, vél.
Rare.

775. Histoire de Charles IX, par Varillas, avec les princip. endroits qu'on a retranchés dans l'édit. de

Paris. *Cologne*, *P. Marteau* (*à la sph.*), 1686, 2 vol. in-12, **v.** br.

776. Gulielmi Sossi, de Vita Henrici III, libri novem inscripti *Musæ*. *Parisiis*, *excud. Dion. Langlæus*, 1628, in-8, vél.

777. Histoire de Henri le Grand, depuis l'an 1572 iusques à l'an 1587, par Julien Peleus. *Paris*, *Fr. Huby*, 1615, 2 vol. pet. in-8, vél. (manq. les tom. 3 et 4).

778. Histoire de France et des choses mémor. advenues aux provinces estrangères durant sept années de paix du règne de Henri IV, div. en 7 liv. (par **P.** Matthieu). *Paris*, *J. Mettayer*, 1606, 2 tom. en 1 vol. pet. in-8, cart.

779. Recueil des Eloges (lat. et franç.), sur les actions les plus signalées et immortelles de Henry IV (extr. de d'Aubigné, Mathieu, etc.). *Paris*, *Abr. Saugrain*, 1609, pet. in-8, v. f.

780. Histoire de la Mort déplorable de Henry IV; ensemble un poème, un panégyrique, un discours funèbre dressé à sa mémoire (par P. Mathieu). *Paris*, *Guillemot et Thiboust*, 1612, in-8, v. br.

781. Discours funèbre en l'honneur du roy Henry le Grand, prononcé à Paris, en l'égl. de St. Nicolas des Champs, par le P. Matthieu, d'Abbeville. *Paris*, *G. de la Noue*, 1610, pet. in-8.

Ce P. Mathieu n'est pas le même que le grand historien P. Mathieu.

782. Henricus Magnus, authore Cl. Bartolomeo Morisoto, *Lugd.-Batavorum*, 1624, pet. in-4, vél.

783. La Plante humaine sur le trespas du roy Henry le Grand, où se traicte du rapport des hommes avec les plantes qui vivent et meurent de même façon, etc., par Loys d'Orléans. *Paris*, *Fr. Huby*, 1602, in-8, v. f.

Rare. — Plus curieux par la singularité de la forme que par

l'importance du fonds. Ce Louis d'Orléans avait été un des plus furieux ligueurs, avant de devenir panégyriste de Henri IV.

784. Eloge historique de Henry IV, par le baron de Navailles-Poeyferré. *Paz, J. P. Vignancourt*, 1776, in-12, v. f.

785. Histoire du roi Henri le Grand, par Hardouin de Perefixe. *Paris, Goetschy*, 1823, in-8, portr., m. rac., fil.

786. Histoire de la vie de Henri IV, par de Bury. *Paris, Saillant*, 1766, 4 vol. in-12, portr., v. m.

787. Histoire de Louis XIII, conten. les choses les plus remarq. arriv. en France et en Europe, depuis la minorité de ce prince jusqu'à la mort de Villeroy, par Mich. Le Vassor; nouv. édit. augm. d'une table des matières. *Amsterdam, aux dép. des Assoc.*, 1757, 7 vol. in-4, v. éc.

Cette Histoire, quoique partiale, peut tenir lieu d'une immense quantité de pièces du temps, puisqu'elle en offre des extraits fort étendus.

788. Histoire du règne de Louis XIII et des principaux événemens arrivés pendant ce règne (par Jac. Le Conte; rev. par Ellies Du Pin). *Paris, Montalant*, 1716, 3 vol. in-12, v. gr. — Recueil de pièces concern. l'Hist. de Louis XIII, depuis 1610 jusqu'en 1631 (recueill. par Ellies Du Pin). *Ibid, id.*, 1716, 2 vol. in-12, v. gr.

Cette Histoire, qui n'a jamais été achevée, est fort peu connue et mérite de l'être, à cause des pièces qui l'accompagnent. Elle est aussi peu commune, et les bibliographes ne sont pas d'accord sur le nombre de volumes qui ont paru : le P. Lelong en comptait 10 ; les nouveaux éditeurs de la *Bibl. hist. de la Fr.* ont réduit ce nombre à 7, en y ajoutant 5 vol. du *Recueil de Pièces*, ce qui ferait 12. Il y en avait 9 dans la Bibl. de Secousse, et nous n'en avons jamais rencontré que 8, dont trois pour les pièces jusqu'en 1643.

789 OEuvres de Louis XIV (publ. avec des préf. et

des notes, par le général Grimoard). *Paris, Treuttel et Wurtz*, 1806, 6 vol. in-8, fac-simile, demi-rel.

Les Mémoires de Louis XIV, rédigés par Pellisson, ne se trouvent dans aucune collect. de Mémoires. Ses lettres particulières jettent un nouveau jour sur l'hist. polit. de son règne.

790. Histoire du roy Louis le Grand, par les médailles, emblêmes, devises, jettons, inscript., armoiries, et autres monum. publics, recueill. et expliq. par le P. Cl. Fr. Menestrier ; nouv. édit. augm. de 5 planch. *Paris, Nolin*, 1693, pet. in-fol., fig., demi-rel.

791. Histoire de la Monarchie françoise sous le règne de Louis le Grand (par S. de Riencourt), 4e édit., corrigée et augm., par M.... (Thomas Corneille). *Paris, M. Brunet*, 1697, portr., 3 vol. in-12, v. gr. (*aux armes*).

792. Histoire du règne de Louis XIV, par H. P. de Limiers. *Amsterdam, aux dép. de la Comp.*, 1720, 3 vol. in-4, portr., v. br.

Les portraits manq. souvent.

793. Histoire de la Vie et du règne de Louis XIV, rédigée sur les Mém. de feu M. le comte de ... (le jésuite P. de la Hode), publ. par Bruzen de la Martinière (avec l'expl. des médailles). *La Haye, J. Vanduren*, 1740-42, 5 vol. in-4, v. éc., fil., d. s. tr.

Bel exempl.

794. Histoire du règne de Louis XIV, par Reboulet. *Avignon, Fr. Girard*, 1744, 3 vol. in-4, v. m., fil.

795. Journal historique, ou Fastes du règne de Louis XV (par le présid. de Lévy). *Paris, Prault*, 1766, 2 part. en 1 vol., pet. in-8, portr., v. m.

Ce journal a été fait pour compléter l'*Abrég. chronol. de l'hist. ae Fr.*, par le président Hénault.

796. Vie privée de Louis XV, ou Principaux événemens, particularités et anecdotes de son règne (par Moufle

d'Angerville). *Londres, J. P. Lyton*, 1788, 4 tom. en 2 vol. in-12, m. v., fil.

Les pièces justificatives sont importantes ; parmi elles, se trouve une réimpression assez correcte des *Philipiques* de La Grange Chancel.

797. Les Fastes de Louis XV , de ses ministres , maîtresses, généraux et autres notables personnes de son règne (par Bouffonidor). *Londres, libr. assoc.*, 1787, 2 vol. in-12, m. éc.

Peu commun.

Chroniques, Histoires et notices écrites par des auteurs contemporains.

798. Histoire ecclésiastique des Francs, par G. Florent Grégoire, évêque de Tours, en X liv., rev. et collat. sur de nouv. mss., et trad. (texte en reg.) par Guadet et Taranne. *Paris, J. Renouard*, 1836-38, 4 vol. gr. in-8, br.

Le texte de cette édit. est préférable à celui de toutes les autres, grâce aux soins que le savant M. Guérard a bien voulu apporter à la révision ; mais la traduction ne vaut pas celle de M. Guizot.

799. De la Conquête de Constantinoble, par Geoffroy de Villehardouin et Henri de Valenciennes, édit. faite sur des mss. nouvell. reconnus, avec notes et comment. par Paulin Paris. *Paris, J. Renouard*, 1838, gr. in-8, cart., br.

800. Histoire de l'Empire de Constantinople sous les Emp. franç., jusqu'à la conquête des Turcs, par Du Fresne du Cange, rev. sur les mss. (avec un rec. de chartes), par J. A. Buchon. *Paris, Verdière*, 1826, 2 vol. in-8, br. — Chronique de la Prise de Constantinople par les Franç., écrite par Geoffr. de Villehardouin, suiv. de la Contin. de Henri de Valenciennes, et de plus. autr. morc. en pr. et en vers, avec notes, par le même. *Ibid., id.*, 1828, in-8, br. — Chron. de

la Conq. de Constantinople et de l'établ. des Franç.
en Morée, par un aut. anonyme du XIVe siècle, trad.
du grec, par le même. *Ibid.*, *id.*, 1825, in-8, br.

801. Chronique de Ramon Muntaner, trad. pour la
prem. fois du catalan, avec notes (suiv. de la Cons-
pirat. de Prochyta), par J. A. Buchon. *Paris, Verdière*, 1827, 2 vol. in-8, br.

802. Branche des royaux Lignages, chron. métrique de
Guill. Guiart (précéd. des Chron. de Saint-Magloire
et d'Adam de la Halle), publ. pour la prem. fois, par
J. A. Buchon. *Paris, Verdière*, 1828, 2 vol. in-8, br.
— Chronique de Geoffroy de Paris, suiv. de la Taille
de Paris, en 1313, publ. par le même. *Ibid.*, *id.*,
1827, in-8, br.

La Taille de Paris en 1313, qui n'a pas été réimp., fait la suite nécessaire de la *Taillade. Paris en 1292*, publiée par M. H. Guéraud
dans la *Collect. des Docum. inédits sur l'hist. de France.*

803. Chronique de Du Guesclin, collat. sur l'éd. orig.
du XVe siècle et sur tous les mss., avec une notice
bibliog. et des notes, par Francisque Michel. *Paris,
Béthune*, 1830, in-18, pap. vél., fig., br.

Un des neuf exempl. tirés sur ce pap.

804. Les Demandes faites par le roi Charles VI, touchant son état et le gouvernem. de sa personne, avec
les Réponses de Pierre Salmon, son secrétaire et fa-
milier (suiv. des Lamentat. et Epistres du même).
Paris, Crapelet, 1833, gr. in-8, pap. vél. fac-sim., fig.,
carl.

Les *Lamentations et Epistres* présentent un grand intérêt histor.;
elles sont relatives aux voyages de Salmon en France, en Angleterre,
en Italie et en Hollande, pour s'y procurer les moyens de guérir le
roi Charles VI de sa démence.

805. Chroniques d'Enguerran de Monstrelet, conten.
les cruelles guerres civiles entre les maisons d'Orléans

et de Bourgongne..., etc. (contin. jusqu'en 1516),
par Pierre Desrey. *Paris, Marc Orry*, 1603, 3 tom.,
rel. en 1 vol. in-fol., v. j., fil.

Les éditions modernes ne comprennent pas la continuation depuis
1467, qui, pour être tirée de Jacq. Du Clerq, de la *Chron. scandaleuse*, des suites de sa *Chron. de Saint-Denys*, etc., n'en est pas moins
très importante.

806. Chroniques d'Enguerrand de Monstrelet, nouv.
édit. entièrement refondue sur les mss., avec notes,
par J. A. Buchon (suiv. des Chroniq. de Le Febvre
de St-Remy, de Mathieu de Coucy, de Jacques du
Clercq, de la Chroniq. et procès de la Pucelle, du
Journal d'un Bourgeois de Paris). *Paris, Verdière*,
1826-27, 15 vol. in-8, br.

Il n'y a qu'un fragm. de la chron. de Jacq. du Clerq dans la Collect.
Petitot; **M.** Buchon a réimprimé l'excellente édit. complète publ.
à Bruxelles par M. de Reiffenberg, avec une savante dissert. sur la
vie privée des Franç. au 15ᵉ siècle, et d'autres pièces inédites. En
outre, M. Buchon s'est servi des mille à onze cents corrections, remarques ou additions pour Monstrelet, tirées des mss. de Ducange
déposés à la Bibl. du Roi.

807. L'Histoire et discours du Siège qui fut mis devant
la ville d'Orléans par les Anglois, règnant Charles VII
roy de France.., prise mot à mot, sans aucun changement de langage, d'un vieil exemplaire escrit à la
main, en parchemin et trouvé en la Maison de ladicte
ville d'Orléans (publ. par Léon Trippault). *Troyes,
Cl. Briden*, 1621, pet. in-12. demi-rel. (*taché*).

M. Buchon n'a publié qu'une petite partie de ce volume rare, à
la suite de son Monstrelet.

808. Les Poésies de Martial de Paris, dit d'Auvergne
(les Vigilles de la mort du roy Charles VII). *Paris,
Urb. Coustelier*, 1724, 2 vol. pet. in-8, v. m.

Avec la sign. de *L. S. Auger*. — Ce poème-chronique n'est qu'une
imitation rimée de l'*Hist. chronolog. de Charles VII*, par Le Bouvier
dit Berry, chronique attribuée long-temps à Alain Chartier, et non
réimp. dans les collect. de Mém.

809. Chronique de J. de Lalain, avec notice et append., par Georges Chastellain, publ. (et de tout ce qui s'est passé de son temps jusqu'en 1450), par J. A. Buchon. *Paris, Verdière*, 1825, in-8, br.

Chef-d'œuvre de naïveté avec de très précieux détails sur la chevalerie au 15e siècle, et digne d'être mis à côté de l'hist. du chev. Bayard, par le *loyal Serviteur*.

810. Chroniques de Jean d'Auton, publ. pour la première fois en entier d'après les mss. de la Bibl. du Roi, avec une notice et des notes (suiv. de la Chronique françoise d'Humbert Velay, et de la Remonstrance au pape, par le cardin. Briçonnet), par Paul L. Jacob, bibliophile. *Paris, Silvestre*, 1834-35, 4 vol. in-8, pap. de Holl. br. (tiré à 25 exempl. sur ce pap.)

811. Mémoires de la Troisiesme guerre civile et des derniers troubles de France, en 4 liv., conten. les causes, occasions, ouvertures et poursuite d'icelle guerre, Charles IX regnant (par J. de Serres). *S. l.* 1571, pet. in-8, peau de tr.

Rare. — Réimpr. seulement à la fin des *Mém. de l'estat de la France*, édit. de 1578.

812. La vraye et entière Histoire des Troubles et guerres civiles, avenues de nostre temps (depuis 1380), pour le faict de la religion, tant en France, Allemaigne que Pays-Bas, recueill. de plus. discours françois et latins, et réduite en 19 liv. par J. Le Frère, de Laval. *Paris, J. Hulpeau*, 1573, in-8, v. m.

Ce qui concerne la France dans cet ouvrage ne commence qu'au Ve livre, en 1560, et c'est un plagiat continuel de l'hist. de la Popelinière, trasvestie au point de vue catholique.

813. La vraye et entière Histoire des Troubles et choses mémorables avenues, tant en France qu'en Flandres et pays circonvoisins, depuis l'an 1562, compris en 14 liv., avec Consid. sur les guerres civiles des François

(par Voesin de la Popelinière). *La Rochelle, P. Da-vantes,* 1573, in-8, v. éc., fil.

Cet ouvrage est tout différent du suivant, quoique portant tous deux un titre semblable : celui-ci est protestant et l'autre catholique. L'auteur est certainement La Popelinière, puisque son nom se trouve dans l'anagramme finale : *le péché y rendra l'ire.*

814. Mémoires de l'Estat de la France sous Charles neufiesme, contenant les choses les plus notables faites et publiées tant par les Catholiques que par ceux de la Religion, depuis le troisiesme édit de pacification fait au mois d'août 1570, jusques au règne de Henry, troisiesme (Recueill. par Simon Goulart ?). *Meidelbourg, Henrich Wolf,* 1576, 3 vol. in-8, v. gr., fil.

Le second volume contient *la France Gaule ou Gaule françoise,* de F. Hotman, et le troisième, le *Discours de la Servitude volontaire,* par La Boétie, publ. pour la première fois; le *Discours merveilleux de la vie, actions et déportemens de Catherine de Médicis,* par Henri Estienne, etc. La relation de la Saint Barthelémy est la plus complète et la plus vraie qui existe. Cet excellent ouvrage n'a pas même été réimpr. par extraits dans les collect. de Mém.

815. L'Histoire de France, enrichie des plus notables occurrences survenues ez provinces de l'Europe et pays voisins depuis l'an 1550 jusques à ce temps (par de la Popelinière). (*La Rochelle*), *de l'Imprim. par Abrah. H.* 1581, 2 vol. in-fol., v. br.

Rare.

816. Histoire des Choses mémorables avenues en France depuis l'an 1545 jusques au commencement de l'an 1597, conten. infinies merveilles de nostre siècle (par Jean de Serres). *S. l.* 1599, in-8, vél.

Ce livre est plus connu sous le titre de *Histoire des quatre Rois.*

817. Histoire des derniers Troubles de France, sous les règnes des roys très-chrestiens Henri III et Henri IV, conten. tout ce qui s'est passé durant les derniers troubles jusques à la paix faicte entre les roys de France et d'Espagne (par Pierre Mathieu); dern. édit.

augm. de l'Hist, des guerres entre les Maisons de France et d'Espagne (par le même). *S. l.*, 1591. — Bref discours de la Guerre esmeue entre le roy de France et le duc de Savoye. — L'Histoire de la Conquéste des pays de Bresse et de Savoye, par le roy très-chrestien, par de la Popelinière. *Paris, Cl. de Monstrœil*, 1601. Le tout en 1 vol. pet. in-8, v. br.

818. Trois Remonstrances faictes sur la fin des derniers Troubles (1594-95), et recueill. dep. peu de temps. *Paris, P. L'Huillier*, 1608, pet. in-8, vél.

819. OEuvres complètes du seign. de Brantôme (et d'André de Bourdeilles), accompag. de remarq. hist. et crit., collat. sur les mss. autogr. et augm. de fragm. inédits (par Monmerqué). *Paris, Foucault*, 1823, 8 vol. in-8, br.

820. Anecdotes du Ministère du cardinal de Richelieu et du règne de Louis XIII, tirées et trad. du *Mercurio* de Siri, par M. de V... (Valdory). *Amsterdam, aux dép. de la Comp.*, 1717, 2 vol. in-12, v. br.

821. Apologie de M. de Balzac (par le prieur Ogier) et le Barbon dudit S. de Balzac. *Paris, Jean Guignard*, 1663. — Défence du Sertorius de M. de Corneille (par Dauneau de Vizé). *Paris, Cl. Barbin*, 1663. — Remarques d'estat et d'histoire sur la vie et les services de M. de Villeroy, P. P. M. (par Pierre Mathieu). *Rouen, Thomas Maillard*, 1618, 3 part. en 1 vol. pet. in-12. vél.

La dernière pièce n'a été réimprimée dans aucune édition des Mémoires de Villeroi.

822. L'Histoire du temps, ou le Véritable récit de tout ce qui s'est passé dans le Parlement de Paris, depuis août 1647 jusqu'au mois de novembre 1648 (par Nic. Johannes, sieur du Portail). *Paris*, 1649, pet. in-8, v. br.

823. Journal contenant tout ce qui s'est fait et passé
en la cour de Parlement de Paris, toutes les chambres
assemblées, sur le sujet des Affaires du temps présent
(depuis le mois de juin 1648 jusqu'en juin 1652,
par N. Johannes du Portail). *Paris, Ger. Alliot,*
1648-52, 7 part. en 1 vol. in-4, demi-rel. (manq.
quelq. feuil.; d'autres endommagés).

824. Annales de la Cour et de Paris, pour les années
1697 et 1698, (par Sandras de Courtilz). *Cologne, P.*
Marteau (à la sphère), 1701, 2 vol. pet. in-12, v. f.

Curieuses anecdotes, malgré le peu de crédit qu'on est convenu
d'accorder aux intéressantes compilations de Sandras de Courtilz.

825. Notice historique des Evénemens qui se sont passés dans l'administration de l'Opéra, la nuit du 13 février, par Roullet, pet. in-4, br.

Authographié à petit nombre d'exempl. aux frais de quelques ha-
bitués de l'Opéra, pour empêcher la perte totale de la célèbre bro-
chure de Roullet, relative à l'assassinat du duc de Berry. L'édit. origin. a été vendue 50 fr. chez M. G. de Pixérecourt.

Mémoires particuliers pour servir à l'histoire de France,

826. Mémoires pour servir à l'histoire de France et de
Bourgogne, conten. un journal de Paris sous les règnes de Charles VI et Charles VII (par un Bourgeois
de Paris), l'Hist. du meurtre de Jean Sans-peur, avec
les preuves, les Etats des maisons et officiers des ducs
de Bourgogne, enrichies de notes histor. et généal.,
des lettres de Charles le Hardy et plus. autr. monum. très utiles pour l'hist. du 14ᵉ et 15ᵉ siècles (publ.
par la Barre de Beaumarchais, sur les mss. de dom
de Salle). *Paris, J. M. Gandouin,* 1729, in-4, v. br.

Le *Journal du Bourgeois de Paris* n'a été réimprimé qu'une fois
par M. Buchon et aussi fautivement que dans cette édition qui se recommande surtout par les pièces qu'elle renferme, notamment par
l'Hist. du meurtre de Jean de Bourg. et les *Estats* de la maison des
ducs de Bourgogne.

827. Mémoires de Pierre de Fenin, sous les règnes de Charles VI et Charles VII (1407-1427), nouv. édit. publ. sur un ms. en partie inédit, avec annot. et éclairc., par Mlle Dupont. *Paris, Jules Renouard,* 1837, gr. in-8, br.

828. Mémoires de Philippe de Comines, seigneur d'Argenton., nouv. édit. revue sur plus. mss., enrichie de notes, avec un recueil de traités, lettres, contrats et instructions, etc., par Denis et Jean Godefroy, augm. par l'abbé Lenglet du Fresnoy. *Londres (Paris, Rollin),* 1747, 4 vol. in-4, fig, v. m.

Quelque édition de Comines qu'on publie désormais, celle-ci restera la meilleure à cause de l'immense recueil de pièces qu'elle contient et qui ne formerait pas moins de 6 volumes in-8 ; on y trouve, en outre, la *Chronique scandaleuse* de Jean de Troyes, le *Cabinet de Louis XI,* par Tristan l'Hermite, les *Additions* de Naudé, etc. Lenglet Dufresnoy a extrait tout ce qui était utile et curieux dans le ms. de l'abbé Le Grand, conservés à la Bibl. du Roi.

829. P. H. Cominæi, equitis, de Carolo octavo, Galliæ rege, et Bello Neapolitano Commentarii, J. Sleidano interprete ; accessit brevis quædam explicatio rerum et autoris Vita. — Cl. Sesellii, de Republ. Galliæ et regum officiis, libri II, J. Sleidano interpr. *Argentorati,* 1548, 2 part. en 1 vol. in-8 , mar., v., fil.

830. Histoire générale des Guerres de Piedmont, Savoye, Montferrat, Mantoue et duché de Milan, commençant aux Mémoires du sieur de Villars, depuis 1550 jusqu'en 1562 ; continuée jusques à la levée du siège de Casal ; ensemble la généal. des ducs de Savoye (par Cl. Malingre). *Paris, J. Guignard,* 1630, 2 vol. in-8, v. br.

On n'a pas réimprimé dans les collect. de Mém. la continuation de Malingre, quoiqu'elle ne soit pas moins curieuse que les Mém. de Villars.

10

831. Les Mémoires de Michel de Castelnau, seigneur de Mauvissière, illustrez et augm. de plus. commentaires et manuscrits, tant lettres, instructions, traitez, qu'autres pièces secrettes et originales..., avec l'hist. généal. de la maison de Castelnau, par J. Le Laboureur; nouv. édit. augm. de plus. mss. *Bruxelles, J. Léonard*, 1731, 3 vol. in-fol, portr., v. éc.

Les Mémoires de Castelnau, qui sont seuls réimprimés dans les Collect., n'occupent pas la sixième partie de cet ample recueil.

832. La Fortune de la Cour, ouvrage curieux tiré des Mémoires d'un des principaux conseillers du duc d'Alençon, frère du roy Henry III (par Pierre de Dampmartin ou plutôt le sieur de La Neuville). *Paris, N. de Sercy*, 1642, in-8. v. f..fil.

Omis dans les collect. de Mémoires.

833. Mémoires pour servir à l'histoire de France (par P. de l'Estoile), conten. ce qui s'est passé de plus remarquable dans ce royaume depuis 1515 jusqu'en 1611 (publ. par J. Godefroy, avec les notes de Dupuy). *Cologne, Hérit. de Heman Demen*, 1719, 2 vol. in-8, fig., v. br.

Cette édition est l'indispensable complément de toutes celles des Journaux de l'Estoile, puisque Godefroy s'est servi de divers journaux inédits qu'il a cousus ensemble sous le nom de l'Estoile et qu'on ne retrouve pas dans les véritables manuscrits de ce dernier.

834. Journal de Henri III, ou Mémoires pour servir à l'hist. de France, par Pierre de l'Estoile, nouv. édit., accomp. de remarq. histor. et de pièces manuscr. les plus curieuses (par Lenglet Dufresnoy). *La Haye (Paris, Ve P. Gandouin)*, 1774, 5 vol. in-8, fig., v. m. — Journal du règne de Henry IV, par le même, avec des remarq. histor. et polit. du cheval. C. B. A. (le P. Bouges), et plus. pièces hist. du même temps. *La*

Haye, Vaillant (Paris), 1741, 4 vol. in-8, portr., v.
éc., fil.

Les édit. nouvelles sont bien préférables pour le texte, mais aucune ne peut remplacer celle-ci à cause du grand nombre de notes et de pièces originales de tout genre qu'elle renferme.

835. Registre-journal de Henri III, publ. d'après le ms.
autogr. de Lestoile (*sic*) presque entièrement inédit,
par Champollion - Figeac et Aimé Champollion. —
Registre-journal de Henri IV et Louis XIII, publ.
d'après le ms. autogr. en partie inédit, par les mêmes.
Paris, Ed. Proux, 1837, 2 vol. gr. in-8, br.

La découverte du ms. autogr. du Journal de Henri III, qu'on croyait perdu depuis plus d'un demi-siècle, et qui est trois fois plus étendu que le texte des anciennes éditions, a été une bonne fortune pour l'histoire de France. Quant au journal de Henri IV, déjà publié avec soin par M. de Monmerqué, dans la collect. Petitot, MM. Champollion y ont ajouté des passages fort curieux pour la bibliographie, que le précédent éditeur avait négligés afin de ne pas trop grossir les 4 volumes de son édition.

836. Les Mémoires d'Estat de Philippe Hurault, comte
de Chiverny, chancelier de France, avec une Instruction à son fils, ensemble la généalogie de la maison
des Huraults, etc., (publ. par I. D. M. S. D. L. M., hé-
rault d'armes). *Paris, P. Billaine*, 1636, 2 part. en 1
vol. pet. in-4, m. br.

Les éditeurs des collect. de Mém., en réimpr. ceux du chancelier de Chiverny, ont laissé de côté ses *Instructions à son fils*, et sa généalogie.

837. Mémoires d'Etat, par M. de Villeroy (publ. par Auger de Mauléon et Dumesnil-Basire). *Amsterdam (Paris), aux dép. de la Comp.*, 1665, 4 vol. pet. in-12, v. m.

On n'a pas réimprimé dans les coll. de Mémoires les trois derniers volumes contenant les pièces justificatives.

838. Nouveaux Mémoires du maréchal de Bassompierre,
recueill. par le prés. Hénault, pour servir de suite aux

Mém. imprimés, publ. par l'édit. de l'*Etabl. des Franç. dans les Gaules* (Serieys). *Paris, madame Devaux,* 1803, in-8, br.

Omis dans toutes les collect. de Mém., malgré la valeur réelle de ces fragmens histór. qui pourraient bien être d'une autre main que celle de Bassompierre.

839. Mémoires et lettres de Henri, duc de Rohan, sur la guerre de la Valteline, publ. pour la première fois avec des notes, par le baron de Zur-Lauben. *Genève, (Paris), Vincent,* 1758, 3 vol. in-12, portr., v. éc.

Omis dans les collect. de Mémoires.

840. Les Mémoires de Beauvais-Nangis, ou Histoire des Favoris françois. *Paris, Cardin Besongne,* 1665, pet. in-12, v. br.

Rare. — Omis dans les collect. de Mém. — Contient des *Remarques* (crit.) sur les hist. de Davila et de Bentivoglio.

841. Mémoires d'un Favory de S. A. R. monsieur le duc d'Orléans (Bois d'Annemets), *Leyde, J. Sambix (Elzev.),* 1670, pet. in-12, m. br.

Rare. — Omis dans les collect. de Mémoires.

842. Mémoires inédits de Louis-Henri de Loménie, comte de Brienne, publ. sur les mss. autogr. par F. Barrière. *Paris, Ponthieu,* 1828, 2 vol. in-8, br.

Les éditeurs de la *Bibl. hist. de la Fr.* indiquent une édition de ces mémoires (*Amsterdam,* 1720, 2 vol.), que le P. Lelong avait cités comme mss.; mais il est certain que cette édition n'a jamais existé et que celle-ci est la première. — Omis dans les collect. de Mém.

843. Mémoires de Henry, dernier duc de Mont-Morency (par Simon Ducros). *Paris, Fr. Mauger,* 1666, pet. in-12, v. br.

C'est le même ouvrage qui avait été publié d'abord en 1643, sous le titre d'*Histoire de la vie de Henry, dernier duc de Montmorency,* in-4.

844. Journal de M. le cardinal de Richelieu, qu'il a faict

durant le grand orage de la Court ès années 1630 jusques à 1644..., avec diverses pièces remarquables. *S. l.* 1649, 3 part. en 2 vol., pet. in-12, v. br.

Omis dans les collect. de Mémoires.

845. Mémoires de M. de Montresor, conten. diverses pièces durant le ministère du cardinal de Richelieu, la Relation de M. de Fontrailles, etc. *Cologne, J. Sambix (à la sphère),* 1723, 2 vol. pet. in-12, v. m. fil. *(aux armes).*

Les mémoires de Montresor qu'on a réimprimés seuls dans les Collect. n'occupent que la moitié du premier volume de cette édition.

846. Mémoires du marquis de Chouppes, lieutenant-génér. des armées du roy (Louis XIII), gouverneur de Belle-Isle, mestre de camp, ambassadeur, etc. (publ. par du Port du Tertre), *Paris, Duchesne,* 1763, 2 part. en 1 vol. in-12.

Omis dans toutes les Collect. Le second volume est presque entièrement rempli par des lettres histor. de la plus haute importance.

847. Les mêmes, de la même édition, 2 vol. in-12, m. m.

848. Mémoires de M. de Monchal, archevêque de Toulouse, conten. des particularitez de la vie et du ministère du card. de Richelieu. *Rotterdam, G. Fritsch,* 1718, 2 tom. en 1 vol. in-12, v. éc.

Omis dans les collect. de Mémoires.

849. Les Historiettes de Tallemant des Reaux, mémoires pour servir à l'hist. du XVIIe siècle, publ. sur le ms. autogr. avec éclaircis. et not. par Monmerqué, de Châteaugiron et Taschereau. *Paris, Alp. Lévavasseur,* 1834, 6 vol. in-8, br.

Ces mémoires, si curieux, si amusans et si vrais, sont évidemment supposés; mais quel est le savant et spirituel auteur de cette supercherie historique ? M. de Monmerqué n'aurait-il pas, de concert avec M. Taschereau qui possède si bien son XVIIe siècle, déterré à la Bibl. du Roi les recueils d'anecdotes de Falconnet, ou bien extrait les mss. de Conrart à l'Arsenal?

850. Mémoires de M. L. C. D. R. (le duc de Rochefort), conten. ce qui s'est passé de plus particulier sous le ministère du card. de Richelieu et du cardin. Mazarin (par Sandras de Courtilz). *La Haye, H. van Bulderen (à la sphère),* 1710, in-12, v. br.

C'est l'ouvrage le plus curieux de Sandraz de Courtilz et le plus romanesque.

851. Mémoires de la minorité de Louis XIV (par le duc de la Rochefoucault), corrigez sur trois copies différentes, avec une préface (par Amelot de la Houssaye). *Amsterdam, aux dép. de la Compagnie (à la sphère),* 1723, 2 vol. pet. in-12, v. br.

Le texte de cette édition diffère beaucoup de celui que les éditeurs des collect. de Mémoires ont suivi malgré la suppression de plusieurs passages.

852. Mémoires du cardinal de Retz, publ. pour la première fois sur le ms. autogr., avec leur complément jusqu'en 1679, d'après les documens origin. par Champollion-Figeac et Aimé Champollion. *Paris, Ed. Proux.* 1837, gr. in-8, br.

M. Champollion, qui a fait réintégrer dans la Bibl. du Roi les mss. autogr. du cardinal de Retz, devait naturellement nous donner une édition complète de ces beaux mémoires tronqués par les anciens éditeurs. Cette édition, si remarquable d'ailleurs par les pièces qui l'accompagnent, est désormais la seule authentique.

853. Les Mémoires de Jacques de Chastenet, seigneur de Puysegur, lieutenant des armés du roy sous Louis XIII et Louis XIV, donnés au public par Du Chesne, avec des Instruct. militaires. *Paris, J. Morel,* 1690, 2 tom. in-12, rel. en 1 vol., portr., v. br.

Omis dans les collect. de Mémoires.

854. Mémoires de M. de Bordeaux, intendant des finances, par M. G. D. C. (G. Sandras de Courtilz). *Am-*

sterdam, *aux dép. de la Comp.* (*Paris, Nyon*), 1758, 4 vol. in-12, v. m.

Exemplaire complet excessivement rare. Les cartons se trouvent à la fin du 4ᵉ volume qui renferme les fameux passages supprimés dans toute l'édition, depuis la page 265. Voy. le *Dict. des Anonym.*

855. Les Mémoires de messire Roger de Rabutin, comte de Bussy. *Paris, J. Anisson,* 1696, 3 vol. in-12, v. br.

On ne comprend pas pourquoi tous les éditeurs de collect. de Mémoires ont oublié ceux-ci, que nous plaçons au nombre des plus remarquables, malgré leurs lacunes, auxquelles l'ouvrage suivant peut suppléer.

856. Discours du comte de Bussy Rabutin, à ses enfans, sur le bon usage des adversitez et les divers événemens de sa vie (et du règne de Louis XIV). *Paris, Rigaud et Anisson,* 1730, in-12, v. éc.

857. Mémoires du marquis de Beauvau, pour servir à l'histoire de Charles IV, duc de Lorraine (par lui-même). *Amsterdam, P. Brunel,* 1712, pet. in-12, v. f.

858. Mémoires de M. de S. H. (Saint-Hilaire), conten. ce qui s'est passé de plus considérable en France, depuis le décès du card. de Mazarin jusqu'à la mort de Louis XIV. *Amsterdam, Arstée et Merkus,* 1767, 4 vol. in-12, v. éc. fil.

859. Mémoires de M. d'Artagnan, conten. quantité de choses particul. et secrètes qui se sont passées sous le règne de Louis-le-Grand (par G. Sandras de Courtilz). *Cologne, P. Marteau (à la sphère),* 1700, 3 vol. in-12, v. br.

Très curieux.

860. Mémoires du comte de Guiche, concern. les Provinces-Unies (publ. par Prosper Marchand). *Utrecht, Vander-Aa,* 1744, 2 vol. in-12, v. m.

Nécessaires à l'histoire de France pour la campagne de 1672.

861. Mémoires de Henri-Charles de la Trémoille, prince de Tarente (publ. par le P. Griffet). *Liège, Bassompierre*, 1767, in-12, v. m.

Omis dans les collect. de Mémoires.

862. Mémoires de la Cour d'Espagne, depuis 1679 jusqu'en 1681, par madame D.... (Jumel de Berneville, comtesse d'Aulnoy). *Lyon, Anisson*, 1693, 2 vol. pet. in-12, m. br.

Ces Mém. contiennent beaucoup de particularités secrètes relatives à l'hist. politique de France.

863. Mémoires du duc de Navailles et de La Vallette, pair et maréchal de France (jusqu'en 1683). *Paris, veuve de Cl. Barbier*, 1701, in-12, v. br.

Omis dans les collect. de Mémoires.

864. Mémoires d'Anne de Gonzagues, princesse palatine (par Senac de Meilhan). *Londres (Paris)*, 1786, in-8, v. m.

865. Mémoires de M. le duc de Montausier, pair de France, écrits sur les Mémoires de madame la duchesse d'Uzès, sa fille, par N... (Le Petit), troisième édit. *Paris, L. Guesneau*, 1736, 2 tom. en 1 vol. in-12, v. m.

On a imprimé à la fin de cette édition *la Guirlande de Julie*.

866. Mémoires de messire Jean-Baptiste de La Fontaine, chevalier, seigneur de Savoie et de Fontenai (par G. Sandras de Courtilz). *Cologne, P. Marteau*, 1699, in-12, v. br.

867. Mémoires et Journal du marquis de Dangeau (depuis le 1er avril 1684, jusqu'au 1er août 1699), publ. pour la première fois sur les mss. originaux avec les notes de Saint Simon (par Paul Lacroix, avec une notice sur Dangeau, par Am. Pichot). *Paris, Mame*, 1830, 4 vol. in-8, br. — Suite manuscrite, préparée

pour l'impression (depuis 1705 jusqu'en 1720), 16 cah.
Cette édition n'ayant pas été continuée, on a détruit les exempl. restans.

868. Abrégé des Mémoires ou Journal du marquis de Dangeau, extr. du ms. original, avec notes hist. et crit., et un abrégé de l'Hist. de la Régence (par madame de Genlis). *Paris, Treuttel et Wurtz*, 1817, 4 vol. in-8, pap. vél., br.

869. Mémoires complets et authentiques du duc de Saint-Simon, sur le siècle de Louis XIV et la Régence, publ. pour la première fois sur le ms. original, par le marquis de Saint-Simon (avec la table des matières, par Th. Delbare). *Paris, Sautelet*, 1829-1830, 21 vol. in-8, br. — Les mêmes, collation. par l'éditeur, sur le ms. autographe (et considér. augm.). *Paris, Eug. Renduel*, 1835, gr. in-8, tom. Ier et uniq., br.
La nouvelle édition de ces Mém. devait être la copie exacte du mss. original.

870. Mémoires du chevalier de Ravanne, page de S. A. R. le duc Régent, et mousquetaire (par de Varenne). *Amsterdam, aux dép. de la Comp.*, 1752, 3 vol. in-18, m. br.

871. Mémoires de la régence de S. A. R. le duc d'Orléans, durant la minorité de Louis XV (par le cheval. de Piossens). *La Haye, G. Van Duren*, 1729, 3 vol. in-12, fig., m. br.
Cette édition offre bien des différences de texte avec l'édition donnée par Lenglet Dufresnoy.

872. Les mêmes, nouv. édit. considérablement augm. (par Lenglet Dufresnoy). *Amsterdam*, 1749, 5 vol. in-18, fig., v. m.
Cette édition est précieuse par les pièces que l'éditeur y a jointes et surtout par ses *Réflexions sur la conspiration du prince de Cellamare*. On y trouve, comme dans la précédente, les caricatures du temps, relatives au système de Law.

872 bis. Mémoires de la minorité de Louis XV (par J.
B. Massillon, évêque de Clermont (publ. par l'abbé
Soulavie). *Paris, Buisson,* 1792, in-8, m. br.

On n'a point admis dans les éditions de Massillon ces curieux
Mémoires dont l'authenticité est assez justement contestée.

873. Mémoires du maréchal duc de Richelieu, pour servir à l'hist. des cours de Louis XIV et de Louis XV,
ouv. compos. dans la bibl. et sur les pap. du maréchal, et sur ceux de plus. courtisans ses contemporains (par Soulavie), deuxième édit. avec des correct.
consid. et des augment. *Paris, Buisson,* 1793, 9 vol.
in-8, cart. plans et portr., dem.-rel. — Suite des
Mém. du maréchal de Richelieu, comp. dans sa bibl.
et sous ses yeux, par J. L. Soulavie, curé de Sevent.
Paris, impr. de la Collect. des mém. du règne de Louis XV,
1791, in-8, cart.

Cette *Suite* n'est pas autre chose que le 5ᵉ volume de la seconde
édition des Mémoires, mais avec une préface curieuse qui nous apprend la discussion de Soulavie avec le libraire Buisson et Senac de
Meilhan. Ces Mémoires, qu'on a le tort de comprendre parmi les
ouvrages supposés, sont formés de pièces très authentiques et très
précieuses, rassemblées réellement par Soulavie dans les papiers de
la maison de Richelieu, où il fut bibliothécaire.

873 bis. Mémoires du ministère du duc d'Aiguillon et
de son commandement en Bretagne (rédig. par le
comte de Mirabeau, et publ. par Soulavie). *Paris, Fr.
Buisson,* 1792, in-8, br. — Mémoires de M. le duc de
Choiseul, écrits par lui-même, et imprimés sous ses
yeux, dans son cabinet à Chanteloup, en 1778 (publ.
par Soulavie). *Chanteloup (Paris, Buisson),* 1790, 2
vol. in-8, v. m.

874. Mémoires du comte de Maurepas, ministre de la
Marine (par Sallé, son secrétaire; publ. par Soulavie),

troisième édit. avec onze caricatures du temps. *Paris,*
Buisson, 1792, 4 vol. in-8, fig. br.

875. Mémoires de M. le baron de Besenval, écrits par
lui-même, impr. sur son ms. origin. et publ. par son
exécuteur testamentaire (le vicomte de Ségur), conten.
beaucoup de particul. et d'anecdotes sur les règnes
de Louis XV et Louis XVI, précéd. d'une notice.
Paris, Buisson, 1800-1806, 4 vol. in-8, portr., br.

Ces mémoires, quoique désavoués publiquement par la famille
du baron de Besenval, sont pourtant bien authentiques.

876. Mémoires de M. le duc de Lauzun (jusqu'en 1783).
Paris, Barrois, 1822, in-8, v. rac.

877. Mémoires du comte de Montlosier, sur la Révolution française, le Consulat, l'Empire, etc. *Paris, Du-*
fey, 1830, 2 vol. in-8, br.

Il n'a paru que ces deux volumes.

878. Mémoires de Brissot, membre de la Convention,
sur ses comporains, et la Révol. franç., publ. par son
fils, avec notes par F. de Montrol. *Paris, Ladvocat,*
1830-32, 4 vol. in-8, br.

879. Le Mémorial de Sainte-Hélène, par le comte de
Las-Cases, suiv. de Napoléon dans l'exil, par Oméara.
Paris, A. Desrez, 1836, 2 vol. gr. in-8, fig., br.

Recueils de pièces originales relatives à l'His-toire de France.

880. Ms. Catalogue de pièces rares, relat. à l'Hist. de
France, in-4, demi-rel.

881. Recueil de plus. harangues, remonstrances, dis-
cours et advis d'affaires d'estat de quelq. officiers de la
Couronne..., faict par Jean de Lannel. *Paris, V° Abr.*
Pacard, 1622, pet. in-8, vél.

Rare. — Contient la *Harangue du comte de Brissac aux Estats*

*de Blois, Advis donné au duc de Mayenne pour le faire revenir en l'o-
béissance du roy, Testament du duc d'Anjou, Discours de l'enterre-
ment de Charles IX*, etc.

882. Recueil de divers mémoires, harangues, remonstrances et lettres servant à l'hist. de nostre temps (recueill. par J. de Lannel, ou plutôt Auger de Mauleon
de Grenier. *Paris, P. Chevalier*, 1623, in-4, vél.

De tous les recueils de pièces historiques, celui-ci est le plus rare.
Il contient l'arrêt de Jacques Cœur que Borel n'avait publié qu'en
partie et la plupart des actes du procès de Charles de Bourbon, connétable de France, et de ses complices. Voyez l'énumération, bien incomplète, des autres pièces dans *Bibl. hist de la Fr.*, qui
désigne ce recueil comme la seconde édition du précédent, faute gros-
sière empruntée au *Dictionn.* de Pr. Marchand. La plupart de ces
pièces n'ont jamais été réimprimées.

883. Meslanges historiq., ou Recueil de plus. actes,
traictez, lettres missives, etc., qui peuvent servir à
l'hist., depuis l'an 1390 jusqu'en 1580 (publ. par Camusat). *Troyes, Noel Moreau*, 1619, pet. in-8, v. m.

On lit sur le titre de cet exemplaire : *Ex dono domini Laboureur,
prioris de Mirebel*, etc., GUICHENON. Les Mémoires militaires de
Mergey sont la seule pièce de ce recueil, qu'on ait reproduite dans
les Collect., où l'on aurait dû admettre au moins ceux du sieur de
Taix sur les Etats de Blois.

884. Recueil A B C D, etc. (publié par Pérau, de Querlon, Mercier de Saint-Léger, de la Porte, Barbazan
et Gouville). *Fontenoy, Bruxelles (Paris)*, 1744-72,
24 tom. en 12 vol. in-12, v. m.

La plupart des pièces publiées pour la première fois ou réimprimées dans cette collection regardent la Ligue, la régence de Marie
de Médicis et le règne de Louis XIII. Ce très bon recueil dispense
de rechercher une foule de pamphlets et de relations, rares et
chers.

885. Curiosités historiques, ou Recueil de pièces utiles
à l'Hist. de France, et qui n'ont jamais paru. *Amsterdam*, 1759, 2 vol. pet. in-12, v. m.

Ce recueil, qui s'étend depuis 1589 jusqu'en 1713, contient, en-

tre autres pièces, *Discours des rangs et préséances, Relation du duel
des ducs de Beaufort et de Nemours, Dernières paroles du maréchal
de Fabert, Procès fait au cadavre de frère Jacques Clément, Mémoire
des choses qui se sont passées à la mort de Louis XIII, Lettre sur la
Pucelle,* etc.

886. Pièces fugitives pour servir à l'Hist. de France,
avec des notes hist. et géogr. (par le baron d'Aubais
de Baschi). *Paris, Hug. Dan. Chaubert,* 1759, 3 vol.
in-4, v. m.

Excellent recueil, formé par le baron d'Aubais d'après les mss.
de sa précieuse bibliothèque aujourd'hui dispersée. Les éditeurs de
Collect. n'ont emprunté à ce Recueil que quelques Mémoires de peu
d'étendue : ils ont eu le tort de négliger les plus intéressans, tels
que ceux de Louis de Perrussis sur les guerres de Provence et de
Languedoc au XVIe siècle ; ceux de Baltazar sur la guerre de
Guyenne; ceux du baron d'Ambres sur la Ligue en Languedoc, etc.,
les généalogies sont très bonnes, et la Chesnaye des Bois a laissé
quelques notes sur cet exemplaire. Mais le morceau le plus utile de
cette collection est l'*Itinéraire des rois de France,* qui manque à
l'*Art de vérifier les dates* et que j'ai entrepris de compléter pour
aider les études historiques.

887. Collection de documens inédits, concernant l'Hist.
de la Belgique, publ. par L. P. Gachard. *Bruxelles,
L. Hauman,* 1833, 2 vol. in-8, br.

La plupart de ces documens concernent l'histoire des ducs de
Bourgogne et de la France, au XVe siècle.

888. Bulletin de la Société de l'Hist. de France ; Revue
de l'histoire et des ant. nationales (rédig. par Jules
Desnoyers et les sociétaires), *Paris, J. Renouard,* 1835,
2 vol. en 12 liv. (tom. 3 et 4), br.

Le tom. 4 ne renferme que des pièces originales inédites, poésies,
chartes, relations, lettres, etc.

889. Ms. Analyse détaillée d'un grand nombre de
Chartes, concernant l'Histoire générale de France
(1200-1293), in-fol. de 194 pag., dos de mar.

890. Ms. Chartes originales (60), relatives soit aux

guerres de Flandre et de Languedoc , soit à divers
échanges et cessions de territoire faits par les rois Philippe-le-Bel Louis-Hutin et Philippe-le-Long (1286-
1318), la plup. avec sceaux. En 1 vol. in-fol. dos de mar.

891. **Ms. Chartes originales (312), relatives à différentes provinces, et à l'Hist. des guerres du temps
(1301-1302), la plup. avec sceaux. En 2 vol. in-fol.,
dos de mar.**

892. Histoire (et Recueil de pièces) du Différend d'entre
le pape Boniface VIII et Philippe-le-Bel , roy de
France ; ensemble le procès criminel fait à Bern.
évesque de Pamiez , l'an 1295, le tout justif. par les
actes et mémoires pris sur les origin. (par P. Dupuy).
Paris, Sébas. Cramoisy, 1655, in-fol., v. gr.

L'hist. n'occupe pas plus de 40 p., mais les pièces qui la suivent
sont si précieuses, qu'on ne se plaint pas de la brièveté de l'introduction.

893. **Ms. Chartes originales (184) concernant l'Hist.
de France (1326-1339), la plup. avec sceaux. En 1 vol.
in-fol., dos de mar.**

894. **Ms. Chartes originales (132) concernant l'Hist.
générale de France (1340-1347), la plup. avec sceaux.
En 1 vol. in-fol., dos de m.**

895. Recueil de diverses pièces servant à l'Histoire du
Roy Charles VI, avec un discours qui sert d'instruction et d'inventaire des matières qu'il contient, dont
il n'est pas fait mention dans l'histoire, par Besse. *Paris , Ant. de Sommaville* , 1660 , pet. in-4 , v. m., fil.
(*aux armes*).

Rare. — La plupart de ces pièces intéressent l'histoire du Languedoc et de la Guyenne. C'est le complément nécessaire des historiens de Charles VI, publ. par D. Godefroy.

896. **Ms. Chartes originales (83), relatives au règne de
Charles VI (1382 - 1421), la plup. avec sceaux. En
1 vol. in-fol., dos de mar.**

897. Ms. Chartes originales (83), concernant l'histoire du règne de Charles VI (1382 - 1421), la plup. avec sceaux. En 1 vol. in-fol., dos de mar.

Un grand nombre de ces pièces sont importantes pour l'histoire des Troubles de Paris, et de la querelle des Armagnacs et des Bourguignons.

898. Ms. Chartes originales (224) pour servir à l'histoire du temps (1404-1422), la plup. avec sceaux. En 1 vol. in-fol., dos en mar.

Ces choses sont principalement relatives à des missions données par Charles V, et les duc d'Orléans à des gentilshommes de leurs maisons; ce recueil est aussi très important pour l'histoire des familles.

899. Ms. Chartes originales (30), relatives au règne de Charles VII (1430 - 1450), la plup. avec sceaux. En 1 vol. in-fol., dos de mar.

On y trouve divers états des dépenses de la maison du duc Charles d'Orléans, signées de sa main. Précieux pour l'histoire des usages et pour celle des familles.

900. Ms. Recueil de 130 pièces et Chartes originales (1471 - 1497). En 1 vol. in-fol., dos de mar.

Ce volume renferme des pièces fort intéressantes, soit pour l'étude de la vie privée et des usages du XVe s., soit pour l'hist. des familles.

901. Ms. Chartes originales (48) des règnes de Charles VII, Louis XI et Charles VIII (1452 - 1498). En 1 vol. in-fol., dos de mar.

On y trouve des pièces signées de Gaston de Foix, et un grand nombre de titres relatifs aux événemens et aux hommes célèbres de cette époque.

902. Ms. Pièces et titres originaux (37), relat. à l'Histoire de France (1507-1556). En 1 vol. in-fol., dos de mar.

Il s'y trouve des pièces importantes émanées des rois Louis XII et François Ier, de Maximilien Sforce, de Ferdinand, roi de Hongrie et de Bohême, du maréchal de La Châtre, etc., revêtues de leurs signatures.

903. Lettres et mémoires d'estat des roys, princes, ambassadeurs et autres ministres sous les règnes de François Ier, Henri II et François II ; compos. de pièces originales, la plupart en chiffres, négociations et instructions à nos ambassadeurs et même de minutes de nos roys; par Guill. Ribier (publ. par Mich. Belot), *Blois, I. Hortot*, 1661, 2 vol in-fol., v. br.

Les notes de ce recueil sont d'excellens morceaux d'histoire et de critique.

904. Ms. Pièces originales (21), la plupart sur les affaires publiques de France (1554 - 1660). En 1 vol. in-fol., dos de mar.

On y remarque des lettres importantes, signées, de Henri III et Henri IV, de P. Strozzi, de Chabot, du duc d'Epernon, du prince de Condé, du maréchal de Marillac, etc.

905. Mémoires de Condé, servant d'éclaircissemens et de preuves à l'Histoire de M. de Thou, ouvr. enrichi d'un grand nombre de pièces curieuses, qui n'ont jamais paru (publ. par Secousse), augm. d'un Supplément qui contient la Légende du cardinal de Lorraine, celle de dom Cl. de Guise, les procès de J. Chastel et de Ravaillac (recueill. par l'abbé Lenglet Duresnoy). *Londres (Paris, Rollin); La Haye, P. de Hondt*, 1743, 6 vol. in-4, plans et fig. v. m.

Il serait à souhaiter que nous eussions de pareilles éditions pour tous nos historiens, et cependant celle-ci, véritable chef-d'œuvre d'érudition et de critique, est loin d'être rare et recherchée ! On aurait dû au moins réimprimer dans les Collect. le *Journal* de Pierre Bruslart, depuis 1559 jusqu'en 1569, pour servir de préliminaire aux *journaux* de P. de l'Estoile. Secousse n'a pas publié la Suite des Mémoires de Condé, qu'il avait promise aux souscripteurs de la première partie.

906. Les Mémoires du duc de Nevers, prince de Mantoue, gouverneur et lieutenant-génér. pour les rois Charles IX, Henri III et Henri IV, enrichis de plus. pièces du temps (publ. par Le Roy de Gomberville).

Paris, L. Billaine, 1665, 2 vol., in-fol., portr. v. m. *(aux armes).*

Les éditeurs des collections de Mémoires n'ont réimprimé qu'une seule pièce de ce précieux receuil.

907. Mémoires de la Ligue, conten. les évén. les plus remarq. depuis 1576 jusqu'à la paix en 1598 (recueill. par Sim. Goulard), nouv. édit., augm. de notes crit. et hist. (par l'abbé Goujet). *Amsterdam, Arkstée et Merkus,* 1758, 6 vol. in-4, v. m.

Excellente édition à laquelle il ne manque que d'être plus recherchée.

908. Advertissement aux serviteurs du roy sur la Supplication adressée à Sa Majesté pour se faire catholique, 1591. — Epistre des Liégeois, tirée du second tome des Conciles impr. à Cologne, contre le Pape Paschal, second de ce nom, environ l'an de salut mil cent sept. *Tours, J. Mettayer,* 1591. — Response aux articles du Conciliabule tenu à Chartres, par aucuns peuples politiques, le 21 septembre 1591, par H. D. V. I. C. *Paris, G. Bichon,* 1591. — Manifeste de ce qui se passa dernièrement aux Estats-généraux entre le clergé et le tiers-état, 1615. — Déclaration et confession de foy, faicte par Monseigneur de Candale dans le synode des Eglises réformées des Cevennes et Gevauldan, assemblez en Alez, le 10 janvier 1616. *Nismes, J. Vaguenar,* 1616. — Mandement de Monseign. l'évesque de Paris, pour l'Oraison des Quarante-Heures durant quarante jours et quarante nuicts, afin d'implorer la sapience divine sur la personne sacrée du Roy et de son conseil, etc. *Paris, F. Jalliot,* 1617. — Harangue faicte au Roy par les députés du Synode national des Eglises réformées de France, avec la response de Sa Majesté, le 27 may 1617. *La Rochelle,*

P. de la Croix, 1617. — Articles presentez au Roy,
de la part des princes, ducs, pairs, officiers de la couronne, etc., depuis la détention du prince de Condé,
1616. — Déclaration des maires, eschevins, pairs et
bourgeois de la ville de La Rochelle, etc., 1616. —
La protestation faicte par M. de Pernon (*sic*) envers
son Démon, 1616. — La Résolution et triomphe de
la paix faicte entre le Roy et nosseigneurs les princes.
Paris, Al. Saugrain, 1616. — Discours véritable de ce
qui s'est passé entre les deux armées du roy d'Espagne
et celle du duc de Savoye, avec le dénombrement
des morts et des blessez, etc. *Chamberi, Marc Debois*,
1616. 10 pièces en 1 vol. pet. in-8., v. m.

909. Mémoires de Philippe de Mornay, seigneur du
Plessis-Marly, seign. de la Forest-sur-Sèvres, etc. :
Cont. divers discours, instructions, lettres et dépesches
par luy dressées ou escrites aux roys, reines, princesses, seigneurs et plusieurs grands personnages de
la chrestienté, depuis 1572 jusques à l'an 1623 (mis
en ordre et publié par Jean Daillé). *Jouxte la copie
impr. à la Forest, par Jean Bureau*, 1626-28. *Amsterdam, Louis Elzevier*, 1651-52, 4 vol. in-4, v. br.
Rare. — La nouvelle édit. donnée par M. Auguis, en 15 vol. in-8,
n'est pas préférée à celle-ci, malgré beaucoup d'additions.

910. Remonstrances très humbles au roy de France et
de Pologne, Henry, III° du nom, par un sien fidèle
officier et sujet, sur les désordres et misères de ce
Royaume... (par Nicolas Rolland). *S. l.*, 1588. — Premier et second livre des Dignitez, magistrats et offices
du royaume de France, auxquels est de nouveau ad-
jousté le trois. livre (Comp. en latin et trad. en franç.,
par Vincent de La Loupe.) *Paris, Guill. le Noir*, 1564.
— Déclaration du Roy sur la régence de la Reyne.

Paris, A. Estienne et Rocolet, 1643, 3 tom. en 1 vol. pet. in-8, vél.

Le *Livre des Dignitez* est rare.

911. Le Recueil des excellens et libres Discours sur l'estat présent de la France (depuis 1585 jusqu'en 1606) par Michel Hurault, Antoine Arnault, etc.). *S. l.* 1606, 6 part. en 1 vol., pet. in-12, v. m.

Édition la plus complète.

912. Recueil de plusieurs pièces servant à l'Hist. modèrne. *Cologne, P. du Marteau (Holl., Elzev.)*, 1663, pet. in-12, v. br.

Contient : *Discours d'une trahison tramée contre Henri IV, en 1604; Négociation faite à Milan avec le prince de Condé, en 1609; la Retraitte de Monsieur en France, et son retour; Memoire de ce qui s'est passé dans l'affaire de M. le Grand,* etc.

913. Documens historiques, relat. à l'Hist. de France, tirés des archives de Strasbourg (concern. les règnes de Louis XIII et de Louis XIV), par Ant. de Kentzinger. *Strasbourg, Levrault*, 1818, in-8, demi-rel.

914. Ms. Liasse considérable de Titres, concern. le règne de Louis XIV.

La plupart sont des lettres originales du roi et des secrétaires d'état de Torcy et de Barbesieux, au duc de la Feuillade, gouverneur du Dauphiné, et à M. Pucelle, président au parlement de Grenoble.

915. Nouveau Siècle de Louis XIV, ou Poésies, anecdotes du règne de ce prince, avec des notes histor. (publ. par Sautereau de Marsy). *Paris, Buisson*, 1793, 4 vol. in-8, br.

Cet ouvrage curieux a été extrait du Recueil de Chansons annotées, que le comte de Maurepas avait fait rassembler à grands frais et qui est maintenant parmi les mss. de la Bibl. du Roi.

916. Pièces inédites sur les règnes de Louis XIV, Louis XV et Louis XVI, conten. des mém., des notices histor., et des lettres de Louis XIV, de mad. de Maintenon, des maréch. de Villars, de Berwick et

d'Asfeld, etc., et la Chronique scandaleuse de la cour
du Régent, etc., écrite par le duc de Richelieu (publ.
par Soulavie). *Paris, Léop. Collin*, 1809, 2 vol. in-8,
demi-rel.

C'est le plus curieux des ouvrages de Soulavie, qui donne, à la fin,
un aperçu de sa fameuse collect. de gravures, enlevée à sa mort par le
Gouvernement et déposée aux archiv. des Affaires étrangères.

917. Recueil de différentes choses, par le marquis de
Lassay (publ. par l'abbé Pérau). *Lausanne, M.-M.
Bousquet*, 1756, 4 vol. in-12, v. m.

918. Mélanges historiques, satiriq. et anecdot. de M. de
B... (Bois) Jourdain, couten. des détails ignorés sur
la fin du règne de Louis XIV, les premières années
de celui de Louis XV, et la Régence. *Paris, Chevre et
Chanson*, 1807, 3 vol. in-8, br.

Ces mélanges sont extraits du Recueil manuscrit des Chansons,
formé par le comte de Maurepas.

919. Ms. Recueil de pièces (en vers et en prose, satyr.
comiq., hist., polit., etc.), 1735, 5 vol. in-4, v. f.,
fil., d. s. tr.

Recueil curieux de chansons et d'épigrammes, dans le genre de
celui du comte de Maurepas, que possède la Bibl. du Roi; ce recueil,
beaucoup moins étendu, il est vrai, présente un assez bon choix de
pièces depuis la fin du 17e siècle, jusqu'au ministère du cardinal de
Fleury : on voit qu'il a été composé et écrit avec soin.

920. Tableaux de genre et d'histoire, peints par différ.
maîtres, ou Morceaux inéd. sur la Régence, la jeunesse de Louis XV, et le règne de Louis XVI, recueill.
et publ. par F. Barrière. *Paris, Ponthieu*, 1828, in-8,
br. — Annuaire anecdotique, ou Souvenirs contemporains (extr. du *Figaro*, du *Corsaire*, de la *Pandore*,
etc.). *Paris, Ch. Béchet*, 1829, in-18, br.

M. F. Barrière doit être l'auteur de quelques uns des morceaux, fort spirituels d'ailleurs, qu'il attribue à des contemporains.

Recueils de pièces parmi lesquelles on en trouve beaucoup pour servir à l'Histoire de France.

921. Bibliotheca patrum Cisterciensium, idest Opera abbatum et monachorum ordinis cisterciensis, qui sæculo S. Bernardi seu paulo post ejus obitum floruerunt, in unum corpus collecta, labore et studio F. Bertrandi Tissier. *Bonofonte, typis ejusdem cænobii per A. Renesson*, 1661-69, 8 tom. en 4 vol. in-fol., v. br.

Le savant M. Weiss dit, dans la *Biogr. Univ.* de Michaud, à l'art. Tissier : « Ce recueil est très rare; aucun des bibliographes qui le citent, n'avait pu le voir complet. Freitag n'en connaissait que les deux premiers tomes (voyez *Annalecta litteraria*), et Lenglet Dufresnoy (voy. *Méth. pour étud. l'hist.*) n'avait pas pu découvrir les tomes 3, 4 et 5 dans les bibliothèques de Paris. » M. Weiss donne ensuite la description de ce recueil, d'après l'exemplaire de la Bibl. du Roi, qui est maintenant complet, grâce aux recherches de M. Van Praet, dans les dépôts de livres provenant des bibl. de couvens supprimés. Nous ne connaissons pas d'autre exemplaire complet que celui-ci. Cette précieuse collection renferme beaucoup d'ouvrages relatifs à l'histoire de France, qu'on ne trouve que là, tels que les 5 derniers Livres de la chronique de Hélinand, la Lettre de Héribert sur les Vaudois du Périgord, la Chronique d'Otton de Freisingen, etc. La *Bibliotheca patr. Cistercensium* est à peine coté dans la *Bibl. hist. de la Fr.*, sans aucun détail des pièces qu'elle contient, ce qui prouve que le P. Lelong et les derniers éditeurs ne l'avaient pas eue entre les mains.

922. Reliquiæ manuscriptorum omnis ævi diplomatum ac monumentorum ineditorum adhuc ; ex Museo J. P. a Ludewig. *Francofurti et Lipsiæ*, 1720, 3 vol. in-8, fig., v. br.

923. Steph. Baluzii, Miscellanea, novo ordine digesta et non paucis ineditis monumentis opportunisque animadversionibus aucta, operâ J. D. Mansi. *Lucæ, ap. V. Junctinium*, 1764, 4 vol. in-fol., br. en cart.

924. Ms. Recueil de pièces des XVᵉ, XVIᵉ et XVIIᵉ siècles ;

Contenant : 1º Un extrait inédit du Journal de
Louise de Savoye, mère de François Iᵉʳ — 2º Généalogie historique et détaillée des ducs de Bourgogne. —
3º Une copie collationnée de Lettres adressées au Concile de Constance en 1416, par divers princes de l'Europe, et de plusieurs Actes de ce Concile. — 4º Acte de
l'Assemblée Générale des Eglises de France convo-
quée à Saumur, le 27 de mai 1611. — 5º Véritable discours de la naissance et vie, de monseigneur le
prince de Condé jusques à présent (minorité de
Louis XIII), à luy dédié par le seigneur de Vriesbrun.
— Notes en ital. sur la maison Caraffa. — Traité de
la Guerre, adressé au roi par Henry de Bourbon,
prince de Condé.

925. Pièces intéressantes et peu connues, pour servir à
l'Histoire de la littérature, par D. L. P. (de la Place).
Bruxelles (*Paris, Prault*), 1785-90, 8 vol. in-12,
demi-rel.

Le premier volume, qui est sans comparaison le meilleur de tous,
et qui a été tiré des mss. de Duclos, contient un *Extrait du mémorial ou recueil d'anecdotes de M. Duc...*, un *Extr. des mss. de Colbert ; Recit de la conversion de mademoiselle Gauthier, comédienne :
Recit véritable de la naissance des Enfans de France*, par Louise Bourgeois, dite Boursier, sage-femme de Marie de Médicis ; Lettre de Marie
Stuart, la *Façon dont le maréchal de la Force s'est sauvé du massacre
de la Saint-Barthélemy*, etc. Il y a encore dans les autres volumes
quelques bonnes pièces pour l'hist. de Fr.

Pièces satiriques relatives à l'Histoire de France.

926. Le Secret des finances de France, descouvert et
departi en trois livres, par N. Froumenteau (peut-
être Nic. Barnaud). *S. l.*, 1581, 3 part. en 1 vol. pet.
in-8, v. m.

927. Le Cabinet du roy de France, dans lequel il y a
trois perles précieuses d'inestimable valeur (par Nic·

Froumenteau ou Nic. Barnaud). *S. l.*, 1581, 1 vol.
pet. in-8, rel. en 2 , v. br.

Rare.

928. Le Miroir des François, compris en trois livres...
le tout mis en dialogue par Nic. de Montand (Barnaud). *S. l.*, 1582, pet. in-8, v. f. fil.

Rare. — Voy. le *Dict.* de P. Marchand.

929. Satyre ménippée de la vertu du Catholicon d'Espagne, et de la tenue des Estats de Paris (par P.
Pithou, Le Roy, Passerat, etc.), dern. édit., augm.
de nouvelles remarq. et de plus. pièces (par P. Dupuy, Le Duchat et J. Godefroy). *Ratisbonne, hérit. de*
Matthias Kerner (Brux. Foppens), 1709 , 3 vol. in-8,
fig., v. br. (manq. le titre du 1er vol.).

930. Dialogue d'entre le Maheustre et le Manant, conten. les raisons de leurs desbats et questions en ces
présens troubles au royaume de France (par Louis
Morin, dit Cromé). *S. l.*, 1594, pet. in-8, fig., v. br.

931. Les Avantures du baron de Fœneste, par Th.
Agrippa d'Aubigné, nouv. édit. augm. de Remarq.
histor. et de l'Hist. secrète de l'auteur, etc. *Amster-*
dam, 1731, 2 vol. in-12, v. br.

Rare. — Les Mémoires d'Agr. d'Aubigné, regardent l'hist. générale
de son temps; les *Aventures de Fœneste*, l'hist. satirique des mœurs.

932. La Conjuration de Conchine (par Michel Thevenin).
Paris, P. Rocolet, 1618, pet. in-8, vél.

Rare.

933. La Chronique des Favoris (par Langlois, dit Fan-
can). — Apologie (pour le connét. de Luyne) ou Response à la Chronique des Favoris, 1622. — L'Horoscope du Conestable , avec le Passe - partout des
Favoris , 1622. — La Magie des Favoris. En tout 4
pièces en 1 vol. pet. in-8, v. m.

Édit. originales, rares.

934. La Chasse aux Larrons ou Establissement de la Chambre de Justice, par J. Bourgoin. *Paris*, 1625, in-8, fig. v. m.

935. Le Soldat françois (par P. de l'Hostal). *S. l.*, 1604. — Le Pacifique ou l'Anti-soldat françois (par le Sr du Souhait). *S. l.*, 1604. — Response du Roy au Soldat. *S. l.*, 1604. — Les Plaintes de la captive Caliston à l'invincible Aristarque (Henri IV), par Colomby. *S. l.*, 1605. — La Responce de maistre Guillaume au Soldat françois. *S. l.*, 1605 — Response au Discours fait sur la Response de Me Guillaume. *S. l.*, 1605. — La Réplique modeste sur la Resp. de Me Guillaume. *S. l.*, 1605. — Appointement de querelle faict par Mathurine entre le Soldat et Me Guillaume. *S. l.*, 1605. — La Rencontre de Piedaigrete avec Me Guillaume. *S. l.*, 1685. Le Lunatique à Me Guillaume. *S. l.*, 1605. — Les Cent sortes de Vin de Court. — Discours fait au Roy par Mathault. — Joyeuse Arrivée et Retour de Me Guillaume, etc. Ensemble, 20 pièces en 1 vol. pet. in-8. vél.

Après la Ligue, maître Guillaume devint la personnification populaire du bon sens et de la malice du peuple français, de même que le célèbre Mayeux après la Révolution de Juillet. Agrippa d'Aubigné doit avoir souvent donné carrière à sa verve satirique, sous le nom de maître Guillaume.

936. Chant (le) du Coq françois, prophéties d'un hermite allemand. — Recueil de diverses révélations, faict et compilé par cet hermite (par Jacq. Baret). *Paris, Denys Langlois*, 1621, pet. in-8, v. m.

937. Recueil des pièces les plus curieuses qui ont esté faites pendant le règne du connestable de Luyne. 4e édit. augm. *S. l.*, 1632, pet. in-8, vél.

La meilleure édit. — Quelques unes de ces pièces sont du cardinal de Richelieu, qui n'était encore qu'évêque de Luçon.

938. Le Mars françois ou la Guerre de France, en laquelle sont examinées les raisons de la justice prétendue des

armes et des alliances du Roi de France, par Alexandre Patricius Armachanus (Jansenius, trad. du lat.
par Ch. Hersent). S. l. 1637, pet. in-8, mar. r. d. s. tr.

939. Catolicon françois ou Plaintes de deux chasteaux
(Vincennes et Bicêtre), rapportées par Renaudot,
maistre du Bureau d'Adresse. — Dernier advis à la
France par un bon chrestien et un fidèle citoyen. —
Le Prophète françois. — Les Justes plaintes de l'Hol-
landois catholique et pacifique. — L'Esprit bienheu-
reux du mareschal de Marillac à l'Esprit malheureux
du card. de Richelieu. — Manifeste pour la Maison
d'Austriche. En tout 4 pièces en 1 vol. pet. in-8, v. m.
Rares.

940. Le Tableau de la vie et du gouvernement de
MM. les cardinaux Richelieu et Mazarin et de M. Colbert..., avec un recueil d'épigr. sur la vie et la
mort de Fouquet. Cologne, P. Marteau, 1693, in-12,
v. br.

Ce recueil curieux est terminé par le poëme de *Paris ridicule*, dont
l'auteur Petit fut *brillé* (brûlé) en Grève. Les *épigrammes* relatives à
Fouquet sont importantes : Voy. ma dissert. sur l'*Homme au masque
de fer.*

941. MAZARINADES, recueil de pièces satiriques contre le
cardinal Mazarin (1649 - 1657), (par de Sandricourt,
Mézeray, Scarron, du Bosc Montandré, le chev. de
La Vallette, Du Crest, etc.) 57 vol. in-4 avec un grand
nombre de portraits, v. br.

Ce précieux recueil, formé de plusieurs réunis, est un des plus
considérables qu'on ait vu passer dans les ventes; il contient au moins
3,000 pièces (avec beaucoup de doubles, il est vrai), dont presque
toutes les rares, savoir :

*La pure Vérité cachée, De Profundis de Mazarin, Lettre de la petite
Nichon, la Guerre civile, en vers burlesques, Décalogue en françois, Lamentation de la Durier, Plainte du Carnaval, la Juliade, ou
Jules démasqué, Récit de ce qui s'est passé à Rome, le Roy des Frondeurs, Triolets royaux, Burlesque festin, le Jeu de dames, Gouverne-*

ment présent, *les Visages qui se démontent, Ballet Mazarinique, Ballade sur le jeu du hoc, le Piquet de la Cour, Élégie des culs de la Cour, le Trictrac de la Cour, l'Enfer burlesque, la Barbe, les Caquets et entretiens de l'Accouchée, Ruade d'un poulain, Ballet dansé par Mazarin, Naissance d'un monstre espouvantable, le Jeu du dé, le Retorquement du foudre de Jupinet contre les démons méridionaux, la Mathurinade, la Robe sanglante de Mazarin, Vie et mœurs de Mazarin, l'Horoscope de Mazarin*, etc., etc.

942. Jugement de tout ce qui a esté imprimé contre le cardinal Mazarin depuis le sixième janvier jusqu'à la déclaration du premier avril mil six cent quarante-neuf (par Gabr. Naudé). *S. l. s. a.*, in-4. de 718 pag., br.

Rare de cette édit.

943. Le Politique du temps, ou le Conseil fidèle sur les mouvemens de la France (par le baron Fr. de Lisola). *Charle-Ville, L. François (à la sph.),* 1671, pet. in-12, v. br.

944. Histoire de la décadence de la France, prouvée par sa conduite. *Cologne, P. Marteau (à la sph.),* 1687, pet. in-12, cart. — Le même ouvrage, d'une autre édit. *Col. P. Marteau (à la sph.),* 1687, in-12, v. br.

945. Les Soupirs de la France esclave, qui aspire à la liberté (10 mémoires, attrib. à Le Vassor et publ. par Jurieu). *S. l. (Holl.),* 1689, in-4, demi-rel., non rogné.

Ce Pamphlet, qui paraissait par Mémoires séparés, est très rare, surtout de cette condition.

946. La Cour de France Turbanisée et les Trahisons démasquées, par L. B. D. E. D. E. *La Haye, Jacob van Ellinckhuysen,* 1690, pet. in-12, v. br.

947. Les Heures Françoises, ou les Vêpres de Sicile et les Matinées de la Saint-Barthélemy. *Amst., Ant. Michils (à la sph.),* 1690, pet. in-12.

On ne connait que deux ou trois exempl. de cet ouvrage; mais celui-ci est incomplet de 16 pages.

948. Recueil de pièces (Pasquinades) sur les Affaires du temps, par Eustache Le Noble. *Hollande*, 1689-91, 43 pièces en 7 vol. in-12, v. br.; contenant : Le Cibisme. — Le Songe de Pasquin. — Couronnement de Guillemot. — Le Festin de Guillemot. — La Chambre des Comptes d'Innocent XI. — La Fable du Baudet. — La Pierre de Touche politique, 5 pièces. — Le Renard pris au Trébuchet. — Le Renard démasqué. — Midas. — etc.

949. L'Alcoran de Louis XIV, ou le Testament (*sic*) politique du card. J. Mazarin, trad. de l'ital. (attrib. à G. Sandras de Courtilz). *Roma, Anth. Maurino*, 1695, pet. in-12, v. gr.

Rare. — Les derniers feuillets refaits à la plume.

950. Le véritable portrait de Guillaume-Henry de Nassau, nouvel Absalon, nouvel Hérode. nouveau Cromwel, nouveau Néron (par A. Arnauld). *S. l. s. a.* (*Paris*, 1689). — Histoire de Pantagruel (par Lesconvel). *Amsterdam, Guil. Blaeu* (*à la sphère*), 1695, 2 tom. en 1 vol. in-12, v. br.

Ce second ouvrage n'est que le roman de Lesconvel, intitulé dans d'autres éditions *les Effets de la jalousie* et *la Comtesse de Chateaubriant*. Les exemplaires, avec le titre d'*Histoire de Pantagruel*, sont très rares et témoignent d'une supercherie de libraire qu'on a trop répétée depuis.

951. Entretien (premier, second et troisième) de Colbert, ministre et secrétaire d'estat, avec Bouin, fameux partisan (par G. Sandras de Courtilz). *Cologne, P. Marteau* (*à la sphère*), 1701, 3 part. en 1 vol. in-12, v. br.

952. Les Aventures de Pomponius (Philippe d'Orléans, régent), chevalier romain, ou l'Hist. de notre temps (par le P. Labadie). *Rome, hérit. de Ferrante Pallavicini,* (*à la sphère*), 1725, in-12, v. br

La Clef se trouve dans le *Ducatiana*.

953. Mémoires pour servir à l'hist. de la Calotte (par l'abbé de Margon, Aymon, Gaçon, Desfontaines, etc.). *Basle , hérit. de Brandmyller*, 1725, 1 part. en 1 vol. in-12, musiq., v. m.

954. Mémoires secrets pour servir à l'histoire de Perse (France), (par Pecquet ou plutôt Voltaire?), nouv. édit. (avec la clef) *Amsterdam, aux dép. de la Comp.*, 1726, in-12, v. m.

C'est le premier ouvrage imprimé où l'on ait parlé du *Masque de fer*. Voy. ma dissert. sur ce prisonnier inconnu.

955. L'Espion dévalisé (par Baudouin de Quemadeuc). *Londres*, 1782, in-8, demi-rel.

956. Dialogue entre Tranche-fétu et Prêt-à-tout, sold. au régim. d'infant. du roi , Brusquefeu , caval. du mestre de camp, Vindbeytel, grenad. suisse, et Caramara , déserteur brabanç. , perdus par des Clubs... etc. *A la chapelle des Trois Colas (Nancy) le 31 août, jour de la licence militaire reprimée*, 1000, 700, 80, 10, in-8, br.

Histoires, notices et dissertations sur différentes époques de l'Histoire de France.

957. Discours historique concernant le mariage d'Ansbert et de Blithilde, prétendue fille du roy Clotaire I ou II, par L. Chantereau Lefebvre. *Paris, Ant. Vitré*, 1647, in-4, vél.

958. Mémoires pour servir à l'histoire de Charles II, roi de Navarre et comte d'Evreux, surnommé le Mauvais (avec un ample recueil de pièces justific.), par D. Fr. Secousse. *Paris, Durand*, 1758, 2 vol. in-4, v. m.

Peu commun. — Cet ouvrage, le chef-d'œuvre de la dissert. hist., se réunit ordinairement à l'édit. in-4 des *Mém. de l'Acad. Inscr. et bel. let.*

959. Aureliæ urbis anglicana obsidio, et simul res gestæ Joannæ Darciæ vulgò Puellæ Aurelianensis, auth.

Joann.Lod. Micquello. *Lutetiæ Parisiorum, J. Dugast*, 1631, pet. in-12, dem. rel.

960. Histoire de l'Administration du cardin. d'Amboise, par Michel Baudier. *Paris, P. Rocolet*, 1633, pet. in-4, v. f. fil.

Dans cette histoire, on trouve les *Particularitez de la maladie et des obsèques du légat d'Amboise, recueillies par un de ses domestiques*, impr. sur l'original.

961. Historia captivitatis Francisci I, Galliarum regis, nec non Vita Caroli V, imper., in monasterio, etc.; aucthoribus P. de Sandoval et L. de Cabrera, ex hispanicâ linguâ in latinam conversis (Adamo Eberto). *Mediolani*, 1715, pet. in-8, v. f.

Rare.

962. Dissertation sur la mort tragique de la comtesse de Chateaubriant, par Paul L. Jacob, bibliophile. *Paris, Techener*, 1838, in-8, pap. vél. br. (avant les 50 exempl. numérotés).

On y trouve des extraits d'un poème inédit de Fr. Sagon et des poésies mss. de François Ier.

963. Histoire polit. des grandes Querelles entre Charles V et François Ier, avec l'état de la milice et la description de l'art de la guerre, avant et sous le règne de ces monarques, par de G.... (Goezman). *Paris*, 1777, 2 vol. in-8, fig. v. éc. fil.

964. Histoire du seizième Siècle, par Durand (2e édit.), *Le Haye, P. de Hondt*, 1734, 4 vol. in-12, v. gr.

Peu commun.

965. Galerie philosophique du seizième Siècle, par de Mayer. *Londres (Paris, Moutard)*, 1783-90, 3 vol. in-8, v. m.

Le troisième volume est très rare. — Ce recueil, très utile et pourtant fort peu connu, renferme une foule de pièces inédites de tous genres sur l'histoire de France, extraites des mss. de la Bibl. du

Roi, principalement de ceux de Béthune, et non réimprimées depuis.

966. Histoire du seizième Siècle en France, d'après les originaux, mss. et impr., par Paul L. Jacob, bibliophile. *Paris, L. Mame*, 1835, 4 vol. (I à IV, seuls vol. parus), in-8, pap. vél., br. (un des 3 exempl. tirés sur ce pap.)

L'édition entière de ce livre a été brûlée dans l'incendie de la rue du Pot-de-fer, lorsque le cinquième volume allait paraître.

967. Histoire de la Saint-Barthélemy, d'après les chron., mém. et manusc. du 16ᵉ siècle, par Audin. *Paris, Audin*, 1829, in-8, br.

On trouve à la fin plusieurs pièces originales inédites.

968. Historia delle Guerre civile di Francia, di Henrico Caterino Davila. *Lione*, 1641, in-4, v. j. fil.

969. Histoire des Guerres civiles de France sous les règnes de François II, Charles IX, Henri III et Henri IV, trad. de l'ital. de H. C. Davila, avec des notes crit. et hist., par l'abbé M.... (Mallet et Grosley). *Amsterdam, Arkstée et Merkus*, 1757, 3 vol. in-4, v. m.

970. L'Esprit de la Ligue (par Anquetil). *Paris, Hérissant*, 1767, 3 vol. in-12, v. m. — L'Intrigue du Cabinet sous Henri IV et Louis XIII, terminée par la Fronde, par Anquetil. *Paris, Moutard*, 1780, 4 vol. in-12, m. m.

Les notices bibliogr. qui précèdent ces deux ouvrages sont bonnes, quoique bien incomplètes.

971. Histoire du Ministère d'Armand Jean Du Plessis, cardinal, duc de Richelieu, avec des réflex. polit. et diverses lettres contenant les négociat. de Piedmont (par de Vialart). *Paris, Gervais Alliot*, 1650, in-fol., portr., m. br.

972. La Vie du cardinal duc de Richelieu (par J. Le Clerc). *Cologne, chez*** (Amsterdam, Huguetan)*, 2 vol. in-12, v. br.

973. Histoire du Ministère du cardinal Mazarin, trad. de l'ital. du comte Galeazzo Gualdo Priorato. *Paris, Et. Loyson*, 1672, 2 vol. in-12, portr., v. gr.

974. Histoire du cardinal Mazarin, par Aubery, nouv. édit. *Amsterdam, M. C. le Cone*, 1751, 4 vol. in-12, v. m. (*aux armes*).

975. L'Esprit de la Fronde (par Mailly). *Paris, Moutard*, 1772, 5 vol. in-12, demi-rel.

Précéd. d'une bonne notice des livres et des mss. où l'auteur a puisé avec beaucoup d'exactitude.

976. Histoire de l'Homme au Masque de Fer (comte Mathioli), accomp. de pièces authent., par J. Delort. *Paris, Delaforest*, 1825, in-8, fig., fac-sim., br. — Histoire authent. du Prisonnier d'état, connu sous le nom du Masque de Fer (Mathioli), trad. de l'angl. de G. Ag. Ellis. *Paris, J. Barbezat*, 1830, in 8, br. — — L'Homme au Masque de Fer (le surintendant Fouquet), par P. L. Jacob, bibliophile. *Paris, V. Magen*, 1837, in-8, br.

977. L'Homme au Masque de Fer (Dissertat. sur), par P. L. Jacob, bibliophile. *Paris, V. Magen*, 1837, in-8, pap. vél., br. (un des 4 exempl. tirés sur ce pap.).

978. Concordance de l'état sanitaire de Louis XIV, avec les événemens de son règne (extr. du Journal inédit de ses médecins, Vallot et Fagon), par P. L. Jacob, bibliophile. *Paris, Techener*, 1838, in-8, pap. vél., br. (avant les 50 exempl. numérotés.)

979. La Conspiration de Cellamare, épisode de la Régence, par J. Vatout. *Paris, Ladvocat*, 1832, 2 vol. in-8, portr., br.

Contient des pièces justificatives importantes. — On assure que le roi Louis-Philippe a fourni à l'auteur quelques particularités secrètes sur mystérieux épisode de la Régence.

980. Histoire de la Révolution française, par (F. Bodin

et) Thiers, 5ᵉ édit. *Paris, Furne,* 1836, 10 vol. in-8, fig., br.

981. Journées mémorables de la Révolution française, 2ᵉ édit., augm. d'un tableau des membres de la Convent., et d'autr. pièces justific. *Paris, mad. Vergne,* 1829, 2 vol. in-8, br.

982. Evocation d'un fait ténébreux de la Révolution française (empoisonnement du serrurier Gamain, attribué à Louis XVI), par P. L. Jacob, bibliophile. *Paris, Techener,* 1838, in-8, pap. vél., br. (avant les 50 exempl. numérotés.)

HISTOIRE DIPLOMATIQUE DE LA FRANCE.

Introduction. — Ambassades et Négociations.

983. L'Ambassadeur et ses fonctions, par de Wicquefort. *La Haye, J. Dan. Steucker,* 1680, 2 vol. pet. in-4, v. br.

Avec la sign. de *Legendre.*

984. Ms. Chartes et titres originaux (65) relatifs à diverses ambassades et négociations de la France avec l'Italie, la Hongrie, l'Allemagne, l'Espagne, et à quelques missions particulières données par nos rois et par le duc Louis d'Orléans (1371-1399), la plup. avec sceaux. En 1 vol. in-fol., dos de mar.

985. Ms. Instructions du duc d'Orléans pour ses ambassadeurs à Gênes, en 1380. — Mémoire adressé au duc d'Anjou sur ce que ses envoyés à Naples ont à faire pour remplir leurs missions (xivᵉ s.). — Copies collationnées de 5 lettres du pape Eugène, de Louis, dauphin, fils de Charles VII, du pape Eugène et du concile de Bâle, relatives au traité d'Arras. — Lettres de Louis II, duc d'Orléans (depuis Louis XII)

et de ses envoyés à Paris, vers 1488. En 1 vol. in-fol., pap., dos de mar.

986. Ms. Titres, traité de paix, instructions, lettres et autres pièces (143 environ) diplomatiques (1435-1705). En 1 vol. non rel.

987. Ms. Liasse de titres, traités de paix, mémoires, instructions, lettres et autres pièces diplomatiques (435-1705).

988. Ms. Titres originaux, traités de paix, procurations, lettres autographes, quittances et autres pièces (113) relatives à des missions diplomatiques, données par les rois et les ducs d'Orléans (1445-1484), la plup. avec signatures et sceaux. En 1 vol. in-fol., dos de mar.

989. Journal de la paix d'Arras, faite en l'abbaye de Saint-Waast, entre Charles VII et Philippe-le-Bon duc de Bourgogne, recueilly par dom Antoine de Le Taverne, mis en lumière et enrichy d'annotat., par Jean Collart. *Paris, Jean Billaine*, 1651, in-12, v. f. fil.

Rare. — Exempl. de la Bibl. de la Malmaison. — Ce Journal a été omis dans les collect. de Mémoires.

990. Ambassades de MM. de Noailles (depuis 1552 jusqu'en 1556), réd. par l'abbé de Vertot (publ. par Villaret). *Leyde (Paris, Dessaint et Saillant)*, 1763, 5 vol in-12, v. m.

La rédact. de l'abbé de Vertot n'occupe que le premier vol. ; les quatre autres sont remplis de pièces.

991. Recueil des dépêches, rapports, instructions et Mémoires des ambassadeurs de France, en Angleterre et en Ecosse au 16e siècle (de La Mothe Fénelon); publ. pour la 1re fois, sous la direct. de Ch. Purton Cooper (par Teulet). *Paris* 1838, 2 vol. in-8, br.

992. Les lettres de messire Paul de Foix, archev. de Toulouse, et ambassadeur pour le roy auprès du pape

Grégoire XIII, escrites au roy Henri III (publ. par Auger de Mauléon). *Paris, Ch. Chappelain*, 1628, in-4, v. f.

Avec la sign. de *Du Bouchet.* — Rare.

993. Lettres de l'illustriss. et revérendiss. cardinal d'Ossat, évesque de Bayeux, au roy Henry le Grand et à M. de Villeroy, depuis 1594 jusques à l'année 1604, dern. édit. augm. *Jouxte la cop. impr. par Bouillerot, à Paris, Ph. Gaultier*, 1627, in-fol., mar. j. fleurdelisé, fil. (*aux armes*).

994. Les Ambassades et négociations de l'illustriss. et revérendiss. cardinal du Perron, archeves. de Sens, avec les plus belles et éloquentes lettres..., ensemble les relat. envoyées au roy Henry le Grand..., recueill. et ac. comp. de sommaires et advertiss. par César de Ligny, secrét. dudit seigneur. *Paris, P. Chaudière*, 1633, in-fol., v. m., fil. (*aux armes*).

995. Lettres de M. Bongars, résident et ambass. sous le roy Henry IV en diverses négociations importantes (trad. du lat. par l'abbé de Brianville). *La Haye, Ar. Leers*, 1681, in-12, vél. cord.

996. Mémoires de MM. de Bellièvre et de Sillery, conten. un Journal concernant la négociation de la paix de Vervins. *Paris, Ch. de Sercy*, 1676, 2 vol. in-12, fig., m. br.

Omis dans les collect. de Mémoires.

997. Ambassades de M. de La Boderie en Angleterre, sous le règne de Henri IV et la minorité de Louis XIII (publ. par Burtin). *S. l. (Paris)*, 1751, 4 vol. in-12, v. éc., fil.

998. Ambassades du mareschal de Bassompierre en Espagne l'an 1621. — En Suisse l'an 1625. — Négociation du même, envoyé ambassadeur en Angleterre l'an 1626. *Cologne, P. du Marteau (Elzev.)* 1668, 4 tom. en 2 vol. pet. in-12, v. br.

Omis dans les collect. de Mémoires.

999. Histoire du Traité de Westphalie, ou les Négociations qui se firent à Munster et à Osnaburg pour établir la paix entre toutes les puissances de l'Europe,
par le père Bougeant. *Paris, Didot*, 1751, 6 vol. in-12,
m. rac.

1000. Lettres et négociations entre Jean de Witt, conseil., pension., et garde des sceaux des Provinces-
Unies, et les plénipotentiaires des Provinces-Unies aux
cours de France, d'Angleterre, de Suède, de Dane-
marc, etc. (Guil. Boreel, C. van Beuningen et P.
de Groot), depuis 1652 jusqu'en 1669, trad. du hollandais. *Amsterdam, Janssons-Waesberge,* 1725, 4 vol.
— Résolutions importantes des Etats de Hollande et
de West-Frise pendant le ministère de Jean de Witt.
Ibid., id., 1725. En tout 5 vol. in-12, v. rac.

1001. Lettres du cardinal de Mazarin, où l'on voit le
secret de la paix des Pyrénées et la relat. des confé-
rences avec don Louis de Haro, ministre d'Espagne,
avec d'autr. lett. écrites par le même au roi et à la
reine. *Amsterdam, And. Pierrot*, 1690, in-12, v. br.

1002. Histoire de la Paix conclue sur la frontière de
France et d'Espagne, entre les deux couronnes, l'an
M. DC. LIX, avec un rec. de div. matières concern.
le duc de Lorraine (trad. de Gualdo Priorato, par
H. Courtin.). *Cologne, P. de la Place (Elzev.)*, 1667,
pet. in-12, fig., v. br.

1003. Mémoires de M. d'Ablancourt, envoyé de
Louis XIV en Portugal, contenant l'hist. de Portugal,
depuis le traité des Pyrénées jusqu'à 1668. *La Haye,
Abr. de Hondt*, 1701, in-12, v. f.

1004. Négociations de M. le comte d'Avaux en Hollande,
depuis 1679 jusqu'en 1684 (publ. par l'abbé Mallet).
Paris, Durand, 1752, 3 vol. in-12, v. gr.

1005. Mémoires et Négociations secrettes de Ferdinand.

Bonaventure, comte d'Harrach, ambassaeur de S.
M. imp. à la cour de Madrid, depuis la paix de Riswick, par de La Torre. *La Haye*, *P. Husson*, 1720, 2
tom. en 1 vol. in-12, vél.

1006. Ms. Minutes des lettres que le marquis de Praslins
a écrites à M. de Chamillard, depuis qu'il est en Italie,
(novembre 1703 au 31 octobre 1704). En 1 vol. in-fol.,
de 364 pag., v br.

A la suite des lettres à M. de Chamillard, il s'en trouve aussi un
grand nombre adressées par M. de Praslain au duc de Mantoue, au
prince de Vaudemont, au maréchal de Tessé, au cardinal de Janson.

1007. Lettres du comte d'Arlington au chev. Temple,
conten. une relat. exacte des traitez de Munster, de
Breda, d'Aix-la-Chapelle et de la Triple alliance...
avec une Relat. de la mort de Madame (Henriette
d'Anglet.), écrite en lettres, le tout tiré des originaux
(par Th. Bebington). *Utrecht, Guil. Wande-Walter*,
1701, in-12, portr., m. br.

1008. Mémoires secrets et correspond. inéd. du cardin.
Dubois, sur la régence du duc d'Orléans, recueill. et
augm. de notices, par L. de Sevelinges (d'après les
mss. orig. de Le Dran, prem. commis. des Aff. étrang.
sous la Régence). *Paris*, *Pillet*, 1815, 2 vol. in-8,
portr., br.

1009. Recueil historique d'actes, négociations, mémoires et traitez, depuis la paix d'Utrecht jusqu'au
second Congrès de Cambray, par Rousset. *La Haye*,
H. Scheurleer, 1728, 5 vol. in-12, v. br.

1010. Mémoires de l'abbé de Montgon, publ. par lui-
même, conten. ses différentes négociations dans les
cours de France, d'Espagne et de Portugal depuis
1725. *S. l. (Paris)* et *Lausanne, M. M. Bousquet*, 1750-
53, 9 vol. in-12, portr., v. m.

1011. Ms. Mémoires pour servir à l'histoire du XVIIIe

siècle, conten. les négociations, traitez, révolutions et autres documents authent. concernant les affaires d'Etat, par de Lamberty. *La Haye, H. Scheurleer,* 1731, 14 vol. in-4, v. f.

1012. Politique de tous les Cabinets de l'Europe pendant les règnes de Louis XV et de Louis XVI, contenant des pièces authent. sur la correspondance secrète du comte de Broglie, plusieurs mémoires du comte de Vergennes, etc. (par Favier, et publ. par Roussel). *Paris, Buisson,* 1793, 2 vol. in-8, demi-rel.

1013. Mémoires du chevalier d'Eon, publ. pour la première fois sur les pap. fournis par sa famille et d'après les matériaux déposés aux Archives des Affaires étrang., par Fr. Gaillardet. *Paris, Ladvocat,* 1836, 2 vol. in-8, br.

Histoire militaire de France. — Marine. — Monnaies et Finances.

1014. Bibliothèque militaire, historique et politique (par le baron de Zur-Lauben). *Cosmopolis (Paris, Vincent),* 1760, 3 vol. in-12, cart., v. m.

Excellent ouvrage qui semble, par son titre amphibologique, s'éloigner de l'hist. de France; il contient pourtant la *Campagne du prince de Condé en 1674;* de savantes dissertations sur *Arnaul de Cervole, dit l'Archiprêtre,* sur *Enguerrand de Couci;* des mémoires et des lettrées politiques, des discours, des relations de batailles, etc.

1015. Histoire de la Milice françoise, depuis l'établissement de la monarchie dans les Gaules, jusqu'à la fin du règne de Louis-le-Grand, par le P. G. Daniel. *Amsterdam, aux dép. de la Comp.,* 1724, 2 vol. in-4, fig., dem.-rel.

1016. Abrégé de l'Hist. de la Milice françoise, du P. Daniel (contin. dep. 1721), avec un précis de son état actuel (par Pons Augustin Alletz). *Paris, Panckoucke,* 1773, 2 vol. in-12, fig., v. m.

1017. L'Ecole de Mars, ou Mém. instructifs sur toutes les parties qui composent le corps militaire en France, avec leurs origines... par de Guignard. *Paris, Simart*, 1725, 2 v. in-4. fig., vol. br.
Complément nécessaire de l'*Hist. de la milice.*

1018. Carte générale de la Monarchie françoise, cont. l'Histoire militaire depuis Clovis jusqu'à la 15ᵉ année du règne de Louis XV, traité en 20 cartes, par Lemau de la Jaisse. *Paris*, 1733, in-fol. max., v. m.

1019. Abrégé de la Carte générale du Militaire de France sur terre et sur mer, par Lemau de la Jaisse. *Paris, Gandouin*, 1739, in-12, tabl., dem.-rel.

1020. Ms. Extrait du Registre de la monstre du ban et de l'arrière-ban du bailliage de Sens, faicte le 15ᵉ jour de juillet, l'an 1545, pet. in-fol. sur pap. écrit du temps, dos de mar.

1021. Histoire du Régiment d'infanterie de Monsieur, créé sous le nom de *Provence* en 1674, par l'abbé du Houx. *Bouillon, Société typogr.*, 1778, in-8, br.

1022. Histoire militaire des Suisses au service de la France, avec les pièces justificatives, par le baron de Zur-Lauben. *Paris, Desaint et Saillant*, 1751-53, 8 vol. in-12, v. m.

1023. Les mémorables Journées des François, où sont descrites leurs grandes batailles et victoires, depuis le commenc. de la monarchie (par le P. A. Girard). *Paris, vᵉ Bobin*, 1682, 2 vol. in-12, v. br.
Il n'y a de bon que le récit des batailles du XVIIᵉ siècle.

1024. Recherches historiques sur les Croisades et les Templiers, par le chev. Jacob. *Paris, Everat*, 1828, in-8, fig., br.

1025. Discours politiques et militaires du seigneur de La Noue (publ. par de Fresnes). *Basle, Fr. Forest*, 1587, in-8, vél.
Les éditeurs des différentes collect. de Mémoires n'ont réimpri-

mé que le 26ᵉ discours qui contient les *Observations sur plusieurs choses advenues aux trois premiers troubles.*

1026. Journal militaire de Henri IV, depuis son départ de Navarre, réd. et collat. sur les mss. originaux, (avec un recueil de lett. tirées de la Bibl. du Roi), par le comte de Valori. *Paris, Firmin Didot,* 1821. in-8, br.

Ce journal, très bon pour connaître l'hist. militaire du temps, me paraît authentique, quoique je ne l'attribue pas, comme fait l'éditeur, à Henri IV, qui l'aurait dicté à un de ses secrétaires nommé Guy d'Hermay. On peut, avec plus de raison, en faire honneur au capitaine Filbert de la Curée qui y figure souvent.

1027. Les Triomphes de Louis-le-Juste, XIIIᵐᵉ du nom, conten. les plus grandes actions où Sa Maj. s'est trouvée en personne, représ. en fig. œnigmat. expos. par un poëme héroïq. de Charles Beys et accomp. de v. franç., par P. de Corneille; le tout trad. en lat. par le P. Nicolai, ouvr. entrepr. par Jean Valdor. *Paris, Ant. Estiene,* 1649, gr. in-fol., fig., portr., plans, etc., v. rac., fil. comp., d. s. tr.

Magnif. collection de portr. histor.

1028. Mémoires de Louis de Nogaret, cardinal de la Vallette, général des armées du roi en Allem., en Lorraine, en Flandre et en Italie, années 1635, 1636, 1637 (publ. par Gobet). *Paris, Pierres,* 1772, 2 vol. in-12, v. m.

Omis dans les collect. de Mémoires.

1029. Description véritable des choses plus mémorables arrivées pendant le siège de la ville de Valentiennes, fait par l'armée de France, recueillies, par J. de Rantre. *Valentiennes, J. Boucher,* 1656, pet. in-4, cart.

1030. Relation des Campagnes de Rocroi et de Fribourg, par H. de Bessé, sieur de la Chapelle-Milon (avec une préf. par Ch. Nodier). *Paris, N. Delangle,* 1826, in-16, br.

Chef-d'œuvre de narration et de style historiques.

1031. Recueil de lettres (du 4 août 1671 au 20 oct. 1694), pour servir d'éclairciss. à l'Histoire militaire du règne de Louis XIV (par le P. Griffet). *La Haye* (*Paris*, *Ant. Boudet*), 1760-64, 8 vol. in-12, v. m.

Contient les lettres du grand Condé, de Turenne, du maréchal de Luxembourg et celles de Louis XIV, de Louvois, et elles sont choisies et rangées en ordre avec beaucoup de soin.

1032. Relation de tout ce qui s'est passé pendant le siège de Grave, en l'année 1674 (par le comte de Chamilly?). *Paris*, *G. de Luyne*, 1678, in-12, v. br.

1033. Mémoire historique de la vie d'un fantassin de vingt-cinq ans de service, sans aucune discontinuation, et les noms de cent vingt capitaines.... *S. l.* 1711, pet. in-12, m. br.
Rare.

1034. Journal de ce qui s'est passé au siège de Namur, par le secrétaire d'un officier général qui estoit dans la place. *Paris*, *M. Brunet*, 1695, pet. in-12, mar. r., fil., d. s. tr.

1035. Mémoire de M. de la Colonie, maréchal de camp des armées de l'Elect. de Bavière, depuis le siège de Namur, en 1692, jusqu'en 1717 (par G. Sandras de Courtilz). *Bruxelles, aux dép. de la Comp.*, 1737, 2 vol. in-12, v. m. fil.

1836. Supplément du Mercure du mois de juillet, conten. tout ce qui s'est passé en Flandre, depuis le 20 de juin jusqu'au commencement du mois d'août (par Dauneau de Visé). *Paris*, *M. Brunet*, 1708, pet. in-12, mar. v., fil., d. s. tr.

1037. Mémoires et correspondance de Catinat, publ. d'après ses mss., par Bern. le Bouyer de Saint-Gervais. *Paris*, 1819, 3 vol. in-8, br. (Les titres et les fig. manq.)

1038. Mémoires et lettres du maréchal de Tessé (publ.

par le général Grimoard). *Paris, Treuttel et Wurtz*, 2 vol. in-8, br.

Avant cette publication, on ne connaissait sous le nom du maréchal de Tessé que quatre fragmens insérés dans le *Recueil A B C*, et l'on a même reconnu depuis qu'il n'en était pas l'auteur.

1039. Mémoires du prince Eugène de Savoie, écrits par lui-même (par le prince de Ligne). *Paris, Duprat-Duverger*, 1810, in-8, br.

1040. La Guerre d'Espagne, de Bavière et de Flandre, ou Mémoires du marquis D... (par G. Sandras de Courtilz). *Cologne, P. Marteau*, 1712, 2 vol. in-12, v. br.

1041. Campagne du maréchal de Villars en Allemagne, l'an 1703, recueil formé sur les originaux en dépôt au Bureau de la Guerre (par Dumoulin). *Amsterdam, M.-M, Rey*, 1762, 2 vol. in-12, v. éc.

1042. Campagne du maréchal de Marsin en Allemagne, l'an 1704 (et du maréch. de Villeroy et du marquis de Bedmar en Flandres, en 1704), recueil formé sur les originaux qui se trouvent au Bureau de la Guerre de la cour de France (publ. par Dumoulin). *Amsterdam, M.-M. Rey*, 1762, 3 vol. in-12, v. m. — Campagne du maréchal de Tallard en Allemagne, en 1704 (publ. par le même). *Ibid, id.*, 1763, 2 vol. in-12, dem. rel.

1043. Histoire des dernières Campagnes de son Alt. S. le duc de Vendôme..., etc., par le chev. de Bellerive. *Paris, P. Huet*, 1714, in-12, portr., v. br.

1044. Histoire de la Guerre de 1741 (par Voltaire). *Amsterdam*, 1755, 2 part. en 1 vol. in-12, v. m.

Voltaire a désavoué cet ouvrage, comme peu exact, et n'en a conservé que des fragmens dans son *Siècle de Louis XV*. Les éditeurs de ses œuvres auraient dû lui rendre ce beau morceau d'histoire.

1045. Campagne du maréchal duc de Coigny en Allemagne, l'an 1743 et 1744; recueil formé sur les originaux qui se trouvent au Dépôt de la Guerre (par Dumoulin). *Amsterdam, M.-M. Rey*, 1761, 5 vol. in-12, m. m.

1046. Histoire des Conquêtes de Louis XV, tant en Flandre que sur le Rhin, en Allemagne et en Italie, depuis 1744 jusques en 1748, par Dumortous. *Paris, de Lormel*, 1759, gr. in-fol., plans, cart. et fig. (43), v. éc., fil.

1047. Histoire de la Marine française (sous le règne de Louis XIV), par Eugène Sue, *Paris, Fél. Bonnaire*, 1836-37, 5 vol. gr., in-8, cart., plans et fig., br.

Cette histoire, que le nom de l'auteur a fait prendre pour un roman, renferme une incroyable quantité de pièces, lettres, rapports, relations, etc., tirés des Archives de la Marine et des manuscrits de la Bibl. du Roi, documens neufs et très importans pour l'histoire milit. et polit. de Louis XIV. La narration n'occupe pas la moitié de l'ouvrage.

1048. Mémoires de tout ce qui s'est passé de plus considérable sur mer, durant la guerre avec la France, depuis l'an 1688 jusqu'à la fin de 1697, par Burchett, trad. de l'angl. *Amsterdam, Etienne Roger*, 1704, in-12, fig., m. m.

1049. Mémoires de Du Gué-Trouin, chef d'escadre des armées de S. M. T. C. (publ. par de Villepontoux). *Amsterdam, P. Mortier*, 1730, in-12, v. m.

Cette première édition, publiée, sans l'aveu de l'auteur, sur une copie de son premier manuscrit, est la seule qui contienne des détails très curieux sur sa jeunesse : Du Gué-Trouin ne les a pas conservés dans les éditions qu'il a données lui-même.

1050. Mémoires de M. Du Guay-Trouin, lieutenant-général des armées navales, augm. de son éloge, par

Thomas. *Rouen, de l'imprimerie privilégiée*, 1779, in-12, fig., m. m.

Les pièces justificatives qui terminent cette édit. n'ont pas été réimprimées dans les collect. de Mémoires.

1051. Traité historique des Monnaies de France, depuis le commencement de la Monarchie jusques à présent, par Le Blanc. *Paris, Boudot*, 1690, in-4, fig., v. br.

1052. Histoire du Système des finances, sous la minorité de Louis XV, précédée de la Vie du duc Régent et du sr. Law (par de Hautchamp). *La Haye, P. de Hondt*, 1739, 6 tom. en 3 vol. in-12, v. m.

1053. Mémoires concern. l'administration des finances sous le ministère de l'abbé Terrai (par Coquereau.) *Londres, J. Adamson*, 1776, in-12, fig., v. f., fil.

HISTOIRE DU GOUVERNEMENT DE LA FRANCE.

Domaine et droits de la couronne. — Gouvernement ancien et moderne. — États-Généraux.

1054. Ms. Chartes originales (58) relat. à l'Histoire politique de la France, et à l'hist. du domaine des rois, du parlement, de la noblesse (1295-1497). En 1 vol. in-fol., dos de mar.

1055. Ms. Recueil de titres des XIV⁰, XV⁰ et XVI⁰ siècles, concernant les droits du roi, sur les comtés d'Alençon, et du Perche ; l'Histoire des comtes d'Alençon, avec un inventaire et des copies de chartes anciennes... ; les droits du roi sur les royaumes de Mayorque, Minorque, le Roussillon et la Sardaigne ; les traités de Madrid et de Cambrai, etc. En 1 vol. in-fol., dos de mar.

1056. De l'Excellence des roys et du royaume de France, traitant de la préséance, premier rang et prérogatives des rois de France par dessus les autres, et des causes d'icelles, par H. B. P. (Bignon). *Paris, A. Drouart*, 1610. — Bibliothèque des autheurs qui ont escript l'Histoire et Topographie de la France (par André Du Chesne). *Paris, S. Cramoisy*, 1618. — Abrégé de l'Histoire des rois de France, avec les effigies, depuis Pharamond jusques au roy Louis XIII. *Rouen, D. Cousturier*, 1626. Ensemble 3 tom. en 1 vol. pet. in-8 vél.

La *Bibl. hist. de la Fr.* n'indique pas précisément cet abrégé, à moins qu'on ne le reconnaisse dans les deux ouvrages, différens de titre, de format et de date, catalogués sous les numéros 15768 et 15769.

1057. Traité de la Succession à la Couronne, ou la Couronne de France toujours successive, linéale, agnatique..., par Joachim Le Grand. *Paris, v⁰ Ant. Urbain*, 1728, pet. in-8, v. br.

1058. Traité de la Majorité de nos rois et des régences du royaume, avec les preuves tirées du trésor des Chartes, des registres du Parlement..., etc. (par Dupuy). *Amsterdam, les Jansons*, 1722, 2 vol. in-8, v. gr.

1059. De l'Estat et succès des Affaires de France, conten. l'hist. des rois..., une sommaire hist. des eigneurs, comtes et ducs d'Anjou, par Bern. Girad du Haillan. *Genève, Jacob Stœr*, 1609, pet. in-8, vél.

C'est la meilleure édition de ce bon livre, bien supérieur en critique à tous les écrits hist. du XVI⁰ siècle.

1060. Histoire de l'ancien Gouvernement de la France, avec 14 lettres sur les Parlemens ou Etats-généraux, par le comte de Boulainvilliers. *La Haye, aux dép. de la Comp.* 1727, 3 tom. en 2 vol. in-12, m. m.

1061. Abrégé chronologique des grands Fiefs de la Cou-

ronne de France (par Brunet). *Paris, Dessaint et Saillant,* 1759, pet. in-8, v. m., fil.

Cet abrégé est plus complet, sinon aussi exact, que celui qu'on
trouve dans l'*Art de vérifier les dates*

1062. Le Détail de la France sous le règne présent,
augm. de plus. Mém. et traitez (par P. le Pesant de
Bois-Guilbert). *Brusselle, G. de Backer,* 1712, in-12,
v. gr.

Il y a des réimpress. sous le titre de *Testament politique de M. de
Vauban,* ou bien avec un titre plus détaillé. La première édition
parut en 1695.

1063. Mémoires présentés au duc d'Orléans, régent de
France, cont. les moyens de rendre ce royaume très
puissant, etc., par le comte de Boullainvilliers. *La
Haye, aux dép. de la Comp.,* 1727, 2 vol. in-12,
v. br.

1064. L'Etat de la France, tout ce qui regarde le Gouvernem. ecclés., le Milit., la Justice., les Finances...
etc., extr. des Mém. dressés par les Intendans du
royaume, avec des Mém. hist. sur l'ancien gouvern.
de la Monarchie jusqu'à Hugues Capet (par le comte
de Boulainvilliers). *Londres, T. Wood,* 1752, 8 vol.
v. m.

Les Mém. originaux des intendans sont conservés manuscrits en
10 vol. in-fol. à la Bibl. du Roi. La plupart des fautes qui déparaient
les deux premières édit. de cet excellent ouvrage d'analyse, ont été
corrigées dans celle-ci qui est la troisième et dernière.

1065. L'Etat de la France, conten. les princes, le
clergé, les ducs et pairs, les maréchaux de France et
les gr. offic. de la Couronne... etc., par Louis Tra-
bouillet (et le père Ange). *Paris, G. Cavelier,* 1722, 5
vol. in-12, blas., v. br.

L'*Almanach royal* a rendu inutile la continuation de l'*Etat de la
France* qui paraissait à des intervalles inégaux ; mais l'*Almanach
royal,* aride entassement de noms propres, ne nous offre pas, comme
l'*Etat de la France,* de savantes notices relatives à l'origine et aux
prérogatives de toutes les charges de la couronne et du gouvernement.

1066. Le même, dern. édit., corrig. et augm. (par les relig. de la congrég. de St-Maur.). *Paris, Bauche,* 1749, 6 v. in-12, blas., v. m.

1067. Etat général de la France, par Louis Charles, comte de Waroquier. *Paris, v· Duchesne,* 1789, 2 vol. in-8, dem.-rel.

1068. Mémoire qui a obtenu le prix décerné par l'Académie des Inscriptions et Belles-Lettres en 1834 (sur l'Etat des institutions provinciales et communales à l'avènement de Louis XI), par Just Paquet. *Paris, Béthune et Plon,* 1835, in-8, br.

1069 Tableau historique et critique des Communes françaises, depuis leur établiss. jusqu'en 1829, par Ad. . Fliniaux et Alc. Wilbert. — Des Gardes bourgeoises avant 1789 et des Gardes nationales jusqu'en 1829, par les mêmes. 2 tabl. in-fol. max.

1070. Des Estats de France et de leur puissance, trad. de l'ital. de Matthieu Zampini de Recanati (par J. de Montlyard?). *Paris, R. Thierry,* 1588, pet. in-8, v. f.

1071. Recueil général des Estats tenus en France sous les rois Charles V, Charles VIII, Charles IX, Henri III et Louis XIII (par Toussaint Quinet). *Paris (Touss. Quinet),* 1651, in-4, vél.

Peu commun.

1072. Des Etats-généraux et autres assemblées nationales (recueill. et publ. par de Mayer). *La Haye (Paris, Buisson),* 1788-89, 18 vol. in-8, v. rac. fil. — Pièces justificatives, in-8, v. m.

Contient, soit en extraits, soit en analyse, soit en entier, tout ce qui a été écrit avant 1788 sur les Etats-Généraux de France, relations, cahiers, notices, dissertations, etc.

Lettres historiques relatives à l'Histoire de France.

1073. Epistres des Princes, lesquelles, ou sont adressées aux Princes, ou traitent les affaires des Princes, ou parlent des Princes, recueill. d'ital. par Hier. Ruscelli, et mises en franç. par F. de Belle-Forest. *Paris, J. Ruelle*, 1572, pet. in-4, vél.

1074. Lettres du roy Louis XII et du card. George d'Amboise, avec plus. autres lettres, mémoires, et instruct., depuis 1504 jusques en 1514 (publ. par J. Godefroy). *Bruxelles, Fr. Foppens*, 1712, 4 vol. in-12, portr., v. br.

Précieux recueil pour l'hist. secrète et diplom. du règne de Louis XI. C'est là qu'on voit la fameuse lettre de l'empereur Maximilien qui veut se faire élire pape.

1075. Lettre du Roy très chrestian aux souverains Estatz du S. Empire, trad. du lat. par B. Aneau. *Lyon, Philibert Rollet*, 1553, pet. in-8, m. m.

Omis dans la *Bibl. hist. de la Fr.*

1076. Lettres de François Rabelais, escrites pendant son voyage d'Italie, nouvell. mises en lumière avec des observ. histor., par MM. de Sainte-Marthe, et un abrégé de la vie de l'auteur. *Bruxelles, Fr. Foppens*, 1710, pet. in-8, portr., v. br.

Les nouvelles édit. de Rabelais contiennent ces lettres, mais non les notes des frères Sainte-Marthe, savantes dissertations histor. et généal. parmi lesquelles se trouvent des pièces originales publ. pour la prem. fois, entre autres le traité secret (en franç.) de Charles VIII et du pape Alexandre VI.

1077. Les Lettres du card. Bentivoglio (légat du pape en France et dans les Pays-Bas), trad. en franç. avec l'ital. en regard, par de Veneroni. *Paris, Et. Loyson*, 1680, in-12, v. br. — Les Lettres du baron de Busbeke, ambassadeur de Rodolphe II en France, trad.

du lat. avec des explicat. sur chaque lettre. *Amster-dam, Nic. Chevalier.* 1718, pet. in-12, m. m.

Rare. — Cette traduction n'est citée dans la *Bibl. hist. de la France*, ni dans la *Méth. pour étud. l'Hist.*, ni dans les *Mém.* du P. Nicoron.

1078. Lettres (et relations) du baron de Busbec, trad. du lat. en franc., avec des notes hist., par l'abbé de Foy. *Paris, J. B. Bauche*, 1748, 3 vol. in-12, v. gr. fil.

1079. Lettres inédites de Malherbe, février 1606 à avril 1628 (publ. par J. Blaise). *Paris, Blaise*, 1822, in-8, gr. pap., br. (manq. le titre et les fig.).

Dans les anciennes édit. de Malherbe, on ne trouve qu'un petit nombre de lett. plus littéraires qu'histor. Celles-ci sont toutes adressées au célèbre Peiresc.

1080. Lettres du cardinal duc de Richelieu, où l'on a joint des mémoires et instructions secrètes de ce ministre, avec quelq. relat. curieuses, etc. *Paris, v⁰ Mabre Cramoisy*, 1696, 2 vol in-12, portr., cart.

1081. Lettres du cardinal Mazarin à la reine, à la princesse Palatine, etc., écrites pendant sa retraite hors de France, en 1651-52, avec notes et explicat., par Ravenel. *Paris, J. Renouard*, 1836, gr. in-8, br.

Dans ces lettres, la liaison galante de Mazarin avec Anne d'Autriche, quoiqu'exprimée par des chiffres, est trop clairement établie pour qu'on puisse désormais la révoquer en doute.

1082. Lettres choisies de feu Guy Patin, dans lesquelles sont contenues plus. partic. histor. sur la vie et la mort des sçavans de ce siècle, sur leurs écrits et plus. autr. choses curieuses, depuis 1645 jusqu'en 1672, édit. augm. de plus de 300 lett. *Cologne, P. du Laurens*, 1692, 3 vol. in-12, m. j. (avec la sign. de *Lacépède*). — Nouv. Recueil de lettres choisies de Guy Patin, tom. 4 et 5. *Rotterdam, Renier*, 1725, 2 vol. in-12, v. br. — Nouv. lett. du même, tirées du cabin. de Ch. Spon. *Amsterdam, Steenhouwer*, 1718, 2 vol. in-12, cart.

Ces 7 vol., difficiles à réunir, composent la collect. épistol. de Guy-Patin, et forment une espèce de journal historique pendant vingt-sept ans, journal rempli de détails intéressans et malicieux sur le ministère du card. Mazarin, Un recueil complet de la correspondance de ce savant médecin serait au moins aussi curieux et plus utile que celui des lettres de Peyresc, projeté et promis depuis long-temps.

1083. Lettres historiques de Pellisson (journal des voyages et campagnes de Louis XIV, depuis 1670 jusqu'en 1688) (publ. par l'abbé d'Olivet ou le prés. Bouhier). *Paris, Nyon*, 1729, 3 vol. in-12, br.

Ces lettres sont adressées à mademoiselle de Scudery. On a mis à la fin quelques œuvres diverses de Pellisson.

1084. Lettres de la marquise de Villars, ambassadrice en Espagne dans le temps du mariage de Charles II avec Marie-Louise d'Orléans. *Amsterdam (Paris, Michel Lambert)*, 1762, in-12, m., br.

1085. Lettres inédites de Duché de Vanci, conten. la relat. du voyage de Philippe d'Anjou, appelé au trône d'Espagne, précéd. de ce qui s'est passé à la cour de Versailles, par Colin et Reynaud. *Marseille, Camoin*, 1830, in-8, br.

1086. L'Espion turc dans les Cours des princes chrétiens (depuis 1637 jusqu'en 1693, par Marana et Cotolendi). 15e édit. *Londres, aux dép. de la Comp.*, 1742, 7 vol. in-12, fig., v. j.

1087. Lettres de messire Roger de Rabutin, comte de Bussy, et Nouvelles lettres du même (publ. par le P. Bouhours). *Paris*, 1697-1716, 7 vol. in-12, v. br.

Ces charmantes lettres, qui auraient été mieux placées après celles de madame de Sévigné, sont pourtant bien utiles pour l'histoire du temps, depuis l'année 1666 jusqu'en 1692, et l'on regrette seulement que l'éditeur, par un excès de scrupule, n'ait imprimé que les initiales des noms propres. On sait encore moins de gré à cet

13

éditeur d'avoir si mal surveillé la correction d'un recueil aussi précieux pour l'histoire que pour la langue. Il n'en existe pas d'autre édition.

1088. Lettres de la comtesse de La Rivière à la baronne de Neufpont, contenant les princip. événem. de sa vie... avec beaucoup de nouvelles et d'anecdotes du règne de Louis XIV, depuis 1686 jusqu'en 1712; (publ. par mademoiselle Poullain de Nogent, ou plutôt par M. de La Vanne). *Paris, Froullé,* 1776, 3 vol. in-12, v. gr.

1089. Lettres historiques et galantes de mad. Du Noyer (depuis 1695 jusqu'en 1717) (avec ses Mémoires et ceux de son mari), nouv. édit. augm. *Londres, J. Nourse,* 1739, 6 vol. in-12, fig., v. m.

1090. Lettres inédites de mad. de Maintenon, et de la princesse des Ursins (publ. sur les mss. apparten. au duc de Choiseul). *Paris, Bossange,* 1826, 4 vol. in-8, br.

1091. Fragmens de lettres originales de Mad. Charlotte-Elisabeth de Bavière, veuve de Monsieur, frère de Louis XIV, écrites au duc Ant.-Ulric de B*** W***, et à la princesse de Galles (trad. de l'allem. et publ. par de Maimieux). *Hambourg (Paris, Maradan),* 1788, 2 tom. en 1 vol. in-12, v. m.

Cette édition est bien différente des plus récentes, dans lesquelles il y a des omissions de noms et de dates, ainsi qu'un intervertissement des faits presque continuel. Je suppose, quoique sans preuve matérielles, que ces lettres sont fausses et qu'elles ont été composées par Senac de Meilhan ou par un autre, d'après les Mémoires de Saint-Simon, puisque l'on y retrouve des fragmens et des passages entiers empruntés, presque textuellement, à ces Mémoires, qui commencèrent à circuler manuscrits peu de temps avant la publication de cette correspondance, et dont il parut un abrégé en 3 volumes in-8, dans cette même année 1788.

1092. Mémoires, fragmens historiques et correspondance de Mme la duchesse d'Orléans, princesse Palatine, mère du Régent (mis en ordre par de Monmerqué), avec une notice, par Phil. Busoni. *Paris, Paulin*, 1832, in-8, br.

1093. Lettres curieuses sur divers sujets (par Duval). *Paris, Nic. Pepie*, 1725, 2 vol. in-12, v. br.

Ce recueil, qui devrait être placé parmi les *Mélanges littéraires*, renferme cependant des poésies historiques, des inscriptions, des anecdotes et des relations concernant l'hist. du temps. On trouve à la fin un *Essai histor. sur la révolte des Sévènes, commencée en* 1702 *et finie en* 1705.

1094. Mémoires polit. et milit. de notre temps, ou Recueil de lettres françaises trouvées par les Hanovriens lors de la bat. de Minden. *La Haye et Amsterdam, aux dép. de la Comp.*, 1760. — Lettres du maréchal duc de Belleisle au maréchal de Contades, trouv. parmi les pap. de M. de Contades après la bat. de Minden. *Ibid.*, 1759. — Testament politique du maréchal duc de Belleisle(par Chevrier), *Ibid., libr. assoc.*, 1761. 3 part. en 1 vol. in-12, v. m.

1095. Correspondance partic. et histor. du maréchal duc de Richelieu en 1756, 1757, 1758, avec Paris Du Verney, suiv. de Mém. relat. à l'expédition de Minorque et précéd. d'une Vie du maréchal (par de Grimoard). *Londres (Paris, Buisson)*, 1789, 2 vol. in-8, br.

Le nom du libraire Buisson, éditeur de tous les Mémoires compilés ou supposés par Soulavie, Senac de Meilhan, etc., est une mauvaise garantie pour l'authencité de cette *Correspondance*; mais le nom du général de Grimoard doit prévaloir ici contre celui du libraire.

1095 bis. L'Observateur anglois (et l'Espion anglois), ou Correspondance secrète entre milord All'eye et milord Alle'ar (par Pidansat de Mairobert). *Londres, J. Adamson*, 1778 - 84, 10 tom. en 5 vol. in-12, v. m.

1096. Mémoires, ou Correspondance secrète du père Lenfant, confesseur du roi, pendant trois années de la

Révolution, 1790, 1791, 1792 (avec une notice par
P. L. Jacob, bibliophile). *Paris, Mame*, 1834, 2 vol.
in-8, br. (avec une lettre autogr. inédite du P. Lenfant).

Cette publication a été interrompue, parce qu'on a cru qu'elle était
fausse, quoique les originaux fussent déposés chez un notaire : le
nom de libraire, éditeur des *Mém. secrets sur la cour de France*, servit
seul à accréditer une si injuste opinion. On lit pourtant dans la préface : « Nous imprimons *intégralement* cette Correspondance, comme
un monument curieux de l'esprit ecclésiastique à cette époque,
comme une révélation, mystérieuse, il est vrai, des projets et des
espérances du parti de la cour; nous n'avons retranché que des détails de famille et d'autres détails allégoriques que nous n'avons pas
compris..... »

Histoire des princes et princesses du sang royal
de France.

1097. Les Eloges de nos Roys, et des Enfans de France
qui ont esté daufins de Viennois, comtes de Valentinois et de Diois, avec des remarq. curieuses du pais
et de la Noblesse du Daufiné, par F. Hilarion de Coste.
Paris, Sébast. Cramoisy, 1643, pet. in-4, m. gr., fil.
Avec les additions de 28 pag. qui manquent souvent à la fin.

1098. Histoire des Dauphins de Viennois, d'Auvergne
et de France, ouvr. posth. de Le Quien de la Neufville;
mis au jour par son petit-fils et augm. de l'hist. de
Louis IX du nom, XXVe dauph. de Fr. *Paris, F. Desprez*, 1760, 2 vol. in-12, v. m.

1099. Mémoires hist., crit. et anecdotes des Reines et
régentes de France (par Dreux du Radier); nouv.
édit., corrig. et considér. augm. *Amsterdam, Mich.
Rey*, 1782, 6 vol. in-12, demi-rel.
Chaque article biographique de ces Mémoires est une dissertation
aussi savante que judicieuse et impartiale.

1100. Histoire de la Vie, faicts héroïques et voyages de

très valeureux prince Louys III, duc de Bourbon, en
laquelle est comprins le disc. des guerres des François
pendant les règnes de Jean , Charles V et Charles VI
(par Jean d'Oronville, dit Cabaret), impr. sur le ms.
trouvé en la bibl. de feu Papirius Masson, *Paris*, *Fr.*
Huby, 1612, pet. in-8, v. gr.

Rare. — Ces Mémoires curieux n'ont jamais été réimprimés dans
les Collect.

1101. Ms. Pièces originales (132), concernant l'hist. de
la Maison d'Orléans (1299 - 1706). En 1 vol. in-fol.,
dos de mar.

La plupart de ces pièces importantes sont du XIV , XVᵉ et XVIᵉ
siècles, avec sceaux ou signatures.

1102. Ms. Recueil de Chartes, rôles et titres originaux
(125 environ), concernant l'hist. de Louis, duc d'Orléans et de Valentine de Milan , duchesse d'Orléans
(1388 - 1392). En 1 vol. in-fol., dos de mar.

Documens précieux pour l'histoire des mœurs et des usages du
XIVᵉ siècle.

1103. Ms. Recueil de Chartes et titres orig. (150 environ), concernant l'histoire des mêmes (1392-1395).
En 1 vol. in-fol., dos de mar.

Ce recueil se recommande au même titre que le précédent.

1104. Ms. Recueil de Chartes , rôles et titres originaux
(120 environ), concernant l'histoire des mêmes (1393-
1399). En 1 vol. in-fol., dos de mar.

1105. Ms. Recueil de Chartes, rôles et titres originaux
(85 environ), concernant l'histoire des mêmes (1397-
1399). En 1 vol. in-fol., dos de mar.

1106. Ms. Recueil de Chartes, rôles et titres originaux
(120 environ), concernant l'histoire des ducs Louis et
Charles d'Orléans (1400-1411). En 1 vol. in-fol., dos
de mar.

1107. Ms. Recueil de Chartes, rôles, titres origin. (130

environ), concernant l'hist. du duc Charles d'Orléans (1412-1419). En 1 vol, in-fol., dos de mar.

1108. Ms. Recueil de Chartes et titres originaux, concernant l'histoire du même (1420-1449). En 1 vol. in-fol., dos de mar.

1109. La Vie de très illustre et vertueux prince Jean, comte d'Angolesme, aïeul de François I, roy de France, par Jean du Port. *Angolesme. Oliv. de Minières*, 1602, pet. in-4, v. br.

Rare. — Omis dans les collect. de Mém.

1110. Histoire de la vie et faits de Louis de Bourbon, surnommé le Bon, premier duc de Montpensier, etc., conten. ce qui s'est passé de plus remarq. de son vivant sous le règne des roys Henry II, François II, Charles IX et Henry III, par Nicolas Coustureau, seigneur de la Jaille ; mise au jour et augm. de plusieurs lettres et autres pièces servant à l'hist., par Du Bouchet. *Rouen, Jac. Caillové*, 1645, pet. in-4, v. f., fil.

Rare. — Omis dans les collect. de Mém.

1111. Histoire de la vie de Louis de Bourbon, prince de Condé (par Pierre Coste). *Cologne (Amsterdam), Rich. Lenclume (à la sph.)*, 1693, 2 tom. en 1 vol. in-12, v. br.

Histoire des premiers ministres, des connétables, maréchaux, amiraux, etc., et guerriers célèbres de la France.

1112. Les Vies des Hommes illustres de la France (premiers ministres et grands capitaines), depuis le commencement de la monarchie jusqu'à présent, par d'Auvigny, contin. par l'abbé Pérau et Turpin. *Amsterdam (Paris, Le Gras et Knapen)*, 1739-68, 26 vol. — Vie de Jérôme Bignon, par l'abbé Pérau (form. le 27ᵉ tom. de la coll.). *Paris, J. T. Hérissant*, 1757. En tout 27 vol. in-12, v. m.

Les derniers volumes et surtout la Vie de J. Bignon ne sont pas communs.

———

1113. Histoire des Ministres d'Estat (jusqu'à Gaucher de Chastillon) sous les roys de France de la troisiesme lignée, justif. par les chroniq. des contemporains, chartes d'églises, lettres et mémoires (par Combault, baron d'Auteuil). *Paris, Ant. de Sommaville*, 1642, in-fol., fig., v. br.

Il paraît que le baron d'Auteuil s'est servi d'un travail commencé par le célèbre André Duchesne qui laissa tant de manuscrits de sa main.

1114. La Complainte et le Jeu de Pierre de la Broce, chambellan de Philippe-le-Hardi (suiv. d'un extr. du ms. intit. : *Ministres et Favoris*), publ. par Ach. Jubinal. *Paris; Techener*, 1835, in-8, br. (tiré à pet. nomb.).

La notice sur Pierre de la Brosse, tirée d'un ms. du XVIe siècle, est très importante.

1115. Vie du cardinal d'Amboise, avec un parallèle des cardin. célèbres qui ont gouverné des estats (suiv. d'un recueil de pièces), par Louis Legendre. *Rouen, Rob. Machuel*, 1726, in-4, fig., v. br.

1116. Histoire du cardinal de Tournon, ministre de France sous 4 rois, par le P. Ch. Fleury. *Paris, d'Houry*, 1728, in-8, v. f.

1117. Vie de Michel de l'Hôpital, chancelier (par Lévêque de Pouilly). *Londres, David Wilson*, 1764, in-12, portr., v. m.

1118. Vie du cardinal d'Ossat (par mad. d'Arconville), *Paris, Hérissant*, 1771, 2 vol. in-8, portr., v. m.

Contient le curieux *Discours sur les effets de la Ligue en France*, composé en 1590 par le cardinal d'Ossat, et traduit de l'italien.

1119. Vie du P. Joseph Le Clerc du Tremblay, capucin, nommé au cardinalat, par l'abbé Richard, 2ᵉ édit., rev., corr. et augm. de la Réponse au livre intit. : *Le véritable père Josef,* etc. *Paris, vᵉ A. Barbin,* 1704, in-12, portr., v. br.—Le véritable père Josef, capucin, conten. l'Hist. anecdote du card. de Richelieu (par le même). *St-Jean-de-Maurienne, Gasp. Butler,* 1704, in-12, v. m.

C'est là une exemple unique de l'éloge et de la satire sortant de la même main; naturellement, la satire vaut beaucoup mieux que l'éloge.

1120. La Vie de J. B. Colbert (par G. Sandras de Courtilz). *Cologne,* 1695, pet. in-12, fig., m. br.

Beaucoup de détails sur les arts du règne de Louis XIV.—J'attribuerais plutôt cette histoire à Jean Le Clerc.

1121. Vie privée du cardinal Dubois (par Mongez). *Londres,* 1789, in-8, portr., dem.-rel.

L'original de ces mémoires a été réellement composé par un contemporain qui se dit secrétaire particulier du cardinal et le ms. est conservé à la Bibl. de l'Arsenal. Mongez n'a fait que le récrire en atténuant la grossièreté des anecdotes.

1122. Vie privée du maréchal de Richelieu, conten. ses amours et ses intrigues, et tout ce qui a rapport aux div. rôles qu'a joués cet homme célèbre pendant plus de 80 ans (par Faur). *Paris, Buisson,* 1791, 3 vol. in-8, v. f., fil.

Ces mémoires, rédigés par un secrétaire du duc de Fronsac, renferment beaucoup de lettres historiques et de pièces originales. Dans ce 3ᵉ volume, se trouvent les *Détails des premières aventures du maréchal, faits et écrits par lui-même,* ainsi que la Correspondance de madame de Chateauroux avec lui, relative à la maladie et à la disgrâce de cette favorite.

1123. Histoire de Bertrand du Guesclin, connest. de France, avec plus. pièces originales touchant la présente hist., celle de France et d'Espagne, et particul.

de Bretagne, par P. H., seign. D. C. (Paul Hay, seigneur du Chastelet). *Paris, Jean Guignard*, 1666, in-
fol., v. br.

1124. Histoire du maréchal de Boucicaut, conten. les
événemens les plus singuliers du règne de Charles VI,
depuis l'an 1378 jusqu'à 1475 (par de Pilham). *Paris,
ve Ch. Coignar*, 1697, in-12, v. f., fil.

Exempl. de la Malmaison. — Cette histoire s'étend jusqu'à la mort
du maréchal, tandis que les Mémoires originaux de la vie de Boucicaut, réimp. dans toutes les collect., ne vont pas au delà de l'an 1409.

1125. Histoire de Jeanne d'Arc, vierge, héroïne et mar-
tyre d'Etat, suscitée par la Providence pour rétablir la
monarchie françoise, tirée des procès et autres pièces
origin., par l'abbé Lenglet-Dufresnoy (d'après les mss.
de Richer). *Orléans, Couret de Villeneuve*, 1753-54,
3 tom. en 1 vol. in-12, m. m.

Le troisième tome est si rare ou du moins si peu connu, que les
éditeurs de la *Bibl. hist. de la Fr.*, publ. en 1767, ne l'ont indiqué
que dans leur Supplément, et Michault, biographe de Lenglet-Dufresnoy, ne soupçonnait pas même l'existence de ce tome, puisqu'il dit : « Dans la 3e partie, il se proposait de rassembler les té-
moignages favorables à cette vaillante fille, avec la généalogie de
MM. du Lys, descendans des frères de Jeanne d'Arc. » Il semble que
cette troisième partie, qui n'est pas la moins importante, a éprouvé
quelque difficulté de la part des censeurs, puisque l'imprimeur n'a
pas jugé à propos de s'y nommer, comme il l'avait fait sur le titre des
deux premiers tomes.

1126. Histoire de Pierre Terrail, seigneur de Bayard,
dit le Bon chevalier sans peur et sans reproche, suiv.
de Recher. général., pièces et lettres inéd., par Alf. de
Terrebasse. *Paris, Ladvocat*, 1828, in-8, br.

M. de Terrebasse a publié pour la première fois, dans cette excellente histoire, les lettres de Bayard et celles qui lui sont adressées.

1127. Histoire du mareschal de Matignon, avec tout ce
qui s'est passé de plus mémor. depuis la mort de

François I jusqu'à la fin des Guerres civiles, par de Caillière. *Paris, Aug. Courbé,* 1661, pet. in-fol., v. br. —La Vie de Gaspard de Coligny, seign. de Chatillon (par Gatien Sandras de Courtilz). *Cologne, P. Marteau (à la sph.).* 1691, in-12, v. br. — Vie de François de Lorraine, duc de Guise (par de Valincour). *Paris, Séb. Mabre-Cramoisy,* 1681, in-12, v. br.

1128. Vie de Louis Balbe-Berton de Crillon, surnommé le Brave, et Mém. des règnes de Henry II, François II, Charles IX, Henry III et Henry IV (suiv. de l'hist. de la maison de Balbe de Quiers, par Mlle de Lussan). *Paris, Gogué et Née de La Rochelle,* 1781, in-12, m. m. — L'Histoire de Phil. Emm. de Lorraine, duc de Mercœur (par J. Bruslé de Montplainchamp). *La Haye, Abr. Acher (à la sph.),* 1692, pet. in-12, demi-rel.

Le 4ᵉ liv. de cette hist. contient l'oraison funèbre du duc de Mercœur par saint François de Sales.

1129. Histoire de la vie de Philippe de Mornay, seign. du Plessis-Marly, etc., contenant, outre la relat. de plusieurs évén. notables, divers advis politiqs, ecclésiastiqs (*sic*) et milit. sur beaucoup de mouvemens importans de l'Europe sous Henry III, Henry IV et Louys XIII (par David de Licques). *Leyde, Bonav. et Abr. Elzevier,* 1647, in-4, v. br. fil.

1130. Histoire de la vie du connestable de Lesdiguières, conten. toutes ses actions depuis sa naissance jusqu'à sa mort, par Louis Videl, secrétaire dudit connestable. *Paris, P. Rocolet,* 1638, in-fol., portr., v. gr., fil.

Non réimprimé dans les collect. de Mém.

1131. Histoire de la vie du duc d'Espernon, divis. en 3 part. (par Guill. Girard, son secrétaire). *Paris, Aug. Courbé,* 1655, in-fol., portr., v. br.

Chapelain et Conrart furent les éditeurs de cette hist.

1132. Discours de la vie et faits héroïq. de M. de La

Vallette, admiral de France, gouverneur et lieutenant-général pour le roy en Provence, et de ce qui
s'est passé dans ledit pays durant qu'il y a com-
mandé...etc., par de Mauroy, sieur de Verrière. *Metz,
Domenge Brecquin*, 1624, pet. in-4, portr., lav.-régl.,
vél., d. s. tr.

Rare.

1133. Mémoires hist. et crit. sur les princip. circonst.
de la vie de Roger de S₋ Lary de Bellegarde, maréchal de France, et princip. sur l'entreprise qu'il forma
pour se rendre indépendant de l'autor. roy. dans le
marquisat de Saluces ... par Secousse (avec l'Eloge de
l'éditeur). *Paris*, 1764, in-12, v. m.

Excellent Mémoire qui était destiné à faire partie du Recueil de
l'Académie des Inscriptions.

1134. Histoire de Henry, duc de Rohan (publ. par
Fauvelet du Toc). *Suivant la copie, imp. à Paris (Holl.
Elzev.*), 1667, pet. in-12, v. f.

1135. Histoire de la vie de Henry, dernier duc de Montmorency, par Simon du Cros. *Paris, Ant. de Sommaville*, 1643, pet. in-4, v. br. fil.

1136. Histoire du mareschal de Toiras sous le règne de
Louis XIII (par Baudier). *Paris, Fr. Mauger*, 1666,
pet. in-12, v. br.

1137. Histoire de Tancrède de Rohan, avec quelq. autr.
pièces concern. l'histoire de France et l'hist. romaine
(par le P. H. Griffet). *Liège, J. F. Bassompierre*, 1767,
in-12, v. m.

Contient : *Remarque sur la naissance de Henri II, prince de Condé;
Histoire des Négociations secrètes de la France avec la Holl. qui
précédèrent le traité d'Utrecht, pour servir de suppl. aux Mém. de
M. de Torcy; Observ. sur les troubles de la Régence pendant la minorité de Louis XIV.*

1138. La Vie du vicomte de Turenne, par du Buisson

(G. Sandras de Courtilz). *La Haye, H. Van Banduren,*
(*à la sph.*), 1688, in-12, v. br.

Dans cette seconde édition, Sandras de Courtilz a augmenté et
corrigé son ouvrage, d'après les critiques de Bayle, en supposant
l'existence d'un second manuscrit plus ample et plus exact que celui qui avait servi à la prem. édit.

1139. Histoire du vicomte de Turenne (par de Ram-
say), nouv. édit., augm. des Mém. des deux dernières
campagnes du maréchal de Turenne et de ce qui s'est
passé depuis sa mort sous le command. du comte de
Lorge (par Deschamps). *Paris, Ant. Jombert,* 1774,
4 vol. in-12, plans et fig., m. br.

Contient, outre les preuves, la *Relation de la campagne de Fribourg* par le marquis de la Moussaye, les *Mémoires du duc d'Yorck
depuis Jacques II,* etc.

1140. Mémoires pour servir à l'histoire du maréchal
duc de Luxembourg, depuis sa naissance en 1628
jusqu'à sa mort en 1695, conten. des anecd. très curieuses et sa détention à la Bastille, écrite par lui-
même. *La Haye, Benj. Gibert (Paris),* 1758, portr.
d'après Rigaut, pet. in-4, v. m.

Rare. — « Ces Mémoires, dit l'éditeur, sont d'autant plus dignes
de l'attention du lecteur, qu'ils renferment une pièce de la main
propre de M. de Luxembourg (sur l'affaire des Poisons), pièce d'autant plus intéressante qu'elle combat et détruit le faux préjugé qui
noircit calomnieusement la réputation du maréchal pendant sa vie.»

1141. Mémoires pour servir à la vie de Nicolas de Catinat (par le marquis de Créquy). *Paris, vᵉ Duchesne,*
1775, in-12, v. m.

Différent de la première édit. publ. en 1772. — Peu commun.

1142. La Vie politique et militaire du maréchal, duc de
Bell'Isle, publ. par D. C. (de Chevrier). *La Haye,
vᵉ Van Duren,* 1762, portr. — Le Codicile et Commentaires des maximes politiques du même, avec
des notes hist. et crit., par D. C. (le même). *Ibid., id.,*

1762, portr. — Lettres du même au maréchal de Contades, avec des extr. de celles du maréchal de Contades, trouv. après la bataille de Minden. *Amsterdam, aux dép. de la Comp.*, 1759. En tout trois tom. en 1 vol. in-12, v. éc., fil.

1143. La Vie de Philippe d'Orléans, régent du royaume pendant la minorité de Louis XV, par L. M. D. M. (La Mothe, dit de La Hode). *Londres, aux dép. de la Comp.*, 1736, 2 vol, in-12, m. br.

Cet ouvrage est à peu près le seul dans lequel on ait osé discuter les accusations d'empoisonnement qui s'élevèrent contre le duc d'Orléans à l'occasion des morts successives arrivées dans la famille royale en 1712 ; La Fare n'avait dit que quelques mots à ce sujet dans ses *Mémoires*, et ceux du duc de Saint-Simon, publiés complets depuis peu d'années, s'accordent, presque en tout point, avec l'histoire, rédigée par le jésuite de la Hode, que Voltaire a pourtant taxé de fausseté et de calomnie.

Histoire des offices et magistratures de France.

1144. Trois livres des Offices de France. Le 1er traite des parlemens; le 2e, des chanceliers et des conseils du roy; le 3e, des baillifs, seneschaux, prevots, etc., par E. Girard, avec plus. addit. qui contiennent l'histoire de l'orig. et progrez des offices susdits et les actions plus mémor. des officiers, le tout vérif. par édicts et ordonn. des rois, etc., par Jacq. Joly. *Paris, Est. Richer*, 1638-40, 2 vol. in-fol., v. f.

Aucun recueil ne peut tenir lieu de celui-ci, qui renferme de savantes dissertations hist. et biog. appuyées de preuves.

1145. Mémoires de Pierre Miraulmont sur l'origine et institution des Cours souveraines et autres juridictions encloses dans l'ancien Palais royal de Paris. *Paris, Abel Langelier*, 1584, pet. in-8, vél.

Avec la signature de *Bigot*.

1146. Traicté des Offices et dignitez tant du gouvernement de l'État que de la justice et des finances en France, par Charles de Figon. *Paris, G. Corrozet,* 1645, pet. in-8, vél.

1147. Tableau historique, généal. et chronol. des trois Cours souveraines de France (par Bouquet). *La Haye (Paris, Merlin)*, 1772, in-8, v. éc., fil.

1148. Treize livres des Parlemens de France, esquels est amplement traicté de leur origine et institution, et des présidens, conseillers, gens du roy, greffiers, secrétaires, huissiers et autres officiers, et de leur charge, devoir et jurisdiction; ensemble de leurs rangs, séances, gages... par Bernard de la Roche-Flavin. *Genève, Math. Berjon,* 1621, in-4, v. br.
Rare.

1149. Les Eloges de tous les premiers Présidens du Parlement de Paris, depuis qu'il a esté rendu sédentaire jusqu'à présent, ensemble leurs généal. épitaphes, armes... par J. B. de l'Hermite-Souliers (*sic*) et Franç. Blanchard. *Impr. aux dép. des auteurs à Paris*, 1645. — Les Présidens au mortier du Parlement de Paris, ensemble un catal. de tous les conseillers, justif. par les reg. du Parlement, tiltres domest., chartes, etc., par Fr. Blanchard. *Paris, Cardin Besongne*, 1647. 2 part. en 1 vol. in-fol., blas., v. br.

1150. Histoire des Avocats au Parlement et du Barreau de Paris, depuis S. Louis jusqu'au 15 octobre 1790, par Fournel. *Paris, Maradan*, 1813, 2 vol. in-8, br.

1151. Recueil général des Titres concern. les fonctions, rangs, dignitez, séances et priviléges des présidens, trésoriers de France, généraux des finances et grands-voyers des généralitez, par Simon Fournival. *Paris, And. Choqueux*, 1655, in-fol., v. gr., fil.
Rare.

1152. Traité historique de l'état des Trésoriers de France et généraux des finances, avec les preuves, par de Gironcourt. *Nancy, v⁵ Leclerc*, 1776, 2 part. en 1 vol. in-4, v. m., fil.

1153. Traicté de la Chambre des Comptes de Paris, avec un traicté concern. les charges des secrétaires d'estat, des surintendans et contrôleurs des finances, etc., par Cl. de Beaune. *Paris, Mich. Bobin*, 1647, pet. in-8, v. m., fil.

1154. Dissertation hist. et crit. sur la Chambre des Comptes en général, et sur l'origine, l'état et les fonctions de ses différens officiers, servant de réfutat. d'une opinion de Pasquier... (par Jean-Louis Le Chanteur). *Paris, M. Lambert*, 1755, in-4, v. m., fil.

1155. Mémoire pour servir à l'histoire de la Cour des Aides, depuis son origine, en 1355, jusqu'à sa suppression, le 22 janv. 1791 (par Dionis). *Paris, Knapen*, 1792, in-4, demi-rel.

1156. Traicté de la Chancellerie, avec un recueil des chanceliers et gardes des sceaux de France, par Pierre de Miraulmont. *Paris, Fr. Huby*, 1610, pet. in-8, vél.

1157. Histoire chronologique de la grande Chancellerie de France, conten. l'état de ses offic., leurs noms et réceptions, fonctions, privilèges... etc., le tout tiré des chartes, édits, déclarat., arrêts (par Tessereau). *Paris, Pierre Emery*, 1706, 2 vol. in-fol., v. br.

1158. Histoire des Chanceliers et Gardes des sceaux de France, depuis Clovis jusqu'à Louis-le-Grand, enrich. de leurs armes, blasons et généal., par Franç. Du Chesne, fils d'André. *Paris, l'Auteur*, 1680, in-fol., blas., v. br.

1159. Histoire des Secrétaires d'Estat, conten. l'orig., le

progrès et l'établiss. de leurs charges, avec leurs éloges, les armes, blasons, etc., par Fauvelet du Toc.
Paris, Ch. de Sercy, 1668, in-4, blas., v. br.

CÉRÉMONIAL DE FRANCE.

Sacres, obsèques, entrées solennelles des rois, etc.

1160. Le Cérémonial françois, recueill. par Théod. Godefroy et mis en lum. par Denys Godefroy. *Paris,
Séb. Cramoisy,* 1649, 2 vol. in-fol., v. br.

Comment ne songe-t-on pas à publier le 3ᵉ vol. de cette précieuse
collect. que D. Godefroy a laissé manuscrit et préparé pour l'impression !

1161. Le Cérémonial diplomatique des cours de l'Europe, ou Collect. des actes, mém. et relat. qui concern.
les sacres, couronnemens, mariages, baptêmes, en-
terremens, etc., recueill. par Du Mont et par Rousset.
Amsterdam, les Jaussons, 1739, 2 vol, in-fol., v. m., fil.

Ce cérémonial en diverses langues, destiné à servir de supplément
au *Corps universel diplomatique du Droit des gens,* est difficile à trouver séparément. Il complète le *Cérémonial françois* de Godefroy.

———

1162. Le Théâtre d'honneur et de magnificence, préparé
au Sacre des rois, rev. et augm. avec la réponce à la
censure de Jacques le Tenneur, touchant la dignité
de l'onction, etc., par dom G. Marlot, 2ᵉ édit. *Reims,
vᵉ F. Bernard,* 1654, pet. in-4, v. f.

1163. Traité historique et chronologique du Sacre et
couronnement des rois et reines de France, depuis
Clovis Iᵉʳ, avec relation du sacre de Louis XV, par
Menin. *Amsterdam, J. Van Septeren,* 1724, in-12, v.
m., fig., f.

1164. Histoire des Inaugurations des rois, empereurs et
autres souverains..., suivie d'un précis des principaux
faits, mœurs, coutumes et usages, depuis Pépin jus-

qu'à Louis XVI (par dom Ch. Bévy). *Paris, Moutard*, 1776, in-8, fig., v. m.

Les figures forment une collection complète des costumes français, qui sont décrits dans le texte.

1165. Cérémonies observées au Sacre et couronnement du très chrétien et très vertueux Henry IV ; ensemble la Récep. de l'ordre du St-Esprit, ès 27 et 26 février 1594. *Paris, J. Mettayer*, 1604, in-4, demi-rel.

La *Bibl. hist. de la Fr.* ne cite pas cette édit.

1166. Le Sacre et couronnement de Louis XVI, précéd. de Recherches sur le sacre des rois de France depuis Clovis (par Gobet), et suiv. d'un journal de ce qui s'est passé à cette auguste cérémon. (par l'abbé Pichon). *Paris, Vente*, 1775, gr. in-8, fig., br.

1167. Des Sépultures nationales, et particul., de celles des rois de France, par Le Grand d'Aussy, suiv. des Funérailles des rois, reines, etc., par de Roquefort. *Paris, Esneaux*, 1824, in-8, br.

1168. Le Trésor des harangues faites aux Entrées des rois, reines, princes, princesses et autres personnes de condition, par L. G. (Laurent Gilbaut). *Paris, Mich. Bobin*, 1682. 2 vol. in-12, v. gr.

Omis, quoique très important, dans la *Bibl. hist. de la Fr.*, qui ne cite que l'édit. in-4 des Ouvertures de Parlemens, publ. par L. Gilbaut, sous le même titre de *Trésor des harangues*.

1169. Relation des Entrées solennelles, dans la ville de Lyon, de nos rois, reines, princes, princesses, etc., depuis Charles VII (publ. par les soins des Consuls). *Lyon, A. Delaroche*, 1752, in-4, m. m., fil (*aux armes*).

1170. Bref et sommaire recueil de ce qui a été fait et de l'ordre tenu à la joyeuse et triomphante Entrée de Charles IX en sa ville et cité de Paris, etc. (par Simon Bouquet). *Paris, Denis Du Pré*, 1572, pet. in-4, fig. de Codoré, vél.

14

1171. La Voye de laict, ou le Chemin des Heros au palais de la Gloire ouvert à l'Entrée triomph. de Louis XIII, en la cité d'Avignon, le 16 nov. 1622 (par Thomas Berton). *Avignon, J. Bramereau*, 1623, in-4, fig., mar., v. dent. d< s. tr.

1172. Journées historiques, conten. tout ce qui s'est passé de plus remarquable dans le voyage du roy et de son Eminence depuis leur départ de Paris, pour le traitté de mariage de S. M. et de la paix générale, jusqu'à leur retour, etc..., par F. C. (François Colletet). *Paris, J.-B. Loison*, 1660. — Nouv. Relat., conten. l'entreveue et serment des roys pour l'entière exécution de la paix, ensemble toutes les cérémonies qui se sont faites au mariage du roy et de l'infante. — Suite de la nouv. Relat. conten. la marche de leurs Majestez, depuis Saint-Jean-de-Lus jusques à Paris..., etc. — Le Triomphe de la France, sur l'Entrée royale de leurs Majestez dans leur bonne ville de Paris, avec les disc. héroïques sur les vies des roys de France..., etc. — Requeste présentée au prevost des marchands par cent mil Provinciaux ruinez, attendant l'Entrée.., etc. — La liste générale et partic. de MM. les colonels, capitaines, enseignes et autres officiers et bourgeois de la ville et faubourgs de Paris, avec l'ordre qu'ils doivent tenir dans leur marche. — Nouv. Relat., cont. la royale Entrée de leurs Majestez dans Paris, le 26 aoust 1660, avec une exacte recherche de toutes les cérémonies. — Le parfait Portrait de Marie-Thérèse, reyne de France. — Descript. des Arcs de triomphe élevés dans les places pour l'Entrée de la reyne..., etc. — Explication de tous les Tableaux, peintures, figures, dorures, etc., qui estoient exposez à tous les arcs de triomphe, portes..., etc. — Explicat. des Devises..., etc. — Le Parnasse royal et rejouissances des

Muses sur les grandes magnificences qui se sont faites à l'Entrée. — Le Feu royal et magnifique qui s'est tiré sur la rivière, vis-à-vis du Louvre. — Remerciement des Provinciaux à MM. les prevost des marchands et eschevins de la ville de Paris... — La Conférence de Janot et Pierrot Doucet de Villenoue et de Jaco Paquet de Pantin sur les merveilles qu'il a veu dans l'Entrée de la Reyne. — La Muse en belle humeur, conten. la magnifique Entrée de leurs Majestez, avec les éloges du roy et de la reyne, princes, etc.; le tout en vers burlesques (par Parent). En tout 16 pièces en 1 vol. in-4, fig., vél.

Recueil de pièces rares en vers et en prose qui ne sont pas toutes citées dans la *Bibl. hist. de la Fr.*, t. 2, p. 725.

1173. Journal de ce qui s'est fait pour la réception du Roy dans sa ville de Metz, le 4 aoust 1744. *Metz, vᵉ P. Collignon*, 1744, in-fol., fig., v. br.

Omis dans la *Bibl. hist. de la Fr.*

HISTOIRE DES PROVINCES ET VILLES DE FRANCE.

ILE DE FRANCE.

Paris et ses environs.

1174. Atlas chorographique, hist. et portatif de la généralité de Paris, div. en ses 22 Elect. et représ. par autant de cart. particul., par Desnos, accomp. d'une descrip., par l'abbé Regley. *Paris, l'auteur*, 1766, in-4, demi-rel.

1175. Archevêché de Paris, div. en ses trois archidiaconés..., par L. Denis. *Paris, Dewantes, s. a.*, in-12, cart. color., v. m. fil.

Avec la signature de *Laire*.

1176. Etat par ordre alphabétique des villes, bourgs, paroisses, hameaux et écarts, situés dans l'étendue de l'élection de Paris. *Paris, ve G. Jouvenet,* 1733, in-4, vél.

1177. Plan de Paris en 1540, dit le *Plan de Tapisserie,* grav. par Mlle Car. Naudet, écrit par Sampier. *Paris, Mauperché,* 1818, in-fol. max.

1178. Description de la ville et des faubourgs de Paris, en 20 planch., dont chacune représ. un des vingt quartiers, avec un détail exact de toutes les abbayes et églises, couvents, communautez, colléges, etc., dressée et grav. sous les ordres de M. d'Argenson. *Paris, J. de La Caille,* 1714, gr. in-fol., v. m. (*aux armes*). Rare.

1179. Plan en perspective de la ville de Paris, lev. et dessiné par Louis Bretez, grav. par A. Lucas et écrit par Aubin, comm. en 1734, sous les ord. de Turgot, et achev. en 1739. XXI feuill. in-fol. max., mar. r., dent., d. s. tr. (*aux armes*).

1180. Plan topograph. et raisonné de Paris, par Pasquier et Denis. *Paris, Pasquier,* 1758, pet. in-8, texte grav. et cart., color., v. m., fil.
Dans les édit. suivantes, les cartes sont très fatiguées.

1181. Dictionnaire historique de la ville de Paris et de ses environs, dans lequel on trouve la descrip. des monumens et curiosités; l'établissement des maisons religieuses, celui des communautés d'artistes et d'artisans, le nombre des rues et leur détail historique, etc., par Hurtaut et Magny. *Paris, Moutard,* 1779, 4 vol. in-8, plan, v. m.

1182. Histoire de la ville et de tout le diocèse de Paris, par l'abbé Lebeuf. *Paris, Prault,* 1754-58, 15 vol., cart., v. m.
Cet ouv. est d'autant plus précieux, qu'une partie des titres, cartulaires, obituaires, etc., à l'aide desquels il a été composé, ont dis-

paru pendant la Révolution. Cependant il n'eut aucun succès lors de la publication, et le libraire vendit au poids du papier une partie de l'édit., principalem. les derniers volumes qui, par cette raison, manquent à beaucoup d'exempl.

1183. Les Annales générales de la ville de Paris, représentant tout ce que l'histoire peut remarquer, de ce qui s'est passé de plus mémorable en icelle, depuis sa première fondation (par Cl. Malingre). *Paris, P. Rocolet,* 1640, pet. in-fol., v. m.

Cette histoire est tombée injustement dans le même discrédit que les ouvrages de Malingre; car elle renferme des extraits de mémoires du temps très curieux et des relations de fêtes, de cérémonial, etc., qu'on ne trouve pas ailleurs.

1184. Nouvelles Annales de Paris jusqu'au règne de Hugues-Capet; on y a joint le poëme d'Abbon, avec des notes, par dom Toussaint Du Plessis. *Paris, vᵉ Lottin,* 1753, in-4, v. m.

1185. Abrégé des Annales de la ville de Paris, depuis sa première fondat. jusqu'à présent (par F. Colletet). *Paris, J. Guignard,* 1664, pet. in-12, v. br.

Rare. — C'est une analyse de l'ouv. de Cl. Malingre.

1186. Histoire de la ville de Paris, par dom Michel Félibien, rev. et augm. par dom Guy-Alexis Lobineau, justifiée par des preuves authentiques. *Paris, G. Desprez,* 1725, 5 vol. in-fol., plans et fig., m. m.

1187. Histoire abrégée de l'Eglise, de la ville et de l'Université de Paris, par un docteur en théologie (Jean Grandcolas). *Paris, J. B. Lamesle,* 1728, 2 vol. in-12, v. br.

Très rare, tous les exemplaires ayant été saisis à l'apparition de l'ouvrage.

1188. Histoire de la ville de Paris, avec un précis des pièces justific. en forme de descript. de cette ville et de ses faubourgs (par l'abbé Desfontaines et d'Au-

vigny; rev. par de La Barre). *Paris, Giffart et Deles-
pine*, 1735, 5 vol. in-12, plans, v. m.

1189. Hist. civ., phys. et morale de Paris, par J. A. Dulaure, 3ᵉ édit. *Paris, Baudouin*, 1825-26, 10 vol.
in-12, fig., avec atlas in-4, demi-rel.

1190. Histoire de Paris, compos. sur un nouveau
plan, par G. Touchard-Lafosse. *Paris, H. Krabbe*,
1833-34, 5 vol. in-8, fig., br.

1191. Recherches critiques, histor. et topogr. sur la
ville de Paris, depuis ses commencemens connus jusqu'à présent, par Jaillot. *Paris, l'auteur*, 1772-74, 5
vol. in-8, plans, m. m.

1192. Mémoire historique et critique sur la topographie
de Paris, au sujet de l'emplacement de l'ancien hôtel
de Soissons (par Pierre Bouquet). *Paris, Mart. Let-
tin*, 1771, in-4, demi-rel.

1193. Les Antiquitez, chroniques et singularitez de
Paris, fondations et bastimens des lieux, etc., par
Gilles Corrozet, *Paris*, 1561, pet. in-8., v. br.

1194. Les Antiquitez et choses plus remarquables de
Paris, recueillies (par G. Corrozet et) par Pierre Bon-
fons, et augm. par frère Jacq. Du Breul, *Paris, Nic.
Bonfons*, 1608, pet. in-8, fig., v. br.

On a relié à la fin différentes listes de rues, d'hôtels, etc., tirées
des *Antiquitez* de Corrozet, de l'éd. de 1586.

1195. Le Théatre des Antiquitez de Paris, divisé en 4
livres, par le P. Jacques Du Breuil. *Paris, Cl. de la
Tour*, 1612, in-4, fig., v. br. —Supplément des Antiquitez de Paris, depuis 1610, par D. H. J. *Paris,
Société des impr.*, 1639, in-4, br.

1196. Les Antiquitez de la ville de Paris, conten. la
recherche nouvelle des fondations et establissemens
des églises, chapelles, monastères, etc.; la chrono-

log. des premiers présidens, advocats et procureurs
généraux du parlement; prevots, gardes de la pre-
vosté..., etc. Le tout extrait de plusieurs titres et archives, cabinets et registres publics... (par Jac. Du
Breul, augm. par Cl. Malingre). *Paris, P. Rocolet,*
1640, in-fol., fig., demi-rel.

Cette édition est bien préférable, eu égard aux nombreuses additions qu'elle renferme, à l'édit. de 1612 qu'on recommande généralement dans les bibliographies.

1197. Abrégé des Antiquitez de la ville de Paris, conten. les choses les plus remarquables (par Fr. Colletet). *Paris, J. Guignard,* 1664, pet. in-12, v. br.
C'est une analyse de l'ouvr. de Jacq. Du Breul.

1198. Paris ancien et nouveau, par Le Maire. *Paris,
Théod. Girard,* 1685, 3 vol. in-12, v. br.

Peu commun. — Le Maire n'a fait que remettre dans un ordre plus
méthodique l'ouv. de Jacq. Du Breul, en l'abrégeant.

1199. Histoire et recherches des Antiquités de la ville
de Paris, par Henry Sauval (précéd. des Amours des
rois de France sous plusieurs races). *Paris, Charles
Moette,* 1733, 3 vol. in-fol., v. br.

L'éditeur a inséré, parmi les mém. et les notes de H. Sauval, quelques dissertat. curieuses de différentes mains, comme celle de
A. Galland sur les *Anciennes enseignes et estendards de France,* etc.

1200. Description nouvelle de ce qu'il y a de plus remarquable dans la ville de Paris (par Brice). *Paris,
vᵉ Audinet,* 1684, 2 tom. en 1 vol., pet. in-12, v. br.

Cette édition de l'ouvrage de Brice, qui est la première, est aussi
la seule où Paris soit représenté tel qu'il était à cette époque. Depuis, l'ouvrage s'est transformé complètement d'édition en édition,
pour être toujours usuel.

1201. Description de la ville de Paris et de tout ce
qu'elle contient de remarquable, par dom Germain

Brice, nouv. édit. augm. (par l'abbé Pérau). *Paris*, *libr. assoc.*, 1752, 4 vol. in-12, plan et fig. v. m.

Dans cette dernière édit., il ne reste peut-être pas trois pages de l'ouv. primitif de Germain Brice.

1202. Mémorial de Paris et de ses environs, (par l'abbé Autonini ; augm. par l'abbé Raynal). *Paris, Bauche,* 1749, 2 vol. in-12, m. m. — Voyage pittoresque de Paris, ou Indic. de tout ce qu'il y a de plus beau en peinture, sculpture, etc., par D... (Dezallier d'Argenville). *Paris, De Bure*, 1755, in-12, fig., v. gr., fil.

1203. Description historique de la ville de Paris et de ses environs, par Piganiol de La Force, nouv. édit., considér. augm. (par l'abbé Pérau). *Paris, G. Desprez*, 1765, 10 vol. in-12, plans et fig., v. m.

1204. Ms. Dialogue sur les Curiosités de Paris (en français et italien), 1756, pet. in-8, de 80 pag., mar. r., fil., d. s. tr.

1205. Curiosités de Paris, de Versailles, Marly, Vincennes, Saint-Cloud et des environs (par Cl. Saugrain et Piganiol de La Force), édit. augm. par L. R. (Le Rouge). *Paris, libr. assoc.*, 1771, 2 vol. in-12, fig., v. m. —Nouvelle description des Curiosités de Paris, par Dulaure. *Paris, Lejay,* 1785, 2 tom. en 1 vol. pet. in-12, v. m.

1206. Description historique de Paris et de ses plus beaux monumens, gravés en taille-douce, par F. N. Martinet, pour servir d'introduction à l'Hist. de Paris et de la France, par Béguillet et Poncelin. *Paris, les auteurs*, 1779-81, 3 vol. in-8, m. m., le 2ᵉ br.

Le premier volume est le seul qu'on trouve communément. Charmantes gravures.

1207. Essais historiques sur Paris, pour faire suite aux Essais de Poullain de Saint-Foix, par Aug. Poullain de Saint-Foix. *Paris, A. G. Debray*, 1805, 2 vol. in-12, portr., m. m.

1208. Miroir hist., polit. et crit. de l'ancien et du nouveau Paris et du départ. de la Seine, par L. Prudhomme. *Paris*, 1807, 6 vol. in-18, cart. et fig., demi-rel.

1209. Mémorial parisien ou Paris tel qu'il fut, tel qu'il est, par P. J. S. Dufey de l'Yonne. *Paris, Dalibon*, 1821, in-12, fig., br.

1210. Promenades dans le vieux Paris, par P. L. Jacob, bibliophile. *Paris, Desforges*, 1837, in-12, pap, vert, fig., br. (un des 3 exempl. sur ce pap.)

———

1211. Le Géographe parisien ou le Conducteur chronol. et hist. des rues de Paris (par Le Sage). *Paris, Valleyre*, 1769, 2 vol. in-8, plans, vél. v.

1212. Dictionnaire topogr., étymol. et histor. des Rues de Paris, par J. de la Tynna. *Paris, J. de la Tynna*, 1812, in-12, plan, demi-rel.

1213. Séjour de Paris, c'est-à-dire Instructions fidèles pour les voyageurs de condition, durant leur séjour à Paris : comme aussi une description suffisante, etc., par J. C. Nemeitz. *Leide, J. Van Abcoude*, 1727, 2 vol., pet. in-8, plan et fig. (60), v. f. Rare.

1214. Etat ou Tableau de la ville de Paris, relativ. au *nécessaire*, à l'*utile*, à l'*agréable*, etc. (par de Jeze et Pesselier). *Paris, Prault*, 1760, in-8, v. m. — Almanach du Voyageur à Paris, conten. une descript. exacte de tous les monumens, etc., par Thiéry. *Paris, Hardouin*, 1784, in-12, demi-rel.

1215. Guide des Amateurs et des étrangers à Paris, ou Descript. raisonnée de cette ville, etc., par Thiéry. *Paris, Hardouin*, 1787, 2 vol. in-12, fig., m. m.

1216. État actuel de Paris, ou le Provincial à Paris (par Wattin). *Paris, Wattin*, 1789, 1 vol. in-24, v. m.

1217. Projets des Embellissemens de la ville et faubourgs de Paris, par Poncet de la Grave. *Paris, Duchesne*, 1756, 3 part. en 1 vol. in-12, demi-rel.

La *Bibl. hist. de la Fr.* ne cite que la prem. édit., et, par conséquent, la prem. partie. — Cet ouv. peu commun, qui ne paraît avoir été publié que pour être distribué, offre une singularité que l'auteur n'explique pas dans sa préface : les pages ne sont imprimées que d'un seul côté, sans doute afin que les personnes à qui ce projet devait être soumis, pussent marquer leurs observations en regard du texte.

1218. Le Citoyen désintéressé, ou Div. idées patriotiques concern. quelq. établiss. et embellissemens utiles à la ville de Paris, par Dussausoy. *Paris, Gueffier*, 1768, in-8, fig. et plans, mar. r., fil. (*aux armes*).

1219. Essais sur l'histoire médico-topograp. de Paris, ou Lettres à M. d'Aumont sur le climat de Paris... etc., par Menuret de Chambaud. *Paris, Panckoucke*, 1786. — Essai sur la suppression des fosses d'aisances et de toute espèce de voieries... etc., par Géraud. *Amsterdam (Paris, Panckoucke)*, 1786, 2 tom. en 1 vol. in-12, demi-rel.

1220. Description historique des curiosités de l'Eglise de Paris, par C. P. G. (Gueffier). *Paris, C. P. Gueffier*, 1763, in-12, fig., v. m. — Descrip. hist. de la Basilique métropolitaine de Paris, par A. P. M. Gilbert. *Paris, A. Le Clerc*, 1821, in-8, fig. br.

1221. Essai d'une histoire de la Paroisse de Saint-Jacques de la Boucherie, où l'on traite de l'origine de cette église, de ses antiquités, de Nicolas Flamel et Pernelle sa femme, etc., par L. V. (l'abbé Le Villain). *Paris, Prault*, 1758, in-12, fig., v. m.

1222. Remarques hist. et crit. sur les abbayes, collégiales, paroisses et chapelles supprimées dans la ville et faubourgs de Paris (par Jacquemart). *Paris, Blanchon*, 1792. — Descript. histor. et chronol. des Monumens de scuplture réunis au Musée des Monumens français, par Alex. Lenoir; augm. d'une dissert. sur les costumes de chaque siècle et d'un traité de la peinture sur verre, par le même. *Paris, l'auteur*, 1803. 2 tom. en 1 vol. in-8, demi-rel.

1223. Notices sur l'Hôtel de Cluny (la collect. d'objets d'art qu'il renferme) et sur le palais des Thermes, avec des notes sur la culture des arts, principalement dans les 15me et 16me siècles (par M. Dusommerard). *Paris, Ducollet*, 1834, in-8, br.

1224. La nouvelle Athènes, Paris : le Séjour des Muses en deux part. conten. l'orig. et l'établ. des belles-lettres, des sciences et des beaux-arts à Paris, etc., par Ant. Martial Le Fèvre. *Paris, Gueffier*, 1759, in-12, br.

1225. Essai historique (et descript.) sur la Bibliothèque du Roi et sur chacun des dépôts qui la composent, etc. (par Le Prince). *Paris, Belin*, 1782, in-18, cart.

1226. Histoire du Palais-Royal (par M. Vatout). *Paris, Firmin Didot*, 1830, in-8, br.

1227. Le Désœuvré, ou l'Espion du boulevard du Temple (par Theveneau de Morande). *Londres*, 1782, in-12, br.

1228. La Police de Paris dévoilée, par Pierre Manuel. *Paris, Garnery*, an II, 2 vol. in-8, fig., cart.

1229. L'Inquisition françoise, ou l'Histoire de la Bastille, par Constantin de Renneville (prem. édit.). *Amsterdam, Est. Roger*, 1715, in-12, demi-rel.

Extrêmement rare, puisque j'ai vainement cherché cette édition dans toutes les bibliothèques de Paris. La préface de la seconde édition nous donne, sur la première, des détails qui méritent d'être rapportés : « De mille exemplaires, tirez de la première impression, il n'en reste pas un seul à M. Roger; il les a débitez en moins de deux ans, quoiqu'on ait traduit mon histoire de la Bastille en anglais, en hollandais, en allemand et en italien, et qu'un libraire en France ait esté assés hardy pour braver la vigilance de M. d'Argenson, en contrefaisant l'impression de ce livre, aux risques d'aller tout au moins aux galères pour le reste de ses jours, et je sçai par un seigneur, digne de foi, qu'il se vend à Paris, sous le manteau, jusqu'à deux louis. »

1230. L'Inquisition françoise ou l'Histoire de la Bastille, par Constantin de Renneville. *Amsterdam, Balth. Lakeman* et *Ét. Roger*, 1724, 4 vol. in-12, fig. — Supplément à l'Histoire de l'Inquisition franç. ou de la Bastille (par Dellon). *Ibid. id.*, 1719. En tout 5 vol. mar., r. fil.

Rare.

1231. Remarques historiques et anecdotes sur le château de la Bastille. *S. l.* 1774, in-12, br.

Très rare, puisque je n'ai jamais pu découvrir dans les bibliothèques de Paris cette pièce, qui fut saisie et supprimée avec soin lors de son apparition.

1232. Mémoires sur la Bastille, par Linguet. *Londres, Th. Spilsbury*, 1783, in-8, fig., demi-rel. — Remarques histor. sur la Bastille, nouv. édit. augmentée d'un grand nombre d'anecdotes intéressantes et peu connues. *Londres*, 1783, in-8, br.

Cette édition est terminée par une lettre à l'auteur, relative aux *Mémoires de Linguet sur la Bastille;* elle contient aussi des passages monarchiques qui manquent aux éditions postérieures.

1233. Mémoires historiques et authentiques sur la Bastille, dans une suite de près de trois cents emprisonnemens, détaillés et constatés par des pièces, notes, lettres, rapports, etc., depuis 1475 jusqu'à nos jours (par Carra). *Londres (Paris, Buisson)*, 1789, 3 vol. in-8, fig., v. éc., fil.

La planche in-4 représentant la Prise de la Bastille s'y trouve Nous avons acquis la preuve que cet ouvrage était rédigé d'après le

registres originaux de la Bastille et les notes historiques rassemblées par le major Chevallier, pour M. de Malesherbes.

1234. La Bastille dévoilée ou Recueil de pièces authentiques pour servir à son histoire (par Charpentier).
Paris, Desenne, 1790, 9 livr., en 3 vol. in-8, fig., v. br.

Rédigé sur des matériaux différens de ceux que Carra avait entre
les mains — Le 9ᵉ livr. qui manque souvent est une ample dissertat.
histor. sur le *Masque de fer.*

1235. La Bastille, Mémoires pour servir à l'histoire
secrète du Gouvernement français depuis le XIVᵉ siècle jusqu'en 1789, par Dufey de l'Yonne. *Paris,
H. Krabbe,* 1833, in-8, fig., br.

1236. Histoire de la Détention des philosophes et des
gens de lettres à la Bastille et à Vincennes, précéd. de
celle de Foucquet, de Pellisson et de Lauzun, avec tous
les docum. authent. et inédits, par J. Delort. *Paris,
Firmin Didot,* 1829, 3 vol. in-8, br.

———

1237. Itinéraire portatif, ou Guide histor. et géogr. du
voyageur dans les Environs de Paris à 40 lieues à la
ronde (par Denis). *Paris, Nyon,* 1781, in-12, cart.,
v. m.

L. Denis est le seul géogr. qui ait publié des itinéraires tellement
exacts et minutieux que les moindres particularités de la route y sont
indiquées scrupuleusement. Il n'oublie pas un hameau, pas une ferme,
pas un bouquet d'arbres, etc. Les cartes de Cassini ne sont pas plus
détaillées que ses descriptions.

1238. Voyage pittoresque des Environs de Paris, ou Descript. des maisons royales, châteaux et autres lieux de
plaisance, par D... (D'Argenville). *Paris, De Bure,*
1755, in-12, fig., v. m. — Nouvelle description des
Environs de Paris, conten. les détails histor. et descript. des maisons royales, des villes, bourgs, villages,
châteaux..., etc., par J. A. Dulaure. *Paris, Lejay,*
1786, 2 tom. en 1 vol. in-12, v. m.

1239. Histoire physique, civile et morale des Environs de Paris, depuis les premiers temps historiques jusqu'à nos jours, par J. A. Dulaure. *Paris, Guilla me*, 1825-28, 7 vol. in-8, fig. et cart., demi-rel.

1240. Mes voyages aux Environs de Paris, par J. Delort. *Paris, Picard-Dubois*, 1821, 2 vol. in-8, fig. et fac-simile, demi-rel.

1241. Mémoires intéressans pour servir à l'Histoire de France, ou Tableau histor., chronol., pittor., ecclés., civil et milit. des maisons royales, châteaux et parcs des rois de France, par Poncet de la Grave. *Paris, Nyon*, 1788-89, 4 vol. in-12, fig., v. m.

Ces quatre volumes renferment l'histoire des châteaux de Vincennes, de Saint-Cloud, de Meudon, et de la Muette. Les deux derniers ne sont pas communs.

1242. Les Tourelles, histoire des châteaux de France (Chantilly, Ecouen, Brunoy, Vaux, Villeroi, Voisenon et Petit-Bourg), par Léon Gozlan. *Paris, Dumont*, 1839, 2 vol. in-8, br.

Dans la notice sur Chantilly, est réimprimée la Relation originale de la Fête donnée par le prince de Condé au grand Dauphin.

———

1243. La Description du château de Versailles (par Félibien des Avaux). *Paris, Ant. Vilette*, 1687, pet. in-12, fig. de Schoonebeck, v. br.

Rare.

1244. Description sommaire de Versailles ancienne et nouvelle, par Félibien des Avaux. *Paris, Ant. Chrétien*, 1603 (1703), in-12, fig., m. m. — Nouv. descript. des châteaux et parcs de Versailles et de Marly, conten. une explic. histor. de toutes les peintures, tableaux, statues, vases, etc., par Piganiol de La Force. *Paris, Hocherau*, 1764, 2 vol in-12, fig., m. j.

1245. Description des grandes cascades de la maison

royale de Saint-Cloud (par Harcourt de Longeville).
Paris, L. Vaugon, 1706, in-12, fig., mar. r., f., d. s. tr.

1246. Les Divertissemens de Sceaux (par les abbés Genest et Malezieu). *Trevoux,* 1712, in-12, v. br.

Recueil curieux pour connaître les mœurs de la petite cour de la
duchesse du Maine à Sceaux. On y trouve des relations de fêtes et
les statuts de l'ordre de la *Mouche à miel.*

1247. Ms. Recueil de Chartes et pièces originales concernant l'histoire de la ville et du château de Saint-
Germain-en-Laye (1435-1684). En 1 vol. in-fol.,
dos de mar.

Ce recueil contient des titres curieux sur Talbot, capitaine de
Saint-Germain-en-Laye, en 1435 ; sur les travaux faits à Saint-Ger-
main par François Ier ; des pièces, signées, de ce prince, de Marie de
Médicis, de Louis XIII, etc.

1248. Histoire de la ville et du château de Saint-Germain-en-Laye, suiv. de recher. hist. sur les dix autres
commun. de ce canton (par A. Goujon et Ch. Odiot).
Saint-Germain, A. Goujon, 1829, in-8, cart. br.
(manq. les fig.).

1249. Ms. Recueil de documents sur l'histoire de la
ville de Saint-Denis, de son abbaye et de son territoire (1373-1664). En 1 vol. in-fol., dos de mar. —
Dénombrement de la terre de Saint-Ouen, et acte
de foi et hommage fait pour cette terre aux religieux de Saint-Denis, par de Mauroy, en 1648. Cah.
de 26 pag. sur vél.

Ile de France, proprement dite. — Valois. — Sois-
sonnais. — Laonnais. — Beauvaisis.

1250. Ms. Recueil de Chartes et pièces originales (175),
concernant l'histoire générale de l'Ile de France et
l'histoire particulière d'un grand nombre de lieux de
cette province (1214 - 1394). En 1 vol. in-fol., dos
de mar.

On trouve, dans ce recueil, des chartes de communes importan.

tes, des diplômes de Saint-Louis pour l'abbaye de Royaumont, et de Philippe-le-Hardi, pour l'abbaye de Morigny, des titres précieux pour l'histoire militaire des châteaux de l'Ile-de-France et pour les annales de ses petites villes, de ses villages, etc.

1251. Ms. Recueil de Chartes (148), relatives à l'histoire de l'Ile-de-France (1394 - 1399). En 1 vol. in-fol., dos de mar.

Ces Chartes sont de la même nature que celles du volume précédent.

1252. Ms. Recueil de Chartes (141), relatives à l'histoire de l'Ile-de-France, (1400-1420). En 1 vol. in-fol., dos de mar.

1253. Ms. Recueil de Chartes (155), concernant l'Ile-de-France (1420 - 1492). En 1 vol. in-fol. dos de mar.

1254. Ms. Liasses de titres, du quinzième au dix-huitième siècle, concernant les seigneuries du Pont-de-Charenton, de Jumencourt, de Musselone près Trianon, le prieuré de Royal-Lieu, les villages de Villiers-Adam, Villiers-sur-Thère, Tartarin, Laillevault, Blérancourt, Marolles, Chambourcy, Aunay-lés-Bondy, Noisy-sur-Oise, Montreuil, l'abbaye de Parc-aux-Dames, etc.

1255. Ms. Chartes et pièces originales (14), pour l'histoire de la ville et du comté de Dreux, (1178-1404). En 1 vol. in-fol., dos de mar.

1256. Ms. Recueil de Chartes et documents originaux (60), pour l'histoire de la ville de Mantes et de ses environs (1361-1723). En 1 vol., in-fol. dos de mar.

1257. Ms. Recueil de Chartes et titres originaux (6) concernant la ville de Corbeil (1362-1659). En 1 vol. in-fol., dos de mar.

1258. Histoire de Melun, conten. plusieurs raretez notables; plus, la vie de Bourchard, comte de Melun, traduite du latin d'un autheur du temps (le moine Odon), ensemble la vie de Jacques Amyot, par Sebastien Rouillard. *Paris, J. Guignard*, 1628, in-4, portr., vél.

Peu commun.—Le portr. ne se trouve pas dans tous les exempl.

1259. Description hist. des château, bourg et forest de Fontainebleau, conten. une explic. histor. des peintures, tableaux, statues,... et la vie des architectes, peintres et sculpteurs, par l'abbé Guilbert. *Paris, And. Cailleau*, 1731, 2 vol. in-12, plans et fig., v. m.

Avec le plan de la forêt qui manque souvent, ayant été publié après l'ouvrage. On trouve dans le premier volume la *Relat. de la mort de Monaldèschy*, par le père Le Bel.

1260. Promenades ou Itinéraire des jardins d'Ermenonville (par le comte de Girardin). *Paris, Mérigot*, 1788, planch. (25), gr. in-fol., cart.

1261. Mémoires de la ville de Dourdan, recueil. par Jacq. de Lescornay. *Paris, Bertr. Martin*, 1624, pet. in-8, vél.

Rare.

1262. Ms. Recueil de Chartes et titres (22), concernant la ville et le territoire de Montfort-l'Amaury (1288-1670). En 1 vol. in-fol., dos de mar.

1263. Ms. Recueil de Chartes et pièces originales (34) pour servir à l'histoire de la ville de Senlis et de ses environs (1250-1493). En 1 vol. in-fol., dos de mar.

1264. Ms. Chartes et pièces originales (12) relatives à l'histoire de la ville de Compiègne (1284-1652). En 1 vol in-fol., dos de mar.

La plus ancienne de ces chartes est précieuse et d'une belle conservation. Parmi les autres, se trouvent deux rôles de *montres*, une pièce signée de Guy, comte de Saint-Paul, gouverneur de Compiègne, en 1477, etc.

1265. Ms. Recueil de Chartes et titres originaux (40) re-

latifs à la seigneurie d'Athis-sur-Orge (1368-1677).
En 1 vol. in-fol., dos de mar.

La plupart de ces pièces sont des actes de foi et hommage, aveux,
contrats de vente ou d'échange, etc.

1266. Ms. Recueil de Chartes et titres originaux (83)
concernant l'histoire de la ville et du comté de Beau-
mont-sur-Oise (1199-1665). En 1 vol. in-fol., dos de
mar.

Dans ce recueil se trouvent beaucoup de pièces importantes sur
l'histoire militaire et l'état ancien du château-fort de Beaumont.

— Une liasse de titres, la plupart du XVIIᵉ siècle, relatifs aux fiefs et châteaux de Beaussant, Valdampierre
et Noisy, près Beaumont, appartenant à la famillle Le
Massonet.

1267. Ms. Chartes et titres (6) concernant la ville et le
territoire de Poissy (1307-1577). En 1 vol. in-fol.,
dos de mar.

1268. Ms. Recueil de Chartes, titres et documens originaux (58) pour servir à l'histoire de la ville de Pontoise et de ses environs(1294-1698). En 1 vol. in-fol.,
dos de mar.

Avec une liasse de pièces détachées.

1269. Le Valoys royal, extr. des Mém. de Nicolas Ber-
geron (par Ch. Beys). *Paris, Gilles Beys,* 1583, pet.
in-8, vél.

Rare.

1270. Histoire du duché de Valois, depuis le temps des
Gaulois jusqu'en 1703 (par l'abbé Carlier). *Paris,
Guillyn,* 1764, 3 vol. in-4, cart. et fig., v. m.

1271. Ms. Recueil de documens originaux (29) pour
servir à l'histoire de la ville de La Ferté-Milon(1392-
1498). En 1 vol. in-fol., dos de mar.

1272. Ms. Recueil de Chartes et pièces originales (47)
pour l'histoire de la ville et de l'ancien château de

Villers-Coterets (1392-1507). En 1 vol. in-fol., dos de mar.

1273. Ms. Recueil de Chartes originales (plus de 200) pour servir à l'histoire de la ville et du château de Crépy-en-Valois (1393-1498). En 2 vol. in-fol., dos de mar.

Cette collection, d'une haute importance pour l'histoire de la ville de Crépy, renferme, en outre, des documens précieux pour l'étude des institutions et des mœurs du moyen-âge.

1274. Ms. Recueil de Chartes et pièces originales concernant l'histoire de la ville et du comté de Soissons (1192-1491). En 1 vol. in-fol., dos de mar.

Plusieurs de ces chartes sont remarquables par leur ancienneté et leur belle conservation; toutes sont précieuses pour l'histoire de Soissons.

1275. Abrégé de l'histoire de l'ancienne ville de Soissons, contenant une sommaire déduction généal. des comtes dudit lieu, extrait des mémoires de Melchior Regnault (avec un rec. de pièces). *Paris, P. Ménard,* 1633, pet. in-8, vél.

1276. Histoire de la ville de Soissons et de ses rois, ducs, comtes et gouverneurs, avec une suite des évèques... etc., par Cl. Dormay. *Soissons, Nic. Asseline,* 1663-64, 2 vol. in-4, fig. (manq. le plan du 1er vol.), v. br.

1277. Histoire de Soissons, depuis les temps les plus reculés jusqu'à nos jours, d'après les sources originales, par Henry Martin et P. L. Jacob (bibliophile). *Soissons, Arnould,* 1837, 2 vol. in-8, pap. vélin (tiré à 20 exempl.), br. — Dernier chapitre de l'Histoire de Soissons (discours de M. Paul Lacroix devant le tribunal de Soissons, dans le procès auquel a donné lieu le prix fondé par mad. Maréchal. (*Paris,* 1838), in-8, pap. vél., br.

1278. Histoire ecclésiastique et civile du diocèse de Laon et de tout le pays contenu entre l'Oise et la Meuse, l'Aisne et la Sambre, par dom Nicolas Le Long. *Châlons, Seneuse,* 1783, in-4, br.

1279. Ms. Recueil de Chartes concernant l'histoire de la ville de Laon (1287-1396). En 1 vol. in-fol., dos de mar.

1280. Histoire de la ville et des seigneurs de Coucy, avec notes ou dissert. et les pièces justificatives, par dom. Toussaint du Plessis. *Paris, Fr. Babuty,* 1728, in-4, fig., v. gr.

1281. Ms. Recueil de Chartes et pièces originales (100) pour servir à l'histoire de la ville de Chauny et de sa châtellenie (1360-1531). En 1 vol. in-fol., dos de mar.

Titres importans pour l'histoire communale de Chauny, sur les priviléges de ses habitans au moyen âge, sur l'état de la ville et du château au 15e siècle; acte original de la vente de cette seigneurie par le duc d'Orléans, en 1440, pour payer sa rançon; documens sur le siége de Chauny, en 1473, etc., etc.

1282. Beauvais, ou Mém. des pays, ville, évesché, évesques, comté, comtes, pairie, commune et personnes de renom de Beauvais et Beauvaisis, par Antoine l'Oisel (*sic*). *Paris, Samuel Thiboust,* 1617, in-4, vél.

1283. Histoire et antiquités du pays de Beauvaisis (par P. Louvet). *Beauvais, ve Valet,* 1631-35, 2 vol. — Supplément à l'Histoire du Beauvaisis, par Simon. *Paris, G. Cavelier,* 1704, 1 vol. Ensemble 3 vol. pet. in-8, v. f.

Bel exemp. — Rare. — C'est dans cet ouvrage, rempli de pièces originales, qu'on trouve les plus amples détails sur la tradition et le personnage du Juif-errant.

1284. Ms. Recueil de pièces originales (15) pour servir

à l'histoire de Beauvais (1363-1684). En 1 vol. in-fol.,
dos de mar.

Dans ces pièces, on remarque des détails curieux sur une exécution criminelle faite à Beauvais ; une ordonnance de François Ier
pour *l'achèvement des somptueux édifices de l'église de Beauvais* ; des
titres relatifs à l'évêché et à l'Hôtel-Dieu ; des rôles de *montres* et
revues reçues à Beauvais, etc.

1285. L'Histoire de la ville et cité de Beauvais, et des
antiquités du pays de Beauvaisis, par Pierre Louvet.
Rouen, Manassez de Preaux, 1614, pet. in-8, vél.

1286. Ms. Etat des fiefs tènus directement du comté de
Clermont en Beauvaisis, avec la suite des possesseurs
desdits fiefs, depuis 1373 jusques en 1500, fait et
dressé par Mᵉ Jehan d'Argillier, greffier-juré du bailliage dudit Clermont. — Etat des actes de foi et hommage faits au bailliage de Clermont en Beauvaisis, par
les vassaux tenant directement du comté (1648-1669).
En 1 vol. in-fol. sur pap., dos de mar.

Picardie et Vermandois. — Champagne et Brie.

1287. Les Antiquitez, histoires et choses plus remarquables de la ville d'Amiens, 3ᵉ édit., par Adrian de
La Morlière. *Paris, Séb. Cramoisy*, 1642. — Recueil
de plusieurs nobles et illustres maisons vivantes et
esteinctes du diocèse d'Amiens et à l'environ, par le
même. *Ibid., id.* 1642, 2 part. en 1 vol. in-fol., v. br.

1288. Description de l'Eglise cathédrale d'Amiens, par
Maurice Rivoire. *Amiens, Maisnel*, 1806, in-8, br.

1289. Mémoires pour servir à l'histoire ecclésiastique,
civile et militaire de la province du Vermandois (avec
beaucoup de pièces origin.), par Louis Paul Colliette.
Cambrai, Samuel Berthoud, 1771-72, 3 vol. in-4, cart.

A la fin du 3ᵉ vol. se trouve le *Pouillé de tous les bénéfices du
diocese de Noyon.* Cambray, Sam. Berthoud, 1773 , lequel manque
quelquefois.

1290. Ms. Recueil de Chartes, pièces et documens originaux, concernant l'histoire de la ville de Saint-Quentin (1220-1700). En 1 vol. in-fol., dos de mar.

En tête de ce recueil important est une charte originale de Philippe-Auguste, avec monogramme, concernant la commune et le chapitre de Saint-Quentin. La plupart des autres pièces sont d'un grand intérêt pour l'histoire de cette ville.

1291. Augusta Viromanduorum vindicata et illustrata duobus libris... ; adjectum est regestum chartorum, operà Cl. Hemeræi. *Parisiis, apud J. Bessin*, 1643, pet. in-4, v. f., fil.

Avec le plan topogr. de Saint-Quentin. — Rare.

1292. Histoire des droits anciens et des prérogatives et franchises de la ville de Saint-Quentin, par Louis Hordret, sieur de Flechin. *Paris*, 1781, in-8, demi rel.

1294. L'Histoire généal. des comtes de Ponthieu et maieurs d'Abbeville, leurs priviléges, leurs actions héroyques, et ce qui s'est passé de plus remarq. dans le pays de Ponthieu et de Vimeu depuis 1083 jusqu'à l'an 1657, avec un recueil des Hommes illustres (par I. D. J. M. C. D (Ignace de Jésus-Maria, carme déchaussé). *Paris, Fr. Clousier*, 1657, in-fol., blas., v. br.

Cette histoire est plutôt chronolog. que généal.

1294. Histoire du comté de Ponthieu, de Montreuil et de la ville d'Abbeville, avec la Notice de leurs Hommes dignes de mémoire (par A. de Vérité). *Londres, J. Nourse*, 1765, 2 vol. in 12, demi-rel.

1295. Histoire gén. et partic. de la ville de Calais et du Calaisis ou Pays reconquis, précéd. de l'Histoire des Morins, par Lefebvre. *Paris, G. T. Debure*, 1766, 2 vol. in-4, cart., v. m.

1296. Ms. Chartes et documens originaux sur l'histoire

de la ville de Saint-Valery-sur-Somme (1386-1724).
En 1 vol. in-fol., dos de mar.

On trouve dans ce recueil des pièces intéressantes pour l'histoire militaire et maritime de Saint-Valery.

1297. Ms. Collection de Chartes, titres et documens
originaux (plus de 800) pour servir à l'histoire des
provinces de Champagne et de Brie, depuis l'an 1115,
jusqu'en 1748. En 6 vol. in-fol., dos de mar.

Cette riche et importante collection renferme, outre plusieurs chartes de communes, inédites et d'une date ancienne, les titres les plus intéressans sur l'histoire de la Champagne, pendant tout le moyen-âge et pendant le seizième siècle.

— Plusieurs liasses de titres relatifs aux mêmes
provinces.

Quelques unes de ces liasses concernent particulièrement la ville de Claye.

1298. Mémoires historiques sur la province de Champagne, par Baugier. *Chaalons, Cl. Bouchard*, 1721,
2 vol. pet. in-8, cart., fig. et portr., m. m.

1299. Ms. Recueil de documens originaux (95) pour
servir à l'histoire de la ville de Reims (1238-1757).
En 1 vol. in-fol., dos de mar.

L'ancienneté, la belle conservation, et surtout l'intérêt des documens contenus dans ce volume en font un recueil très précieux pour la ville de Reims. Parmi les titres du XVIe siècle, on remarque une série de pièces fort curieuses sur le séjour que les troupes de Mayenne firent à Reims en 1594 et 1595. Plusieurs portent la signature du chef de la Ligue.

1300. Description histor. et topogr. de la grande route
de Paris à Reims, par dom G. Coutans. *Paris, Vente*,
1775, in-4, cartes et plans, cart.

1301. Metropolis Remensis Historia, a Frodoar do primum arctius digesta, nunc demum aliunde accersitis
plurimum aucta, et ad nostrum hoc sæculum fide
liter deducta (cum diplomat.), studio et labore dom.

G. Marlot. *Insulis,N. de Rache* et *Le Lorrain*, 1666-79, 2 vol. in-fol., fig., v. br.

1302. Le Dessein de l'histoire de Reims, avec div. remarques touchant la fond. des villes de France, par Nic. Bergier (publ. par Jean Bergier). *Reims, Nic. Bernart*, 1635, pet. in-4 (manq. les fig.), v. br.

Ce sont seulement les deux premiers livres de cette hist. restée manuscrite, avec les sommaires de tout l'ouvrage.

1303. Histoire civ. et polit. de la ville de Reims, par Anquetil (d'après les mss. de La Sale). *Reims, Delaistre-Godet*, 1756, 3 vol. in-12, v. m.

1304. Description historique et statistique de la ville de Reims, par J. B. F. Gerusez. *Reims, Le Bâtard*, 1817, 2 vol. in-8, fig. br.

1305. Ms. Recueil de Chartes et pièces originales (40 environ) sur l'histoire de la ville de Troyes (1221-1686). En 1 vol. in-fol., dos de mar.

Pièces intéressantes pour l'hist. civile et municipale de Troyes, et pour l'hist. particulière des familles de cette ville.

1306. Promptuarium sacrarum antiquitatum Tricassinæ diæceseos; auct. seu collect. Nicolao Camuzat. *Augustæ Trecarum, ap. Natalem Moreau*, 1610, pet. in-8, vél.

Rare.

1307. Mémoires historiques et critiques, pour l'histoire de Troyes (par Grosley). *Paris, v⁰ Duchesne*, 1774, 2 tom. en 1 vol. in-8, fig., v. m.

1308. Topographie historique de la ville et du diocèse de Troyes, par Courtalon-Delaistre. *Troyes, v⁰ Gobelet*, 1783, 3 vol. in-8, demi-rel.

Préférable même aux ouvrages de Grosley et beaucoup plus complet.

1309. Ms. Recueil de Chartes et documens originaux (94) pour servir à l'histoire de la ville de Château-Thierry (1211-1700). En 1 vol. in-fol , dos de mar.

Documens précieux sur l'état ancien de la ville de Château-Thierry, la construction de son château, les guerres qu'il a soutenues, etc.

1310. Histoire de Château-Thierry (par Arnould). (*Château-Thierry*). 4 pl. avec texte, in-4.

1311. Ms. Recueil de Chartes et documens originaux (21) relatifs à l'histoire de la ville de Meaux (1216-1711). En 1 vol. in-fol., dos de mar.

Chartes anciennes bien conservées ; titres importans pour l'histoire de Meaux au moyen-âge.

1312. Ms. Recueil de Chartes et titres originaux (28) pour servir à l'histoire de la ville et du château de Brie-Comte-Robert (1350-1670). En 1 vol. in-fol., dos de mar.

1313. Ms. Recueil de pièces originales (9) concernant la ville et le territoire de Lagny (1390-1720). En 1 vol. in-fol., dos de mar.

1314. Ms. Recueil de Chartes et titres originaux (21), concernant l'histoire de la ville de Sens (1204-1579). En 1 vol. in-fol., dos de mar.

On trouve dans ce recueil, entre autres documens précieux, une belle charte de Philippe-Auguste, une charte d'affranchissement du XIIIe siècle, des lettres de Henri V, roi d'Angleterre, etc.

1315. Ms. Chartes et titres originaux (5) relatifs à la ville de Chaumont-en-Bassigny (1334-1600). En 1 vol. in-fol. , dos de mar.

316. Ms. Recueil de Chartes, titres et documens originaux (18) sur l'histoire de la ville de Langres (1300-1700). En 1 vol. in-fol., dos de mar.

1317. Ms. Recueil de Chartes et documens originaux (21) concernant l'histoire de la ville de Sézanne et de ses environs (1179-1700). En 1 vol. in-fol., dos de mar.

On y remarque des titres précieux pour le pays, une lettre originale du duc de Mayenne, etc.

1318. Histoire et description de Provins, par Opoix. *Provins, Lebeau,* 1823, in-8, fig., m. v.

1319. Vues de Provins, dessinées et lithograp. par plus. artistes (Collin, Renoux, X. Leprince, etc.), avec un texte par M. D. (Du Sommerard). *Paris, Gide,* 1822, pet. in-fol., cart.

1320. Ms. Recueil de Chartes et documens originaux (41), sur l'histoire de la ville de Châlons-sur-Marne (1309-1672). En 1 vol. in-fol., dos de mar.

Outre des titres importans pour l'histoire de Châlons, ce recueil contient beaucoup de pièces intéressantes pour les familles de la ville.

1321. Ms. Estat des Receptes et despenses des comtes de Vertus, pour l'année 1439-40. Pet. in-fol. de 28 feuill. sur vél., dos de mar.

1322. Ms. Recueil de pièces originales (29) pour servir à l'histoire du château de Viviers (1392-1467). En 1 vol. in-fol., dos de mar.

1323. Voyage aux ruines de l'ancien château royal du Viviers (par Ach. Jubinal). *Paris, P. Baudouin,* 1836, in-8, br.

1324. Ms. Recueil de Chartes et titres originaux 27) concernant l'histoire de la ville de Sainte-Menehould (1362-1672). En 1 vol. in-fol., dos de mar.

Parmi les pièces du dix septième siècle, on trouve dans ce recueil des lettres originales de Louis XIII, établissant le conseil de ville de Sainte-Menehould; des lettres de Louis XIV, avec des documens curieux sur des violences exercées contre les habitans par le sieur Du Pin, lieutenant du roi, etc.

1325. Ms. Recueil de Chartes et titres originaux (33)

pour servir à l'histoire de la ville et de la châtellenie d'Epernay (1293-1454). En 1 vol. in-fol., dos de mar.

1326. **Ms.** Documens originaux pour servir à l'histoire de la ville et du bailliage de Vitry-le-Français (1502-1715). En 1 vol. in-fol., dos de mar.

Normandie.

1327. Description géogr. et histor. de la Haute-Normandie (par dom Toussaint Duplessis). *Paris, Didot,* 1740, 2 vol. in-4. cart. v. br.

1328. **Ms.** Collection de Chartes, titres et documens originaux (plus de 400), pour servir à l'histoire de la Normandie (1319-1700). En 2 vol. in-fol. dos de mar.

— Plusieurs liasses de titres concernant également l'histoire de la Normandie au 15e et au 17e siècles.

1329. Orderici Vitalis Historiæ ecclesiasticæ libri tredecim ; ex veteris codicis uticencis emendavit et suos animadvers. adjecit Aug. le Prevost., *Parisiis, ap. Jul. Renouard,* 1838, in-8, tom. I (seul paru), br.

1330. Histoire générale de Normandie, depuis les premières courses des Normands jusqu'à la réunion de la Normandie à la Couronne, par Gabr. Du Moulin. *Rouen, J. Osmont,* 1631, in-fol., v. br.

1331. Chroniques neustriennes, ou Précis de l'hist. de Normandie, ses ducs, ses héros, ses grands hommes, etc., depuis le IXe siècle jusqu'à nos jours, suivi de chants neustriens, par Marie Dumesnil. *Paris,* 1825, in-8, fig., demi-rel.

1332. Histoire du duché de Normandie, par J. J. C. Goube. *Rouen,* 1815, 3 vol. in-8, cart. et fig., br.

1333. Histoire de la Conquête de l'Angleterre par les Normands, de ses causes et de ses suites en Angleterre, en Ecosse et en Irlande et sur le continent, par

Augustin Thierry, 3ᵉ édit., rev. et augm. *Paris, Mesnier*, 1830, 4 vol. in-8, br.

Chef-d'œuvre de l'histoire moderne. Cette édit. contient des pièces justificat. que M. A. Thierry a augmentées depuis, en perfectionnant davantage tous les jours son travail, qui était déjà excellent au sortir de ses mains.

1334. Lettre de Marion de Lorme aux auteurs du Journal de Paris (par B. de la Borde). *Londres* (*Paris*), 1780.

— Récit en forme de journal d'un Voyage aux villes de Rouen, du Havre et de Dieppe, en mai 1783 (par B. D.) *S. l., s. a.* (vers 1791) 2 pièces en 1 vol. in-12, demi-rel.

Ce journal de voyage, dont l'auteur me paraît être Benj. de La Borde, auteur de la *Lettre de Marion de Lorme*, est fort rare, puisqu'il sort d'une imprimerie particulière, comme on l'apprend de ce *Post-scriptum* : « Un jeune frère de la dame le Sei..., désirant faire hommage à quelques personnes de leur famille des prémices de ses travaux dans l'art de l'imprimerie, s'est saisi du manuscrit qu'avait la dame sa sœur, pour en tirer un petit nombre d'exemplaires et les leur offrir. » —La *Lettre de Marion de Lorme* a été écrite pour soutenir l'étrange opinion qui fait vivre jusqu'en 1741 cette célèbre maîtresse de Cinq-Mars. M. Weiss, dans la *Biogr. universelle*, à l'art. de *Marion*, a examiné la valeur des assertions avancées par de La Borde, et depuis M. Ch. Nodier est allé en Bourgogne vérifier lui-même le fameux acte de naissance de *Marie-Anne-Oudette Grappin*, lequel a donné lieu à cette piquante controverse.

1335. Premier Essai sur le département de la Seine-Inférieure, contenant les districts de Gournay, Neufchatel, Dieppe et Cany, par S. B. J. Noel. *Rouen, an VII.* — Second Essai, contenant les districts de Montivilliers, Yvetot et Rouen, par le même. *Rouen, an VII,* 2 tom. en 1 vol. in-8, demi-rel.

1336. Ms. Collection de chartes, titres et documens originaux (plus de 400) pour servir à l'histoire de la ville de Rouen et de son territoire (1205-1718). En 4 vol. in-fol., dos de mar.

Cette grande collection, inappréciable pour l'histoire de Rouen, est riche surtout en documens précieux du XIVᵉ, XVᵉ et XVIᵉ siècles. Elle renferme beaucoup de titres sur l'époque de la domination anglaise. Parmi les plus anciennes pièces, on remarque plusieurs chartes des rois d'Angleterre, de Philippe-le-Bel, etc. D'autres chartes, de diverses dates, offrent beaucoup d'intérêt pour l'histoire de la bourgeoisie de Rouen, des arts et métiers, du commerce de cette ville, ainsi que de sa topographie au moyen-âge, etc.

1337. Ms. Compte du receveur-général de Rouen, des arrérages de rentes par lui payés pour l'année 1578. in-4 sur pap. de plus de 600 pag., écrit. du temps, v. br.

1338. Hist. de la ville de Rouen, divisée en 6 part., par un solitaire (dom Ignace; rev. par du Souillet, d'après l'Hist. de Farin, et augm. par J. Le Lorrain). *Rouen, L. du Souillet*, 1731, 6 part. en 2 vol. in-4, v. br.

1339. Abrégé de l'histoire ecclés., civ. et polit. de la ville de Rouen, avec son origine et ses accroissemens jusqu'à nos jours (par Le Cocq de Villeray). *Rouen, Pr. Oursel*, 1759, in-12, demi-rel.

1340. Les Origines de la ville de Caen et des lieux circonvoisins (par Huet). *Rouen, Maurry*, 1702, in-8, v. gr.
Rare.

1341. Essais historiques sur la ville de Caen et son arrondissement, par l'abbé de La Rue, *Caen, Fr. Poisson*, 1820, 2 vol. in-8, fig., br.

1342. Histoire civile et ecclés. du comté d'Evreux, ou l'on voit ce qui s'est passé, tant par rapport aux rois de France qu'aux anciens ducs de Normandie et aux rois d'Angleterre (par Le Brasseur). *Paris, Fr. Barois*, 1722, in-4, v. f.

1343. Suites des Essais historiques et anecdotiques sur le comté, les comtes, la ville d'Evreux et pays circonvoisins, par Masson de St-Amand. *Evreux, Ancelle*, 1815, in-8, br.

1344. Notice historique sur l'arrondissement des Andelys, par G. F. de La Rochefoucauld. *Paris, Eymery,* 1813, in-8, br.

1345. Histoire sommaire de la ville de Bayeux, précéd. d'un disc. sur le diocèse (par Mich. Béziers). *Caen, J. Manoury,* 1773, in-12, br.

A la fin se trouve imprimé : *Liber velutus, ou le Livre pelut.*

1346. Histoire, antiquités et description de la ville et du port du Havre de Grace, avec un Traité de son commerce et une notice des lieux circonvoisins, par l'abbé Pleuvri. *Havre, Le Picquier,* 1796, in-12, br.

1347. Mémoires sur le port, la navigation et le commerce du Havre de Grace (par Du Bocage de Blesville). *Havre, G. Faure,* 1753, pet. in-8, m. m.

1348. Histoire du château et de la ville de Gerberoy, par Jean Pillet. *Rouen, Eust. Viret,* 1679, in 4., v. br.

1349. Mémoires chronologiques pour servir à l'histoire de la ville de Dieppe et à celle de la navigation française, avec les preuves (par Desmarquets). *Paris, Desauges,* 1785, 2 vol. in-12, v. m.

1350. Histoire des anciennes villes de France : Haute Normandie. Dieppe, par L. Vitet, *Paris, Alex. Mesnier,* 1833, 2 vol. in-8, cart. et fig., br.

Bretagne.

1351. Dissertation historique sur l'origine des Bretons, sur leur établissement dans l'Armorique et sur leurs premiers rois (par l'abbé Aubert de Vertot?). *Paris, Clousier,* 1739, 2 vol. in-12, v. m.

1352. Dissertations sur la Mouvance de la Bretagne, par rapport au droit que les ducs de Normandie y prétendoient ... (par Cl. de Moulinet, abbé des Tuileries). *Paris, Fr. Fournier,* 1711, in-12, v. br.

1353. Histoire de Bretagne, avec la Chronique des maisons de Vitré et de Laval, par Pierre le Baud; ensemble quelq. autres traictez et un recueil armorial, le tout mis en lumière par d'Hozier. *Paris, Gervais Alliot*, 1638, in-fol. v., f., fil.

Rare.

1354. L'Histoire de Bretagne, des roys, ducs, comte et princes d'icelle, etc. , continuée jusqu'au temps de Mme Anne, dernière duchesse,... par Bertrand d'Argentré. *Rennes, P. Garnier*, 1681, in-fol., v. br.

1355. Histoire ecclés. et civile de Bretagne, compos. sur les auteurs et titres originaux, par dom P. H. Morice et dom Taillandier. *Paris, Delaguette*, 1750-56, 2 vol. in-fol.,v. m. — Mémoires pour servir de preuves à l'Hist. de Bretagne, par dom H. Morice. *Paris, Osmont*, 1742-45, 3 vol. in-fol., planch., v. m.

Le second volume de l'Histoire contient les *Mémoires de Jean du Mats, seigneur de Terchant et de Montmartin, ou Relation des troubles arrivés en Bretagne, depuis 1589 jusqu'en 1598; le journal de Jér. d'Aradon, seign. de Quenipili; le Mém. du vicomte de Rohan, pour la préséance aux Estats*, etc.

1356. Histoire de la Réunion de la Bretagne à la France, où l'on trouve des anecdotes sur la princesse Anne,... par l'abbé Irail. *Paris, Germ. Duran*, 1744, 2 vol. in-12, v. m.

1357. Histoire particulière de la Ligue en Bretagne (par de Rosnivinen, marq. de Pirey; rédig. par l'abbé Desfontaines). *Paris, Rollin*, 1739, 2 vol. in-12, v. j.

1358. Recueil de pièces, mémoires, instructions, etc., sur les Etats de Bretagne. 1 vol. in-fol., mar.r.,d. s. tr.

1359. Ms. Assise des Etats généraux et ordin. du pays et duché de Bretagne, convoqués et assembl. en la ville de Dinan, le 15 décembre 1717, in-fol. de 220 feuil., sur pap. mar. r., dent., d. s. tr.

Maine. — Perche. — Beauce. — Gatinais. — Ni-
vernais. — Orléanais, proprement dit. — Ble-
sois. — Touraine. — Anjou. — Poitou. — Au-
nis. — Angoumois. — Berry.

1360. Ms. Collection de Chartes et documens originaux
(plus de 300) pour servir à l'histoire du Maine (1096-
1790). En 2 vol. in-fol., dos de mar.

La plus ancienne des chartes de cette collection est précieuse par
sa date et intéressante pour l'histoire locale. Les autres pièces sont
également importantes à divers titres. On peut citer plusieurs documens inédits sur Pierre de Craon, assassin du connétable de Clisson,
sous le règne de Charles VI.

1361. Dictionnaire topogr., hist., général et bibliogr.
de la province et du diocèse du Maine, par Le Paige.
Mans, Toutain 1777, 2 vol. in-8, v. gr., fil.

1362. Histoire du pays et comté du Perche et duché
d'Alençon, par Gilles Bry, sieur de La Clergerie. *Pa-*
ris, P. Le Mur, 1620. — Addit. aux Recherches d'A-
lençon et du Perche, auxquelles sont insérées plusieurs
lettres et déclarations du roy, le procès criminel fait
au duc René, etc., ensemble quelq. titres, par le
même. *Ibid, id.* 1621. — Coustumes des pays, comté
et bailliage du grand Perche, avec les apostilles de
Charles Du Moulin. *Ibid, id*, 1621, 3 part. en 1 vol.
in-4, v. f., fil.

Rare avec les additions.

1363. Histoire de la ville de Chartres, du pays Chartrain et de la Beauce, par Doyen. *Chartres, Deshayes,*
1786, 2 vol. in-8, br.

1364. Histoire de Chartres et de l'ancien pays chartrain, avec une descript. du dép. d'Eure-et-Loir, par
V. Chevart. *Chartres, Durand-le-Tellier*, an X, 2 vol.
in-8, br.

1365. Histoire générale, civile et religieuse de la cité des Carnutes et du pays Chartrain, vulgairement appelé la Beauce, par J. F. Ozeray. *Chartres*, 1834, 2 vol. in-8, br.

1366. Ms. Recueil de Chartes, titres et documens originaux (plus de 120) pour servir à l'histoire de la ville de Chartres et de ses monumens civils et religieux (1014-1714). En 1 vol. in-fol., dos de mar.

Documens inédits, du plus grand intérêt, relatifs à la cathédrale de Chartres.

1367. Les Antiquitez de la ville et du duché d'Estampes, avec l'Hist. de l'abbaye de Morigny, par le P. Basile Fleureau. *Paris, J. B. Coignard*, 1683, in-4, v. br.

Rare.

1368. Ms. Chartes, titres et documens originaux (52), concernant l'histoire de la petite ville et du château de Janville en Beauce (1330-1479). En 1 vol. in-fol., dos de mar.

Titres précieux pour l'histoire du pays et pour celle des guerres du 14e et du 15e siècle.

1369. Ms. Recueil de Chartes, titres et documens originaux (300 environ) pour servir à l'histoire de la ville de Châteaudun (1150-1668). En 1 vol. in-fol., dos de mar.

Cette nombreuse et importante collection renferme des chartes du 12e et du 13e siècle, bien conservées et intéressantes; on y trouve aussi, pour les époques postérieures, les documens les plus précieu concernant l'histoire civile, militaire et religieuse de Châteaudun et de sa châtellenie.

1370. Ms. Chartes, titres et documens originaux pour servir à l'histoire de la petite ville et du château d'Yèvre-le-Chatel (1392-1422). En 1 vol. in-fol., dos de mar.

1371. Histoire générale des pays de Gatinois, Sénonois et Hurepois, conten. la descrip. des antiq. des villes,

16

bourgs, chasteaux, etc., par dom Guillaume Morin. *Paris, v⁰ P. Chevalier*, 1630, in-4, v. br.

Rare.

1372. M◦. Recueil de Chartes et documens originaux (28) concernant l'histoire de la ville de Montargis, 1341-1702). En 1 vol. in-fol., dos de mar.

1373. Les Priviléges, franchises et libertez des bour-geois et habitans de la ville et faux-bourgs de Mon-targis-le-Franc. *S. l., s. a. (Paris*, 1608), pet. in-8, demi-rel.

1374. Ms. Chartes, titres et documens originaux (37) sur l'histoire de la ville de Lorris en Gâtinais (1144-1495). En 1 vol. in-fol., dos de mar.

———

1375. Histoire du pays et duché de Nivernois, par Guy Coquille. *Paris, v⁰ l'Angelier*, 1612. — Dis-cours des Droits appartenans à la maison de Nevers ès duchez de Brabant, Lembourg et ville d'Anvers, avec une table de sa généal. (par L. H. M. D. R.) *Paris*, 1581, 2 tom. en 1 vol. in-4, vél.

Le *Discours des Droits*, etc., est omis dans la *Bibl. hist. de la Fr.*

1376. Mémoires pour servir à l'histoire du Nivernois et Donziois, avec dissert., par Née de La Rochelle. *Paris, Moreau*, 1747, in-12, v. f.

1377. Recherches historiques sur Nevers, par Louis de Sainte-Marie. *Nevers, Lefebvre*, 1810, in-8, br.

1378. Ms. Collection de plus de 2,500 chartes, titres et documens originaux, pour servir à l'histoire de l'Orléanais (1147-1700). En 16 vol. in-fol., dos de mar.

Les archives de l'Orléanais semblent être réunies tout entières dans cette immense collection, à l'aide de laquelle on pourrait reconstituer, pour ainsi dire, l'histoire complète de cette province et des provinces voisines, depuis le 12e siècle. Aucun de nos dépôts publics ne possède, sur ces contrées centrales où se sont accomplis presque tous les grands faits de l'histoire de France, une réunion de pièces historiques aussi nombreuse, aussi riche que celle-ci, où se trouvent des documens précieux pour les annales politiques, civiles et religieuses du pays, pour sa statistique, pour l'histoire de ses institutions, de ses mœurs, de son langage, etc. Il faut remarquer que ce grand recueil ne concerne pas seulement l'Orléanais, proprement dit ; il contient des titres relatifs à la plupart des pays placés sous l'ancien *gouvernement* de ce nom, qui comprenait, outre la province de l'Orléanais, une partie de la Beauce, la Sologne, le Vendômois, une partie du Perche, le Dunois, le Blésois, et presque tout le Gâtinais, etc.

A ces seize volumes sont jointes trente et une liasses de titres concernant l'histoire particulière des localités suivantes : les seigneuries de Prye et de la Franchise en Gâtinais, Allianville-en-Beauce, Saint-Lubin, La-Court-de-Ligny, Souchamp, Gaubertin, Longueau, Moussay, Jouy, Chesnefy, La Plaine, Boilly, Boissy, Bos-Roger, le Bouchet, Epernon, la Bourdinière, Escrignolles, l'Epine-Ronde, Gassecourt, Méninville, Auviller, Vrisseul, Bagneau, Saint-Vincent-au-Bois, Saint-Aubin-du-Tertre et la ville de Pithiviers.

1379. Ms. Collection de 386 chartes et documens originaux pour servir à l'histoire de la ville d'Orléans (1176-1682). En 2 vol. in-fol., dos de mar.

Recueil du plus grand prix pour l'histoire de la municipalité d'Orléans, de ses priviléges, de son commerce, de son industrie, de ses monumens civils et religieux, etc.

1380. Histoire et antiquitez de la ville et duché d'Orléans, avec les noms des rois, ducs, comtes, etc., ensemble le tome ecclésiast. conten. l'origine des églises, monastères, etc., par Fr. Le Maire. *Orléans, Maria Paris*, 1645-46, in-4, v. br.

Meilleure édition, bien complète.

1381. Histoire de l'Eglise et diocèse, ville et université d'Orléans, par Symp. Guyon (avec une préf. par Jacq.

Guyon). *Orléans, Maria Paris*, 1647, 2 part. en 1 vol.
in-fol., v. br.

L'histoire de Jeanne d'Arc n'est nulle part mieux racontée; Symp.
Guyon se sert de chroniques inédites, entre autres de celle de P. Sala,
etc.

1382. Ms. Recueil de Chartes (126) concernant l'his·
toire des comtes de Blois et la dépense de leurs maisons (1281-1397). En 1 vol. in-fol., dos de mar.

Utile pour l'histoire de la noblesse et des usages, aux XIIIe et
XIVe siècles.

1383. Histoire de Blois, conten. les antiquitez du comté
de Blois, les éloges des comtes et les vies des hommes
illustres, par J. Bernier. *Paris, Fr. Muguet*, 1681,
in-4, v. br.

1384. Essais historiques sur la ville de Blois et ses envi·
rons, suiv. de tableaux chronol., par Fournier. *Orléans, Rouzeau-Montaut*, 1785, in-8, br.

1385. Ms. Recueil de titres et documens originaux
(environ 250), pour servir à l'histoire de la ville et
du château de Romorantin (1182-1653). En 2 vol. in-
fol., dos de mar.

Le rôle important que la petite ville de Romorantin a joué dans
le moyen-âge, principalement au milieu de nos troubles du XIVe et
du XVe siècle, est attesté par le nombre et l'intérêt des documens
qui composent cette collection.

1386. Ms. Chartes, titres et documens originaux concernant l'histoire de la ville de Vendôme (1366-
1596). En 1 vol. in-fol., dos de mar.

1387. Ms. Recueil de Chartes, titres et documens originaux concernant l'histoire de la Touraine (1200-
1750). En 1 vol. in-fol., dos de mar.

Ce recueil ne renferme pas seulement des titres concernant les
plus anciennes abbayes de la Touraine : on y trouve des pièces d'un

grand intérêt pour l'histoire civile du pays et pour celle des familles.

1388. Le Paradis délicieux de la Touraine, qui comprend dans une briève chronol. ses raretez admirables, particul. les archevesques de Tours..., le tout divisé en IV partères qui font IV parties..., par le R. P. Martin Marteau. *Paris, Louys de la Fosse*, 1661, in-4, demi-rel.

Rare.

1389. Tablettes chronol. de l'histoire civile et ecclés. de Touraine, suiv. de Mélanges historiques, par J.L. Chalmel. *Tours, Letourmy*, 1818, in-12, br.

L'auteur, dans son *Histoire de Touraine*, n'a pas reproduit les excellentes dissertations histor. qui remplissent un tiers de ce volume.

1390. Histoire de Touraine, depuis la conquête des Gaules jusq. 1790, suiv. d'un dict. biogr. par J. L. Chalmel. *Paris, H. Fournier*, 1828, 4 vol. in-8, br.

1391. Ms. Recueil de Chartes et titres relatifs à l'histoire de la ville de Tours (1216-1700). En 1 vol. in-fol., dos de mar.

Ces titres sur la ville de Tours contiennent des documens précieux qu'on chercherait vainement ailleurs.

1392. Ms. Recueil de Chartes, titres et documens originaux (environ 140), pour servir à l'histoire de la ville et de la châtellenie de Château-Renault, en Touraine (1300-1499). En 1 vol. in-fol., dos de mar.

Cette collection précieuse prouve l'importance qu'avait au moyen-âge la ville de Château-Renault, sous les comtes de Blois et sous les ducs d'Orléans. On y trouve une foule de documens sur l'histoire civile et militaire de cette ville.

1393. Essais sur l'histoire de la ville de Chinon, par Dumoustier. *Tours, Billault*, 1807, in-12, br.

1393 *bis*. Essais sur l'histoire de la ville de Loudun, par Dumoustier de la Fond. *Poitiers, M. V. Chevrier*, 1778, 2 part. en 1 vol. in-8, v. éc., fil., d. s. tr.

1394. Ms. Chartes et pièces originales (24) pour servir
à l'histoire de la ville et du château de Châteauneuf-
sur-Loire (1279-1478). En 1 vol. in-fol., dos de mar.

Documens pour l'histoire militaire et architecturale de la forte-
resse de Châteauneuf, si importante au XIVe et au XVe siècles.

1395. Ms. Recueil de Chartes, titres et documens originaux (plus de 200) concernant l'histoire de l'Anjou
(1176-1700). En 1 vol. in-fol., dos de mar.

Recueil d'un grand intérêt pour l'histoire civile et ecclésiastique
de cette province. Beaucoup de titres relatifs aux familles.

1396. Hystoire agregative des Annales et cronicques
d'Anjou, conten. le commencement et origine avecques partie des chevaleureux et marciaulx gestes des
magnanimes princes, consulz, contes et ducz d'Anjou..; recueil. et mises en forme par noble et discret
missire Jehan Bourdigné, prestre, et depuis revues et
addition. par le Viateur (Jean Bouchet). *Angiers, Ch.
de Boingne et Clément Alexandre*, 1529, pet. in-fol.,
v. br.

Très rare, mais il y a des feuillets endommagés.

1397. Edom ou les colonies Idumeanes, par Pierre Le
Loyer. *Paris, N. Buon*, 1620, pet. in-8, vél.

Rare.

1398. Recherches historiques sur l'Anjou et ses monumens : Angers et le bas Anjou, par J. F. Bodin. *Saumur, Degouy*, 1821, 2 vol. in-8, fig. br.

1399. Ms. Chartes et documens pour servir à l'histoire
de la ville d'Angers (1000-1790). En 1 vol. in-fol., dos
de mar.

Chartes concernant les abbayes de Saint-Aubin, de Saint-Serge,
de Saint-Michel, et le Chapitre d'Angers ; titres sur l'histoire militaire et sur les familles de la ville, etc.

1400. Recherches historiques sur la ville de Saumur,

ses monumens et ceux de son arrondissement, par J. F. Bodin. *Saumur, Degouy,* 1814, 2 vol. in-8, fig., br.

1401. Recueil de dissertations ou Recherches historiques et critiques sur le temps où vivait le solitaire de Saint-Florent au mont Glonne, en Anjou ; sur quelques ouvrages des anciens Romains, nouvell. découverts dans cette province et en Touraine, etc., par de La Sauvagère. *Paris, vᵉ Duchesne,* 1776, in-8, v. br.

———

1402. Histoire des Comtes de Poictou et ducs de Guyenne, conten. ce qui s'est passé de plus mémor. en France depuis 811 jusques à Louis-le-Jeune ; ensemble div. traictez histor., par Jean Besly (rev. par P. Dupuy, et publ. par le fils de l'auteur). *Paris, Rob. Bertault,* 1647, in-fol., gr. pap., portr., v. br.

Contient : *deux Traictez de la clause :* Regnante Christo, *qui se trouve en la date de plus. tiltres et Remar. sur les Mém. et rech. de la France et de la Gaule aquitanique, qu'on attribue faussem. au S. de La Haye.*

1403. Abrégé de l'histoire du Poitou, depuis Clovis jusqu'au commencement de ce siècle (avec recueil de pièces), par Thibaudeau. *Paris, Demonville,* 1782-88, 6 vol. in-12, dem.-rel.

Très rare.

———

1404. Histoire politique, civile et religieuse de la Saintonge et de l'Aunis, depuis les premiers temps histor. jusqu'à nos jours, précéd. d'une introd., par D. Massiou. *Paris,* 1838, 2 vol. in-8, br.

1405. Histoire de la ville de La Rochelle et du pays d'Aulnis, compos. d'après les auteurs et titres originaux, par Arcère. *La Rochelle, R. J. Desbordes,* 1766, 2 vol. in-4, plans, m. rac.

1406. Histoire de Rochefort, conten. l'établissement de cette ville, de son port et arsenal, et les antiquitez de son château, par le P. Théodore. *Blois, Philbert-Jos. Masson*, 1733, in-4, m. gr.

1407. Essai d'une méthode générale propre à étendre les connaissances des voyageurs, ou Recueil d'observations relatives à l'histoire, aux impôts, au commerce, aux sciences, etc. (de l'Angoumois), par Munier, *Paris, Moutard*, 1779, 2 vol. in-8, v. m.

1408. Etudes historiques sur l'Angoumois, par F. Marvaud. *Angoulême*, 1836, in-8, br.

1409. Histoire de Berry, conten. l'origine, antiquité, gestes, prouesses, priviléges et libertez de Berruyers, par Jean Chaumeau. *Lyon, Ant. Gryphius*, 1566, pet. in-fol., fig. et cart., m. j.
Rare.

1410. Histoire de Berry, par Gaspard Thaumas de la Thaumassière. *Bourges, Toubeau*, 1689, in-fol., v. br. (*aux armes.*)

1411. Opuscules de Nicolas Catherinot, de Bourges. *Bourges*, 1660-87, 41 pièces in-4.
Savoir : La Gaule-Grecque. — Les Recherches de Berry. — Annales typographiques de Bourges. — Les Archevêques de Bourges. — Antiquités romaines de Berry. — Le Droit de Berry. — Tombeaux domestiques. — Le Pouillé de Bourges. — La Religion unique. — Jurisconsulti exotici. — Antediluviani. — Imperium Romanum. — Gratianus rencensitus. — Chronicon juris sacri. — Les Fondateurs de Berry. — Journal du Parlement. — Commission. — Les Romains berruiers. — Les Alliances de Berry. — Les Dominateurs de Berry. — Annales académiques de Bourges. — Le Diplomataire de Berry. — Les Doublets de la Langue. — Bullaire de Berry. — Les Diocèses de Bourges. —

Les Tribunaux de Berry. — Traité des Martyrologes.
— Le Sanctuaire de Berry. — Que le parquet de
Bourges est du corps de l'Université. — Traité de la
Marine. — Nécrologe de Berry. — Les Patronages
de Berry. — Les Eglises de Bourges. —Annales ecclé-
siastiques de Berry, etc.

Très rares. — Ce sont là les pièces de Catherinot les plus importantes pour l'histoire du Berry et de Bourges.

1412. Histoire de la ville de Sancerre, par Poupard.
Paris, Berton, 1777, in-12, m. m.

Flandre. — Artois. — Cambresis. — Hainaut. — Brabant et Luxembourg.

1413. Premier volume des Antiquitez de la Gaule-Belgic-
que, royaulme de France, Austrasie et Lorraine;
extraicte soubz les vies des évesques de Verdun ...,
depuis Jules-César jusques à la mort de Francoys,
premier du nom, par Richard de Wassebourg. (*Paris,
Vincent Sertenas*), 1549, in-fol. v. f.

Peu commun. — « Il rapporte beaucoup de faits concernant l'hist.
de France qu'on ne trouve point ailleurs. » *Bibl. hist. de la Fr.*,
t. 3, p. 630.

1414. Historiæ Flandriæ christianæ, ab anno christi 500,
Clodovæi I Francorum regis 16, usque ad ann. 767,
Pepini reg. Franc. 16 ; auct. Olivario Vredio. *Brugis
Flandrorum, P. Van Pée. S. a.* (1652), pet. in-fol., v. br.

Très rare, l'édit. entière ayant été détruite. Voyez l'art. V**RÉE**
dans la *Biog. Univers.*

1415. La Légende des Flamens, chron. abrég. en laquelle est fait succinct recueil de l'origine des peuples
et estats de Flandres, Arthois, Haynault et Bourgongne
(depuis Clovis jusqu'en 1498). *Paris, Galliot Du Pré,*
1558, pet. in-8, demi-rel.

Rare. — Cet ouvrage, ainsi que les suivans, embrasse l'hist. générale de France.

1416. Commentarii sive Annales rerum Flandricarum, libri septem-decim, autore Jacobo Meyero. *Antuerpiæ, in ædibus J. Steelsii,* 1561, pet. in-fol. (le dern. feuil. refait à la plume).

1417. Chronique de Flandres, anciennement compos. par auteur incertain (dep. Charlemagne jusqu'en 1384; contin. jusqu'en 1435), et mise en lumière (avec les Mém. d'Olivier de La Marche), par Denis Sauvage. *Lyon, G. Rouille,* 1562, in-fol., v. br.

1418. Les Chroniques et annales de Flandres, conten. les héroïq. et très victor. exploits des Forestiers et comtes de Flandres, et les singularitez et choses mémor. advenues audict Flandres, depuis l'an 620 de J.-C., jusqu'en 1476, par Pierre d'Oudegherst, (d'après la Chron. ms. de Ph. Wielandt). *Anvers, Christ. Plantin,* 1571, in-4, vél.

1419. Description historique de Dunkerque, conten. son origine et progrès, la conversion de ses habitans au christianisme, ses privilèges, ses sièges, etc., par Pierre Faulconnier. *Bruges, P. Van de Cappelle,* 1730, gr. in-fol., fig. v. m.

1420. Les Chastelains de Lille, leur ancien estat, office et famille, … avec une partic. description de l'ancien estat de Lille, par Floris Vander Haer. *Lille, Christ. Beys,* 1611, pet. in-4, vél.

1421. Histoire de la ville de Lille, depuis sa fondat., jusqu'en 1434, par de M. C. D. S. P. D. L. (l'abbé de Montlinot, chanoine de St-Pierre de Lille). *Paris, Panckoucke,* 1754, in-12, demi-rel.

1422. Chronique d'Arras et de Cambrai (en latin), par Balderic, rev. sur div. mss., trad. en franç. et enrich. de deux suppl., avec comment., par Le Glay. *Paris, Levrault,* 1834, in-8, fac-sim., br.

1423. Ms. Comptes originaux de Jean Salier et de Jean Lefebvre, baillis d'Arras, pour les années 1300 et 1319, et de Jean Le Verrier, receveur d'Arras, pour l'an 1358. In-fol. sur pap., dos de mar.

1424. Histoire d'Artois (par dom Devienne). *S. l.* 1784-86, 4 part. en 2 vol. in-8, demi-rel. (manq. la 5ᵉ part.)

1424 *bis.* Opuscules de H. Piers (*Saint-Omer,* 1734-35), savoir : Les Iles flottantes. — L'Abbaye de Saint-Augustin-lez-Therouanne. — Le Tournoi de la Croix-Pelerine. — Considérat. sur le dévouement d'Eustache de Saint-Pierre. — Entreprises de Henri IV sur l'Artois. Ensemb. 5 pièces in-8, br.

1425. Histoire des Flamands du Hautpont et de Lyzel; Iles flottantes; Portus Itius; hist. des abbayes de Watten et de Clamarais, etc., par H. Piers. *Saint-Omer, Lemaire,* 1836, in-8, br. — Hist. de la ville de Bergues-Saint-Vinoc, et notices histor. sur Honschoote, Wormhoudt, Gravelines, Mardick, etc., par le même. *Ibid. Vanelslandt,* 1833, in-8, br.

1425 *bis.* Histoire de Therouanne et Notices sur Fauquembergues et Renti, par H. Piers. *Saint-Omer, Lemaire,* 1833, in-8, br.

1426. Annales de la province et comté d'Haynau, où l'on voit la suite des comtes, les antiq. de la religion, les évesques de Cambray, etc., par Fr. Vinchant (d'apr. la Chron. de Jacq. de Guise), augm. et achev. par le P. Antoine Ruteau. *Mons, J. Havart,* 1643, pet. in-fol, vél.

1427. Histoire de la ville et comté de Valentiennes (dep. l'an 368 jusqu'en 1598), divis. en 4 part., par feu Henri d'Outreman; augm. par le P. d'Outreman. *Douay, vᵛᵉ Marc-Wyon,* 1639, pet. in-fol., fig., v. br., fil.

1428. Description hist., chron. et géogr. du duché de Brabant (Extr. analyt. du *Grand-Théâtre sacré et prof. du Brabant*, par J. Le Roy.) *Bruxelles, J.-J. Boucherie*, 1756, pet. in-8. v. f.

1429. Histoire ecclés. et civile du duché de Luxembourg et comté de Chiny, par le P. Jean Berthollet. *Luxembourg, And. Chevalier*, 1741-43, 8 vol. in-4, fig., m. m.

Lorraine et Alsace.

1430. Histoire ecclés. et civile de Lorraine, compr. ce qui s'est passé de plus mémor. dans l'archev. de Trèves et dans les évêch. de Metz, Toul et Verdun, depuis l'entrée de Jules César dans les Gaules jusqu'en 1690, avec pièces justific. par dom Augustin Calmet. *Nancy, Cusson*, 1728, 3 tom. en 4 vol., cart. et fig., v. m.

M. Noel, de Nancy, dans une disserta·. bibliog. (*Mém· pour servir à l'hist. de Lorraine*, Nancy, Dard, 1838, in-8.) sur les deux édit. de cet excellent ouvrage, donne la préférence à celle-ci.

1431. Essai sur la ville de Nancy, par Ch. Léop. Andreu de Bilistein. *Amsterdam, Coustapel*, 1762, in-12, v. m.

1432. Les Antiquités de Metz, ou Recherches sur l'origine des Médiomatriciens (par dom Jos. Cajot). *Metz, J. Collignon*, 1760, pet. in-8, v. rac., fil., d. s. tr. (*aux armes.*)

1433. Relation de la Fête inaugurale célébrée à Domremy le 10 septembre 1820, en l'honneur de Jeanne d'Arc, suiv. de deux dissert. sur la maison de l'héroïne, etc., par C. N. Al. de Haldat. *Nancy, Hisselle*, 1820, in-8, fig., br.

1434. Histoire ecclés. et polit. de la ville et du diocèse de Toul (avec un recueil de pièces), par le P. Benoît. *Toul, Alex. Laurent*, 1707, in-4, v. br.

1435. Annales civiles et religieuses d'Yvois-Carignan et de Mouzon, par Ch. Jos. Delahaut, publ. avec des augment., par l'abbé Lécuy. *Paris, Desoer*, 1822, in-8, br.

A la fin sont des *Observat. critiq. sur ces Annales avec de nouvelles addit. et correct.*, par Boulliot.

1436. Ms. Recueil de documens originaux pour servir à l'histoire d'Alsace depuis (1318-1719). En 1 vol. in-fol., dos de mar.

1437. Ulrici Obrechti, Alsaticarum rerum prodromus. *Argentorati, ex offic. S. Paulli*, 1681, in-4, v. f.

1438. Alsatia illustrata, celtica, romana, francica, auctor J. Daniel Schœpflinus. *Colmariæ, ex typ. Regiâ*, 1751, 2 vol. gr. in-fol., fig., br. — J. D. Schœpflini, Alsatia, avi merovingici, carolingici, saxonici, salici, suevici Diplomatica (edente Koch). *Manhemii, ex typ. Acad.*, 1772, 2 part. en 1 vol. in-fol., fig., v. m.

1439. Histoire de la province d'Alsace, depuis Jules César jusqu'au mariage de Louis XV, avec un rec. de pièces, par le père Louis Laguille. *Strasbourg, J. Ren. Doulssecker*, 1727, in-fol., cart. et fig., v. m.

1440. Histoire ecclésiastique, militaire, civile et littéraire de la province d'Alsace, par l'abbé Grandidier. *Strasbourg*, 1787, tom. I, in-4, br.

Il n'a paru que ce volume.

1441. Annuaire histor. et statist. du dép. du Bas-Rhin, pour l'an XIII, par P. J. Fargès-Méricourt. *Strasbourg, Levrault*, in-12, fig., pap. vél., br. — Annuaire hist. et statist. du même dép. pour l'année 1807, par le même. *Ibid., id.*, in-12, br.

1442. Description historique et topograph. de la ville de Strasbourg (par de Hautemer). *Strasbourg, Am. Kœnig*, 1785, in-12. m. m., fil.

Bourgogne et Franche-Comté. — Bresse et Bugey.

1443. **Ms. Inventaire** analyt. de chartes, titres et documens du Xe au XVe siècle , pour servir à l'histoire de
France et particulièrement de la Bourgogne et de la
Franche-Comté, ainsi qu'aux généalogies des maisons
nobles de ces deux provinces , avec tables géogra-
phiques et onomastiques. In-fol. sur pap., dos de mar.

1444. Recueil de plusieurs pièces curieuses , servant à
l'histoire de Bourgogne (extrait de la Ch. des comptes de Dijon), par Estienne Perard. *Paris , Cl. Cramoisy* , 1664 , in-fol., v. f., fil.
Rare.

1445. Essai sur l'histoire des premiers Rois de Bourgogne , et sur l'origine des Bourguignons (par Legouz
de Gerland). *Dijon, Frantin*, 1770, in-4, fig., v. m.

1446. Histoire du Comté de Bourgogne , sous les rois
Carlovingiens des IIIe et IVe royaumes de Bourg. ;
par F. J. Dunod. *Dijon* , 1735-37, 2 vol. in-4, v. br.

1447. Annales de Bourgogne (d'après les mss. de Prévost), par Guil. Paradin de Cuyseau. *Lyon, Gryphius*,
1566, in-fol., v. j. (manque le titre et la dernière
page de la table.)

1448. Histoire générale et partic. de Bourgogne, avec
des notes, des dissert. et preuves justificat., par dom
Plancher (dom Al. Salazar et dom Merle). *Dijon, Nic.
Frantin*, 1776-81 , 4 vol. in-fol., cart. et fig. m. m.

1449. Chronique des Ducs de Bourgogne, par Georges
Chastellain , publ. pour la prem. fois par J.-A. Buchon. *Paris, Verdière*, 1827, 2 vol. in-8, br. — Chroniques de Jean Molinet, publ. pour la prem. fois par
le même. *Ibid., id.*, 1827, 5 vol. in-8, br.

1450. Œuvres historiques inédites du sire Georges

Chastelain (publ. avec des notices, par A. Buchon)
Paris, Desrez, 1837, gr. in-8, br.

Dans cette édition, beaucoup plus complète que la première, publiée dans la collect. des *Chron. nation.*, on trouve de plus la *Chronique du duc Philippe,* la première partie de la *Chron. des ducs de Bourgogne* et plus. autr. pièces du même historien ; mais il y a encore une lacune, de l'an 1422 à 1461.

1451. Ponti Henteri Opera historica omnia, Burgundica, Austriaca, Belgica : de rebus à principibus burgundis atque austriacis pace belloque præclarè gestis; de veterum ac sui sæculi belgio, lib. II, etc. *Lovanii, typis Jud. Coppenii,* 1651, pet. in-fol., demi-rel.

Très curieux et peu commun.

1452. Brevis ac dilucida Burgundiæ superioris, quæ Comitatus nomine censetur, Descriptio, per Gilbertum Cognatum; item, brevis ad modum totius Galliæ Descriptio, per eumdem, etc., etc. *Basileæ, J. Oporinum. S. a.* (vers 1552), 2 part. en 1 pet. vol. in-8, fig., cart.

La Ire partie n'est pas citée dans la *Bibl. hist. de la Fr.*

1453. De l'Origine des Bourgongnons et antiquité des estats de Bourgongne, deux livr.; plus, des antiquitez d'Autun, de Chalon, de Mascon, de l'abbaye et ville de Tournus, par Pierre de Sainct-Julien de Baleurre. *Paris, Nic. Chesneau,* 1581, in-fol., plans topogr., v., f., fil.

Avec la signat. de *Charpantier.* — Cet ouvr. est très curieux, nonobstant le peu de cas que l'on en fait, d'après les critiques exagérées de l'abbé Papillon ; et, de plus, il n'est pas commun.

1454. L'illustre Orbandale, ou l'Hist. ancienne et moderne de la ville et cité de Chalon-sur-Saône (par Léonard Bertaut et P. Cusset). *Chalon, P. Cusset,* 1662, 2 vol. in-4, fig., m. br.

Avec une table des matières manuscrites.

1455. Histoire civile et ecclésiastique, ancienne et mo-

derne de la ville et cité de Chalon-sur-Saône, par le
P. Claude Perry. *Chalon-sur-Saône, Ph. Tan,* 1659,
in-fol., fig., v. ant.

1456. Histoire de la ville de Beaune et de ses antiquitez, par l'abbé Gandelot. *Dijon, L. N. Frantin,* 1772,
in-4, fig., br.

1457. Mémoires concernant l'histoire ecclés. et civile
d'Auxerre (avec un recueil de pièces), par l'abbé
Lebeuf. *Paris, Durand,* 1743, 2 vol. in-4, cartes,
v. m.

1458. Recherches historiques sur la ville de Gray au
comté de Bourgogne, par Crestin. *Besançon, J. F.
Couché,* 1788, in-8, demi-rel.

1459. Augustoduni, amplissimæ civitatis et Galliarum
quondam facile principis, Antiquitates ; auth. Steph.
Ladoneo (edente Joh. Ladoneo). *Augustoduni, Bl. Si-
monnot,* 1640, pet. in 8, mar., d. s. tr.

1460. Recherches et mémoires servant à l'histoire de
l'ancienne ville et cité d'Autun, par Jean Munier,
rev. et publ. par Cl. Thiroux. *Dijon, Philibert Charnage,* 1659, 3 part. en 1 vol. in-4., vél.

1461. Histoire de la ville d'Autun, connue autrefois
sous le nom de Bibracte, capitale de la République des
Eduens, par Joseph Rosny. *Autun,* 1802, in-4, fig.,
cart.

1462. Les Mémoires historiques de la République sé-
quanoise et des princes de la Franche-Comté de Bourgogne (jusqu'en 1558), par Loys Gollut. *Dole, Ant.
Dominique,* 1592, in-fol., v. f., fil.

1463. La Franche-Comté ancienne et moderne... Lettres à Mlle d'Udressier (par frère Jos. Romain Joly).
Paris, v{e} Hérissant, 1779, in-12, br.

1464. Histoire de l'Eglise, ville et diocèse de Besançon,

par F. J. Dunod de Charnage. *Besançon, Cl. J. Da-clin*, 1750, 2 vol. in-4, m. m.

1465. Mémoires hist. de la ville et seigneurie de Poli-gny, avec des recherches relatives au comté de Bour-gogne et une collect. de chartes, par Fr. F. Chevalier. *Lons-le-Saunier, P. Delhorme*, 1767-69, 2 vol. in-4, v. m.

1466. J. J. Chiffletii Vesontio civitas imperialis, pluri-mis historiæ monumentis illustrata (ex mss. Auri-vallii). *Lugduni, apud Cl. Cayne*, 1618, in-4, fig., v. m., fil.

1467. Histoire de Bresse et de Bugey..., justifiée par chartes, titres, chroniques, manuscrits, etc.; par Samuel Guichenon. *Lyon, J. Ant. Huguetan*, 1650, 4 part. en 1 vol. in-fol., m. j., fil.
Très rare.

1467 *bis*. Recueil de Chartes et documens originaux pour servir à l'histoire du château d'Arques, depuis l'an 1348 jusqu'en 1539, 1 vol. in-fol. dos de mar.
Pièces importantes pour l'histoire militaire et architecturale du Château..... *(Omis à l'article Normandie.)*

Lyonnais. — Forez. — Beaujolais. — Auvergne. Bourbonnais. — Marche.

1468. Lettres sur l'histoire ancienne de Lyon (par de Penhouet). *Besançon, Vacherant-Tissot*, 1818, in-8 tiré in-4, br.

1469. Antiquités de la ville de Lyon, ou Explication de ses plus anciens monumens, par le P. D. D. C. J. (Domin. de Colonia, jésuite). *Lyon, F. Rigollet*, 1733, 2 vol. in-12, fig., v. m.

1470. Mémoires de l'histoire de Lyon, par Guill. Pa-radin de Cuyseaulx. *Lyon, Ant. Gryphius*, 1572. — Les Priviléges, franchises et immunitez octroyées,

par les roys aux consuls, eschevins, manans et habitans de Lyon, avec une ample déclaration, recueil!.
par Cl. Rubis. *Ibid.*, *id.*, 1574, 2 part. en 1 vol. in-
fol., m. br.

1471. Histoire véritable de la ville de Lyon, conten. ce
qui a esté ôbmis par Symph. Champier, Paradin et
autres... ; ensemble un discours de l'ancienne noblesse des Medicis de Florence, par Cl. de Rubis.
Lyon, Bonav. Nugo, 1604, in-fol., vél.

1472. Eloge historique de la ville de Lyon et sa gran-
deur consulaire, par le P. Cl. F. Menestrier. *Lyon,
Ben. Coral*, 1669, in-4, blas., v. m.

1473. Les divers Caractères des ouvrages historiq., avec le
Plan d'une nouvelle Histoire de la ville de Lyon, par le
P. Cl. Fr. Menestrier. *Lyon, De Ville*, 1694, in-12, v. m.

1474. Description de la ville de Lyon, avec des recherc.
sur les hommes célèbres qu'elle a produits (par P.
Rivière de Brinais). *Lyon, A. Delaroche*, 1741, pet.
in-8, br.

1475. Abrégé chronologique de l'histoire de Lyon...,
par Poullin de Lumina. *Lyon, A. Delaroche*, 1767,
in-4, m. m.

1476. Histoire du Siége de Lyon (par l'abbé A. Guil-
lon). *Paris, Le Clere*, 1792, 2 vol. in-8, br.

1477. Mémoires bibliographiques et littéraires (particul.
sur Lyon, ses antiq., ses biblioth., ses hommes illustres, etc.), par A. Fr. Delandine. *Lyon, Mistral*,
s. a. (1819), in-8, br.

1478. Histoire du Forez, par Aug. Bernard. *Montbrison*,
1835, 2 vol. in-8, br.

1479. Mémoires historiques et économiques sur le
Beaujolais, par Brisson. *Avignon*, 1770, in-8, m. m.
1480. Ms. Collection de Chartes, titres et documens ori-

ginaux pour servir à l'histoire de l'Auvergne (1214-
1661). En 6 vol. in-fol., dos de mar.

Cette grande collection renferme un très grand nombre de titres
d'autant plus précieux qu'ils sont presque tous inédits. La plupart
ont une haute valeur historique, et jetteront un jour nouveau sur
les annales des dauphins d'Auvergne, sur les rapports de cette province avec les provinces centrales, sur le rôle qu'elle a joué dans
les principaux événemens du moyen-âge., etc. La Noblesse d'Auvergne y retrouve aussi des documens importans pour ses archives. Enfin
les pièces mêmes de ce recueil qui n'offrent qu'un intérêt médiocre
pour l'histoire, proprement dite, en ont un très grand sous le rapport philologique; on remarque plusieurs diplômes du treizième
siècle, en langage vulgaire du pays, entre autres une charte de 1214
qui est peut-être le plus ancien monument connu du patois de l'Auvergne.

1481. Voyage d'Auvergne, par Le Grand d'Aussy. *Paris,
Eug. Onfroy*, 1788, in-8, cart.

1481 *bis*. Tableau de la ci-devant province d'Auvergne,
suiv. d'un précis hist. sur les révolutions qu'elle a
éprouvées, par Rabani Beauregard, avec l'explicat.
des monumens et antiquit. du départ., par P. M.
Gault. *Paris, Pernier*, 1802, in-8, fig., dem.-rel.

1482. Les Origines de la ville de Clermont, par le présid.
Savaron, augm. des remar., nottes et recherches curieuses, par Pierre Durand. *Paris, Fr. Muguet*, 1662,
in-fol, fig., v. gr.

Peu commun.

1483. Notice sur le château de Tournoelle, par B. Gonod. *Clermont-Ferrand, Th. Landriot*, 1831, in-8 de
20 pag., br. — Trois mois de l'Hist. civile de Clermont,
(par le même). In-8 de 16 pag., br.

1484. Histoire du Bourbonnais et des Bourbons qui
l'ont possédé, par de Coiffier Demoret. *Paris, G. Michaud*, 1816, 2 vol. in-8, fig. et tabl. généal., br.

1485. Ms. Recueil de Chartes et documens originaux
pour servir à l'histoire de la province de la Marche
(1300-1734). En 1 vol. in-fol., dos de mar.

Pièces intéressantes relatives aux anciens comtes de la Marche et à l'histoire particulière des diverses localités de cette province.

1486. **Histoire de la Marche et du pays de Combraille,** par Joullieton. *Guéret, Betoulle,* 1815, 2 vol. in-8, br.

Guyenne. — Agenois. — Limousin. — Quercy. — Rouergue. — Gascogne. — Béarn et Navarre.

1487. **Ms. Recueil de Chartes, titres et documens originaux (environ 300), pour servir à l'histoire de la Guienne et des divers provinces de ce gouvernement, (1250-1789). En 2 vol. in-fol., dos de mar.**

Ce recueil contient des documens en très grand nombre sur des faits curieux que les historiens n'ont point recueillis, et qui méritaient de l'être. Il s'y trouve des pièces d'une véritable importance, entre autres celles qui sont relatives aux guerres contre les Anglais pendant les XIVe et XVe siècles.

1488. **Les Annales d'Aquitaine, par Jean Bouchet, augm. de plusieurs pièces rares (Mém. et recherches de France et de la Gaule aquitanique, de Jean de La Haye, de l'Université de Poictiers; Preuve hist. des litanies de sainte Radegonde, par J. Filleau, etc.) recueil par A. Mounin.** *Poictiers, Abr. Mounin,* 1644, pet. in-fol., portr. et fig., m. br., fil.

Dernière et meilleure édit. de cet ouvr., lequel est une espèce d'hist. génér. de France, fort importante, surtout pour les époques dont l'auteur fut contemporain, et toujours relative à Poitiers, ville natale de Jean Bouchet.

1489. **Rerum Aquitanicarum libri quinque, auct. Ant. Dadino Alteserra.** *Tolosæ, àpud Arn. Colomerium,* 1648, in-4., v. f., fil.

Peu commun.

1490. **La Guyenne, de M. Ant. Loisel, qui sont huit Remonstrances faites en la Chambre de justice de Guyenne, sur le subject des édits de pacification, etc.**

Paris, Abel L'Angelier, 1605, pet. in-8, mar. v., fil., d. s. tr.

1491. Ms. Titres, chartes et documens originaux (60) sur l'histoire de la ville de Bordeaux, depuis le XVe jusqu'au XVIII siècle. En 1 vol. in-fol., dos de mar.

Avec une liasse contenant des lettres et mémoires manuscrits sur ce qui s'est passé à Bordeaux pendant le siége de 1650.

1491 *bis*. Ms. Hommages du Duché de Guyenne. In-fol. sur pap., écrit. du XVIIe siècle, dos de mar.

Au commencement du volume se trouve une table alphabétique des noms de famille cités dans l'ouvrage.

1492. Chronique bordeloise (par Gabriel de Lurbe, trad. du lat. par lui-même et augm. par Jean Darnalt), corrig. et augm., depuis 1671 jusqu'en 1701, par les soins de Tillet, avocat. *Bordeaux, Simon Boé*, 1703. — Nouveau Recueil de div. lettres-patentes, édits et déclarations des rois, concern. les privil. de la ville de Bordeaux, bourgeois et habitans d'icelle. *Bordeaux, G. Boudé-Boé*, 1717, in-4, m. br.

Collection complète difficile à trouver.

1493. Histoire de la ville de Bordeaux, première part., cont. les événemens civils et la vie de plus. hommes célèbres, par dom Devienne. *Bordeaux, Simon de la Court*, 1771, in-4, fig., br.

La seconde partie n'a pas paru.

1494. Histoire curieuse et remarquable de la ville et province de Bordeaux (par de La Colonie). *Bruxelles, aux dép. de la Comp*, 1760, 3 vol. in-12, br.

1495. Histoire ancienne et moderne du département de Lot-et-Garonne, depuis l'an 56 avant J.-C. jusqu'en 1814; par J. F. Boudon de Saint-Amans. *Agen, Bertrand*, 1836, 2 vol. in-8, br.

1496. Ms. Recueil de Chartes, titres et documens ori-

ginaux, relatifs à l'histoire du Limousin (1200-1750).
En 1 vol. in-fol., dos de mar.

Collection essentielle pour écrire l'histoire du Limousin.

1497. Ms. Informations faites en 1482, par ordre du
sénéchal du Limousin, contre Claude de Doyac,
prêtre, se disant abbé de La Valette, accusé d'un grand
nombre de crimes. Cah. in-4, original sur vél., du
XVᵉ siècle.

1498. Histoire de Brive-la-Gaillarde et de ses environs,
recueill. successivement par quatre citoyens de cette
ville (par Leymonerie, d'après les mss. d'Espagnac,
Serre et le comte Treilhard). *Brive, J. Chauffon*,
1810, in-8, demi-rel.

1498(*bis*). Histoire polit., ecclés. et littér. du Querci, par
de Cathala-Coture. *Montauban, Cazaméa*, 1785, 3
vol. in-8, br.

1499. Description du département de l'Aveyron,
par Amans-Alexis Monteil. *Paris, Fuchs*, an X, 2 tom.
en 1 vol., fig., demi-rel.

1500. Histoire de la ville de Montauban, divisée en 2
liv., par Henry Lebret. *Montauban, Sam. Dubois*,
1668, in-4, vél.

1501. Notitia utriusque Vasconiæ, tum Iberiæ, cum Aqui-
taniæ..., etc., ex probatis author. et vetustis monumentis, auth. Arn. Oihenarto. *Parisiis, Seb. Cramoisy*, 1638, in-4, m. m. (la dernière page refaite à
la plume).

Rare.

1502. Annuaire pour l'an XIIᵉ, contenant des notices
pour la description et la statistique du départ. du
Gers. *Auch, Labat*, an XII, in-4, demi-rel.

1503. Statistique du département des Basses-Pyrénées,
par le général Serviez. *Paris*, an X, in-8, br.

1504. L'Heptameron de la Navarride, où Histoire entière du royaume de Navarre, depuis le commencement du monde, tirée de l'espagn., de Don Charles,
Infant de Navarre, contin. de l'hist. de Pampe-
lonne..., jusqu'au roy Henry IV, le tout fait et traduit (en vers franç.), par le sieur de La Palme (Palma Cayet). *Paris*, *P. Portier*, 1602, pet. in-8, vél.

1505. Histoire de Navarre, conten. l'origine, les vies et
conquêtes de ses roys, depuis leur commencement
jusques à présent, par André Favyn. *Paris*, *Laurent
Sonnius*, 1622, in-fol., cart.

Languedoc. — Roussillon.

1506. Ms. Collection de Chartes, titres et documens originaux (647), la plupart inédits, pour servir à l'hist.
de la province de Languedoc (975-1716). En 4 vol.
in-fol., dos de mar.

Cette grande collection contient les documens historiques les plus
précieux. On peut citer par exemple trois diplômes originaux des
années 975, 989 et 990 ; des titres concernant les exactions de Gérard
d'Armagnac en Languedoc au XIIIe siècle ; le procès-verbal d'un
duel judiciaire qui eut lieu en 1269, entre Jourdain de l'Isle et son
cousin Isarn de l'Isle ; des pièces nombreuses sur les guerres contre
les Anglais au XIVe siècle, et sur celles des Armagnacs au XVe,
quelques unes portant les signatures de Poton de Xaintrailles, de
Lahire, du comte de Foix, etc.; des chartes d'un haut intérêt pour
l'histoire civile de la province à toutes les époques ; enfin un nombre
considérable de titres concernant les principales familles du Languedoc.

1507. Mémoires de l'histoire de Languedoc, curieuse-
ment et fidèlement recueill. de divers autheurs grecs,
latins, françois, etc., et de plus. titres et chartes,
etc., par Guill. de Catel. *Tolose*, *P. Bosc*, 1633, in-
fol., v. f.

1508. Histoire générale du Languedoc, avec notes, dissertat. et pièces justificatives, par deux bénédictins

de la Congrégat. de S. Maur (dom Vic et dom Vaissette). *Paris, Jac. Vincent*, 1730-44, 5 vol. in-fol., cart. et fig., v. gr.

Cette excellente histoire contient, parmi les preuves du 3ᵉ volume, l'histoire de la guerre des Albigeois en languedocien, par un contemporain anonyme.

1509. Abrégé de l'Histoire générale du Languedoc, par dom Joseph Vaissette. *Paris, J. Vincent*, 1749, 6 vol. in-12, cart., v. m.

1510. Mémoires pour servir à l'Histoire du Languedoc, par de Basville. *Amsterdam, P. Boyer*, 1734, pet. in-8, demi-rel.

Rare, l'édit. ayant été saisie et détruite.

1511. Ms. Recueil de Chartes, titres et documens originaux (113), pour servir à l'hist. de la ville de Toulouse et de ses environs (1322-1707). En 1 vol. in-fol., dos de mar.

Les pièces contenues dans ce recueil sont d'un grand intérêt pour les annales de Toulouse, particulièrement depuis le règne de Philippe de Valois jusqu'à celui de Henri IV.

1512. Dissertation sur les Origines de Toulouse (par l'abbé Audibert). *Avignon, J. L. Chambeau*, 1764, in-8, br.

1513. Histoire Tolosaine, par Antoine Noguier, tolosain. *Tolose, G. Bordeuille*, 1559, pet. in-fol., v. br.

1514. Annales de la ville de Toulouse, depuis la réunion de la comté de Toulouse à la couronne, avec un recueil de divers titres et actes, par G. La Faille. *Toulouse, G. L. Colomyez*, 1687, 2 vol. in-fol., vign. de Sébast. Leclerc, m. j.

1515. Annales de la ville de Toulouse (par de Rozoi). *Paris, ve Duchesne*, 1776, 4 vol. in-4, v. m.

1516. Histoire de la ville de Montpellier, depuis son

origine jusqu'à notre temps, avec l'histoire des juridictions anciennes et modernes, et les statuts.., etc.,
par Ch. Degrefeuille (*sic*). *Montpellier*, *J. Martel*,
1737, in-fol., plans, v. gr.

1517. Ms. Chartes, titres et documens originaux, concern. l'histoire de Nismes (1345-1630). En 1 vol. in-
fol., dos de mar.

Parmi les pièces curieuses de ce recueil, on pourrait citer le procès-verbal d'exhumation de Robert Dauphin, faite à Nîmes en 1834;
des documens sur la rebellion d'Amaury de Sevenac en 1426, sur
certaines sorcières brûlées à Nîmes, etc., sur les réparations du
château de cette ville, et d'autres titres d'un égal intérêt historique.

1518. Antiquités de la France (Monumens de Nismes),
grav. par C. Clerisseau, avec texte histor. et descrip.,
par Legrand. *Paris*, *Didot*, 1806, 2 vol. gr. in-fol.,
pap. vél.

Bel exempl.

1519. Discours historial de l'antique et illustre cité de
Nismes en la Gaule narbonoise, par Jean Poldo
d'Albenas. *Lyon*, *G. Roville*, 1560, pet. in-fol., fig.,
v. m., fil. (*aux armes*).

Rare.

1520. Histoire abrég. des Antiquités de la ville de Nismes et de ses environs, par Maucomble. *Nismes*, *Bu-
chet*, 1802, fig. — Hist. des Antiq. de la ville de Nismes, par Menard. *Nismes*, *Aury*, 1825, fig. — Mémoire sur les eaux minérales et les établiss. thermaux
des Pyrénées (par Lomet). *Paris*, *Vatar*, an III, fig.
En tout 3 part. en 1 vol., demi-rel.

1521. Ms. Chartes, titres et documens originaux (80),
pour servir à l'histoire de la ville et de la sénéchaussée de Carcassonne (1283-1620). En 1 vol. in-fol.,
dos de mar.

Ce recueil est d'un grand intérêt, surtout pour l'histoire du XIIIᵉ
au XVᵉ siècle.

1522. Histoire ecclésiast. et civile de la ville et diocèse de Carcassonne, avec les pièces justif., par le père Bouges. *Paris, P. Gandouin*, 1741, in-4, m. éc., fil.

1523. Ms. Recueil de documens originaux (39), sur l'histoire de la ville et de la sénéchaussée de Beaucaire (1346-1577). En 1 vol. in-fol., dos de mar.

1524. Titres originaux (5), concernant la ville et la vicomté de Narbonne (XIIIᵉ-XVᵉ siècle). En 1 vol. in-fol., dos de mar.

1525. Traité du comté de Castres, des seigneurs et comtes d'iceluy, etc., par David Defos. *Tolose, Ar. Colomiez*, 1633, in-4, vél.

1526. Les Antiquitez, raretez, plantes, minéraux et autres choses considérables de la ville et comté de Castres en Albigeois, avec l'histoire de ses comtes, évesques, etc., par Pierre Borel. *Castres, Arnaud Colomiez*, 1649, pet. in-8, demi-rel.

Rare. — Incomplet de quelques pages. — On remarque dans cet ouvr. le curieux inventaire du cabinet de l'auteur.

1527. Histoire du Canal de Languedoc, rédig. sur les pièces authent., par les descendans de P. P. Riquet de Bonrepos (MM. de Caraman). *Paris, Deterville*, 1805, in-8, fig., demi-rel.

1528. Marca Hispanica, sive Limes hispanicus, hoc est geogr. et histor. descriptio Cataloniæ, Ruscionis, etc.; access. appendix actorum veterum ab anno 819 ad annum 1517, auct. Petro de Marca; edente St. Baluzio. *Parisiis, apud. Fr. Muguet*, 1688, in-fol., cart. et portr., v. gr.

Cette précieuse description histor. contient cinq anciennes chroniques relatives aux comtes de Barcelone et aux rois d'Aragon, mais fort importantes pour l'histoire de France. On lit en tête de cet exemplaire : *Dno Michaeli Antonio Baudrand, ex dono domini Baluze.*

Dauphiné. — Provence. — Principauté d'O-
range et Comtat Venaissin. — Corse. — Colonie
d'Alger.

1529. Histoire générale du Dauphiné, par Nicolas Chorier. *Grenoble, Charuys*, 1661, in-fol., tom. I, v. br.

1530. Histoire de Dauphiné et des princes qui ont
porté le nom de Dauphins, particul. de ceux de la
3ᵉ race descendus des barons de la Tour-du-Pin, avec
des preuves (par Moret de Bourchenu, marq. de Valbonnais). *Genève, Fabri et Barillot*, 1722, 2 vol. in-
fol., cart. et fig., v. gr.

Il y a des notes bien curieuses sur les anciens usages du pays.

1531. Description des Monumens des différens âges,
observés dans le dép. de la Haute-Vienne, avec un
Précis des annales du pays, par C. N. Allou. *Paris,
Igonette*, 1821, in-4, br.

Avec envoi de l'auteur au chevalier Le Noir.

1532. Les Recherchés du sieur Chorier, sur les antiquitez de la ville de Vienne, métropole des Allobro-
ges. *Lyon, Cl. Baudran*, 1659, pet. in-12, v. br.

1533. Les mêmes, nouv. édit., corrig. et augm. des
inscript. et antiq. trouvées jusqu'à ce jour. *Lyon,
Millet*, 1828, in-8, fig., br.

1534. L'Histoire et chronique de Provence, de Cæsar
de Nostradamus, où passent de temps en temps en
bel ordre les anciens poètes, personnages et familles
qui ont fleuri depuis 600 ans jusqu'à la paix de
Vervins. *Lyon, Simon Rigaud*, 1624, in-fol., portr.,
v. n., fil.

L'auteur a fondu chronologiquement dans son histoire *les Vies des
plus célèbres et anciens poètes provensaux*, dont l'édition originale
est si rare. La huitième et dern. partie de cette hist. a été rédig. d'a-

près les Mém. mss. de Gaspard de Fourbin, de François Du Perrier
et de Saubol.

1535. La Chorographie ou Description de Provence et
l'Histoire chronologique du même pays, par Honoré
Bouche. *Aix, Ch. David,* 1649, 2 vol. in-fol., cart. et
fig., m. br., fil.
Rare.

1536. Histoire des comtes de Provence, par Antoine de
Ruffi. *Aix, J. Roize,* 1655, in-fol., portr., v. éc. fil.
Collect. de portr. histor.

1537. Histoire générale de Provence (avec preuv. et
dissert., par Papon). *Paris, Moutard,* 1777-86, 4 vol.
in-4, cart. et fig., v. rac.

1538. Essai sur l'histoire de Provence, suiv. d'une notice des Provençaux célèbres (par Bouche). *Marseille, J. Mossy,* 1785, 2 vol. in-4, fig., v. m.

1539. Voyage littéraire de Provence, par P. D. L. (Papon, de l'Oratoire). *Paris, Barrois,* 1780, in-12, demi-
rel.
On y trouve des anecdotes sur le *Masque de fer,* recueillies dans
les îles Sainte-Marguerite.

1540. Histoire de la ville d'Aix, capitale de Provence,
depuis sa fondat. jusqu'en 1665, recueil. des auteurs
grecs, latins... et surtout des chartres tirées des Archives du roy, de l'Eglise, de la Maison de ville et des
notaires, par J. Scholastique Pitton. *Aix, David,* 1666,
in-fol., v. br.

1541. Statistique du département des Bouches-du-
Rhône, par le comte de Villeneuve. *Marseille,* 1821-
29, 4 vol. in-4, avec atlas in-fol., cart. (manque le
tome II et la 2ᵉ part. du IVᵉ).

1542. Ms. Histoire de la ville de Marseille, par feu
Antoine Ruffi. 2 vol. in-fol. de 2000 pag., blas. et
sceaux, v. br.

1543. Histoire de la ville de Marseille depuis sa fondation, recueill. de plus. auteurs et titres, etc., par Antoine de Ruffi, 2e édit. augm. par Louis-Antoine de Ruffi, son fils. *Marseille, H. Martel*, 1696, 2 tom. en 1 vol. in-fol., fig., v. gr.

Edition rare.

1544. Marseille ancienne et moderne, par Guys. *Paris, ve Duchesne*, 1786, in-8, br.

La célèbre madame Chenier, mère des deux Chenier, pourrait bien avoir eu part à cet ouvrage.

1545. Tableau hist. et polit. de Marseille ancienne et moderne, ou Guide du voyageur dans cette ville (par Chardon). *Marseille, Chardon*, 1817, in-12, demi-rel.

1546. Relation de la Peste dont la ville de Toulon fut affligée en 1721, par d'Antrechaus. *Paris, Estienne*, 1756, in-12, v. m.

1547. Mémoire sur l'ancienne ville de Taurœntum ; Histoire de la ville de la Ciotat; Mémoire sur le port de Marseille, par Marin. *Avignon*, 1782, in-12, br.

1548. Mémoires historiques et critiques sur l'ancienne République d'Arles, pour servir à l'histoire générale de Provence, par Anibert. *Yverdon*, 1779, 4 part. en 2 vol. in-12, v. m.

1549. Ms. Mémoire instructif concernant la nature et les avantages du canal de Provence. In-fol. mar. r. d. s. tr.

Ms. daté de 1759, très bien exécuté, avec plans et tableaux coloriés.

1550. Tableau de l'histoire des princes et princip. d'Orange, div. en 4 part., selon les quatre races (d'Orange, de Baux, de Châlon et de Nassau), illustr. de ses généal. et de plus. belles antiq. (précéd. de l'Etat et princip. d'Orange, où est traité de son climat, situa-

tion, confins, etc.), par Joseph de La Pise. *La Haye,*
Maire, 1639, in-fol.. fig., v. br.

1551. Mémoire pour le procureur général au parlement
de Provence, servant à établir la souveraineté du roi
sur la ville d'Avignon et le comté Venaissin. *S. l.,*
1769, 2 vol. in-8, v. m.

Extrêmement rare, le fonds de l'édit. ayant été mis dans le dépôt des Affaires étrangères. *Bibl. hist. de la Fr.,* t. IV, p. 497.

1552. Histoire de l'isle de Corse, conten. les principaux
évén. de ce pays, etc. (par de la Villeheurnois). *Pa-*
ris, Cusson, 1749, in-12, v. m. — Hist. des révolutions de Corse, depuis ses premiers habitans jusqu'à
nos jours, par l'abbé de Germanes. *Paris, Hérissant,*
1771, 2 vol. in-12, v. éc.

1553. Description géographique et historique de l'isle
de Corse, par Bellin. *Paris, Didot,* 1769, in-4, br.

1554. Recherches sur l'histoire de la partie de l'Afrique
septentrionale connue sous le nom de Régence d'Alger, et sur l'administration et la colonisation de ce
pays à l'époque de la domination romaine (par MM.
Walckenaer et Dureau de Lamalle). *Paris, Imp. roy.,*
1835, in-8, br.

HISTOIRE DE L'EUROPE.

Hollande et Pays-Bas. — *Angleterre.* — *Italie.* —
Savoie. — *Suisse.* — *Espagne et Portugal.* —
Allemagne. — *Turquie.*

1555. La grande Chronique ancienne et moderne de
Hollande, Zélande, West-Frise, Utrecht, Frise, Ove-
ryssel et Græningen, jusques à la fin de 1600, par
Jean-Franç. Le Petit. *Dordrecht, Jac. Canin,* 1601, 2
vol. in-fol., portr., m. m.

Rare. — Admirable collect. de portr. histor.

1556. Histoire générale des Provinces-Unies, par D...
et M... (Dujardin et Sellius). *Paris*, *G. Simon*, 1757-
70, 8 vol. in-4, cart. et portr., v. m.

Belle collect. de portr. histor. d'après les originaux.

1557. L'Histoire des Pays-Bas, d'Emmanuel Meteren, ou
Recueil des guerres et choses memorables advenues
ès dits pays, depuis l'an 1315 jusques à l'an 1612,
trad. du flam. (par Jean de La Haye). *La Haye, Won*,
1618, in-fol., v. f.

Beaux portr. histor.

1558. Annales et histoires des Troubles du Pays-Bas,
par Hugo Grotius (trad. du lat. en franç. par Nic.
l'Héritier). *Amsterdam, J. Blaeu*, 1662, in-fol., portr.,
v. br.

Avec la sign. de *Sallier*.

1559. Histoire de la Guerre des Pays-Bas, par le P. Fa-
mien Strada, trad. par P. du Ryer. *Bruxelles, Frick*,
1739, 4 vol. pet. in-8, fig. et plans, v. m.

1560. Histoire des Guerres de Flandre, par le cardin.
Bentivoglio, trad. de l'ital. par Loiseau. *Paris, Desaint*, 1770, 4 vol. in-12, m. rac.

1561. Histoire des Révolutions des Païs-Bas, depuis
l'an 1559, jusques à l'an 1584 (par le P. Pagi). *Paris,
Briasson*, 1727, 2 vol. in-12, br.

1562. Histoire des Troubles des Pays-Bas sous Philippe II, par Vandervynckt; corrig. et augm. de pièces, de notes et d'un disc. prél. par J. Tarte. *Bruxelles, Hublou*, 1822, 2 vol. in-8, br.

1563. Mémoires historiques et politiques sur les Pays-
Bas autrichiens, et sur la constitution tant interne
qu'externe des provinces qui les composent, par le
comte de Neny. *Bruxelles, Le Francq*, 1786, 2 vol.
in-12, port., br.

1564. La Vie de Michel de Ruiter, où est comprise

l'histoire maritime des Provinces-Unies, depuis 1652
jusques à 1676, trad. du holland. de Ger. Brandt
(par Aubin). *Amsterdam, P. et J. Blaeu,* 1698, in-fol.,
portr. et fig., v. br.

1565. Matthæi Paris Historia major, juxta exemplar
Londinense, 1571, et cum Rogeri Wendoveri, Wil.
Rishangeri historiis chronicisque mss. fideliter col-
lata; huic edit. accesserunt duorum Offarum Mercio-
rum regum et viginti trium abbatum Sancti-Albani
vitæ, edit. Wil. Wats. *Parisiis, apud viduam Guill.
Pellé,* 1644, in-fol., portr., v. n., fil.
Peu commun.

1566. Histoire des Roys d'Angleterre, d'Escosse et d'Irlande, par André du Chesne, 2ᵉ édit. augm. *Paris,
P. Rocollet,* 1634, in-fol., vél. (manq. le titre).

1567. Histoire d'Angleterre, d'Ecosse et d'Irlande, jusqu'à Guillaume III, par de Larrey. *Rotterdam, Reiniers
Leers,* 1697-1713, 4 vol. in-fol., fig. de B. Picart, v.
m., d. s. tr. *(aux armes).*
Magnifique collect. de portr. histor.

1568. Histoire d'Angleterre, par de Rapin Thoyras
(contin. jusqu'à l'avèn. de George II, par Dav. Durand et Dupart), 2ᵉ édit. augm. de l'éloge de l'auteur
et de la Dissert. des Wighs et Thorys. *La Haye, Alex.
de Rogissart,* 1727-38, 13 vol., cart., portr. et
vign. — Remarques histor. et crit., sur l'Hist. d'Angleterre, par Tindal, et Abrégé histor. du Recueil de
Thomas Rymer, par de Rapin Thoyras, avec notes
d'Etienne Whatley. *La Haye, P. Gosse,* 1733, 2 vol.
En tout 15 vol. in-4, v. gr.

1569. Alliterative poem on the deposition of king Richard II; Ricardi Maydiston, de Concordiâ inter
Rich. II et civitatem London; edit. by Thomas

Wright. *London, Printed for the Camden Society*, 1838, pet. in-4, rel. angl. en toile v.

1570. Plumton Correspondence , a series of letters chiefly domestick written in the reings of Edward IV, Richard III , and Henry VIII ; edited by Th. Stapleton , with notices biographical and historical of the family of Plumton, etc. *London, Printed for the Camden Society*, 1839 , pet. in-4 , rel. angl. en toile, v.

1571. Historic of the arrivall of Edward IV in England and the finall recoverye of his Kingdomes from Henry VI, 1471, edit. by John Bruce. *London, published for the Camden Society*, 1838, pet. in-4, rel. angl. en toile v.

1572. Histoire du Divorce de Henry VIII, roi d'Angleterre, et de Catherine d'Arragon , avec la Défense de Sanderus, la réfut. des 2 prem. livres de l'Hist. de la Réformation, et les preuves (par Joachim Le Grand). *Paris, v⁼ Ed. Martin*, 1688, 3 tom. en 2 vol., in-12, v.br.

Les Preuves, tirées la plupart des mss. de la Bibl. du Roi, sont très importantes pour l'hist. des négociations secrètes de la France avec l'Angleterre.

1573. Rerum Anglicarum et Hibernicarum Annales, regnante Elisabethâ , auct. Guill. Camdeno. *Lugd. Batav., typis Elseviriorum*, 1639 , in-8, vél.

Avec la sign. de *Seignelai* 1692.

1574. Histoire d'Elisabeth, royne d'Angleterre, depuis le commenc. de son règne qui fut l'an 1558 jusques à sa mort en 1603, trad. du lat., de Guill. Camden, par Paul de Bellegent. *Paris, Samuel Thiboust*, 1627, 2 part. en 1 vol., in-4, portr., v. br. (manq. la dernière feuille de la table).

1575. Histoire de ce qui s'est passé de plus mémor. en Angleterre pendant la vie de Gilbert Brunet, évêque de

18

Salisbury (trad. de l'angl., par La Pillonière, etc.).
La Haye, *J. Neaulme*, 1735, 3 vol. in-4, gr. pap.,
portr. de Bern. Picart, v. m.

Beaux portr. histor.

1576. La Vie d'Olivier Cromwel (trad. de l'ital. de Grég.
Leti). *Amsterdam*, *H. Schelte*, 1703, 2 vol. in-12,
fig., v. br.

1577. Histoire des Evénemens tragiques d'Angleterre
et des derniers troubles d'Ecosse, conten. une relation des conspirations contre les rois Charles II et
Jacques II (trad de l'angl.). *Cologne*, *P. Marteau*,
1686, pet. in-12, fig., v. m.

1578. Histoire de Charles-Edouard, précéd. d'un Hist.
de la rivalité de l'Angleterre et de l'Ecosse, par Amédée Pichot, nouv. édit. *Paris*, *Ch. Gosselin*, 1833,
2 vol. in-8, br.

1579. Dissertation sur les Wighs et les Torys, par
Thoyras Rapin. *La Haye*, *Ch. Le Vier*, 1717. —
Traité du Pouvoir des rois de la Grande-Bretagne,
où l'on justifie les principes qui ont causé la Révolution en 1689, trad. de l'angl. *Amsterdam*, *J. Fr.
Bernard*, 1714. — Réponse..., où l'on fait voir que ce
Traité autorise la révolte et la trahison, trad. de
l'angl. *Ibid.*, *id.*, 1714. Ensembl. 3 part. en 1 vol.
pet. in-12, v. m.

1580. Fragmens patriotiques sur l'Irlande, par miss
Owenson (lady Morgan), trad. de l'angl. par Mme A. E.
(Esménard). *Paris*, *Delaunay*, 1817, in-8, cart.

1581. Abrégé chronolog. de l'histoire générale d'Italie,
depuis la chute de l'Empire romain en Occident jusqu'au traité d'Aix-la-Chapelle, en 1748 (s'arrête en
1314), par Ch. Hug. Lefebvre de Saint-Marc (avec

son éloge, par Lefèvre de Beauvray). *Paris, Nic. Aug. Delalain,* 1761-70, 6 vol. pet. in-8, v. m.

1582. Histoire des Guerres d'Italie (1492-1532), escrite en ital. par Fr. Guicciardini et trad. en franç. par Hierosme Chomedei. *Paris, Jac. Kerver,* 1577, in-fol., m. m.

Excellente traduction qui conserve à l'original sa couleur et son caractère.

1583. Histoire d'Italie, de l'année 1492 à l'année 1532, par Francesco Guicchiardini (trad. de l'ital. par Favre), avec notice, par A. C. Buchon. *Paris, Desrez,* 1826, gr. in-8, br.

1584. Les Anecdotes de Florence, ou l'Histoire secrète de la Maison de Médicis, par Varillas. *La Haye, Arn. Leers,* 1687, in-12, v. f., fil., comp., d. s. tr.

1585. Vie de Philippe de Strozzi, premier commerçant de Florence et de toute l'Italie, sous les règnes de Charles V (*sic*) et de François Ier, et chef de la maison rivale de celle des Médicis, trad. du toscan de Laurent, son frère, par Requier. *La Haye (Paris, l'auteur),* 1762, in-12, v. éc., fil.

1586. Conjuration du comte de Fiesque, par le card. de Retz (avec une préf. de Ch. Nodier). *Paris, N. Delangle,* 1825, in-16, br.

1587. Histoire généalogique de la royale Maison de Savoye, justif. par titres, monum. et preuves authentiq., par Samuel Guichenon. *Lyon, Barbier,* 1660, 2 vol. in-fol., portr. et fig., v. m.

Rare.

1588. Histoire du prince François Eugène de Savoie (par de Mauvillon). *Amsterdam, Arkstée et Merkus,* 1740, 5 vol., in-12, plans et fig., m. br.

1589. Histoire de Genève, par Spon, édit. augmentée d'amples notes, avec les actes, etc. *Genève, Fabri et Barillot*, 1730, 2 vol. in-4, fig. et plans., v. m.

1590. Histoire générale d'Espagne, trad. de l'espag. de Jean de Ferreras, avec des notes, par d'Hermilly. *Amsterdam, Zach. Chatelain*, 1751, 10 vol. in-4, cart. et vign., v. m.

1591. Histoire d'Espagne et de Portugal, d'après Ashbach, Lembke, Dunham, Bossi, Ferreras, Schœfer, etc., par Paquis. *Paris, Parent-Desbarres*, 1836, gr. in-8, tom. I, br.

1592. La Vie de l'empereur Charles V, trad. de l'ital. de Gregorio Leti (par ses filles). *Brusselles, Josse de Grieck*, 1715, 4 vol. in-12, fig., v. br.

1593. Histoire de l'empereur Charles V, par don J. Ant. de Vera et Figueroa, trad. d'espag. en franç. par du Perron le Hayer, etc., rev. et corr. par A. F. D. en m., et Ch. de Wal. *Bruxelles, Fr. Foppens*, 1663, pet. in-12, portr., vél.

1594. La Vie et les actions héroïques et plaisantes de l'invincible empereur Charles V (trad. de l'espag. par Judocus de Griek). *Amsterdam, J. Malherbe*, 1704, 2 vol. pet. in-12, fig., v. br.

Pour faire cette compilation, on a fondu ensemble la *Vie de Charles V*, par don J. Ant. de Vera et Figueroa, et les *Actions héroïq. et plaisantes de Charles V*, publ. en 1683, pet. in-12, *Cologne, P. Marteau*.

1595. La Vie de Philippe II, roi d'Espagne, trad. de l'ital. de Gregorio Leti (par de Chevrières). *Amsterdam, P. Mortier*, 1734, 6 vol. in-12, portr., v. m.

1596. Mémoires pour servir à l'histoire du cardinal de Granvelle, par un religieux bénédictin de la Congrég.

de St.-Vanne (dom Lévêque). *Paris, G. Desrez,* 1751-52, 2 vol. in-12, fig.. v. éc.

1597. Histoire du Ministère du cardinal Ximenez, archev. de Tolède, et régent d'Espagne (par Fléchier). *Suiv. la cop. impr. à Toulouse, chez G. L. Colomyez,* 1694, in-12, portr., v. br.

1598. Historicum Opus. in quatuor tomos divisum, quorum tomus I Germaniæ antiquæ illustrationem continet; tomus II comprehendit ea quæ sub imperio Caroli V in diversis locis acciderunt usque ad Inaugurationem Ferdinandi I; tomus III historias complectitur ab anno 1558 usque ad finem anni 1564; tomus IV res gestas in se continet ab anno 1565 ad annum 1574 (edente Schardio). *Basileæ* (1574), 4 tom. en 3 vol. in-fol., v. br.

Rare. — Cette précieuse collection renferme des traités, des histoires et des chroniques qui concernent la France autant que l'Allemagne. Voyez-en le détail dans le catal. de la *Méth. pour étud. l'Hist.* et dans la *Bibl. hist. de la Fr.* Le premier volume est très important pour l'hist. des anciens Gaulois; les autres pour celle du seizième siècle.

1599. Monumenta Germaniæ historica, inde ab anno Christi 500 usque ad annum 1500, edit. Geor. Henr. Pertz (Scriptorum. tom. I et II). *Hanoveræ, impens. bibliop. aulic. Haniani.* 1826-29, 2 vol. in-fol., cart. (manq. les titres).

Les textes de cette collection sont encore préférables à ceux du Recueil des *Histor. des Gaules et de la France,* puisque l'éditeur allemand G. H. Pertz les a revus sur de nouveaux manuscrits qui lui ont fourni une grande quantité de variantes.

1600. Monumenta aug. Domûs Austriacæ, contin. Sigilla vetera et insignia, quibus usi sunt marchiones, duces, archiducesque Austriæ; Nummotheca principum Austriæ; Pinacotheca, in quà march., duc., archid. Austr. simulacra, statuæ, anaglypha, ceteraque sculpta...etc., operâ et stud. RR. PP. Marq. Herrgott et Rust. Heer. *Vienna, ap. Lep. J. Kaliwoda; Friburgi, typ. G. Felneri*, 1750-73, 3 tom. en 5 vol. gr. in-fol., fac-sim., fig. et planch., m. br. et les 2 dern. vol., br. (manq. le tom. 4 en 2 part., conten. *Topographia*).

La 2ᵉ partie du second tome est fort rare. — Cet ouvrage estimé, qui est aussi important pour l'Autriche que la *Monarchie Françoise* de Montfaucon pour la France, renferme un bien plus grand nombre de figures, très utiles pour l'hist. du moyen-âge, monnaies, armes, sceaux, monumens, costumes, portraits, etc.

1601. Mémoires pour servir à l'histoire de Brandebourg, avec quelq. autr. pièces intéressantes (par Frédéric, roi de Prusse). *S. l.*, 1751, 2 vol. pet. in-8, portr., v., br. (*aux armes*).

1602. Vita Ernesti Pii, ducis Saxoniæ, descripta ab Eliâ Mart. Eyringio; accessit ejusd. dissert. de Ortu et progressu relig. Christ. in Franciâ orientali. *Lipsiæ, ap. J. Fr. Gleditsch*, 1704, portr. — Adolph. Clarmundi historico-critica de præcipuis topicorum exploratoribus, cui ipsorum elogia vitæque adjectæ sunt. *Lipsiæ, ap. Dav. Lauer*, 1704, 2 tom. en 1 vol. pet. in-8, v. br.

1603. Précis historique du Partage de la Pologne, par Brougham, trad. de l'angl., avec introduct. et append., par A. Clapier. *Marseille, Feissat*, 1831, in-8, br.

1604. Mémoires histor. et inéd. sur les Révol. arrivées en Danemarck et en Suède, pendant les années 1770, 1771, 1772, suiv. d'anecd. sur le pape Ganganelli et d'un récit sur l'abdication de Victor Amédée, roi de Savoie, par l'abbé Roman. *Paris, Léop. Collin*, 1807, in-8, portr., br.

1605. Histoire générale des Turcs, conten. l'hist. de Chelcondyle, trad. par Blaise de Vigenaire *(sic)*, et contin. jusques en 1612 par Thomas Artus, et par le sieur de Mézeray jusques en 1661 , avec l'Hist. du Sérail, par Baudier, les fig. et descript. des princip. officiers et autr. personnes de l'empire Turc, par Nicolai, et la trad. des Annales des Turcs, par ledit de Mézeray. *Paris, Aug. Courbé*, 1662, 2 vol. in-fol., fig., v. br.

Avec la sign. de *Dumoustier*. — Collect. de fig. représent. les costumes turcs au XVIIe siècle.

1606. Précis historique de la Maison impériale des Comnènes, où l'on trouve l'origine, les mœurs et les usages des Maniotes, etc. *Amsterdam*, 1784, in-8, br.

HISTOIRE HÉRALDIQUE ET GÉNÉALOGIQUE.

I. *Traités sur la Noblesse, les Fiefs, le Blason, les Armoiries, etc.*

1607. Abrégé chronologique d'édits, déclarations, réglemens, arrêts et lettres-patentes des rois de la troisième race, concernant la Noblesse..., par L. N. H. Chérin. *Paris, Royez*, 1788, in-12, br.

1608. Traité des Nobles et des vertus dont ils sont formés; leur charge, vocation, rang et degré; des marques, généalogies et diverses espèces d'iceux; de l'origine des fiefs et des armoiries, avec une Hist. et descript. généal. de la très ancienne Maison de Couci, le tout distribué en 4 liv., par Fr. de l'Alouète. *Paris, Guill. de la Noue*, 1577, in-4, vél.

Rare.

1609. Trois Traictez, scavoir : de la Noblesse de race, de la Noblesse civile, des Immunitez des Ignobles, par Fl. de Thierriat. *Paris, Lucas Bruneau*, 1606, pet. in-8, vél.

1610. Traité de la Noblesse et de toutes ses différentes
espèces, nouv. édit. augm. des Traités du Blason, des
Armoiries de France, de l'Origine des noms et sur-
noms , et du Ban et arrière-ban , par de La Roque.
Rouen, P. le Boucher, 1734, in-4, v. m.

Edition la plus complète. Les curieux traités qu'on y a joints se
trouvent difficilement à part et se vendent, séparément, aussi cher
que le volume qui les contient tous.

1611. Les diverses Espèces de Noblesse, et les manières
d'en dresser les preuves, par le P. Menestrier. *Paris*
(*Lyon, Amaulry*), 1682, in-12, v. br.

1612. Essais sur la Noblesse de France, conten. une dissert. sur son origine et son abaissement, par le comte
de Boullainvilliers , avec des notes histor., un projet
de dissert. sur les prem. François et un suppl. aux
notes par forme de dict. (par Tabary). *Amsterdam*,
1732, pet. in-8, v. br.

Ce remarquable traité avait déjà paru dans le tom. 9 de la *Contin.
des Mém. de littér.*, par Desmolets. L'éditeur Tabary l'a complété
par un petit dictionn. extrait du *Glossarium infimæ latinitatis*, et très
utile pour l'histoire de la chevalerie et de l'art militaire au moyen-
âge , etc.

1613. Traité des Fiefs et de leur origine, avec les preuves tirées de div. auth. anc. et. moder., des capitulai-
res et d'autres actes mss. , par Louis Chantereau Lefebvre. *Paris, L. Billaine*, 1662, in-fol., m. rac.

1614. La Nouvelle Méthode raisonnée du Blason, par
le P. C. F. Menestrier. *Lyon, Bruyset*, 1750, in-12,
fig., v. m.

1615. Nouvelle Méthode raisonnée du Blason ou de
l'art héraldique du P. Menestrier. *Lyon, P. Bruyset
Ponthus*, 1770, in-8, fig., v. m.

1616. Le Blason de la Noblesse, ou les preuves de noblesse de toutes les maisons de l'Europe, par le P. Fr.
Menestrier. *Paris, Lion*, 1683, pet. in-12, v. br.

1617. La vraye et parfaite Science des Armoiries, par Louvan Geliot, augm. par P. Palliot. *Dyon, P. Pailliot*, 1660, in-fol., fig., v. br.

1618. Jeu d'Armoiries de l'Europe, pour apprendre le blason, la géographie et l'histoire curieuse, par C. F. de Brianville Mont-Dauphin. *Lyon, Ben. Coral*, 1659, in-16, fig. color., demi-rel.

1619. Jeu de cartes du Blason (par le P. Menestrier). *Lyon, Th. Amaulry*, 1692, pet. in-12, v. br.

Dans cet ouvrage, que ne cite pas la *Bibl. hist. de France*, il est traité de l'origine des cartes à jouer.

1620. Ms. Armoiries des Grands-officiers de la Couronne, avec des notices biographiques. In-fol. sur pap., écrit. du XVIIe s., dos de mar.

1621. Ms. Le Blason des Armoiries. In-fol. sur pap., écrit. du XVIIe s., blas. color., dos de mar.

1622. Ms. Album, du commencement du dix-septième siècle, contenant un grand nombre d'armoiries, devises, emblêmes, miniatures, etc., pet. in-4, belle rel. anc.

1623. La Guyvre mystérieuse, ou l'Explication des armes de la très illustre famille de Colbert, par Brice Bauderon. *Mascon, S. Bonard et R. Piget*, 1680, pet. in-8, v. br.

II. *Traités sur la Chevalerie, les Ordres militaires, les Offices de la Couronne et la Pairie.*

1624. Le vray Théâtre d'Honneur et de Chevalerie, ou le Miroir héroïque de la Noblesse, par Marc Le Wlson, sieur de la Colombière. *Paris, Aug. Courbé*, 1648, 2 vol. in-fol., portr. et fig., v. br.

Rare.

1625. Le Théâtre d'Honneur et de Chevalerie, ou l'Histoire des Ordres militaires des roys et princes de la chrestienté et leur généalogie ; de l'institution des armes et blasons ; roys , héraulds et poursuivants d'armes, duels, joustes et tournois ,..., par André Favyn. *Paris, Rob. Fouet,* 1620, 2 vol. in-4, fig., v. rac. (manq, le feuillet 493 du 1er volume). Rare,

1626. Histoire des Religions, ou Ordres militaires de l'Eglise, et des Ordres de Chevalerie, par Hermant. *Rouen, J. B. Besongne,* 1698, in-12, fig,, v. br. — Hist. de tous les Ordres militaires ou de Chevalerie, par Andr. Schoonebeek. *Amsterdam, H. Desbordes,* 1699, in-12, fig. de Schoonebeek, tom. I, v. f., fil.

1627. Histoire des Religions, ou Ordres militaires de l'Eglise, et des Ordres de Chevalerie, par Hermant. *Rouen, J. B, Besongne,* 1725, 2 vol. in-12, fig., v. f.

1628. Dissertations historiques et critiques sur la Chevalerie ancienne et moderne, séculière et régulière, avec des notes, par le P. Honoré de Sainte-Marie. *Paris, P. F. Giffart,* 1729, in-4, fig., v. m.

1629. Mémoires sur l'ancienne Chevalerie, par La Curne de Sainte-Palaye, avec une Introd. et des notes, par Ch. Nodier (Barginet). *Paris, Girard,* 1826, 2 vol. in-8, fig., br.

1630. Cérémonies des Gages de bataille, selon les constitutions du bon roi Philippe de France, suiv. d'Instructions sur la manière dont se doivent faire empereurs, rois, ducs, marquis, etc., publ. d'après les mss. de la Bibl. du Roi, par G. A, Crapelet. *Paris, Crapelet,* 1830, in-8, gr. pap. vél., fig,, cart,

1631. Histoire crit. et apologétique de l'Ordre des Chevaliers du Temple de Jérusalem, dits Templiers, par le P. M. J. (Mansuet, jeune). *Paris, Guillot,* 1789, 2 vol. in-4, fig. br,

1632. Histoire des Chevaliers de l'Ordre de St-Jean de

Jérusalem, contenant leur admir. instit. et police, la
Suitte des Guerres de la Terre-Sainte, escrite par le feu
S. D. B. S. D. L. (trad de Bosio, par Pierre de Boissat, sieur de Licieu), augm. par J. Baudoin; dern.
édit., illustr. d'une ample chronol. des Vies des gr.
maistres, etc., par F. A. de Naberat. *Paris, Jacq.
d'Allin*, 1659, 1 vol. rel. en 2 in-fol., portr. ,gr. pap.,
v. br. (*aux armes.*)

Collect. des portr. des grands-maîtres de l'Ordre.

1633. Recherches historiques de l'Ordre du Saint-Esprit, avec les noms, qualitez, armes et blasons, ...etc.,
par Du Chesne; contin. par Haudicquer de Blancourt,
avec les statuts de l'Ordre. *Paris, J. Jombert*, 1695,
2 vol. in-12, v. br. (*aux armes.*)

1634. Histoire des Ordres royaux, hospitaliers-militaires
de Notre-Dame du Mont-Carmel et de Saint-Lazare
de Jérusalem, par Gautier de Sibert. *Paris, Impr.
roy.*, 1772, in-4, fig. de Ch. Eisen, demi-rel.

1635. Anciens statuts de l'ordre hospitalier et militaire du
Saint-Sepulchre de Jérusalem, suiv. de Bulles, lettres-
patentes, etc. *Paris, Cailleau*, 1776, in-8, fig., v. éc., fil.

1636. Fastes militaires, ou Annales des Chevaliers des
Ordres royaux et militaires de France .. etc., par de La
Fortelle. *Paris, Lambert*, 1778, 2 vol. in-12, mar.
bl., fil., d. s. tr. *(aux armes.)*

Le tiers du premier volume est rempli par une notice très curieuse sur la chevalière d'Eon.

1637. Histoire de l'Ordre royal et militaire de Saint-
Louis, par d'Aspect. *Paris, v^e Duchesne*, 1780, 3 vol.
in-8, v. éc.

1638. Traictez des premiers officiers de la Coronne de
France soubz noz roys de la 1re, 2e et 3e lignée, par
André Favyn. *Paris, Bourriquant*, 1613, pet. in-8,
v. br.

1639. Histoire des Connestables, chanceliers et gardes
des sceaux, mareschaux, admiraux, généraux des
galères, grands-maistres et prevots de Paris, depuis
leur orig. avec leurs armes et blasons, par Jean Le
Feron, jusqu'en 1555, et contin. jusques à présent,
augm. de pièces curieuses, par Denys Godefroy. *Paris, Impr. roy*., in-fol., gr. pap., blas., v. br.

1640. De Ducibus et comitibus provincialibus Galliæ,
libri tres; autore Ant. Dadino Alteserra. *Tolosæ, ap.
A. Colomerium*, 1643, in-4, v. br.

1641. Histoire de la Pairie de France et du Parlement
de Paris... par D. B. J. (Le Laboureur). *Londres; Samuel Harding*, 1753, 2 tom. en 1 vol. in-12, v. m.
Cet ouvr. fut attribué, par l'éditeur, au comte de Boulainvilliers.

1642. Dissertation sur l'Origine et les fonctions du
Parlement, sur la Pairie et le droit des pairs... etc.
(par Michel Cantalause de La Garde). *Amsterdam, aux
dép. de la comp. (Toulouse)*, 1764, in-12, v. m., fil.

1643. Les quatre Ages de la Pairie de France..., par L.
V. Zemganno (Goezman). *Maestricht, J. E. Dufour*,
1775, 2 vol. in-8, v. gr.
Peu commun. — Omis dans la *Bibl. hist. de la Fr.*

III. *Généalogies générales et particulières de la noblesse et des grandes familles de France.*

1644. Dictionnaire de Titres originaux, ou Inventaire
du Cabinet du chev. Blondeau de Charnage. *Paris,
Mich. Lambert*, 1764, 4 vol. in-12, br.
Omis dans la *Bibl. hist. de la Fr.*

1645. Dictionnaire de la Noblesse, conten. les généal.,
l'hist. et la chronol. des familles nobles de France,
etc. (par La Chesnaye des Bois). *Paris, ve Duchesne
et Ant. Boudet*, 1770-78, 12 vol. in-4., v. m.

1646. Dictionnaire universel de la Noblesse de France,

par de Courcelles. *Paris, au bureau de la Noblesse*, 1820-22, 5 vol. in-8, br.

On trouve dans ce Dict. beaucoup de notices curieuses sur l'ancienne chevalerie et tout ce qui s'y rattache ; il y a aussi plusieurs pièces intéressantes, telles que la liste des personnes admises aux honneurs de la Cour jusqu'en 1789 , etc.

1647. Histoire généalogique de la Maison de France, avec les illustres familles sorties des reynes et princesses du sang, par Scevole et Louis de Saincte-Marthe, 3ᵉ édit. augm. *Paris, Séb. Cramoisy*, 1647, 2 vol. in-fol., blas. v. br.

L'ouvrage du P. Anselme, augmenté par les PP. Ange et Simplicien, ne remplace pas complétement celui-ci, dans lequel l'abrégé de la vie des rois et la plupart des notices biographiques sont des morceaux achevés d'érudition et de critique, avec indication des sources et autorités.

1648. Histoire généalogique et chronologique de la Maison royale de France, des pairs, grands-officiers de la Couronne, avec les qualitez, l'origine, le progrès et les armes de leurs familles ; le tout dressé sur titres originaux..., par le P. Anselme (F. de Guibourg) ; 3ᵉ édit. rev. et augm. par les PP. Ange et Simplicien (et Du Fourny). *Paris, comp. des libr.*, 1726-33, 9 vol. in-fol., blas., v. m.

Cet ouvrage est aussi exact, plus complet et surtout plus commode à consulter que *l'Armorial général* de d'Hozier. C'est un de ces admirables recueils qu'on ne réimprimera sans doute jamais, et dont pourtant il est impossible de se passer dans l'étude de l'histoire de France.

1649. Ms. Les Ducs et pairs de France, avec les titres des érections de leurs duchés et pairies. Gros vol. in-fol. de 398 feuillets, écrit. du XVIIᵉ siècle, mar. r. (*aux armes du marq. d'Aubais.*)

Copies des ordonnances des rois et d'anciennes chartes, pour l'érection des duchés-pairies, savoir : duché de Chartres, en 1528 ; union du pays de Combraille au duché de Monpensier, en 1548 ; duché de Longueville, en 1505 ; comté de Vendomois, en 1514; duché de Nivernois, en 1528, etc.

1650. **Histoire généalogique héraldique des Pairs de France, des grands dignitaires de la Couronne, des princip. familles nobles du royaume et des maisons princières de l'Europe ; précéd. de la généalogie de la Maison de France, par le chev. de Courcelles.** *Paris, Arth. Bertrand,* 1822-33, 12 vol. in-4, blas., br.

1651. **Le Palais de la Gloire, conten. les généal. histor. des illustres maisons de France et de plus. nobles familles de l'Europe, etc. (par le père Anselme).** *Paris, P. Bessin,* 1664, pet. in-4, v. br.

Avec beaucoup de notes mss. par un savant généalogiste.

1652. **Les Tombeaux des personnes illustres (dans les églises des Célestins, de Sainte-Catherine-du-Val-des Ecoliers, de l'Ave-Maria, à Paris, etc.), avec leurs éloges, généalogies, armes et devises, par J. Le Laboureur (et Vauselle l'Hermite).** *Paris, Mart. Le Prest,* 1679, pet. in-fol., blas., vél. (sans titre).

1653. **Liste des noms des ci-devant Nobles, nobles de race, robins, prélats, financiers, intriguans et de tous les aspirans à la Noblesse ou escrocs d'icelle, avec des notes sur leurs familles (par A. Dulaure).** *Paris, Garnery, s. a.* (1789) et 1790, 3 tom. in-8 br. (manq. les livr. 18 et 19).

J'ai publié une *Réfutation* de ce pamphlet dans le *Mémor. de la Noblesse.*

1654. **Etat actuel de la Noblesse de France, par de Saint-Allais.** *Paris,* 1816, in-18, br.

1655. **Nobiliaire de Picardie, contenant les Généralitez d'Amiens, de Soissons, etc., par Haudicquer de Blancourt.** *Paris, J. B. de la Caille,* 1693, in-4, vél.

Rare, l'ouvrage ayant été supprimé par l'arrêt qui condamna l'au-

teur aux *galères* pour *les faussetés* insignes commises dans ces généalogies.

1656. Ms. Recherche de la Noblesse de la Généralité de
Rouen, faite, de 1666 à 1682, par Jacques Barin,
chevalier, marquis de la Galissonnière, etc., intendant de justice, police et finances de ladite généralité. In-fol. de plus de 800 pag., écrit. du XVIIIe s.,
v. m.

A ce manuscrit est jointe une table détachée des noms propres
contenus dans le volume.

1657. Histoire généal. des Païs-Bas, ou Hist. de Cambray et du Cambresis... enrichie, des généal., éloges
et armes des comtes, ducs, etc., par Jean le Carpentier. *Leide, l'auteur,* 1664, 4 part. en 2 vol. m. br.
Exempl. contenant l'Addition, p. 1081, qui manque souvent.

1658. Le Palais de l'Honneur, contenant les généalogies histor. des illustres maisons de Lorraine
et de Savoie, et de plusieurs nobles familles de
France, par le père Anselme... ; ensemb. l'orig.
et l'explicat. des armes, devises et tournois, l'ins-
titut. des ordres milit. et principales dignités de la
Couronne, etc. *Paris, Est. Loyson,* 1663, in-4, fig.,
v. br.

1659. Ms. Généalogie des gentilshommes du Limousin,
des Elections de Limoges, Tulle, Bourganeuf, Angoulême, qui ont passé devant M. d'Aguesseau, intendant de la Généralité de Limoges, ès années 1666,
1667, 1668, 1669, par Antoinette Delamare Chevil-
lard. Pet. in-fol. écrit en 1752, dos de mar.

1660. Ms. Extraits des Jugemens de déclaration de noblesse, rendus par monseigneur de Bezon, intendant
et commissaire pour la vérification des titres des nobles de Languedoc, en 1669. In-fol., écrit. du XVIIme
s., demi-rel.

1661. Traité de la noblesse des Capitouls de Toulouse, avec des addit. et remarq. (par G. de La Faille). *Toulouse, G. L. Colomiés*, 1707, pet. in-4, v. m.

1662. Recherches hist. sur la noblesse des Citoyens-honorés de Perpignan et de Barcelone (avec des preuves), par l'abbé Xaupi. *Paris, Cl. Simon*, 1766, 3 vol. in-12, m. m.

Les deux derniers vol., ajoutés au premier qui avait paru en 1763, sont rares.— Voyez l'analyse de cet ouvrage dans le *Mémor. de la Noblesse.*

1663. Histoire de la principale Noblesse de Provence, avec les observ. des erreurs qui y ont été faites par les précédens histor. et un traité général de la différence de chaque espèce de noblesse, de l'origine des fiefs, etc., et une explication des monoyes anciennes qui ont eu cours en Provence (par B. de Maynier). *Aix, Jos. David,* 1719, in-4, m. br.

1664. Histoire généalogique et chronologique des Dauphins de Viennais, depuis Guigues Ier jusqu'à Louis VIII, par de Gaya. *Paris, L. Michallet,* 1683, pet. in-12, demi-rel.

1665. Histoire généal. des ducs de Bourgogne de la Maison de France (des dauphins de Viennois, et des comtes de Valentinois et Diois, seigneurs de Saint-Vallier), à laquelle sont adjoutez les seign. de Montagu, de Sombernon et de Conches, etc., le tout justif. par tiltres, histor. et autres preuves, par And. Du Chesne. *Paris, Séb. Cramoysy,* 1628, 6 part. en 1 vol. in-4, v. j.

Rare.

1666. Histoire généalogique de la Maison royale de Courtenay, justif. par plus. chartes, arrêts, titres, etc., par Du Bouchet. *Paris, Jean Du Puys,* 1661, 2 part. en 1 vol. in-fol., portr. et fig., v. br.

1667. De stirpe et origine Domus de Courtenay, quæ cœpit à Lud. Crasso, hujus nominis sexto, Francorum rege, Sermocinatio; cui inserti sunt supplices libelli Regi ad hanc rem oblati , unâ cum repræsentatione juris et meritorum præsentis Instantiæ; addita sunt responsa celeberrimorum Europæ jurisconsultor. *Parisiis*, 1607. 20 pièces en 1 vol. in-8, v. br.

Pièces rares.

1668. Représentation du procédé tenu en l'instance faicte devant le roy par MM. de Courtenay, pour la conservation de l'honneur et dignité de leur maison, branche de la royalle Maison de France; ensemble les noms des docteurs et jurisconsultes qui ont été consultez sur ce subjet, avec un résultat des advis qu'ils en ont donnés. *Paris*, 1613, pet. in-8, demi-rel.

1669. Histoire généalogique de la Maison d'Auvergne, justifiée par chartes, titres, etc., par Baluze. *Paris, Ant. Dezailler*, 1708, 2 vol. in-fol., fig. et blas., v. gr.

On trouve en tête du premier volume une copie de l'arrêt du Conseil d'Etat qui condamne cette histoire, et à la fin *Lettre de M. Baluze pour servir de response à divers escrits contre quelques anciens titres qui prouvent que MM. de Bouillon d'aujourd'hui descendent en ligne directe et masculine des anciens ducs de Guyenne et comtes d'Auvergne.* Paris, Théod. Muguet, 1698.

1670. Ms. Les anciennes et modernes généalogies, épitaphes et armoiries de tous les feux contes et contesses de Dreux et de Braynne , commencent à très hault, très illustre et très puissant prince Loys le Gros, jadis roy de France, père de très hault et puissant seigneur Robert, conte de Dreux , fondateur de l'abbaye de Saint-Yved Braynne. In-fol. de 38 feuillets sur vélin, avec blasons et lettres ornées en or et couleur; écrit vers 1540.

1671. Histoire de la Maison de Luxembourg, où sont

plus. occurrences de guerres et affaires, tant d'Afrique, d'Asie que d'Europe, par Nic. Vigner, illust. de notes avec une continuat. (par Nic. Geor. Pavillon). *Paris, Th. Blaise,* 1619, in-4, blas., v. br.

Cette Généal. est peut-être plus curieuse encore que celles d'André Du Chesne qui sont si estimées : dans les notes, se trouvent souvent d'excellentes dissertat. histor. avec beaucoup de pièces.

1672. Histoire généal. de la Maison de Montmorency et de Laval, justif. par chartes, tiltres, etc. par Andr. Du Chesne. *Paris, Séb. Cramoisy,* 1635, 2 part. en 1 vol. in-fol., portr. et blas. color., v. n., fil.

1673. Histoire de la Maison de Montmorenci (jusqu'en 1695), par Desormeaux. *Paris, Desaint et Saillant,* 1764, 5 vol. in-12, portr., v. m.

1674. Histoire de la Maison de Chastillon-sur-Marne, conten. les actions plus mémor. des comtes de Blois et de Chartres, de Penthèvre, de Saint-Paul et de Porcean ; la vie de saint Charles de Blois, duc de Bretagne, tirée de l'enqueste de sa canonisation, et les princip. seign. de Leuze, de Condé, etc., justif. par chartes, tiltres.., par André Du Chesne. *Paris, Sébast. Cramoisy,* 1621, 2 part. en 1 vol. in-fol., fig. et blas., v. n., fil.

1675. Histoire généal. des Maisons de Guines, d'Ardres, de Gand, de Coucy et de quelq. autr., justif. par chartes, tiltres, hist. et autr. bonnes preuves, par André Du Chesne. *Paris, Séb. Cramoisy,* 1831, 2 part. en 1 vol. in-fol., blas., v. gr.

1676. Histoire généal. de la Maison des Chasteigners, seign. de la Chasteigneraye, de la Rochepozay, de Saint-Georges de Rexe, justif. par chartes de diverses églises, arrests, etc. par André Du Chesne. *Paris, Séb. Cramoisy* 1634, 2 part. en 1 vol. in-fol., portr. et blas., v. n., fil.

1677. Histoire généalogique de la Maison de Vergy, justif. par chartes, tiltres, arrests et autr. preuves, par
André Du Chesne. *Paris, Sébas. Cramoisy,* 1625,
2 part. en 1 vol. in-fol., fig. et blas., v. m., fil.

1677 *bis.* Histoire de Sablé, première part. (avec preuves), par Ménage. *Paris, P. Le Petit,* 1683, pet. in-
fol., v. f.

La seconde partie de ce chef-d'œuvre généalogique est restée manuscrite.

1678. Histoire généalogique de la Maison de Béthune,
par André Du Chesne. *Paris, Seb. Cramoisy,* 1639,
in-fol., portr. et blas., v. f.

1679. Histoire généalogique des sires de Salins au comté
de Bourgogne, avec des notes hist. et généal. sur l'ancienne noblesse de cette province, par J. B. Guillaume. *Besançon, J. A. Vielle, s. a.* — Hist. de la ville
de Salins, par le même. *Ibid., Daclin,* 1758, 2 vol.
in-4, fig., v. m.

1680. Histoire généalogique de la Maison de Gondi,
par de Corbinelli (et A. Pezey, héraut d'armes). *Paris, J. B. Coignard,* 1705, 2 vol. gr. in-4, plans, fig.
et portr., v. br.

Collection de superbes portr. histor.

1681. Ms. Inventaire des titres, mémoires et sacs, concernant la Maison de Grailly, qui ont été remis au
trésor du château de Puipaulin de la ville de Bordeaux, le 12 juin 1735. Pet. in-fol., dos de mar.

1682. Recueil de titres de la maison d'Estouteville.
(*Paris*) *Montalant,* 1741, in-4, v. m.

1683. Généalogie de la Maison de Hamel, dressée sur les
titres, originaux, par de Saint-Pons, achevée par
Lainé. *Paris, Bethune,* 1834, in-8, cart. — Pièces
principales, additions et corrections pour faire suite
à l'Hist. généal. de la Maison du Hamel (par M. Lainé

et le comte du Hamel). *Paris*, *Béthune*, 1838, in-8,
cart.

Tiré à 100 exempl. et non vendu.

IV. *Généalogies générales et particulières des grandes familles de l'Europe.*

1684. Raymundi Duelii Excerptorum genealogico-histo-
ricorum libri duo, quorum I complectitur excerpta ex
chartulariis et necrologis, II continet sigillo et diplomata; accedunt appendices, etc. *Lipsiæ, apud P.Conrà-
dum Monah*, 1725, pet. in-fol., fig., fac-sim., v. br.
(Manq. 21 planch.)

Rare.

1685. L'Etat de la Cour des rois de l'Europe, etc., par
de Sainte-Marthe. *Paris, Th. Giràrd*, 1670, 3 vol. in-
12, v. br.

1686. Les Souverains du monde; ouvrage qui fait connaître la généalogie de leurs Maisons, etc. (trad. de
l'allem.), nouv. édit. augm. *Pàris, Cavelier*, 1734, 5
vol. in-12, fig., v. f.

1687. J. Zanonii, rariorum Stirpium Historia, ex parte
olim edita, nunc centum plus tabulis ex comment.
auctoris ab ejusdem nepotibus ampliata; opus uni-
versum digessit, latine reddidit, supplevitque Cajet.
Montius. *Bononiæ*, 1742, in-fol., planch. (187), v.
rac., fil.

1688. Genealogia diplomatica augustæ Gentis Habsbur-
gicæ, quâ contin. vera Gentis hujus exordia, antiquit.
propagationes...; chartis ac diplomatibus 954 asserta,
operâ dom. Marquardi Herrgott. *Viennæ, ex typ. Leop.
J. Kaliwoda*, 1737, 2 tom. en 3 vol., plans, fig. et fac-
sim., v. br.

Rare en France. — Cet ouvr., précieux pour le diplomatique, se rattache à l'hist. de nos rois et mérite de faire suite au *De Re diplomaticâ*, ainsi qu'à la grande *Hist. généal. de la Maison roy. de France.*

1689. La Généalogie des Comtes de Flandre, depuis Baudoin Bras-de-Fer, jusqu'à Philippe XVIII, roi d'Espagne; représentée par plusieurs fig. des sceaux, etc; par Olivier de Wrée. *Bruges, J. B. et L. Vanden Kerchove*, 1642, pet. in-fol., blas., v. br.

1690. Ms. Genealogiæ illustrissimæ Familiæ comitum Salmensium, ducum Limburgensium.

Grand rouleau collé sur toile, de 4 pieds de large sur 6 pieds de long, représentant l'arbre généalogique des comtes de Salm, peint en or et en couleur. On lit au bas de cette immense pièce calligraphique : *Eveteri exemplari expedivit delineavitque Nicolaus Chaudy, Versaliis delineator,* 1740.

1691. Les Marques d'honneur de la Maison de Tassis. (par Jules Chifflet). *Anvers, Balthazar Moretus*, 1645, gr. in-fol., beaux portr., v. m.

1692. La Toscane françoise, contenant les éloges historiques et généalogiques de princes, seigneurs et grands capitaines de la Toscane; ensemble leurs armes, etc., par J. B. l'Hermite de Soliers , dit Tristan. *Paris, J. Piot*, 1661, in-4, fig., v. br.

1693. Le Brillant de la Royne, ou les Vies des Hommes illustres du nom de Médicis, par Pierre de Boissat. *Lyon, P. Bernard*, 1613, pet. in-8, demi-rel.

1694. Ant. Matthæi, De nobilitate, de principibus, de ducibus, de comitibus, etc., de comitatu Hollandiæ et diœcesi Ultrajectina, libri quatuor, in quibus diplomata, etc. *Amstelodami, ap. Janssonio-Waesbergios*, 1686, pet. in-4, fig. vél.

BIOGRAPHIE.

I. *Biographie ancienne. — Dictionnaires biographiques généraux et spéciaux des hommes illustres, artistes, hommes de guerre, jurisconsultes, femmes célèbres, etc.*

1695. Les Vies des Hommes illustres grecs et romains, par Plutarque, transl. du gr. en franç. par Jac. Amyot. *Paris, Vascosan,* 1579, in-fol., portr., v. br. (Manq. le titre; les deux dern. feuill. endomm.)

— 1696. Le grand Dictionnaire historique, ou le Mélange curieux de l'histoire sacrée et profane, etc., par Louis Moreri (augm. et corrig. par J. Le Clerc, le P. Ange, Ellies Du Pin, Jacq. Bernard, l'abbé Goujet, etc.), nouv. édit. rev. par Drouet. *Paris, libr. assoc.,* 1759, 10 vol. in-fol., v. m.

Bel exempl.

1697. Dictionnaire historique et critique, par Bayle, 2ᵉ édit. *Rotterdam, Reinier Leers,* 1702, 3 vol. in-fol. — Supplément au Dict. hist. et crit. (par Prosper Marchand). *Genève, Fabri et Barillon,* 1722, in-fol., v. br.

Les deux articl. *David* se trouvent dans cette édit. comme dans celle de 1720, la plus estimée.

1698. Lettre critique sur le Dictionnaire de Bayle (par J. Le Clerc). *La Haye,* 1732, in-12, v. br.

1699. Remarques critiques sur le Dict. de Bayle (par Cl. Joly). *Dijon, Fr. Desventes,* 1752, 2 tom. en 1 vol. in-fol. v. m.

1700. Nouveau Dictionnaire historique et critique pour servir de Suppl. ou de continuat. au Dict. de Bayle (trad. de l'angl. en partie) par Jac. Geor. de Chaufepié. *Amsterdam, Z. Chatelain,* 1750-54, 4 vol. in-fol. br.

1701. Dictionnaire historique, ou Mém. crit. et littér.
concernant la vie et les ouvr. de divers personn. dis-
tinguées particul. dans la Républ. des lett., par Prosper Marchand (publ. par Séb. Allamand). *La Haye,*
P. de Hondt, 1758-59, 2 tom. en 1 vol. in-fol, v. éc.

Ce Dict. est, à mon avis, bien supérieur à celui de Bayle, qu'il
complète. Prosper Marchand l'eût encore bien perfectionné, s'il
n'était pas mort avant même de songer à mettre en ordre ses notes
qui ont été imprimées avec assez peu de soin.

1702. Prosopographie, ou Description des personnes
illustres tant chrestiennes que prophanes, où, se con-
tinuant l'hist. et la chronol. depuis l'an 751, premier
du règne de Pepin, est contenu tout ce qui a succédé
de remarq. en tout le monde, jusques à présent que
règne Henri IV, par Ant. du Verdier sieur de Vauprivas, 2e édit. augm. (par son fils). *Lyon, P. Frelon,*
1605, in-fol., tom. III, fig., v. j., fil.

Ce troisième volume est le seul qui ne soit pas une misérable compilation et qui renferme même des détails très curieux et tout-à-fait
neufs sur les contemporains de l'auteur.

1703. Dictionnaire des Portraits historiques, anecd. et
traits remarq. des Hommes illustres (par H. Lacombe).
Paris, Lacombe, 1768, 3 vol. pet. in-8, m. br. —
Galerie de portraits des Hommes illustres qui ont paru
depuis les Romains, tirés des meill. auteurs (par le
même). *Paris, Delalain,* 1768, pet. in-8, v. m.

1704. Mémoires pour servir à l'histoire des Hommes
illustres dans la République des lettres, avec un catal. raison. de leurs ouvrages (par le père Niceron;
contin. par l'abbé Goujet, Michault, etc). *Paris,*
Briasson, 1729-45, 42 tom. en 43 vol. in-12, v. br.
(manq. le tom. 41).

1705. Pauli Freheri, Theatri virorum eruditione clarorum. *Noribergæ, imp. Joh. Hofmanni*, 1688, 2 vol. in-fol., v. br. (Manq. les portr.)

1706. Les Eloges des Hommes savans, tirez de l'hist. de M. de Thou, avec addit., conten. l'abrégé de leur vie, le jugement et le catal. de leurs ouvr., par Ant. Teissier. *Leyde, Théod. Haak*, 1715, 4 vol. in-12, v. br.

Edition la plus complète.— La plupart des extraits de l'*Hist. univers.* de De Thou sont de peu d'importance, mais les addit. d'Ant. Tessier sont comparables aux meilleurs articles du *Dict.* de Bayle. On y trouve l'indication de quelques centaines d'anonymes, que M. Barbier aurait dû s'approprier.

1707. Entretiens sur les Vies et sur les ouvrages des plus excellens Peintres anciens et modernes, avec la Vie des Architectes, par Félibien (des Avaux), édit. augm. de l'Idée du Peintre parfait, des Traitez de la miniature, etc., de la Description des Maisons de campagne de Pline, et de celle des Invalides. *Trevoux, impr. de S. A. R.*, 1725, 6 vol. in-12, fig., v. f.

Edition la plus complète.

1708. Histoire des plus illustres Favoris anciens et modernes, recueill. par P. D. P. (Pierre Du Puy), avec un Journal de ce qui s'est passé à la mort du mareschal d'Ancre. *A Paris, sur l'impr. à Leyde, chez J. Elsevier, impr. de l'Académie*, 1661, pet. in-12, v. br.

La très curieuse *Relation* qui termine ce volume n'a été réimprimée que dans la collect. des Mém. publ. par MM. Michaud et Poujoulat.

1709. Elogia doctorum virorum, ab avorum memoriâ, publicatis ingenii monumentis illustrium, auth. Paulo Jovio. *Basileæ* (1571). — Pauli Jovii Elogia virorum bellicâ virtute illustrium, in libros septem digesta. *Ibid.*, 1571, 2 tom. en 1 vol. pet. in-8, v. n.

1710. Joannis Burchardi et Frederici Ottonis, Bibliotheca virorum militiâ atque scriptis illustrium.
Lipsiæ, apud hæredes Lankisios, 1734, pet. in-8,
br.

Cette bibliogr. histor. comprend un grand nombre d'hommes de
guerre français. Elle n'est pas citée dans la *Meth. pour étudier l'Hist.*

1711. Les Vies des plus célèbres Jurisconsultes de tou-
.tes les nations, tant anciens que modernes, tirées des
meilleurs auteurs (par Taisand). *Paris, L. Sevestre,*
1721, in-4, portr., v. j.

1712. Les Moines empruntez (où l'on rend à leur véritable estat les grands hommes qu'on a voulu faire
moines après leur mort), par P. Joseph (de Haitze).
S. l. (Rouen), 1698, 2 tom. en 1 vol. in-12, m. br.

Cet ouvr. fit beaucoup de bruit à sa publicat. en 1696. — L'or-
thographe de l'auteur est extrêmement bizarre.

1713. Abrégé de l'Histoire des Sçavans anc. et mod.,
avec un catal. des livres qui ont servi à cet Abrégé
(par Aug. Goguet ; publ. par l'abbé Tricaud). *Paris,
N. Le Gras*, 1708, 2 tom. en 1 vol. in-12, v. br.

Beaucoup d'anecdotes peu connues et singulières.

1714. Ms. Histoire des Savans, conten. 1° Le caractère des hommes savans qui ont compos. grand nombre d'ouvr.; 2° Le catalog. des femmes savantes ; 3° La
liste des personnes qui ont eu une excellente mémoire;
4° Les aveugles qui sont devenus savans et auteurs ;
5° Les honneurs qu'on a rendus aux habiles gens de
toute espèce ; 6° Les ouvrages qui ont été particulièr.
estimés ; 7° Les ouvr. pour lesquels leurs auteurs ont
reçu beaucoup ; 8° Quelques livr. achetés à un très
haut prix; 9° Des ouvr. qui ont eu très grand nombr.
d'édit.; et 10° Les Biblioth. princip. et publ. de l'Europe. Pet. in-8, écrit en 1742, v. br.

Mss. très curieux qui semble préparé pour l'impress. Nous
croyons y reconnaître l'écriture et la science de l'abbé Sepher.

1715. Les Charlatans célèbres, ou Tableau hist. des bateleurs, des baladins, des jongleurs, des bouffons, des opérateurs, des voltigeurs, des escamoteurs.... et généralement de tous les personnages qui se sont rendus célèbres dans les rues et sur les places publiques de Paris, depuis une haute antiq. jusqu'à nos jours (par J. B. Gouriet). *Paris, Lerouge*, 1819, 2 vol. in-8, fig., br.

Cet ouvr. avait paru en 1811 sous le titre de *Personnages célèbres dans les rues de Paris*, etc., que le libraire a changé pour vendre la fin de l'édit.

1716. Volgarizzamento di maestro Donato da Casentino, dell' opera di messer Boccaccio *De Carlis mulieribus*, rinvenuto in un codice del 14 secolo dell' archivio Cassinese, per cura e studo di D. Luigi Tosti. *Napoli, della typogr. dell' Ateneo*, 1836, in-8, br.

1717. De Memorabilibus et claris Mulieribus, aliquot diversorum scriptorum opera (edente Ravisio Textori). *Parisiis, ex œdibus Sim. Colinœi*, 1521, in-fol., v. br.

Ce recueil rare contient le poème latin *De gestis Joannæ virginis Franciæ*, par Valerand de Varanes.

1718. Les Eloges et les vies des Reynes, des princesses et des dames illustres en piété, en courage et en doctrine, avec l'explic. de leurs devises, emblêmes..., par Frère Hilarion de Coste. *Paris, Séb. Cramoisy*, 1647, 2 vol. in-4, lav.-régl., v. f., fil.

Bel exempl.

II. *Biographies générales des hommes illustres de la France.*

1719. Les Siècles littéraires de la France ou Nouveau Dictionn. hist., crit. et bibliogr. de tous les Ecrivains franç. morts et vivans (avec le Supplément) jusqu'à la fin du 18ᵉ siècle, par N. L. M. Desessarts et plusieurs

biographes. *Paris*, *L'Auteur*, 1800-03, 7 vol. in-8,
m. rac.

1720. Galerie française ou Portraits des Hommes et des
femmes célèbres qui ont paru en France, grav. en
taille douce par les meill. artistes, sous la conduite de
Restout, avec un abrégé de leur vie, par une société
de gens de lettres (Collet de Messine, Bergon, Coquereau, Dupoirier, etc.). *Paris*, *Hérissant*, 1771-72, 2
tom. en 1 vol. in-fol., portr., v. gr.

Belle collect. de portr. histor.

1721. Les Hommes illustres qui ont paru en France
pendant le XVII° siècle (par Charles Perrault).
La Haye, *P. de Hondt*, 1736, 2 tom. en 1 vol. in-12,
m. m.

Contient les quatre articles (*Arnauld*, *Pascal*, *Ducange* et *Tho-
massin*), supprimés dans la plupart des exempl. de l'édit. in-fol.

1722. Le Parnasse françois (et Suppl. term. par des Remarq. sur la poésie et la musique), par Titon du Tillet. *Paris*, J. B. Coignard, 1732, in-fol., fig., v. br.

On lit en tête : *Corrigé par l'auteur.* — Collect. de beaux portr.

1723. Eloges de quelques Auteurs françois (par l'abbé
Joly, Michault et le prés. Bouhier). *Dijon*, *P. Marte-
ret*, 1742, pet. in-8, v. m.

1724. Histoire littéraire des Femmes françoises ou Lettr. hist. et crit. conten. un précis de la Vie et une anal.
raisonnée des ouvrages des femmes.., par une société
de gens de lettres (par l'abbé de La Porte et La Croix,
de Compiègne). *Paris*, *Lacombe*, 1769, 5 vol. in-8,
v. gr.

1725. Le Grand Dictionnaire historique des Prétieuses,
par de Somaise. *Paris*, *J. Ribou*, 1661. — La Clef du
Grand Dict. hist. des Prétieuses. *Paris*, 1661. 2 tom.
en 1 vol., pet. in-8, vél.

La *Clef* est rare.

1726. Recueil d'Oraisons funèbres (de mad. de Rohan de la Reine, de mademoiselle de Montausier, de Fieubet, etc.), par l'abbé Ant. Anselme. *Paris, L. Josse,* 1701, in-12, v. br. — Recueil des Oraisons funèbres (du duc de Berry, de Louis XIV, etc.), par P. R. Le Prevôt, avec la Vie de l'auteur et des notices histor. *Paris, A. M. Lottin,* 1765, in-12, v. m.

1727. Eloges de Charles V, de Molière, de Corneille, de l'abbé de La Caille et de Leibnitz (par J. Sylvain Bailly), avec des notes. *Berlin (Paris),* 1770, in-8, v. m.

1728. Notice abrégée sur la Vie, le caractère et les crimes des principaux Assassins aux gages de l'Angleterre, qui sont traduits aujourd'hui devant le Trib. de la Seine (par le comte de Montgaillard?). *Paris, Impr. impér.,* 1804, in-8, br.

1729. Biographie des Hommes remarquables du départ. de Seine-et-Oise, depuis le commencement de la Monarchie jusqu'à ce jour, par E. et H. Daniel. *Rambouillet, Chaignet,* 1832, in-8, br.

1730. Bibliothèque générale des auteurs de France, liv. prem., conten. la Bibliothèque chartraine ou le Traité des auteurs et dès Hommes illustres de l'anc. diocèse de Chartres, etc., par dom. J. Liron. *Paris, J. M. Garnier,* 1719, in-4, v. m.

Il n'a paru que ce volume qui n'est pas commun.

1731. Essai sur les grands Hommes d'une partie de la Champagne, par un homme du pays (Hédouin de Ponsludon). *Reims, chez l'auteur,* 1770, in-8, demi-rel.

1732. OEuvres inédites de P. J. Grosley (Mémoires sur les Troyens célèbres), publ. par L. M. Patris Debreuil. *Paris, Patris,* 1812, 3 vol. in-8, portr., br.

1733. Notices chronologiques sur les Théologiens, juris-

consultes philosophes, artistes, littérateurs, poètes,
bardes, troubadours et historiens de la Bretagne, depuis le commenc. de l'ère chrét. jusqu'à nos jours,
par Miorcec de Kerdanet. *Brest*, 1818, in-8, br.

1734. Bibliothèque historique et critique du Poitou,
conten. la Vie des savans de cette province, depuis
le IIIᵉ siècle jusqu'à présent..., par Dreux du Radier.
Paris, Ganeau, 1754, 6 vol. in-12, v. m.

1735. Biographie ardennaise ou Histoire des Arden-
nais qui se sont fait remarquer par leurs écrits, leurs
actions, leurs vertus ou leurs erreurs, par l'abbé
Boulliot. *Paris, Ledoyen,* 1830, 2 vol. in-8, br.
Modèle de bibliogr. histor.

1736. Bibliothèque des Auteurs de Bourgogne, par
l'abbé Papillon (publ. par l'abbé Joly). *Dijon, Fr.
Desventes,* 1745, 2 vol. in-fol., portr., m. m.

1737. Bibliothèque de Lorraine ou Histoire des Hommes illustres qui ont fleuri en Lorraine, par dom Calmet. *Nancy, A. Leseure,* 1751, in-fol., vél.
Rare.

1138. Mémoires pour servir à l'histoire des Hommes
illustres de Lorraine, avec une réfutat. de la *Bibl.
Lorraine* de dom Calmet, par de Chevrier. *Bruxelles,*
1754, 2 vol. in-12, v. m.

1739. Biographie de la ville de Saint-Omer, par H.
Piers. *Saint-Omer, Lemaire,* 1835, in-8, fig.. br.

1740. Recherches pour servir à l'histoire de Lyon, ou les
Lyonnais dignes de mémoire (par l'abbé Pernetti).
Lyon, Duplain, 1757, 2 vol. pet. in-8, br.

1741. Bibliothèque du Dauphiné, par Guy Allard,
conten. l'hist. des habitans de cette province qui se
sont distingués par leur génie, leurs talens, etc. *Grenoble, vᵉ Giroud,* 1797, in-8, cart.

III. *Vies des hommes illustres de la France, savans, littérateurs, ecclésiastiques, etc. — Vies
des illustres étrangers.*

1742. Abélard et Héloïse, leurs amours, leurs malheurs
et leurs ouvrages, par Villenave. *Paris*, 1834, in-8,
br. (tiré à pet. nomb.).

Cette dissert. histor., puisée tout entière dans les écrits d'Abélard
et d'Héloïse, est l'ouvrage le plus exact que nous possédions sur ces
deux illustres amans.

— 1743. Histoire critique de Nicolas Flamel et de Pernelle sa femme, recueill. d'actes anciens qui justifient
l'origine et la médiocrité de leur fortune contre les im-
putations des alchimistes, avec le Testament de Pernelle, par L. V. (l'abbé Villain). *Paris, G. Desprez*,
1761, in-12, fig., v., m.

Les pièces justificat. sont très importantes pour l'hist. topog. de
Paris aussi bien que pour l'hist. des mœurs au XIVᵉ siècle.

1744. Essai sur les Écrits politiques de Christine de Pisan, suiv. d'une notice littér. et de pièces inéd., par
Raimond Thomassy. *Paris, Débecourt*, 1838, in-8, br.

Cet *Essai bibliogr.* décidera peut-être la public. des ouvr. histor.
de Christine de Pisan, encore inédits à l'except. de la Vie de Charles V.

1745. Mémoires pour servir à l'éloge histor. de Jean de
Puis, évêque de Rieux, célèbre par ses ambassades,
avec un rec. de ses lettres (extr. du cabin. de Clai-
rembault) au roi François Iᵉʳ, à madame Louise de
Savoie, régente du royaume, et aux principaux ministres d'état (par l'abbé Charron). *Avignon, Chabrier*,
1748, in-12, portr., v. m.

1746. Mémoire sur la vie de Pibrac, par L. P. G. (Lé-
pine de Grainville, augm. par l'abbé Sepher) avec les
pièces justific. (Lettres amoureuses à la reine Margue-

rite et autres extr . des mss. de la Bibl. du Roi) et les quatrains. *Amsterdam (Paris)*, 1758, in-12, v. m.

Cet exemplaire, qui appartenait à l'abbé Sepher, est terminé par un ms. de sa main intitulé : *Pibracii Tetrastica gallica, latine disticata a Nic. Harbet.*

1747. Petri Pithœi Vita, elogia, operum catalogus, bibliotheca ; accesserunt excerpta, notæ , aliæque appendices, accurante Joan. Boivin. *Parisiis, ap. Franc. Jouënne*, 1716, portr. de Van-Schuppen. — Cl. Peleterii Vita , Petri Pithœi ejus proavi Vitæ adjuncta ; accesserunt elogia , opuscula, notæ , etc., accurante eodem. *Ibid., id.*, 1716, portr. de Drevet. — Mandement de monseigneur l'archevesque de Paris, sur la condamnation des livres contenus dans le Catalogue suivant. *Paris, Fr. Muguet*, 1685, 3 part. en 1 vol. in-4, cart.

La Vie de Pithou contient un curieux *Extrait des mémoires manuscrits de Chuppé*, qui prétend que les savans Dupuy ont dérobé dans la bibliothèque et parmi les manuscrits de Pithou tous les ouvrages qu'ils ont donnés ensuite au public sous leur nom.

1748. Viri illustris Nicolai Claudii Fabricii de Peiresc Vita, per Petrum Gassendum. *Hagæ Comitis , sumpt. Adr. Vlacq*, 1651, pet. in-12, v. br. — Vie de Nicolas-Claude Peiresc, où l'on trouve quantité de choses curieuses , concern. la phys. , l'hist. et l'antiq. (trad. librement de Gassendi), par Requier. *Paris , Musier*, 1770, in-12, m. m.

1749. Vitæ Petri Ærodii, quæsitoris andegavensis, et Guill. Menagii , advocati regii andegavensis, script. Ægidio Menagio (avec des remarques hist. et généal. en français , sur les Vies de Pierre Ayrault et Guill. Menage). *Parisiis, ap. Christ. Journel*, 1675, pet. in-4, v. br.

« Cet ouvrage qui est devenu rare mérite beaucoup d'estime » dit la *Bibl. hist. de la Fr.* La partie généalogique est surtout très importante pour l'Anjou.

1750. OEuvres diverses de Segrais, conten. ses Mémoires-anecd. (*Segraisiana*, par Ant. Galland), où l'on trouve quantité de particularitez remarq. touch. les personnes de la cour et les gens de lettres de son temps, etc. *Amsterdam, Fr. Changuyon*, 1723, 2 part. en 1 vol. in-12, v. gr. — La Vie et les bons mots de Santeuil (*Santeuillana*, par Pinel de la Martelière), avec plus. pièces de poésies, de mélange de littér., le démêlé entre les Jésuites et lui..., nouv. édit. augm. *Cologne, Abr. l'Enclume, gendre d'Ant. Marteau*, 1738, 2 tom. en 1 vol. in-12, m. éc., fil.

1751. La Vie d'Edmond Richer, docteur de Sorbonne, (d'après ses Mém. mss.), par Adrien Baillet. *S. l. (Paris)*, 1734, in-12, v. br.

1752. Vie de Bossuet, par de Burigny. *Bruxelles (Paris, Debure)*, 1761, in-12, v. éc., fil. (*aux armes*).

1753. Notice sur la Vie et les ouvrages de Charles Perrault, par Paul L. Jacob, bibliophile (*Paris, L. Mame*, 1836), in-8, pap. de Chine, portr. cart. (exempl. unique sur ce pap.)

1754. La Vie de l'abbé de Choisy (avec des extr. de ses Mém., par l'abbé d'Olivet ou l'abbé Joly). *Lausanne et Genève, MM. Bousquet*, 1748, in-8, br.

1755. La Vie de Mme Jeanne-Marie Bouvières de La Mothe Guion, écrite par elle-même (rédigée par Poiret). *Cologne, J. de la Pierre*, 1720, 3 vol. in-12, v. f.

Rare, la plupart des exempl. ayant été retirés du commerce et détruits par les soins de la duchesse de Sully et de madame de Sardières

1756. La Vie de Jean de Soanen, évèque de Senez (par

J. B. Gautier). *Cologne (Paris)*, 1750, in-12, portr. et
fig., v. m.

Contient, p. 60-64, une hist. très curieuse sur le nommé Jean De-
lisle qui avait trouvé le secret de faire de l'or.

1757. Mémoires pour servir à l'hist. de la Vie et des ouvrages de l'abbé Lenglet-Dufresnoy (par Michault,
de Dijon). *Londres (Paris, Duchesne)*, 1761, in-12,
v. m. — *2 - n*

1758. Fontenelle, Colardeau et Dorat, ou Eloges de ces
trois écrivains célèbres, renferm. plus. anecd. peu
connues.; précéd. d'une lettre de Bailly à l'auteur,
et suiv. d'une Vie d'Ant. Rivarol; par C. (Cubières)
Palmezeaux. *Paris, Cerioux*, 1803, in-8, demi-rel. — *2 - n*

1759. Lettres sur les ouvrages et le caractère de J. J.
Rousseau (par mad. de Staël). *Deux-Ponts, Sanson*,
1793, in-12, v. rac., fil. — *1 - 6*

C'est le premier ouvr. que madame de Staël ait publié, en 1789.

1760. Voyage à Montbar, conten. des détails sur le caractère, la personne et les écrits de Buffon, par Hé-
rault de Séchelles. *Paris, Solvet*, an IX, in-8, demi-
rel. — *2 - fo*

C'est l'ouvrage le plus curieux que nous ayons sur Buffon.

1761. Supplément aux Mémoires de Vidocq, ou Dern.
révélat. sans réticence, par le rédacteur des Mémoires (L'Héritier). *Paris, Boulland*, 1830, 2 vol. in-8.,
br. — *1 - n*

762. Les Vies des hommes et des femmes illustres d'I-
talie, depuis le rétabl. des sciences et des beaux-arts,
par une société de gens de lettres (trad. de l'ital. de
San-Severino, par d'Acarq). *Paris, Vincent*, 1767, 2
vol. in-12, v. m. — *2 - n*

1763. Mémoires sur la vie de Fr. Pétrarque, tirés de ses

œuvres et des auteurs contemporains, avec des notes
et pièces justificatives (par l'abbé de Sade). *Amsterdam, Arskée et Merkus,* 1764-67, 3 vol. in-4., vign.
v. m.

Ces mémoires sont très utiles pour l'hist. des papes d'Avignon,
ainsi que pour l'hist. générale de la France au XIVᵉ siècle.

1764. Vie d'Erasme, dans laquelle on trouvera l'hist.
de plus. hommes célèbres avec lesquels il a eu relation, l'anal. crit. de ses ouvrages..., par de Burigny.
Paris, De Bure, 1757, 2 vol. in-12, v. m.

HISTOIRE LITTÉRAIRE.
Histoire de la Littérature.

1765. Histoire des Littératures anciennes, par A. Loève-
Veimars, *Paris, Raymond,* 1825, in-12, br.
Excellent abrégé auquel il ne manque que d'être plus connu.

1766. Jo Alberti Fabricii Bibliotheca latina mediæ et
infimæ ætatis; accedunt Wipponis Proverbia ad Henricum, Conradi imper. filium. *Hamburgi, ex off. Pis-
catoria,* 1734-1746, 6 vol., pet. in-8, vél.

1767. Histoire littéraire du moyen-âge (trad. de l'angl.
de Harris, par H. Boulard). *Paris, R. Lottin,* 1785,
in-12, demi-rel.

1768. Histoire littéraire de la France (par DD. Rivet,
Taillandier et Clemencet). *Paris, Osmont et Nyon,*
1733-60, tom. I à X et tom. XII. — Continuat. par
l'Académie des Inscript. et Belles-Lett. (MM. Pastoret,
Brial, Guiguené, Daunou, Amaury-Duval, etc.) *Paris,
Imp, roy.,* 1814-38, tom. XIII à XIX. En tout 18 vol.
in-4, br.

Cet exempl. peut être considéré comme complet, puisque le tome
XIᵉ, qui manque à beaucoup d'exempl., doit être réimprimé prochainement, comme l'a été le tome XII.

1769. La même, tom. XV, cart.

1770. Les Bibliothèques françoises de La Croix du Maine et de Du Vérdier sieur de Vauprivas (et *Supplementum epitomes Bibl. Gesnerianæ, Bernardi Monetæ*), nouv. édit. augm. d'un Discours sur les progrès des lettres en France et des remarq. hist. et crit. de La Monnoye, du président Bouhier et de Falconet ; par Rigoley de Juvigny. *Paris, Saillant* et *Nyon,* 1772-73, 6 vol. in-4, vél., éc., fil.
Bel exemplaire.

1771. Bibliothèque françoise, ou Histoire de la Littérature françoise, par l'abbé Goujet. *Paris, P.-J. Mariette* et *H.-L. Guérin,* 1741-56, 18 vol. in-12, v. m.

1772. Les Trois Siècles de la Littérature françoise, ou Tabl. de l'esprit de nos écrivains depuis François Ier jusqu'en 1773 (par Sabatier de Castres). *Amsterdam* (*Paris, de Hansy*), 1774, 4 vol. in-12, v. m.

1773. Querelles littéraires , ou Mémoires pour servir à l'hist. des révolut. de la Républ. des lettres jusqu'à nos jours (par l'abbé Irail). *Paris, Durand,* 1761 , 4 vol. in-12, v. m. (*aux armes*).

1774. Illustrium scriptorum religionis Societatis Jesu Catalogus, auct. Petro Rabadeneira. *Ludgduni , ap. J. Pillehotte,* 1619, pet. in-8, vél.

1775. Histoire littéraire de la Congrégation de Saint-Maur, où l'on trouve la vie et les travaux des auteurs qu'elle a produits depuis son origine , en 1618 , jusqu'à présent... (par dom Tassin). *Bruxelles* (*Paris, Humblot*), 1770, in-4, v. m.

1776. Museum italicum seu Collectio veterum scriptorum ex biblioth. italicis eruta a dom Joh. Mabillon et

dom Michaele Germain. *Lutetiæ Parisiorum , ap. viduam Edm. Martini,* 1687, 2 vol. in-4, fig., v., br.

Contient *Historia de viá Hierosolymis, qualiter recuperata sit,
qualiterque etiam Antioehia,* etc., d'après un ms. de la bibl. de la
reine Christine au Vatican.

1777. Voyage littéraire (en France) de deux religieux
bénédictins de la Congrég. de Saint-Maur (dom Mar-
tène et dom Durand), où l'on trouvera quantité de
pièces , d'inscript. et d'épitaphes , plusieurs usages
des églises cathédr. et des monastères, et une infin.
de recherches faites dans près de cent évêchés et huit
cents abbayes. *Paris, Fl. Delaulne et Montalant,* 1717-
24, 3 part. en 2 vol. in-4, plans et fig., v. br.

Le second volume contient le *Voyage de Nicolas de Bose, évéque
de Bayeux, pour négocier la paix entre la France et l'Angleterre en*
1381, et *Descriptio apparatûs bellici regis Franciæ Caroli VIII in-
trantis civitates Italia,* etc.

1778. Tableau historique des Sciences, des Belles-Lettres
et des Arts dans la province de Picardie, par le
P. Daire. *Paris, Hérissant ,* 1768 , in-12, v. m.

Avec la signat. de *Marin.*

1779. Histoire littéraire de la ville de Lyon, avec une
bibl. des auteurs lyonnois, par le P. de Colonia.
Lyon, Fr. Rigollet, 1728, 2 vol. gr. in-4, fig., m. rac.

En tête de cet ouvr. rempli d'extr. de mss. inédits (entre autres,
la relat. du séjour de Philippe, archiduc d'Autriche, à Lyon, en 1502)
on a réimpr. les *Antiquités de Lyon,* par le même auteur.

1780. Les Mémoires de Michel de Marolles, abbé de
Villeloin, en 3 part. conten. ce qu'il a vu de plus remarq. en sa vie depuis 1600, ses entretiens avec
quelques-uns des plus savans hommes de son temps ,
et les généal. de quelq. familles alliées dans la sienne.

Paris, Ant. de Sommaville, 1656. — Suite des Mémoires,
conten. douze traités sur divers sujets curieux. *ibid.*,
id. 1657. 2 vol. pet. in-fol., fig., v. f., fil.

Rare. — Contient parmi les traités un discours *de l'Excellence
de Paris entre toutes les villes de l'Europe*, etc. Les Généalogies
sont très curieuses, ainsi que les dissertat. Aucun ouvrage ne donne
plus de détails sur les mœurs littéraires du temps.

1781. Mémoires d'un Voyageur qui se repose, conten.
des anecdotes histor., polit. et histor. relat. à plus.
des principaux personnages du siècle (jusqu'en 1789),
par Dutens. *Paris, Bossange*, 1806, 2 vol. in-8,
demi-rel.

Il est parlé du *Masque de fer* (Mattbioli) à la pag. 208 du second
vol. — L'auteur, en racontant sa vie littéraire, y mêle beaucoup
d'anecdotes intéressantes.

1782. Mémoires du marquis d'Argens, avec quelq.
lettres. *Londres, aux dép. de la Comp.* 1735, in-12,
demi-rel.

Ces piquans et romanesques Mém. que la *Bibl. hist. de la Fr.*
place parmi ceux des *officiers de guerre*, concernent l'hist. de la
littérature et des mœurs, mais non l'hist. générale.

———————

1783. Anecdotes and traditions, illustrative of early en-
glish history and litterature deriver from ms. sources;
edited by William J. Thoms. *London, printed for the
Camden Society*, 1839, pet. in-4, rel. angl. en toile v.

1784. Mémoires de Gibbon, suiv. de quelq. ouvr.
posth. et de lett. du même, publ. par lord Scheffield,
trad. de l'angl. (par de Marignié). *Paris, an V*, 2 vol.
in-8, portr., cart.

Ces Mém. regardent autant la littérature de la France que celle
de l'Angleterre, car Gibbon tenait à honneur de se naturaliser *philo-
sophe.*

Histoire des Sciences et des Arts.

1785. Les Mémoires et histoire de l'origine, invention
et autheurs des choses, faite en lat. en 8 liv., par Po-
lydore Vergile, et trad. par Franç. de Belle-Forest, *Paris, Rob. le Mangnier*, 1576, in-8, v. br.

Bel exempl.

1786. Essais sur l'histoire des Belles-Lettres, des Sciences et des Arts, par Juvenel de Carlencas. *Lyon, Duplain*, 1757, 4 vol. pet. in-8, m. rac.

La moitié de cet ouvrage concerne la France.

1787. Ms. Chartes et autres documens originaux (68),
pour servir à l'histoire de la Médecine (1270-1750).
En 1 vol. in-fol., demi-rel.

On trouve, dans ce recueil, des détails biograp. sur les principaux
médecins, depuis le XIIIᵉ siècle, et des renseignemens précieux
pour l'histoire de la science médicale au moyen-âge.

1788. Mémoires littér., crit., philol., biogr. et bibliog.
pour servir à l'histoire anc. et moderne de la Médecine (par Goulin). *Paris, Pyre*, 1775, in-4, br.

1789. Histoire de l'Origine et des Progrès de la Chirur-
gie en France (par Quesnay ; rev. par l'abbé Desfontaines). *Paris, Barois*, 1749, in-4, br.

Ce curieux ouvr. a été publ. à l'occasion des disputes qui s'étaient
élevées entre les médecins et les chirurgiens de Paris.

1790. Ms. Recueil de Chartes, titres et documens originaux pour servir à l'histoire de l'Industrie et du Commerce en France (1363-1674). En 1 vol. in-fol., dos
de mar.

Dans une liasse à part, se trouvent un Recueil de Statuts concernant
les potiers d'étain ; un Traité passé entre mad. de Maintenon et le
sieur Jubillot, pour l'exploitation d'une invention industrielle, etc.

1791. Origine des Postes chez les anciens et les modernes (avec les arrêts, édits, sur ce sujet), par Le Quien

de La Neufville. *Paris, P. Giffart,* 1708, in-12, v. gr.

L'ordonn. de Louis XI, pour la création des postes en France, ne se trouve que là.

1792. Origine française de la Boussole et des Cartes à jouer, par Rey. *Paris, Pihan de la Forest,* 1836, in-8, br. — Origine des Cartes à jouer, par Paul Lacroix. *Paris, Techener,* 1835, in-8, br.

Je publierai un jour sur ce curieux sujet un grand travail où je développerai mon système, qui assigne une commune origine aux danses macabres et aux cartes (tarots); quant aux cartes en général, elles descendent évidemment, en ligne plus ou moins directe, du jeu de dés des anciens. Les cartes de piquet sont françaises et peu antérieures au règne de Louis XI.

1793. Histoire de la Musique et de ses effets, depuis son origine jusqu'à présent (par Bonnet). *Paris, J. Cochart,* 1715, in-12, v. br.

Avec envoi et sign. de l'auteur.

Universités et académies de la France.

1794. Ms. Chartes originales (22) pour servir à l'histoire de l'Université de Paris sous les règnes de Philippe-le-Bel, Louis Hutin, Philippe de Valois et Jean (1303-1357). En 1 vol. in-fol., dos de mar.

1795. Historia Universitatis parisiensis, ipsius fondationem, nationes, facultates, magistratus, decreta, censuras et judicia in negotiis Fidei, privilegia, comitia, etc., complectens ab anno circiter 800 ad 1600, authore Cæsare Egassio Bulæo. *Parisiis, apud Fr. Noel et P. de Bescha,* 1665-73, 6 vol. in-fol., v. gr.

L'hist. de Paris et l'hist. générale de la France occupent autant de place que l'hist. de l'Université dans cet immense répert. histor.

1796. Institution faite par Charlemagne, de l'Eschole royale et publique de Paris, vulgairement dite l'Uni-

versité; de la propriété et seign. du Pré-aux-Clercs;
mém. histor. des bénéfices qui sont à la présentat. et
collat. de l'Univ., par Cesar Egasse Du Boulay (*Paris*,
1675) in-4, v. br.

Il paraît que le titre du volume fut supprimé dans la plup. des
exempl.

1797. Cæsaris Egassii Bulæi, de patronis quatuor Na-
tionum Universitatis, *Parisiis, Cl. Thiboust*, 1662, in-8,
v. br.

1798. Traité historique des Ecoles épiscopales et ecclésiastiques pour les droits des chantres, chanceliers et
escolastres des Eglis. cath. de France, et particul. du
chantre de l'Eglise de Paris, sur les écoles...., par Cl.
Joly. *Paris, F. Muguet*, 1678, in-12, v. br.

1799. Histoire de la Sorbonne, dans laquelle on voit
l'influence de la théologie sur l'ordre social, par l'abbé
J. Duvernet. *Paris, Buisson*, 1790, 2 vol. in-8, m.
rac.

1800. Histoire de l'Académie françoise, depuis son établ.
jusqu'à 1652, par Pellisson, avec remarq. et addit.
depuis 1652 jusqu'à 1700, par l'abbé d'Olivet. *Paris,
J. B. Coignard*, 1730, 2 vol. in-12, v. br. (avec le
Tableau hist. chronol. de l'Acad. franc. et de l'Acad.
des Inscript. et belles-lett., par A. J. de Mancy, 1826,
in-fol. max.)

1801. Decreta, ritus, usus ac laudabiles saluberrimi
Medicorum parisiensium ordinis consuetudines. *Parisiis, apud. Jac. Quillau*, 1714. — De Antiquitate et
dignitate Scholæ Medicæ parisiensis Panegyris, cum
orationibus encomiasticis ...., etc., auct. Gabr. Nau-
dæo. Pet. in-12, v. br.

1802. Histoire hist. sur les anciennes Académies roy.

de peinture, sculpture de Paris et celle d'architecture, suiv. de deux écrits qui ont pour objet la restitution des monumens consacrés à la religion catholique, par Deseine. *Paris, Le Normant*, 1814, in-8, demi-rel.

1803. De Academiâ Suessionensi, cum epistolis Juliani Hericurtii. *Montalbani, Sam. Dubois*, 1688, in-8, v. br.

L'hist. de l'Acad. de Soissons se rattache à celle de l'Acad. franç.; elles sont toutes deux contemporaines.

1804. Mémoires de la Société académique de Cherbourg. *Cherbourg*, 1838, in-8, br.

1805. Histoire du Collége de Douay, à laquelle on a joint la politique des Jésuites anglais (trad. de l'angl.). *Londres (Paris)*, 1762, in-12, v. m.

1806. Histoire de l'Université du comté de Bourgogne et des différens sujets qui l'ont honoré, par N. Ant. Labbey-de-Billy. *Besançon, Cl. F. Mourgeon*, 1714, 2 vol. in-4, br.

1807. Histoire de l'Académie de Marseille, depuis sa fondation en 1726, jusqu'en 1826, par J.-B. Lautard. *Marseille, Achard*, 1826, 2 vol. in-8, br.

Antiquités.

1808. Les Monumens antiques expliqués par la mythologie, en forme de dictionnaire, publié, dessiné et gravé par L. Guyot, rédigé par Alex. Lenoir. *Paris*, 1806, in-8, fig., br.

1809. Recherches sur les Costumes, les Mœurs, les Usages relig., civils et milit. des anciens peuples, d'après les auteurs célèbres et les monumens antiques, par J. Maillot, publ. par P. Martin. *Paris, Didot*, 1804, 3 vol. in-4, fig., demi-rel.

Le troisième volume, qui comprend les *costumes des Français*, est d'un usage plus commode et plus spécial que les *Monumens de la Monarchie françoise* de Montfaucon.

1810. Lexicon Antiquitatum Romanorum, in quo ritus et antiquitates cum Græcis ac Romanis communes tum Romanis peculiares... exponuntur, auct. Sam. Pitisco. *Venitiis, ex typog. Balleoniane*, 1719, 3 vol. in-fol., fig., cart.

Avec la sign. de *Lohier.*

1811. Histoire des Grands Chemins de l'Empire romain, conten. l'origine, progrès et estendue quasi incroyable des chemins militaires pavez depuis la ville de Rome jusques aux extrémitez de son empire, par Nic. Bergier. *Paris, C. Morel*, 1622, in-4, v. br.

1812. Selectæ Christiani orbis Deliciæ, ex urbibus, templis, bibliothecis et aliunde, per Fr. Swertium. *Coloniæ Agrip., sumpt. Bertr. Gualteri*, 1612, pet. in-8, vél.

De la p. 601 à la p. 654, sont les inscriptions relatives à la France, et les épitaphes tirées des églises et des cimetières [de Paris et des autres villes. Curieux.

MÉLANGES HISTORIQUES ET LITTÉRAIRES.

Recueils de dissertations, la plupart relatives à l'Histoire de·France.

1813. Mémoires de Litérature (*sic*) tirés des reg. de l'Academie roy. des Inscriptions et Belles-Lettres, depuis son renouvellement. *Paris, C. Panckoucke*, 1772-80, 76 vol. in-12, cart. et fig. —- Histoire de l'Académie royale des Inscrip. et Bell. Lett. depuis son establiss. *La Haye, vᵉ Abr. Troyel; Amsterdam, Fr. Changuyon; Paris, Ch. Panckoucke*, 1718-80, 18 vol. in-12, cart.

et fig. En tout 94 vol. in-12, v. m. (Manq. les 5 dern. vol. de l'édit.)

Cette édition, qui ne contient, il est vrai, que 41 vol. de l'édit. in-4, renferme autant de matière et les mêmes figures ; de plus, elle est divisée en deux parties distinctes : l'une pour l'Hist. et l'autre pour les Mém. de l'Acad. On y trouve les tables générales, comme dans l'édit. in-4.

1814. Bibliothèque curieuse et instructive de divers ouvrages anciens et modernes de littérature et des arts (par Fr. Menestrier). *Trévoux, impr. de S. A. R.* 1704, 2 tom. en 1 vol. pet. in-12, v. br.

Contient : *Lettre touchant le sacre de Charles VII ; Discours de l'Entrée du roy Charles IX en la ville de St-Malo ;* Dissert. sur les cartes à jouer, etc.

1815. Nova librorum rariorum Collectio, qui vel integri inseruntur vel adcurate recensentur (auct. A. Groschupfio et G. Tilgnero). *Halis-Magdeburg,* 1709-10, 3 part. en 1 vol. in-12, vél.

Contient : *Recensio operum historicorum Thuaneorum à J. Petro Titio; J. Bapt. Galli Notationes in Thuani Historiam,* etc.

1816. Mémoires de Littérature (par de Sallengre). *La Haye, Henri du Sauzet,* 1715, 4 part. en 2 vol. pet. in-8, fig., v. br.

Contient : *Mémoires de la vie de l'abbé Regn. Desmarais, écrits par lui-même ; les Arrêts d'Amours,* de Martial d'Auvergne ; *Hist. de la guerre des Uraniens et des Jobelins ; Sur la vie et les ouv. de l'abb. d'Aubignac, de Sarrasin, de Geoffroy Vallée, de Tannegui Le Fevre, de Guill. Postel,* etc. ; *Vie de Malherbe,* par Racan, etc.

1817. Continuation des Mémoires de Littérature et d'Histoire de Sallengre (par le P. Desmolets). *Paris, Simart,* 1726-29, 18 tom. en 9 vol. in-12, v. m. (Manq. les tom. 19 à 22.)

Contient : *Liste de quelq. gens de lettres franç. vivans en* 1662, par Chapelain ; *Descript. des grottes d'Arcy ; Vie de Charles Fe-*

vret, par l'abb. Papillon; *Mémoires des gens de lettres célèbres de France*, par Costar; *Relat. de l'assemblée de la nation de France à Constance pendant le temps du Concile; Vie de Philibert Collet*, par l'abbé Papillon; *Mém. sur la vie et les ouvr. de H Arnaud, évêque d'Angers; Lettr. sur la mort de l'abbé Boisot; Sur la chronique latine de Saint-Benigne de Dijon; Lett. d'un ambassadeur de France à Constantinople à Louis XIV; Sur une inscrip. antiq.* concernant la ville de Bibracte, par Moreau de Mautour; *Sur l'élection de nos rois de la 1re et 2e race; Sur quelq. singularités de la ville de Paris*, par Moreau de Mautour; *Recherch. concern. Raymond Dupuy, grand-maître de l'ordre de Malthe; Dialog. sur la lecture des vieux romans*, par Chapelain; *Hist. de la Conquête de la Franche-Comté*, par Pellisson; *Dissert. sur les ouvr. de Cl. Mignaut; Hist. abrégée des évêques de Nantes; vie de S. Thibaut, ermite, Remarq. hist. et crit. sur le Propre du diocèse de St-Flour; Dissert. sur le port Icius*, sur le *véritable auteur de la Chronique de Saint-Marien d'Auxerre*, par l'abbé Lebeuf; *Traité du comte de Boulainvilliers sur l'origine et les droits de la Noblesse; Vie d'André Le Nostre; Explic. d'une inscript. de Charles-le-Chauve*, etc.

1818. Mémoires historiq., polit., crit. et littéraires, par Amelot de la Houssaie (contin. par Coquelet). *Amsterdam, Z. Chatellain*, 1737, 3 vol. in-12, v. m.

Petite Encyclopédie historique très curieuse, qui, par malheur, s'arrête à la lettre L, la suite étant restée manuscrite. Les articl. *Autriche, Ambassadeurs, Electeurs de l'Empire* sont les plus étendus. On trouve dans ce recueil quelques pièces inédites, telles que des lettres de Madem. Scudery, de Segrais, etc.

1819. Recueil de Discours sur diverses matières importantes, trad. ou compos. par J. Barbeyrac. *Amsterdam, P. Humbert*, 1731, 2 vol. in-12, br.

Contient la *Juste défense de l'homme*, où l'on traite des *duels*, trad. du lat. de Slicher, etc.

1820. Singularités histor., et littér. conten. plusieurs recherches, découvertes et éclairciss. sur un grand nombre de difficultés de l'hist. ancienne et moderne (par dom Liron). *Paris, Didot*, 1738, 2 vol. in-12, v. br.

Peu commun. — Voyez, dans les tables de la *Bibl. hist. de la Fr.*, la Liste des nombreux articles qui concernent notre histoire, et qui placent cet ouvrage à côté des meilleurs recueils de dissertat. histor. et critiq

1821. Nouveaux Mémoires d'histoire, de critique et de littérature, par l'abbé d'Artigny. *Paris, Debure*, 1749-56, 7 vol. in-12, v. m.

Ces Mém. seraient dignes d'entrer dans le Recueil de l'Académ. des Inscript. La plupart des ouv. que l'abbé d'Artigny analyse avec autant d'érudit. que de goût, concernent l'histoire particul. de la France. Ainsi, on ne trouve que là un examen des travaux mss. de Richer sur Jeanne d'Arc. La *Bibl. hist, de la Fr.* ne cite pas tous les articles de cette précieuse collect.

1822. Mémoires hist., crit. et littér., par Bruys ; avec la vie de l'auteur et le catal. de ses ouvrages (par l'abbé Joly). *Paris, T. Hérissant*, 1751, 2 vol. in-12, v. m.

Contient l'*Eloge hist. du prince Eugène*; la *Promenade de St-Cloud, dial. sur les auteurs*, par Gab. Gueret ; le *Borboniana* et le *Chevaneana*; les *Lettres de J. Aug. de Chevanes*, etc.

1823. OEuvres posthumes de dom Jean Mabillon et de dom Thierri Ruinart. recueill. par dom Vincent Thuillier. *Paris, Briasson*, 1724, 3 vol. in-4, v. br.

Contient *Iter Burgundicum* (1682) ; *De quibusdam factis dom. Vinc. Marsolli, congreg. S. Mauri superioris*; *Avis pour ceux qui travaillent aux hist. des monastères*; *Remarques sur les antiquités de St-Denis*; *Discours sur les anciennes sépultures de nos rois*, etc., par Mabillon ; *Beati Urbani papæ Vita*; *Iter litterarium in Alsatiam et Lotharingiam*, etc., par Ruinart, etc.

1824. Récréations hist., crit., morales et d'érudition, avec l'Hist. des Fous en titre d'office, par D. D. A. (Dreux du Radier). *La Haye*, 1768, 2 vol. in-12, v. m.

1825. Recueil de pièces intéressantes pour servir à

l'Histoire de France, trouv. dans les papiers de l'abbé
de Longuerue. *Genève*, 1769, in-12, demi-rel.

Contient *Abrégé de la vie du card. de Richelieu; du card. de Mazarin ; Introd. à l'hist. de France.* etc.

1826. Mélanges hist. et philol. , par Michault. *Paris*,
Tilliard, 1770 , 2 vol. in-12 , br.

Contient des articles sur *Saumaise* , *Math. de Montreuil* , *le
P. Besse*, *l'abbé Genest*, *le P. Oudin* ; sur *la Fête des Foux*, *le Vaudeville* ; des extr. des Mémoires de Peiresc, etc.

1827. Mélanges tirés d'une grande bibliothèque (par le
marquis de Paulmy, Contant d'Orville et autres). *Paris, Moutard,* 1779-84, 70 tom. en 33 vol. in-8, demi-
rel. et 4 br.

Cette précieuse collection comprend, dans sa première série de 32
tom., une petite *Bibl. histor.* à l'usage des dames , une *Bibl. romanesque*, un *Précis de la vie privée des François dans tous les temps
et dans toutes les provinces* ; l'Analyse des livres français de philosophie, sciences, arts, réthorique, poésie, etc., jusqu'au XVIᵉ siècle.
La seconde série de 36 vol. est consacrée à la lecture des livres
français d'histoire et de géogr. imprimés au XVIᵉ siècle. C'est là un
de ces bons ouvrages qu'on ne réimprimera jamais , à cause de leur
trop grande étendue. Les deux derniers vol. contiennent les tables
des deux séries. Le marq. de Paulmy s'était donné pour tâche d'analyser les manuscrits et les livres rares de sa bibl., qui est aujourd'hui réunie à celle de l'Arsenal.

1828. Notices et extraits des Manuscrits de la Bibliothèque du Roi (et autres Bibliot.), lus au comité établi
dans l'Académ. des Inscript. et Belles-lettr. *Paris,
Impr. Roy.*, fig., an IX-1827, 11 vol. in-4, br.

1829. Mélanges d'histoire et de littérature (par Crawfurd). *Paris , Gratiot* , 1817, in-8, demi-rel.

Contient dissertations *sur Abeillard, Héloïse et le Paraclet; sur
le Prisonnier au masque de fer* ; *Mémoires de Mad. du Hausset,
femme de chambre de mad. de Pompadour*, lesquels étaient dignes
de figurer à côté de ceux de Mad. de Staal, dans la collect. Petitot.

1830. Mon grand Fauteuil, par P. L. Jacob, *Paris, Eug. Renduel*, 1836. 2 vol. in-8, br.

Contient des dissert. sur les couvens au XVIe siècle, sur les noms des rues de Paris, sur Bicêtre, sur les Cartes à jouer, sur le Bœuf gras, etc.; des notices sur les Bibliothèques publiques de Paris, sur les Amateurs de vieux Livres, sur les vieux Conteurs français, etc.

1831. Histoire des Perruques, leur origine, leur usage, leur forme, l'abus et l'irrégularité de celles des ecclésiast., par J. B. Thiers. *Paris, aux dép. de l'auteur*, 1690, in-12, v. br.

1832. Mémoires pour servir à l'histoire de la Fête des Foux, qui se faisoit autrefois dans plus. églises, par Du Tilliot., *Lausanne, M. M. Bousquet*, 1741, in-4 fig., v. m.

1833. Ms. Commentaire ou Explication des œuvres de Me François Rabelais, avec une clef des personnages des lieux et des faits qui y sont désignés. In-4 de 400 pag., écrit. du XVIIIe siècle, vél.

Ce ms. provient de la bibl. de Sandras; il commence par une introduction intitulée : *De la nature de la fable, de son stile et de son but*; form. 70 pages. Quoique, selon une note préliminaire, l'écriture paraisse semblable à celle de Lenglet-Dufresnoy, on peut croire qu'il n'en est pas l'auteur; car on ne reconnaît pas son esprit aigre et caustique dans les rapprochemens historiques, qui se recommandent par une sage critique et une érudition variée. Cependant on ne peut admettre avec le commentateur, que *Grangouzier* soit Jean d'Albret, roi de Navarre; *Gargantua*, Henri d'Albret; *Pantagruel*, Antoine de Bourbon, etc. Ce commentaire a trop d'analogie avec celui que l'abbé Lemotteux publia en anglais, pour qu'on ne le lui attribue pas plutôt qu'à Lenglet-Dufresnoy.

1834. Véland le Forgeron, dissert. sur une tradition du moyen-âge, avec les textes islandais, anglo-saxons, anglais, etc.; par G.-B. Depping et Franc. Michel. *Pa.*

ris, *Firmin Didot*, 1833, in 8, br. (tiré à petit nomb.)

1835. Recherches sur les Chroniques du monastère de Saint-Maixent en Poitou, par **A. D.** de La Fontenelle de Vaudoré. *Poitiers, Saurin*, 1838, in-8, br.

1836. De l'influence des questions de race sous les derniers Karlovingiens (par Varin). — De quodam Gerberti opusculo et de gallicanarum doctrinarum originibus (eodem). *Paris, Crapelet*, 1838, in-8, br.

1837. Table analytique des OEuvres complètes de Voltaire (avec les cartons, pour l'édit. publ. par P. Dupont). *Paris, P. Dupont*, 1827, 2 vol. in-8, portr., br.

Journaux politiques et littéraires.

1838. Histoire crit. des Journaux, par C... (Fr. Denys Camusat). *Amsterdam, Bernard*, 1734, 2 vol. in-12, v. m.

1839. La 4me page des Journaux, histoire impartiale de l'Annonce et de la Réclame, depuis leur naissance jusqu'à ce jour ; par Félix Verneuil (Bouthemard). *Paris, Martinon*, 1838, br.

———

1840. La Muse historique ou Recueil des letres en vers, conten. les nouvelles du temps, écrites à S. A. Mademoiselle de Longueville (par Du Loret), années 1550-54. *Paris, Ch. Chenault*, 1658, 5 part. en 1 vol. in-fol., vél.

Peu commun. — Ce journal en vers fournit des détails circonstanciés sur beaucoup de faits que les Gazettes rapportent sommairement.

1841. Lettres historiques, conten. ce qui se passe de plus import. en Europe (par Jacq. Bernard, H. Basnage, Jean Dumont et autr.). *La Haye, Adrien Moetjens,*

1692-1716, 46 tom. en 92 vol. pet. in-12, cart. et plans, v. m., fil. (*aux armes.*)

Manq. les vol. 56, 57, 59, 65, 69, 82, 94, 96.

1842. L'Esprit des Cours de l'Europe, où l'on voit ce qui s'y passe de plus import. touch. la politique (par Gueudeville et autr.). *Amsterdam, l'auteur*, 1699-1710, 20 vol. pet. in-12, **v.** br.

Les 4 dern. manquent souvent. Barbier ne cite que 16 vol. dans son *Dict.*

1843. Supplément de la Clef, ou Journal histor. sur les matières du temps, conten. ce qui s'est passé en Europe d'intéressant sur l'hist. depuis la paix de Riswick, par C. J. (Cl. Jordan). *Verdun, Cl. Muguet*, 1713, 2 vol. pet. in-8, v. gr., d. s. tr. —La Clef du cabinet des princes de l'Europe, ou Rec. hist. et polit. sur les matières du temps, depuis juillet 1704, (par le même), *Impr. par Jacq. le Sincère, à l'enseigne de la Vérité (Verdun, Cl. Muguet)*, 1704-16, 25 vol. pet. in-8, v. gr., d. s. tr.

Cette première partie du *Journal de Verdun* est presque exclusivement politique ; on n'y trouve que quelques nouvelles de littérature fort écourtées au milieu de l'hist. générale du temps.

1844. Suite de la Clef, ou Journal historique sur les matières du temps, conten. quelq. nouvelles de littérature et autr. remarq. curieuses, par le Sr C. J. (Cl. Jordan, jusqu'en 1727, et contin. par L. Jos. de La Barre, avec le concours des premiers poètes du temps). *Paris, El. Ganeau*, 1717-32, 32 vol. pet. in-8, v. gr., d. s. tr.

Dans cette seconde partie du *Journal de Verdun*, rédigée avec un goût et une sagesse irréprochables, les dissert. historiques sont fort rares, et l'on y trouve seulement quelques notices biogr., ainsi que toute la discussion relative à la prééminence de la ville de Châlons

21

sur Troyes, en Champagne (1723-25). Ainsi, le *Journal de Verdun* ne sort pas encore de son premier plan politique et littéraire.

1845. Suite de la Clef, ou Journal histor., etc. (par Monchaut d'Egly, jusqu'en 1749 ; et depuis, par P. Nic. Bonamy, aidé par Dreux du Radier). *Paris, Ganeau,* 1737-69, 59 vol. pet. in-8, dont 29 v. br., 24 cart., 6 en livrais. (Manq. le 2ᵉ vol. de 1737 ; les années 1738, 1739 et 1754.)

Les noms des directeurs de cette partie du *Journal de Verdun* témoignent assez du degré d'utilité qu'il offre pour les études historiques. Pendant cette période de trente-quatre ans, les dissertations les plus piquantes sur l'Histoire de France sont venues se réunir dans ce recueil qui ne le cède pas à celui de l'Académie des Inscriptions. Les auteurs ordinaires de ces précieuses notices sont l'abbé Lebeuf, Grosley, Dreux du Radier, Béziers, Durand, l'abbé Carlier, etc., et d'autres savans qui, sans se nommer, envoyaient le résultat de leurs découvertes archéologiques au journal, où elles étaient admises avec empressement. La *Bibl. hist. de la Fr.* cite quelques centaines de mémoires insérés dans la *Clef*; on en citerait deux fois autant que les éditeurs ont laissés de côté, par oubli ou par négligence. Nous regrettons de ne pouvoir présenter ici une liste plus complète de ces morceaux excellens qui mériteraient d'être recueillis et réimprimés. Chaque volume en contient six ou huit, outre une foule de bons articles analytiques et de renseignemens importans pour l'histoire du temps.

1846. Table générale, alphabétique et raisonnée du Journal de Verdun, sur les matières du temps, depuis 1697, jusques et compris 1756 (avec une préf. histor., par Dreux du Radier). *Paris, Ganeau,* 1759, 9 vol. pet. in-8, cart.

1847. Mercure de France, depuis 1728 jusqu'à 1778, (rédig. par Antoine et Jean de la Roque, jusqu'en octobre 1744 ; par Fuzelier et Le Clère de La Bruère, jusqu'en 1752 ; par l'abbé Raynal, jusqu'en 1754 ; par Louis de Boissy, jusqu'en 1758 ; par Marmontel, jusqu'en 1762; par La Place, jusqu'en 1769; par Jacq. Lacombe, jusqu'en 1778). *Paris, G. Cavelier, vᵉ Pis-sot, Chaubert, etc., 1728-78, 900 part. environ, en 339 vol. in-12, fig. et mus., v. m. (Manq. avril 1769; et juillet 1772.)*

Cette partie du *Mercure de France* mérite d'être placée à la suite des *Mém. de l'Académie des Inscript.*, à cause des nombreuses, sa-vantes ou ingénieuses dissertations qu'elle renferme, surtout jus-qu'en 1744; car, tant qu'Antoine de La Roque fut directeur de ce journal mensuel, il s'attacha spécialement à lui donner un caractère grave et un but d'utilité durable, en y admettant des travaux sérieux et solides sur l'histoire, l'archéologie et la philologie. Ses rédacteurs ordinaires furent l'abbé Lebeuf, dom Toussaint Duplessis, l'avocat Boucher d'Argis, le père Texte, Dreux du Radier et autres qui for-maient entre eux une espèce de joute littéraire où l'on débattait avec d'incroyables ressources d'érudition les questions les plus neuves et les plus intéressantes relatives à nos antiquités nationales. Pendant cet intervalle de seize années, le *Mercure de France* est si bien rempli de ces recherches historiques, un peu différentes des anté-cédens frivoles du *Mercure Galant*, que l'énumération en serait aussi étendue que la table des matières d'un grand ouvrage. L'abbé Le-beuf, dans les 3 vol. de *Dissertations sur la ville de Paris*, et dans les 2 vol. du *Recueil de divers écrits pour servir d'éclaircissement à l'Hist. de France*, n'a pas recueilli le tiers des notes et des docu-mens qu'il a fournis seul au *Mercure*. Boucher d'Argis, dans les 3 vol. des *Variétés historiques*, n'a réuni qu'un très petit nombre des morceaux de sa collaboration. On pourrait encore former 6 ou 8 vol. in-8 de dissertations extraites entièrement de ces seize années du *Mercure*, et déjà plusieurs fois on a songé à cette publication, qui rendrait service aux études historiques. En attendant, le *Mer-cure*, qui renferme tant d'excellentes notices concernant les éty-mologies, les usages, les origines, les faits et les hommes célèbres de notre histoire, est l'unique dépositaire de ces trésors de savoir et de critique, trop incomplètement catalogués dans la *Bibl. hist. de la Fr.* Outre ces pièces de main de maître, on remarque une foule de relations de cérémonial qu'on ne trouverait pas ailleurs, une im-mense quantité de renseignemens généalogiques et d'autres matériaux pour l'histoire journalière du temps. A la mort d'Antoine de La Roque, la direction du journal passa tout à coup à la merci de deux faiseurs d'opéras, Fuzelier et La Bruère, qui ne réussirent pas à lui faire perdre toutes les bonnes traditions de la période précédente ; mais ensuite l'abbé Raynal ouvrit la porte à la littérature légère, qui acheva d'expulser les successeurs de l'abbé Lebeuf, et ceux-ci se réfugièrent dans le *Journal de Verdun*, qui entra dès lors dans les voies de rédaction que le *Mercure* abandonnait. L'auteur-comique L. de Boissy, Marmontel, le traducteur La Place et le compilateur Lacombe firent successivement régner dans le *Mercure* la poésie fugitive, les contes moraux, les traductions de l'anglais et les extraits d'ouvrages modernes. Aussi le *Mercure* était tombé *sur la place*, comme on disait plaisamment, et ne rapportait plus de quoi payer les pensions qu'il traînait après lui. Voltaire, qui, en 1777, essaya de ranimer la vogue de ce vieux rival de l'*Année littéraire* de Fréron, n'eut pas l'honneur de renouveler ce que Marmontel avait fait un moment avec l'immoralité de ses contes moraux, et il renonça bientôt à réparer les fautes des rédactions qui s'étaient si obstinément éloignées des erremens de celle de La Roque. Cependant, au milieu de cette longue décadence, quelques dissertat. d'hist. et de littérat. se glissèrent çà et là, au travers des envahissemens de l'énigme et du logogryphe ; les nouvelles des événemens ne furent pas rédigées avec moins d'exactitude ; la généalogie, qui se payait à gros intérêts, conserva toujours l'espace et l'importance qu'on refusait à l'histoire et à la science. En outre, les Académies de France continuèrent de transmettre le résumé de leurs séances et de leurs travaux au vénérable doyen des recueils périodiques. Il y a donc du bon même dans les plus mauvais numéros du *Mercure de France*.

1848. Mercure de France (Suite du), depuis juillet 1778, jusqu'à la fin de 1790 (rédig. par La Harpe, Marmontel, Lacretelle, Garat, Gaillard, de St-Ange, Naigeon, Voltaire, etc., sous la direct. du libraire Panckoucke, représent. par Dubois Fontanelle et Mallet du Pan). *Paris, Panckoucke*, 1778-90, 149 vol. in-12, v. m. (Man. sept. 1781.)

Dans cette suite du *Mercure de France*, la politique, sous la plume de Dubois Fontanelle et de Mallet du Pan, envahit tout, et si les nouvelles beaucoup plus détaillées sont intéressantes pour l'histoire du temps, on n'y rencontre presque pas de ces bonnes dissertations qui portaient une vive lumière dans les ténèbres des origines historiques. Le *Mercure* ne se distingue donc alors du *Journal de Paris*, que par des notices généalogiques souvent fort curieuses, quoique la plupart soient commandées ou envoyées au nom des intéressés, et par des articles de critique littéraire où La Harpe préludait à son *Cours de littérature*.

1849. Journal Encyclopédique, depuis janvier 1756, jusqu'à la fin de 1774 (rédig. par l'abbé Prévost, P. Rousseau, Morand, Mehegan, etc., jusqu'en 1769 inclusiv., et contin. par J. Castillon, Bret, etc.) *Liège*, *Kintz*, 1756 et suiv.; *Bouillon*, 1760 et suiv., 456 part., en 152 vol. in-12, v. éc., fil., d. s. tr.

Dans cet excellent recueil de critique et d'analyse, la correspondance est souvent fort importante, car les premiers littérateurs de l'époque choisissaient de préférence cette tribune pour y faire entendre leur opinion sur toute espèce de sujet. La plupart des grandes discussions historiques, telles que le problème du *Masque de fer*, etc., ont laissé dans le *Journal Encyclopédique* la trace éclatante de leur passage, et la *Bibl. hist. de la France* ne cite pas la moitié des sources curieuses que nous voudrions pouvoir indiquer ici.

1850. Mémoires secrets, pour servir à l'histoire de la République des lettres en France, depuis 1762, jusqu'à nos jours (1787), par Bachaumont (Pidansat de Mairobert, Moufle d'Angerville, etc.). *Londres*, *John Adamson*, 1777-89, 36 vol. in-12, v. éc., les 9 derniers br.

C'est un extrait de ces fameuses *nouvelles à la main* qui échappaient à toutes les investigations de la police, comme à toutes les tyrannies de la censure. Les premiers volumes sont bien préférables aux derniers, où les extraits et les analyses de livres prennent trop souvent la place des anecdotes et des nouvelles littéraires. Toute l'histoire des mœurs de la fin du 18e siècle est dans cette compilation satirique.

1851. Mémoires secrets de Bachaumont, de 1762 à 1787, nouv. édit. mise en ordre et augm. de notes, par J. Ravenel. *Paris, Brissot Thivars*, 1830, 4 vol. in-8, br.

Il est à regretter que cette édition n'ait pas été achevée ; car elle eût donné une véritable importance à ces curieux mémoires qui sont remplis d'erreurs et imprimés sans ordre dans les anciennes éditions. Les notes du nouvel éditeur offrent plus d'une découverte bibliographique et historique.

1852. Correspondance secrète, politique et littéraire, ou Mémoires pour servir à l'hist. des cours, des sociétés et de la littérature en France depuis la mort de Louis XV (par Métra, Imbert et autres). *Londres, J. Adamson*, 1787-90, 18 vol. in-12, demi-rel.—Corresp. littéraire secrète, années 1785, 1786, 1787, 1788 (par Imbert, Grimod de la Reynière, etc.). *Neuwied, Société typog.*, 4 vol. pet. in-8, fig., demi-rel.

Ces quatre volumes de l'édit périodique originale, ajoutés à la réimpression qui ne va pas au delà du 7 oct. 1785, sont d'une extrême rareté. Voy. le *Dict. des Anonym.* La *Correspondance* de Métra complète les *Mém.* de Bachaumont, quoique ces deux ouvr. se répètent mutuellement.

1853. Journal de Paris, depuis janvier 1777 jusqu'au 3 décem. 1782 (par Sautreau, Corancez, Garat, Regnauld de Saint-Jean-d'Angély et Condorcet). 35 vol. in-4, v. m. — Suite, du 1er janvier 1797 au 31 décem. 1807 (par Rœderer, Villeterque, Lécuy, Gallais, etc.). 24 vol. in-4, non rel.

1854. Révolution Française, ou Analyse complète et impartiale du Moniteur (jusqu'à la fin de l'an VII), suiv. d'une table alphab. des personnes et des choses (mise en ordre par Girod). *Paris*, 1801-2, 5 vol. in-4, demi-rel. (Manq. la table des Choses.)

1855. Table générale des matières, par ordre alphabétique, des 122 volumes qui composent la collect. com-

plète du *Magasin encyclopédique* (de Millin), réd. par
J. B. Sagou. *Paris, Sagou*, 1819, 4 vol. in-8, br.
Rare.

1856. Petite Chronique de Paris, faisant suite aux Mémoires de Bachaumont, par MM. .... (Ourry et Sau-
van), années 1816 et 1817. *Paris, v° H. Perronneau,*
1818, in-12, br.

Cette imitat. de Bachaumont n'a pas eu de suite ; on a encore es-
sayé, sans succès, de refaire un journal du même genre, en 1829. Aujourd'hui les journaux quotidiens et les revues disent tout, si bien
qu'ils ne laissent presque rien à dire aux faiseurs de mémoires secrets.

1857. Revue de Paris, années 1831-38 (rédig. par l'é-
lite de la littérat. contemporaine, sous la direct. de
M. Améd. Pichot, jusqu'en août 1834 ; de M. Achille
Brindeau, jusqu'en 1835, et de M. Brulos, jusqu'en
1838). *Paris*, 1830-38, environ 287 numér., gr. in-8,
br. (1831, 2 n^{os}; 1832, 53 n^{os}; 1833, 51 n^{os}; 1834, 53 n^{os};
1835, 3 n^{os}; 1836, 48 n^{os}; 1837, 51 n$_{os}$; 1838, 25 n^{os}).
Il y a quelques numéros mutilés.

1858. Revue française et étrangère, ou Nouvelle Revue
encyclopédique (rédig. par les principaux littérat.,
sous la direct. de M. Paquis). *Paris*, 1837-38, 15 livr.
formant 5 vol. gr. in-8, et 3 livr. séparées, br.

Extraits historiques.

1859. Les diverses Leçons de Pierre Messie, mises de
castillan en franç., par Cl. Gruguet, avec 7 dial. de
l'autheur, dont les quatre derniers ont esté de nouveau
traduits en ceste 4e édit. *Rouen, J. Berthelin*, 1643,
in-8, v. éc., fil.

1860. Les diverses Leçons d'Ant. Du Verdier, sieur de
Valprivaz, suivans celles de Pierre Messie, conten.
plus. hist., disc. et faicts mémor., augm. en ceste
5e édit., de trois disc. trouvées (*sic*) après le décez de

l'autheur en ses papiers... *Tournon, Cl. Michel,* 1604,
pet. in-8, v. m.

Plusieurs *Discours* se rattachent à des faits particuliers de l'histoire de France.

1861. Les diverses Leçons de Loys Guyon, sieur de la
Nauche, suiv. de celles de P. Messie et Du Verdier;
conten. plus. hist., disc. et faicts mémor., recueill. des
autheurs grecs, latins, françois, etc. *Lyon, Ant. Chard,*
1625, 3 vol. pet. in-8, dos de mar. r.

Beaucoup d'anecdotes relatives à l'hist. de France.

1862. Les six tomes des Histoires prodigieuses, recueill.
par Boaistuau, Cl. de Tesserant, Fr. de Belleforest,
Jean de Marconville, etc. *Paris, v⁰ G. Carelat,* 1597-
98, 6 tom. en 1 vol. in-16, fig. du petit Bernard, m.
rac. (manq. deux ou trois feuillets).

1863. Thrésor d'Histoires admirables et mémor. de nostre temps, recueill. de plus. autheurs, mém. et avis,
par Simon Goulart. *Genève, Samuel Crespin,* 1620-
28, 4 tom. en 2 vol. pet. in-8, cart.

Précieux pour l'hist. du XVIᵉ siècle, Goulart empruntant beaucoup de passages à des mém. inédits contemporains, qui n'ont jamais
paru.

1864. Histoires tragiques de nostre temps, où sont
décrites les morts funestes, déplorables et désastreuses
de plusieurs personnes, arrivées par leur ambition,
amours déréglés, sacrilèges, etc., depuis l'an 1620
jusqu'à présent, par Fr. de Rosset. *Rouen, J. Berthelin,* 1665, pet. in-8, vél.

Contient : *Rel. vérit. de tout ce qui s'est passé en la prise de M. le
duc de Montmorency jusques à sa mort; Particularités de la mort de
MM. de Cinq-Mars et de Thou; Récit vérit. de tout ce qui s'est passé
depuis la prise de M. de Saint-Preuil jusques à sa mort.*

1865. Inventaire général de l'histoire des Larrons, où sont
contenus leurs stratagesmes, tromperies, soupples-

ses, vols, assassinats, et généralement ce qu'ils ont
fait de plus mémor. en France, par F. D. C. (François de Calvi?) Lyonnois. *S. l. (Lyon, Justet,* 1666,
3 part. pet. in-8, v. m.

Nécessaire pour l'hist. des procès célèbres en France.

1866. Le Bouquet historial, recueill. des meill. aut.
grecs, latins et françois, par F. B., advocat en parlement, nouv. édit. augm. *Paris, J. Cochart,* 1681,
in-12, demi-rel. — La Récolte de l'Hermite, ou Choix
de morceaux d'histoire peu connus, anecd., remarq.,
littér., contes, etc., par un solitaire qui vit plus avec
les livres qu'avec les hommes (Lemazurier). *Paris,
Chaumerot,* 1813, in-8, demi-rel.

1867. Essai sur les grands Evénemens par les petites
causes, tiré de l'histoire (par A. Richer). *Amsterdam,
E. van Harrevelt,* 1758, in-12, m. rac.

Ce petit ouvr., négligé par la *Bibl. hist. de la Fr.*, contient pourtant plusieurs épisodes de notre histoire.

BIBLIOGRAPHIE.

*Histoire de l'Imprimerie et de la Librairie. — His-
toire des Bibliothèques. — Science du bibliothécaire et Traités de bibliographie générale.*

1868. Histoire de l'Imprimerie et de la Librairie, où l'on
voit son origine et son progrès jusqu'en 1689, div. en
2 liv. (par Jean de la Caille). *Paris, J. de la Caille,*
1689, in-4, v. br.

1869. L'Origine de l'Imprimerie de Paris, dissert. histor. et crit., divis. en 4 parties, par And. Chevillier.
Paris, J. de Laulne, 1694, in-4, v. f., fil.

1870. Catalogue chronologique et alphabétique des libraires et des libraires-imprimeurs de Paris, depuis
l'an 1470 jusqu'à présent (par Lottin). *Paris, J. Lottin*

de St.-Germain, 1.789, 2 part. en 1 vol. pet. in-8, demi-rel.

Peu commun.

1871. Observations et projet de décret sur la-librairie et les arts et professions auxiliaires, par Bonnet de Treisches et Catineau-la-Roche. *Paris*, 1808, in-4, br. — Tableau des libraires et imprimeurs jurés de l'Université de Paris, au 23 juill. 1785. *Paris*, 1785, in-4, br.

1872. Traité des plus belles bibliothèques publ. et partic., qui ont esté et qui sont à présent dans le monde, par le P. Louis Jacob. *Paris*, *Louis Chamhoudry*, 1655, pet. in-8, vél.

Le P. Jacob a souvent, avec sa bonhommie ordinaire, vanté certaines collections peu importantes, comme de magnifiques bibliothèques; mais néanmoins on peut toujours juger, d'après son traité, que les belles bibliothèques, appartenant à des particuliers, n'étaient pas rares au XVIIe siècle; aujourd'hui on n'en citerait pas six à Paris, et encore seront-elles vendues et dispersées dans un laps de temps très borné; car la passion des livres est inconstante de même que toutes les passions, et plus que les autres. On conserve dans une famille un bien, une terre, un château, un portrait même; on n'y conserve jamais une bibliothèque, comme si c'était l'affaire d'un jour et l'œuvre du premier venu, que de rassembler une bonne collection de livres.

1873. Dan. Maichelii introductio ad hist. litterariam de præcipuis bibliothecis parisiensibus, locupletata annotationibus. *Lipsiæ, sumpt. J. F. Gleditschii*, 1721, pet. in-8, br.

Avec une note de Chardon de la Rochette et sa signature.

1871. Notice sur la Bibliothèque d'Aix, précédée d'un essai sur l'histoire litt. de cette ville, sur ses monumens, par E. Rouard. *Paris*, 1831, 1 vol. in-8, portr. br.

1875. Mémoire histor. sur la Bibliothèque dite de Bourgogne, présentement bibl. publique de Bruxelles, par
de La Serna Santander. *Bruxelles, Braeckenier*, 1809,
in-8, br.

_____

1876. Advis pour dresser une bibliothèque, présenté au
président de Mesme, par G. Naudé, 2ᵉ édit. augm.
Paris, Rolet le Duc, 1644, in-8, demi-rel.

1877. Idée générale des Etudes, avec un état des Bibliothèques et le plan pour en former une curieuse et
bien ordonnée (par de Chevigny). *Amsterdam, Chatelain*, 1713, in-12, tabl., v. br.

C'est une édition refondue du *Traité des plus belles bibl. de l'Europe*, par l'abbé Le Gallois.

1878. Sommaire d'un opuscule intitulé : Essai théor. et
pratiq. sur la conservat. des bibliot. publiq., par de
Foisy. *Paris, Lachevardière* (1732), in-8, pap. vél.,
br. (tiré à 100 ex.)

_____

1879. Bibliotheca Bibliothecarum ; accedit Bibliotheca
nummaria, cum mantissa antiquariæ supellectilis, etc.
curâ et studio Ph. Labbe. *Parisiis, ap. Lud. Billaine*,
1664, in-8, v. br., fil.

Cet exempl. qui vient de la bibl. du collége de Louis-le-Grand,
porte les deux lettres grecques ΨΨ, entrelacées, qu'on gravait sur la
couverture de tous les volumes reliés chaque année, avec le produit
d'une rente que François Fouquet, père du célèbre surintendant
des finances, avait léguée aux jésuites, pour cet usage. Voy. le *Séjour
de Paris*, par J.-C. Nemeitz, p. 261.

1880. Dissertations sur les Bibliothèques, avec table
alphab. des ouvr. publ. sous le titre de *Bibliothèques,*
des catal. impr. de plus. cabinets de France et des
pays étrangers (par Durey de Noinville). *Paris, H.
Chaubert,* 1758. — Table alphabétique des Dictionnaires en toutes sortes de langues, etc. (par le même).

Ibid., id., 1758, 2 tom. en 1 vol. pet. in-8, demi-rel.

Peu commun.

1881. Répertoire bibliographique universel, cont. la notice des bibliogr. spéciales..., par Gabr. Peignot. *Paris, Ant. Aug. Renouard,* 1812, in-8, br.

1882. Notizie bibliografiche intorno a due rarissime edizioni del secolo XV, di Angelo Pezzana. *Parma, co' tipi bodoniani,* 1808, pet. in-4, pap. de Holl., br.

Rare.

1883. Index librorum prohibitorum, Innocentii XI Pont. Max. jussu editus. *Romæ,* 1681, pet. in-8, vél.

1884. Christ. Gryphii, Apparatus sive Dissertatio isagogica de scriptoribus historiam seculi XVII illustrantibus. *Lipsiæ, apud Th. Fritsch,* 1710, pet. in-8, v. f.

1884 *bis.* Lettres sur la profession d'avocat...., avec un catal. raisonné des livres de droit, par Camus. *Paris, Méquignon,* 1777, in-12, m. m.

C'est la biogr. spéciale de Jurisprudence la plus complète et la mieux raisonnée.

1885. La France sçavante, id est Gallia erudita, critica et experimentalis novissima, ab ann. 1665 usque ad annum 1687, operâ Corneliià Beughem. *Amstelodami, apud Abr. Wolfgang,* 1687, pet. in-12, v. br.

1886. Cornelii à Beughem Apparatus ad hist. litterariam novissimam, sive Bibliographia eruditorum critico-curiosa. *Amstelodami, apud Jans. Waesbergios,* 1689, pet. in-12, v. br.

1887. La France littéraire (conten. les académies, les auteurs vivans, les auteurs morts, depuis 1751 ; le catal. alphab. des ouvr. de tous ces auteurs, par les abbés d'Hebrail et de La Porte). *Paris, v* Duchesne,* 1769, 2 vol. — Suppl. à la France littér., conten. les changem. arriv. dans les acad., les auteurs morts depuis 1768, etc. (par l'abbé de La Porte). *Ibid., id.,* 1778, 2 part. en 1 vol. — Nouveau Suppl. conten. les acad. et bibliot., un calendrier gén. des auteurs, une topogr. littér., etc. (par l'abbé Guyot). *Ibid., id.,* 1784, 2 part. en 1 vol. En tout 4 vol. pet. in-8, v. m.

1888. Bibliographie instructive, ou Traité de la connaissance des livres rares et singuliers, dressé par ordre de matière, avec une table génér. des auteurs, par G. Fr. de Bure, le jeune. *Paris, G. Fr. de Bure,* 1763-68, 7 vol. in-8, v. m.

L'excellent *Manuel* de Brunet n'a pas complétement remplacé cet ouvrage où l'on trouve la description détaillée de certains livres rares et beaucoup de notices importantes. En outre, la concordance des articles avec les numéros du catalogue manuscrit de la Bibl. du Roi est quelquefois indispensable pour diriger les recherches qu'on veut faire dans ce dépôt, livré au pillage par six ou huit cents lecteurs quotidiens.

1889. Bibliographie instructive, tom. X, conten. une table destinée à faciliter la recherche des livres anonymes, etc., précédée d'un disc. sur la science bibliogr. (par Née de la Rochelle). *Paris, Gogué* et *Née de la Rochelle,* 1782. — Vie d'Etienne Dolet, avec une liste des libraires et imprimeurs auteurs (par le même). *Ibid., id.,* 1789, 2 tom. en 1 vol. in-8, v. f., fil., d. s. tr.

Rare.

1890. Dictionnaire typographique, histor. et critiq. des Livres rares, singuliers et recherchés, par J. B. L. Osmont. *Paris, Lacombe,* 1768, 2 vol. in-8, v. m.

1891. Dictionnaire portatif de Bibliographie, conten.

plus de 17,000 articles de livres rares, curieux, etc.,
par F. J. Fournier. *Paris, Fournier*, 1804, in-8,
cart.

1892. Répertoire de Librairie, cont. toutes les lois sur
la librairie et l'impr. depuis le régl. de 1723; un extr.
des plus beaux ouvr. de div. catal., précéd. d'un Coup-
d'œil sur la libr. française, par Ravier. *Paris, Crapart*,
1807, in-8, br.

1893. Manuel du Libraire et de l'amateur de livres,
contenant un nouveau dict. bibliographique et une
table en forme de catalogue raisonné, par Jacq. Ch.
Brunet, 3e édit., augm. de plus de 2,000 art. *Paris,
l'auteur*, 1820, 4 vol. — Nouvelles Recherches bibliographiques pour servir de suppl. au Manuel...,
par le même. *Paris, Silvestre*, 1834, 3 vol. En tout,
7 vol. in-8, demi-rel. uniforme.

1894. Allgemeines bibliographisches Lexicon, von
Fried. Adolf Ebert. *Leipzig*, 1821-30, 2 vol. in-4,
br.
C'est le dictionn. bibliog. le plus considérable qui existe.

1895. Dictionnaire des Ouvrages anonymes et pseudonymes, composés, traduits ou publiés en franç , avec
les noms des auteurs, traduct. et éditeurs; accomp.
de notes histor. et crit. par Ant. Alex. Barbier. *Paris,
Impr. du dict. bibliog.*, 1806-08, 4 vol. in-8, v. f., fil.
Cette édition, qui contient les *Mélanges littéraires*, c'est-à-dire la
Réponse à un article du Mercure de France, les Notices sur les édit.
des traductions de Plutarque et d'Héliodore, par Jacq. Amyot, et
sur la vie et les ouvrages de David Durand, n'est pas absolument
remplacée par la seconde édit. augmentée, de 1820; puisque, d'a-
près la comparaison de ces deux édit., la première comprend, dans
le tome Ier seulement, 119 articles qui manquent à la seconde. On ne
sait même a quoi attribuer la suppression de ces articles, qui n'é-
taient certainement pas tous fautifs, et l'on est forcé d'en accuser

l'imprimeur ou le copiste du ms. J'ai pu naturellement me convaincre de l'utilité de cette première édition, en préparant une suite à l'ouvrage de Barbier, suite aussi étendue que l'ouvrage même, mais ajournée à des temps meilleurs, quoique j'aie réuni déjà plus de dix mille cartes, sans en faire un travail spécial.

1896. Le même, 2e édit., corrig. et considér. augment. (avec une notice sur l'auteur, par son fils), 1822-27, 4 vol. in-8, port. br.

1897. Nouveau Recueil d'ouvrages anonymes et pseudonymes, par de Manne. *Paris, Gide,* 1834, in-8, br.

Cet ouv., qui n'eût pas vu le jour avec tant de fautes, si l'auteur avait assez vécu pour le publier lui-même, comprend surtout les pseudonymes et les anonymes contemporains.

1898. Pseudonimia ovvero Tavole alphabetiche de' nomi finti o supposti degli scrittori con la contrapposizione de' eri, di Vinc. Lancetti, Cremonese. *Milano, Giac. Pirola,* 1836, in-8, br.

Excellent ouvrage, peu connu en France, indispensable pour compléter le *Dict.* de Barbier.

Catalogues des manuscrits. — Catalogues des bibliothèques publiques et des bibliothèques particulières.

1899. Bibliotheca bibliothecarum Manuscriptorum nova, auct. D. Bernardo de Montfaucon. *Parisiis, ap. Briasson,* 1739, 2 vol. in-fol., cart.

Ce catalogue immense est encore, malgré les fautes qui le déparent, le plus précieux de tous les ouvrages de ce genre, sans excepter le nouveau travail de Haenel. Les deux tables des matières et des noms sont d'un prix inestimable pour les recherches. Le second volume est consacré presque tout entier aux mss. des principales bibl. de France. Cet exempl., qui appartenait à Mercier, abbé de Saint-Léger, est annoté par lui, et l'on y trouve annexés plusieurs catalogues manuscrits.

1900 Catalogus codicum manuscriptorum Bibliothecæ regiæ (auct. A. Melot). *Parisiis, typogr. reg.*, 1739-41, 4 vol. in-fol., gr. pap. br.

1901. Bibliothèque de Lyon. Notice sur les manuscrits qu'elle renferme; leur ancienneté, leurs auteurs, etc., précéd. d'une hist. des anciennes bibl. de Lyon, d'un Essai hist. sur les mss. en général, etc., par Ant. Fr. Delandine. *Lyon, Fr. Mistral*, 1811, 3 vol. in-8, br.

Les préliminaires de ce Catalogue, rédigés avec soin, forment une bonne introduction à la paléographie et à la bibliographie. « Il n'existe pas d'ouvrage du même genre, » dit M. Gab. Peignot, dans son *Repert. bibliogr.*

1902. Catalogue descriptif et raisonné des MSS. de la Bibl. de Cambrai, par A. Le Glay. *Cambrai, A. F. Hurez,* 1831, in-8, pap. vél., fig. et fac-sim., br.

1903. Rapport au ministre de l'Instruction publique sur les Biblioth. et archiv. des dép. du sud-ouest de la France, par Michelet (avec un catal. des mss. de ces biblioth.). *Paris, Ducessois*, 1836, pet. in-4, br.

1904. Trattato della Dignità ed altri inediti scritti di Torquato Tasso, premessa una notizia intorno ai codici manoscritti di cose italiane, conservati nelle Bibliothece del mezzodi della Francia, del cav. Costanzo Gazzera. *Torino, stamperio reale*, 1838, in-8, pap. vél., br.

1905. Notice sur les manuscrits relatifs à l'histoire de France et à la littérat. franç. conservés dans les Bibliothèques d'Italie, par Paul L. Jacob, bibliophile. *Paris, Techener*, 1839, in-8, pap. vél. br. (N. 25 des 50 exempl. tirés.)

1906. Catalogus Codicum manuscriptorum græcorum,

latin. et ital. Bibliothecæ Medicæ Laurentianæ; Ang. Mar. Bandinius recensuit, illustravit et edidit. *Florentiæ, typ. Cæsaris*, 1764-78, 8 vol. — Bibliotheca Leopoldino-Laurentiana, sive Catalogus MSS. qui jussu Petri Leopoldi in Laurentianam translati sunt. *Florentiæ*, 1791-93, 3 vol. Ensemble, 11 vol. in-fol. fig. br.,

Modèle parfait d'un catal. raisonné de manuscrits.

1907. Catalogue des livres imprimés de la Bibl. du Roi. (Théologie, 3 vol. Belles-lettres, 2 vol. Jurisprudence, 1 et uniq.; par les abbés Sallier et Boudot).*Paris, impr. Roy.*, 1739-53, 6 vol. in-fol., gr. pap., br.

Le discours préliminaire, rédigé par Jourdan, est une histoire très étendue et très détaillée de la Bibl. du Roi et de ses accroissemens depuis son origine. Ce Catalogue, qui n'a pas été continué, est encore en usage aujourd'hui, le classement de la Bibl. étant toujours le même.

1908. Bibliothèque de Lyon. Catalogue des livres qu'elle renferme dans la classe de l'Histoire, avec des remar. littér. et bibliog. sur les édit. du XVᵉ siècle, par Ant. Fr. Delandine, et contin. par Delandine fils. *Lyon, Durand et Perrin*, 1819-20, 2 vol. in-8. br.

Ce Catalogue méthodique, où sont détaillées chronologiquement les pièces insérées dans les collections, n'a pas été achevé. Le second volume s'arrête dans la classe de l'*Histoire de France* au règne de Louis XI.

1909. Catalogue de la Bibl. de Boucot, compos. de plus de 18,000 vol. de liv. imprimés, de plus de 70,000 estampes, entre lesquelles il y a 17,000 portr., et de plus. mss. *Paris, Boudot*, 1699. — Bibl. Thevenotiana sive Catal. impressorum et manusc. libror. Bibl. Melchis. Thevenot, *Lutetiæ Parisiorum, Flor. et P. Delaulne*, 1694.— Divers Catal. de libraires. En tout, 1 vol. in-12, v. br.

Le Catal. de l'immense bibl. de Boucot n'est pas cité dans les lis-

22

tes de catal. que donnent Brunet en tête de son *Manuel* et G. Peignot dans son *Répert. bibliog.*

1910. Bibliotheca Bigotiana, seu Catalogus librorum
quos congessêre Joannes, Nicolaus et Lud. Emericus
Bigotii ; quorum plurimi mss. antiqui, etc. *Parisiis ,
ap. Joh. Boudot,* 1706, pet. in-8, v., br.

La plupart des mss. histor. ont été achetés pour la Bibl. du Roi.
Comprend près de 9000 art. sans les mss., et un bon choix d'ouvr.
sur l'hist. de France.

1911. Bibliotheca Colbertina seu Catal. libr. Bibl. quæm
fuit primum J. B. Colbert, regni administri, deinde
J. B. Colbert, march. de Seignelay, etc. *Parisiis, Gab.
Martin,* 1728, 3 vol. in-12, v. f. (prix.)

Comprend 18219 articles, dont l'Hist. de France occupe au moins
un tiers. Les manuscrits ne figurent pas dans ce catalogue, parce
qu'ils avaient déjà été acquis par le gouvernement.

1912. Catalogue des livres (et des manuscrits) du Cabinet de M*** (Imbert de Cangé). *Paris, Jacq. Guerin,*
1738, pet. in-8, v. br.

Cette collect. fut achetée en totalité par le gouvernement et réunie à la Bib. du Roi, où les mss. forment encore le *fonds de Cangé.*
— Riche en vieilles poésies et romans de chevalerie.

1913. Catalogue de la Bibl. de Bourret. *Paris, Jean
Boudot,* 1735, in-12, v. br.

Cont. 6496 articles. — Quelques mss. importans pour l'hist. des
provinces de France.

1914. Catalogue des livres de la Bibl. du maréchal duc
d'Estrées. *Paris, Jacq. Guerin,* 1740 , 2 vol. in-8,
m. m. (prix.)

Comprend 20047 articles, dont une immense quantité de livres
sur l'histoire de France.

1915. Catalogue de la Bibl. de Burette (avec table).
Paris, G. Martin, 1748, 3 vol. in-12, v. m., fil.

Comprend 1011 articles. — Médecine et sciences naturelles.

1916. Catalogue des livres et estampes de De la Haye. (avec table). *Paris, Gab. Martin,* 1754, in-8, v. m.

Comprend 3998 articles.

1917. Bibliotheca Berckentiniana sive Index librornm Bibl. Christ. Augusti, comitis de Berckentin. *Háuniæ, typis Nic. Molleri,* 1759, in-8, demi-rel.

Ce Catal. se distingue par une innovation qu'un libraire fort instruit a tenté de faire adopter dans ses derniers catal. C'est la suppression du *mil.* dans la date de l'impression, attendu que l'imprimerie n'ayant été inventée que dans le courant du XVe siècle, l'absence du premier chiffre, indicateur des années depuis la naissance de J.-C., ne peut causer aucune amphibologie; cependant on a peine à s'accoutumer à voir 1500 dans 500, et l'exemple de M. Merlin où plutôt du bibliographe danois de 1759 n'est pas encore suivi.

1918. Catalogue des livres de la Bibl. de G. Louis Chauvelin (avec table). *Paris, Lottin,* 1762, in-8, demi-rel. (prix).

Comprend 2687 articles.

1919. Catalogue de la Bibliothèque de Falconet (avec table). *Paris, Barrois,* 1763, 3 vol. in-8, v. m.

Une des plus nombreuses collections de livres, qu'un particulier ait rassemblées.

1920. Bibliotheca Senicurtiana sive Catalogus librorum quos collegerat Joan. Fr. de Senicourt (cum tabulâ). *Parisiis, J. B. C. Musier,* 1766, 2 part. en 1 vol. in-8, v. m. (prix).

Rare et non cité dans les listes de catal., malgré son importance. Comprend 7319 articles.

1921. Catalogue des livres manuscrits et imprimés et des estampes de la Bibl. du duc de Chaulnes (avec table). *Paris, Leclerc,* 1770.—Catalogue des livres de la Bibl. de Bourlamaque. *Paris, Práull,* 1770. 2 tom. en 1 vol. in-8, v. m. (prix).

Le catal. du duc de Chaulnes renferme 3951 art. dont le tiers environ relatif à l'hist. de France.

— Le catal. de Bourlamaque comprend 2300 articles.

1922. Catalogue des livres imprimés et manuscrits du comte de Pont de Vesle, div. en 2 part. dont la première cont. une collect. presque universelle de pièces de théâtre, avec table alphab. des auteurs et des pièces, etc. *Paris, Leclerc,* 1774, in-8, v. m.

C'est la bibliogr. spéciale de pièces de théâtre la plus considérable que nous ayons en attendant le catalogue du Cabinet de M. de Soleine. La collect. de Pont de Vesle, acquise pour madame de Montesson par le duc d'Orléans, au prix de 25,000 liv., fait maintenant partie de la Bibl. du Palais-Royal.

1923. Catalogue des livres de la Bibliothèque de Delaleu (avec table). *Paris, Saillant et Nyon,* 1775. — Catalogue (avec table) des livres rares et précieux de M*** (le baron d'Heiss). *Paris, Debure,* 1785. 2 tom. en 1 vol. in-8, v. éc. (prix).

Dans le Catal. de Delaleu, on trouve le détail des pièces de théâtre comprises dans les recueils. Le Catal. du baron d'Heiss, rédigé dans le même système que la première partie du Catal. de La Vallière, contient également des notices détaillées sur les principaux mss.

1924. Catalogue des tableaux et dessins précieux des maîtres célèbres, figures de marbre, de bronze et de terre cuite, estampes et autres objets du Cabinet de Randon de Boisset, par P. Remy, avec le catal. des vases, porcelaines, laques, meubles de Boule, par C. F. Juliot. *Paris, Musier,* 1777. — Catal. des livres du Cabinet de Randon de Boisset (avec table). *Paris, Debure,* 1777. 2 tom. en 1 vol. in-12, v.m.

Comprend 1450 articles, mais la plupart en beaux exempl.

1925. Catalogue des livres rares et singuliers du Cabinet de Filheul, précéd. d'Éclaircissemens bibliogr., avec table. *Paris, Dessain,* 1779, in-8, v. m. (prix).

Comprend 2360 articles, dont beaucoup sont rares et singuliers.

1926. Catalogue des livres rares et précieux de M....

(Mel. de Saint-Cyran), disp. et mis en ordr. (avec des notes bibliog. et une table) par Guill. de Bure. *Paris, Debure,* 1780, in-8, br. (prix).

Destiné par G. Debure à faire suite au Catal. de Gaignat, et à corriger quelques articles de la *Bibliogr. instructive* de son frère. — Comprend 2295 articles.

1927. Catalogue des livres de la Bibl. de Fr. César Le Tellier, marquis de Courtanvaux (avec table). *Paris, Nyon,* 1782, in-8, demi-rel. (prix).

Comprend 3599 articles. — Belle collection de voyages.

1928. Catalogue des livres de la Bibliothèque du duc de La Vallière, 1re part. conten. les mss., les prem. édit., les livres impr. sur vélin et sur gr. pap., les livres rares, par Guill. de Bure (et Van Praet). *Paris, G. de Bure,* 1783, 3 vol. in-8, portr. et fac-simile, v. m. (prix, impr.)

Ne comprend que 5668 articles, mais des notices excellentes et des extraits de mss.

1929. Catalogue des livres de la Bibl. du duc de La Vallière, seconde partie, disposée par J. Luc Nyon, conten. une très grande quantité de livres anciens et modernes, nationaux et étrangers, dont la réunion forme des collections presque complètes dans tous les genres, etc. *Paris, Nyon,* 1788, 6 vol. in-8, br.

Comprenant plus de 27,000 articles. Achetée en totalité par le marquis de Paulmy, cette Bibl. fait aujourd'hui partie de celle de l'Arsenal.

1930. Catalogue de livres rares (de Camus de Limars), avec table. *Paris, G. de Bure,* 1786, in-8, v. m. (prix).

Magnifiques exemplaires et riches reliures de Derome. Les 1812 articles de cette bibl. ont été vendus plus chers que les livres du premier catalogue de La Vallière.

1931. Bibliotheca Mathæi Pinelli, à Jac. Morellio descripta et annotat. illustrata (cum tabulâ). *Venetiis, typis Gar. Palesii*, 1787, 6 vol. gr. in-8, portr. de Bartolozzi et fig., cart.

Notes bibliogr. intéressantes. — « C'est un des meilleurs catal. qui existent » dit M. Gabr. Peignot.

1932. Catalogue des livres de la Bibl. de A. C. Patude Mello, avec table des auteurs et des livres sans noms d'auteurs. *Paris, v^e Tilliard* (an 8), in-8, br.

Comprend 1954 articles, parmi lesquels beaucoup d'exempl. précieux, en grand papier.

1933. Catalogue des livres de la Bibliothèque du comte de Boutourlin (avec table), revu par Ant.-Alex. Barbier et Charles Pougens. *Paris, Ch. Pougens*, 1805, in-8, br.

Cette précieuse Bibl., comprenant 4003 articles, a été brûlée dans l'incendie de Moscou, et le comte de Boutourlin en a refait une nouvelle plus précieuse encore, dans l'espace de quelques années.

1934. Catalogue des livres de la Bibliothèque du Conseil d'Etat (par A. Alex. Barbier). *Paris, Impr. de la Républ.*, an XI, 2 tom. en 1 vol. pet. in-fol., cart.

Rare. — Chef-d'œuvre de classification et d'exactitude.

1935. Catalogue des livres rares et précieux (et des manuscrits) de la Bibl. du comte de Mac-Carthy Reagh (avec tables). *Paris, Debure,* 1815, 2 vol. in-8, demi-rel. (prix impr.)

Comprend 5515 articles. — Beaucoup de livres imprimés sur vélin.

1936. Catalogue des livres imprimés et manuscrits compos. la Bibliothèque de L. M. J. Duriez, de Lille (avec table). *Paris, J. S. Merlin*, 1827, in-8. (prix impr.)

Comprend 5245 articles. — Beaux exemplaires.

1937. Catalogue de la riche Bibliothèque de Rosny, gr. et beaux ouvr. à fig., 86 Mss., autogr., grav., médaill., armur., antiq. *Paris, Bossange*, 1837, gr. in-8, fac-sim.; pap. vél., br.

Les mss., provenant la plupart de la célèbre collect. de P. Pithou, ont été acquis pour la Bibl. du Roi. — Comprend 2578 articles.

1938. Catalogue des livres et documens historiques, manuscrits et imprimés, etc., compos. la Bibl. de M. de Courcelles. *Paris, Leblanc*, 1834-35, 2 part. in-8, br. — Catalogue analytique de manuscrits et documens origin., relat. à l'hist. de France et d'Angleterre; livres divers sur la numismatique, l'hist., etc., de la Bibl. de M. de Saulages. *Paris, Techener*, 1835, gr. in-8, br.

Curieux à cause des analyses et extraits de chartes et titres.

1939. Catalogue des livres de J. J. et J. Debure, frères, anciens lib. de la Bibl. roy. *Paris, Debure,* 1835-37, 4 vol. in-8, br.

Comprenant plus de 15,000 articles. — Un autre a pris la qualité de *libraire de la Bibl. Royale,* mais cet autre n'a pas hérité de la science de MM. Debure, en héritant de leur titre.

1940. Catalogue des livres de Richard Héber, première et deuxième part. *Paris, Silvestre*, 1836, 2 vol. gr. in-8, br.— Catalogue de curiosités bibliogr., recueill. par le bibliophile voyageur. *Paris, Leblanc*, 1837-38, 4 part. in-8, br.

1941. Bibliothèque de G. de Pixérécourt (rédig. par P. Lacroix), avec notes littéraires et bibliogr. de ses deux excellens amis, Charles Nodier et Paul Lacroix. *Paris*, 1838, in-8, gr. pap., br.

Comprend 2313 articles. — Beaux exemplaires et collect. bien choisie de livres français.

1942. Catalogues des livres d'Amar, 1837. — De Barrois l'aîné, 1838. — De J. Bignon (*Liv. rares*), 1837. — De Bleuet (*Anonym. dévoilés*), 1838. — De A. de Canazar, 1835. — de A. B. Château, 1838. — De Le

Chevalier, 1836. — De Chezy (*liv. orient.*) 1834. —
De Dufresne de N.... — De Dulaure, 1835. Ensem.
10 vol. in-8, br.

1943. Catalogues des livres de l'abbé Dulieu (*Théol.*),
première et deuxième part., 1837. — De Fauconnier,
1836. — De Gold Hullsman, 1837. — De Lepriest,
1837. — De Lemazurier (*Théât.*), 1837. — De l'abbé
Legris, 1836. — De Lerouge (*Hist. de la Révol.*),
1833. — De l'abbé Luguet, 1836. — De Miller de
Précaire, 1835. — De Mongez, 1835. — Du baron
de Neubourg, 1839. Ensem. 12 vol. in-8, br.

1944. Catalogue des livres de Née de La Rochelle,
1839. — De Pascal Lacroix, 1834. — De Perrin de
Sanson (*Géogr.*), 1836. — De A. Pichard, 1838. —
De Fréd. Pluquet (*Hist. de Norm.*), 1836. — De Rei-
na, de Milan, 1834. — Du comte Rœderer, 1836.
— De Valbonnais (*Hist. de Fr.*), 1834. Ensembl.
8 vol. in-8, br.

1945. Liasse de Catalogues de livres, de manuscrits et
d'autographes ; brochures, etc.

FIN.

TABLE

DES DIVISIONS.

FIN DE LA TABLE.

ORDRE DES VACATIONS.

PREMIÈRE VACATION. — *Lundi, 24 février* 1840.
Nos 1 à 130.

DEUXIÈME VACATION. — *Mardi 25 février.*
Nos 131 à 260.

TROISIÈME VACATION. — *Mercredi 26 février.*
Nos 261 à 390.

QUATRIÈME VACATION. — *Jeudi 27 février.*
Nos 391 à 520.

CINQUIÈME VACATION. — *Vendredi 28 février.*
Nos 521 à 650.

SIXIÈME VACATION. — *Samedi 29 février.*
Nos 651 à 780.

SEPTIÈME VACATION. — *Mercredi 4 mars.*
Nos 781 à 910.

HUITIÈME VACATION. — *Jeudi 5 mars.*
Nos 911 à 1040.

NEUVIÈME VACATION. — *Vendredi 6 mars.*
Nos 1041 à 1190.

DIXIÈME VACATION. — *Samedi 7 mars.*
Nos 1191 à 1305.

ONZIÈME VACATION. — *Lundi 9 mars.*

Nᵒˢ 1306 à 1420.

DOUZIÈME VACATION. — *Mardi 10 mars.*

Nᵒˢ 1421 à 1550.

TREIZIÈME VACATION. — *Mercredi 11 mars.*

Nᵒˢ 1551 à 1675.

QUATORZIÈME VACATION. — *Jeudi 12 mars.*

Nᵒˢ 1676 à 1805.

QUINZIÈME VACATION. — *Vendredi 13 mars.*

Nᵒˢ 1806 à 1945.

AVIS.

Les livres à vendre chaque soir seront exposés le matin, de une heure à trois, et devront être collationnés sur place, dans les 24 heures de l'adjudication. Passé ce délai, ou une fois sortis de la salle de vente, ils ne seront repris pour aucune cause.

Les articles vendus ne seront admis à rapport, que dans le cas où ils seraient incomplets par enlèvement de feuillets ou de figures, sans que cette mutilation fût signalée dans le catalogue. Ils ne seront pas repris pour taches, mouillures, déchirures, piqûres et autres défectuosités.

Pour la vente en totalité, à l'amiable, on s'adressera directement au libraire, qui se chargera aussi des commissions pour la vente en détail.

Paris. — Imprimerie et lithographie de Maulde et Renou, rue Bailleul, 9 et 11.